電馭叛客 2077

Cyberpunk 2077

絶非巧合

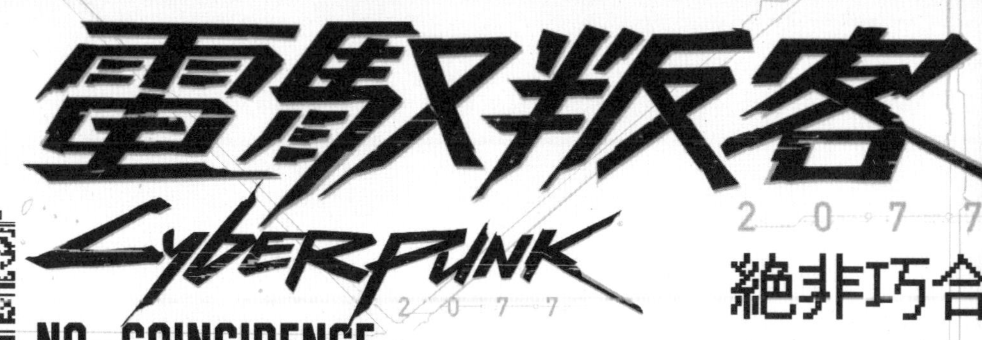

NO_COINCIDENCE

A NOVEL BY Rafał.Kosik

拉法爾・寇西克_著 李函_譯

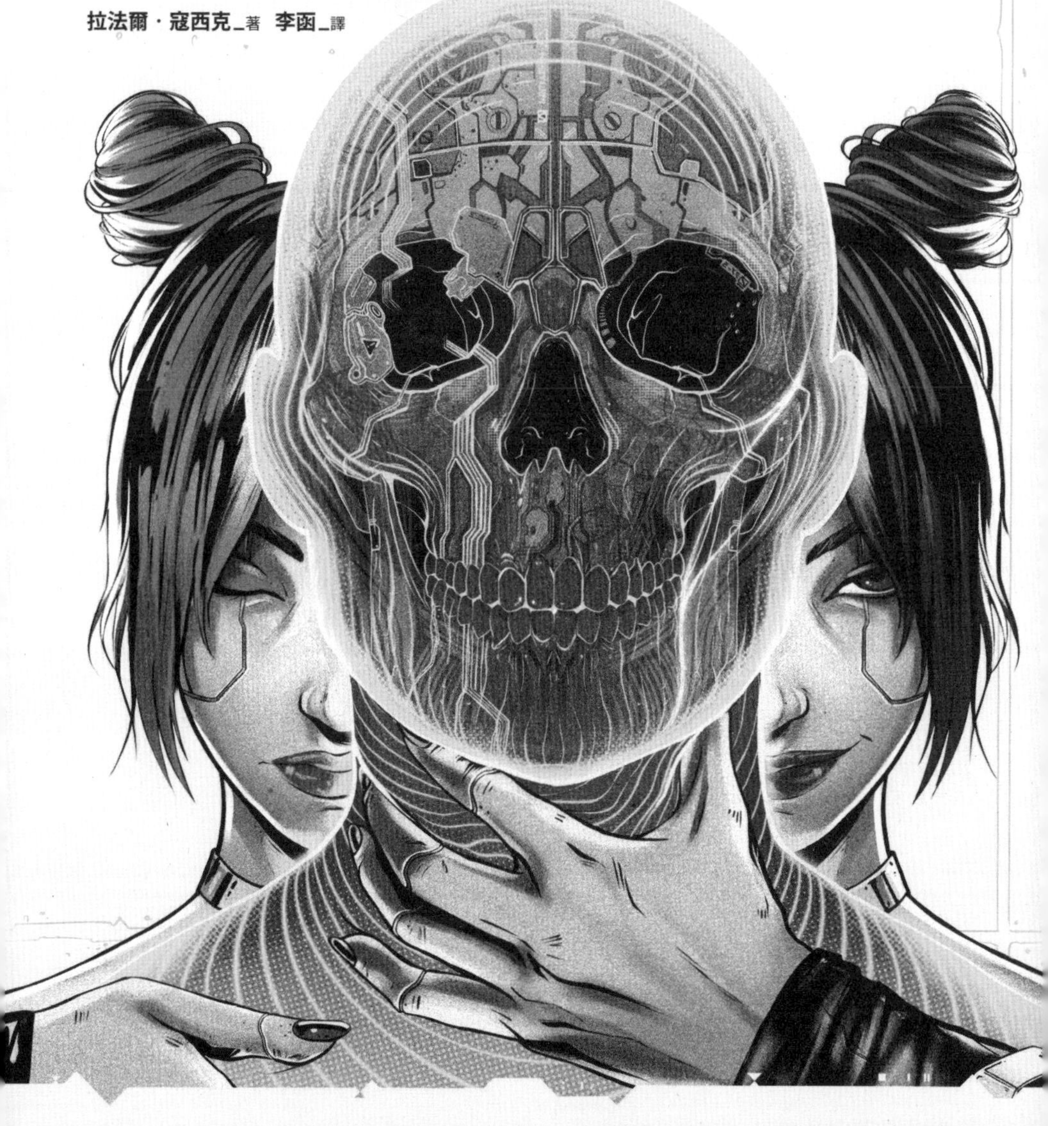

編註：本書中有大量場景與人物視角切換，為避免閱讀時造成混亂，將以作為切換的提示。

第一章

喀。喀。喀。格格不入。

這就和其他事物一樣，也像現在一樣。他不該在這裡的——他根本不想來。在該死的傾盆大雨中，他擠在一堵牆壁和一個垃圾桶之間。誰知道呢，這可能會有幫助。雨水，不僅減低了能見度，也提供了一點自然掩護。對，雨水還是繼續下吧。

喀。喀。還是格格不入。他的衣服已經濕透。這令人感到不適，卻也提醒了他：他早該送命了，但至今還活著。

佐爾（Zor）七年多前就該死了。

灰色雨水從灰濛濛的天空傾瀉而下。廢棄飼料工廠上方的幾個樓層已化為灰暗的朦朧畫面。沛卓石化生機發電廠（Petrochem BetterLife）的低樓層矗立在遠方，幾乎難以看見。旱谷（Arroyo）——它可不算是夜城（Night City）最平靜雅致的社區之一。

有幾個路人快步經過——幾乎沒往他的方向看一眼。冷淡無情的車輛駛過滿是油污的水坑，把積水濺到人行道上。他就跟隱形了沒兩樣。

喀。喀。別跟我開玩笑了。他往下看彈匣。上下裝反了，蠢蛋。他已經忘了該怎麼做這件事。七年是很長的時間。就連肌肉記憶都無法對抗時間。

喀。總算搞定了。狀況好像沒什麼改變。根本就沒有太高的成功機會，特別是和這支團隊一起。可能有百分之一的機率吧？一千分之一？說有五分之一根本是癡人說夢，但就算有那種機率，都無法令人提振信心。

「三十秒。」他耳機傳來的機械合成聲嗓音說。

真不想待在這裡——真不想做這件事。這根本不可能成功。他低頭看著拿著衝鋒槍的雙手。他這才明白，他無法想像自己適合待在什麼地方。他無法想像自己身處其他的時間或地點。在雨水中、垃圾桶旁，還拿著一把槍。

別無選擇了。

「二十秒。做好行動準備，目標接近中！」

他把手伸進口袋，把備用彈匣翻成正確的角度。他用一隻手握住手槍的握把，另一隻手則抓住前握把。他還記得該怎麼做，勉強記得一些。七年的時光讓他付出了不少代價。七年過去了，還經歷了一次死亡。他自己的死亡。

一輛厚實方正的卡車從雨幕中駛出。看起來車身覆滿裝甲。從前方看來是一輛普通的四門車——也可能經過強化。他的子彈甚至無法傷到它。

佐爾緩緩起身，沒有離開藏身之處。道路的另一側已經封閉了，路面為了維修而被挖開，這代表雙向車潮都會被擠進一條單行道。他們的保全人員應該要採取額外防範措施——甚至應該要繞路。他們或許得要試著混進車陣中——因為卡車和前方的車輛上都沒有任何官方標誌。對經過的路人而言，沒有什麼不尋常的事。

「佐爾！趁現在！」嗓音命令道。

佐爾瞄準並扣下扳機。簡短的「啪噠」聲迴響於附近的建築之間。四周稀疏的路人變得更加稀少。現在守衛心裡應該十分肯定——護送車的掩護曝光了。子彈打穿了前方車子的裝甲，使引擎停止運作。小衝鋒槍竟然發揮效用了。佐爾訝異地看著它。軍武科技M221沙拉托加（Militech M221 Saratoga）不是市面上最亮眼的武器，但它的鎢彈增加了衝擊速度，能輕易對付大多數的輕裝甲。當然了，這把槍射出幾發彈藥後就要報廢了，但那不是重點。

雨停了。引擎蓋下冒出嘶嘶作響的蒸氣——也可能是煙。似乎沒人要下車。卡車在距離人行道上用粉筆寫下的X幾乎不到一英寸的位置停下，大雨尚未完全洗刷掉痕跡，這是完美的交通阻塞點，一切都按照計畫進行。一輛經典的庫德拉（Quadra）雙門跑車在卡車後猛然停下，而卡車正試圖倒車，並直接往後撞上跑車的擋泥板。

一個高大苗條的女子走出庫德拉檢查損壞程度。黑色短髮、高跟鞋，及優雅的套裝。對想在路上發飆的企業人士而言，時間和地點都錯了。

他們為何不出來？

沃登（Warden）俯身靠在折疊桌上，觀察監視器螢幕上的狀況。右下角的電子時鐘倒數計算著那些條子出現的時間。這只是預計到達時間，但還是得小心。

窗外，鄰近的摩天大廈在雨中飄浮著，如同鬼魅般的巨石柱。雨水幫上了忙，卻無法確保計畫成功。他們多久才會追蹤到他？只是時間早晚的問題而已。這裡是黑伍德（Heywood）南區某棟未完工公寓的三十三樓，離伏擊處有兩英里遠——萬一事情搞砸，這就是足夠的逃脫距離了。拆解所有軍事設備模組，再把它們塞進公事包，應該不會花上他太久時間。

對竄網使（netrunner）而言卻沒有那麼簡單。

有一連串糾結複雜的電纜沿著通往廁所的水泥地板延伸，上頭布滿著碎石；電纜連結到竄網使耳後的神經連接埠（neuroport）。他的頸部以下都浸泡在裝滿冰冷泥狀物的浴缸中，大腦則同時處理著多重事務——當前的要務，是延緩警方與保全的反應速度。他不曉得的是，他正在為自己的性命和時間賽跑。從深入[1]中出來得花點時間。

沃登抽出他的手槍，一把帶著金色點綴的銀色海嘯鵺[2]（Tsunami Nue），並檢查了彈藥數量。沒必要讓知道太多事的人活下來。但現在，他需要對方——事實上，整個任務的重擔都落在對方浸沒在浴缸中的肩膀上。

沃登再次檢視了監視器上的畫面。他們在等什麼？

「計畫有變——我們要把他們逼出來。」他在公開頻道說。「蜜蘭娜（Milena），停止行動。」

這是企業人士時常會有的激烈態度。她狂亂地比手畫腳，對卡車司機尖叫，要求對方找來保險公司，確保他知道自己犯下多大的過錯。穿著高跟鞋和套裝的她，看起來確實有那麼一回事。根本表現得太好了。甚至還假裝自己忘了幾分鐘前的槍擊。她站在粉筆畫出的X記號上，相當安全，正好在他的射線之外。但她接著向前踏了三步。

「蜜蘭娜，我再說一遍——停止行動。」

她要不是還在假裝，就是真的沒聽見。這是聽覺暫失[3]的症狀。凡事加上壓力後，就不會依照計畫進行。

「羅恩（Ron），向他們開火。」沃登往對講機大吼。

「那蜜蘭娜呢？她可能會中彈。」

1　譯註：deep dive，深入網路空間的數據操作過程。
2　譯註：Tsunami Nue，由海嘯防身系統（Tsunami Defense Systems）生產的強力手槍。
3　譯註：auditory exclusion，承受高度壓力時會產生的暫時性聽覺損失症狀。

「如果你不照計畫行事，你們就全都會中彈。」

「等我一下。」佐爾比較希望沒人中彈。「我這個角度不錯。」

他把沙拉托加切換至半自動模式，向車子開了一槍，在引擎蓋上刻出一道醜惡的疤痕。車門打開，三個守衛隨即魚貫而出。從他們笨拙的腳步看來，這些人都是菜鳥。他們穿著軍武科技制服，裝備了最低標準的常規武器。從他站立的位置看來，如果佐爾想的話就能立刻殲滅其中兩個人。不，沒必要。

蜜蘭娜似乎沒聽到沃登的命令，也沒聽到佐爾的槍聲。她繼續用她熱血沸騰的義大利女伶脾氣轟炸司機，手指來回指著司機和她的汽車前擋板。

最後，卡車司機的車門打了開來。

「艾雅（Aya）！換妳上場了！」這是沃登的嗓音。

從第一眼就看得出來，躲藏在柱子後那位苗條敏捷、擁有東亞五官的女子，對這種陣仗毫無經驗。她摸索著榴彈發射器，隨後他們便聽見低沉而熟悉的「砰」悶響，接著則出現響亮的嘶嘶聲。卡車車窗中開始飄出煙霧。她的射擊結果非常完美。

「柏格（Borg），注意！」

左側出現一連串的槍聲後，有兩個身影蹣跚地走出煙霧之中。除了一發彈藥外，大多數子彈都消失在灰霧中——很可能純屬意外。司機跌倒在地。第二名護衛迅速閃避，躲在大型後輪後尋求掩護。

「瞄準一點！」

下一發子彈僅僅擦過潮濕的柏油路面。柏格的準度太爛了。

高跟鞋喀喀作響的蜜蘭娜，衝到其中一座建築的轉角旁，拋出另一枚煙霧彈。它呈弧線飛過街頭，擊中路燈時發出金屬的撞擊聲，並落在離佐爾幾碼外的位置。該死！她真的好好瞄準了嗎？

隨著另一陣嘶嘶聲，煙霧從榴彈中傾瀉而出，擋住了佐爾觀看街道的部分視線。

艾雅向卡車連續開了好幾槍。這可能是她這輩子頭一次扣扳機。那距離不到一百英尺，聽起來似乎沒有任何一槍擊中目標。

在看不見攻擊者的情況下，三名身穿制服的守衛開始從車後盲目地開火。蹲在卡車車輪後的第四人，發現艾雅躲在人行道旁一輛燒毀的汽車殘骸後方。

「艾雅！蹲下——立刻蹲下！」佐爾對著麥克風大叫。

她迅速蹲低，此時一連串重機槍轟擊將車身如同紙張般打穿。蜜蘭娜的庫德拉沒有防彈功能，因此他們僅在一小時前才在車內裝滿防彈鋼板。鋼板派上了用場。

「艾雅，留在掩護處。」佐爾警告道。

等一下再處理那三人。一次辦一件事。他知道其中一名護衛躲在卡車的後輪後方——只是看不見他。他瞄準車輪並開了三次槍，分別瞄準高處、中間與低處。他的手腕因後座力而感到痠痛。槍栓變得鬆弛。它可能即將卡彈或完全解體。不過這不重要了，因為子彈只擊中了橡膠。但其他人已經知道佐爾躲在哪處了。有幾顆子彈呼嘯飛過他的頭頂，牆上噴出了少許煙塵。煙霧彈反而成了他的救星，但他仍無法冒險往外稍微探頭，一寸也不行。

幾秒鐘過去了，雙方人馬都無法採取任何行動，僵持不下。

「掩護我！」艾雅在通訊頻道中喊道。

她從掩護處跳了出來。

「艾雅——！」佐爾說，但已經來不及阻止她了。他探出身子開了幾槍，主要是為了壓制敵方——他從這個位置無法擊中任何人。

艾雅爬上庫德拉的車頂，再跳向卡車邊緣並爬上頂端。她的速度比任何士兵要快上兩倍。有幾顆步槍子彈劃過空中——艾雅猛烈還擊，在近距離開了三槍。守衛頓時癱軟倒地。

「羅恩！」沃登下令道。

「也該是時候了！我都快要睡著了。」

躲在一棟窗戶後某處的重機槍響起低沉的轟隆聲。許多人行道的碎片飛入空中，有只消防栓噴出水柱，環繞街道上封閉區域的工地路障也紛紛倒塌，喀啦作響地化為一堆碎石，甚至傳來三百英呎外窗戶玻璃的碎裂聲。但不知何故，那輛沒記號的車仍毫髮無傷。

「哇。」蜜蘭娜說。「射得真準……」

「嘿，這是我第一次做這種事，好嗎！？」

護衛們待在車後並停止開火。至少有點小用。

「艾雅！」佐爾喊道。「來這裡！」

艾雅跳過車子的殘骸，迅速抵達佐爾的藏身處。他抓住她，將她拉到自己身後。

「謝了。」她緊靠著牆面，綁起她的長髮，並檢查自己的武器。她的肩膀正在流血。

「讓我看看。」佐爾溫柔地握住她的手臂，並檢查傷勢。她沒有生命危險。

「只是皮肉傷而已。」艾雅笨拙地企圖重新裝彈。

「羅恩！」佐爾對麥克風喊道。

「好啦，我這就來了！」

一陣簡短的槍聲響起，或許有五發子彈——有三發擊中目標。車子如同被鞭炮炸開的金屬罐般爆開。由於他們的掩護已經無用武之地，守衛們就此撤退。

「找掩護！」是沃登。「保護好你們的武器！」

佐爾跳到垃圾桶後，將艾雅推向牆面。

「把你們的槍藏在掩護物後面。」他命令道。

他能即時讓所有東西變出實體，也能恣意調整介面，塑造出自己的網路空間住所。每個竄網使都有自己的喜好與怪癖。他偏好讓東西保持整齊——沒有多餘的綴飾或讓人分心的事。他調整明亮度，並替換色彩以便閱讀，也為了收到的資料而關閉瀑布動畫。

他不太在乎旱谷行動。他把它視為一場遊戲。他自己的腦機面板（cyberdeck）[4]就夠用了，但他為這項工作裝配的設備肯定更高階。他感到強大無比——他能任意控制現實。來自柏格的編碼也確實生效了。他能自由掌控旱谷那塊區域的交通號誌。

當他飄浮在自己建構的控制室中時，內心湧現了強烈喜悅。必要元素全被分進子類別中，固定於他頭頂上方與周圍。他懸吊在數百個符號與圖示之間，這些符號組成看似沒有外殼的不規律球體，不過在現實中，它被一層厚重的黑反入侵[5]所包覆保護著。

該進行下一步了。沒必要倉促行事。這裡的時間流速不同——更慢一些。佐爾衝向垃圾桶的模樣，看起來彷彿外界浸泡在油液中一樣。

本地的閉路電視肯定幫了個大忙。控制中心的技術人員一定正驚恐地找尋警報的來由，全然不知這是特意營造出的效果。他改變了網路索引（NetIndex）的連線，以便覆蓋半個區塊的範圍。他不認為他的臨時領域中會出現任何不受歡迎的訪客，不過，他仍舊對所有潛在的進入點安插了三層加密。至少得找來六名安全專家，才能找出他的確切位置——即便如此，等到他們辨識出入侵者的下落，也只會發現一片冰冷的漆黑虛空。

他喜歡維持簡單的狀態。他左邊懸浮著一對矩形柱體——是兩個紅色的大按鈕，也就是引爆器。

他用思想指令（thought-command）向自己無形的手傳輸神經脈衝，再壓下這兩個按鈕。

兩只電磁脈衝炸彈藏在遍地垃圾的街道排水溝中，在啟動時發出低鳴。佐爾的衝鋒槍上的彈藥數量顯示器閃動了一下——其他東西似乎都不受影響。不意外，因為它是機械裝置。他注意到艾雅的身體抽搐著。透過他濕漉漉的衣物，佐爾感受到她身上傳來的熱氣。

柏格從右側開火，射擊視線範圍內的一切。

「電磁脈衝沒有影響我們。」佐爾說，試著安撫她。她猶豫地點頭。

鋼製垃圾桶產生了效果——他們的武器很安全，而護衛們先進的射擊機制則需要五秒鐘才得以解鎖。他們就需要這五秒。

趁現在！

「**趁現在！**」沃登下令道。

佐爾從掩護處跳了出來並開火。柏格和羅恩不是該掩護他們嗎？幹！他對地面開火以製造更多噪音，並避免擊中任何建築或窗戶。道路上的流彈和路面上潑濺的水花能營造出更強烈的威嚇效果。有幾扇窗戶因流彈而破裂。艾雅緊跟在他身後，仿效著他的動作。

4　譯註：為使用者提供竄網使能力的作業系統。
5　譯註：ＩＣＥ，反制入口侵入電子系統（Intrusion Countermeasures Electronics）的縮寫。

「柏格，拖車！」沃登喊道。

護衛們放下武器並把手舉高。

太棒了。兩邊都是門外漢。

槍聲忽然響起，有名護衛倒了下去。

「柏格！」佐爾四處張望。「停火！」

他跑向護衛，將他們的步槍踢到千瘡百孔的車子底下。他用力推其中一人，讓對方面對僅剩的施工路障。同樣驚恐的第二名護衛不需要督促就照做了。艾雅迅速搜身，並取走他們槍套中的手槍。這些人先前甚至沒敢試著拔槍。

柏格終於從藏身處走了出來，身穿他招牌的紫藍色連身褲。他像演動作片般漫不經心地走過去，萊姆綠色的頭髮整齊地往後梳理。他準備好再開一槍了。

「柏格，住手！」佐爾大叫。

柏格沒有照做。他像準備搗蛋的頑皮小孩般咧嘴一笑。

「柏格，拖車！」這次是沃登。「照計畫走。」

「你聽到他說的了。」佐爾低吼道。

柏格滿不在乎地把步槍往上甩到肩上，但還在發燙的槍管卻燙得他縮了一下，趕緊調整槍的位置。他關掉通訊連結，避免沃登偷聽。

「你指的是讓我們在火線上賣命的計畫。」柏格開口說道。「而他卻舒服地坐在那裡發號施令！」他捲起袖管，簡短地操作了手腕上方的面板。它嗶嗶作響，他的手臂與雙肩則開始脹大。在幾秒內，他的手臂與雙肩幾乎變得比原本大上一倍半。他發出了滿意的笑聲，並親吻自己的二頭肌。

「很厲害吧？」他對艾雅眨了眨眼。

「其實不怎麼樣。」當她用槍指著兩名護衛時，甚至連一眼都沒看他。「快把拖車開過來。」

「注意時間！」竄網使用合成語音催促。

柏格不情願地轉身，慢跑到他半分鐘前就該待的位置——這嚴重地偏離了原先的計畫。

遠處傳來模糊微弱的警笛聲。

「該走了。快跑！」佐爾命令護衛們，同時輕柔地壓低艾雅的雙臂。

護衛們困惑地面面相覷，接著在全速逃跑時差點把自己給絆倒。

「鎖！」佐爾大喊。

艾雅繞過卡車前頭，她的黑色馬尾在空中甩盪。她的速度確實很快，但沒有跡象顯示出她有裝植入物。佐爾站在前方，目光緊盯著街道盡頭。

「炸彈啟動了。」艾雅宣布道。「倒數五秒。」

他們忽然聽見某種龐大引擎傳出的巨響，隨後則是垃圾車倒車時發出的嗶嗶聲。

「喂，搞什麼鬼！？」柏格困惑地說。「開車應該是我的工作！」

「那你就應該好好開車，而不是瞎搞。」蜜蘭娜在通訊頻道中罵道。

艾雅衝到卡車側邊，靠在前方的擋泥板上。她用雙手摀住耳朵，並閉上眼睛。但那幾乎算不上爆炸。聽起來比較像是沖天炮，而不是地雷。這樣更好——他們需要讓貨物保持完好無缺。

他們快步回到車子後方，並拉開後車門。

「我該做什麼嗎？」羅恩語氣遲疑地說。

「不，你可以下來了。」佐爾回答。「得把這東西搬下來，再立刻離開這裡。條子隨時會到，第六街（6th Street）也很危險。」

柏格因為被點名而感到不滿，引導著蜜蘭娜將垃圾車往卸貨處倒車。這可能是她第一次駕駛比標準款轎車更大台的載具。她刮傷了庫德拉的側邊。但這次她不在乎了，反正這輛車是偷來的。

卡車的貨艙中間擺著他們的目標：一個灰色的容器。

他們呆站原地片刻，直盯著它看。他們覺得自己眼前所看著的東西……相當重要。不過，沒時間可以浪費了。佐爾取出一把小刀，割斷固定容器的綁帶。他拉了拉把手，但容器毫無動靜。

「我們沒辦法把它抬起來。」佐爾說。「柏格，出點力，趕快動手。」

柏格拉下臉來，走向用膠帶貼在垃圾車旁的升降機控制盒。這是在最後一刻安裝的附加裝置。性能十分基本，卻很有效。隨著低沉的嗡嗡聲，一台起重機從車頂伸了出來，盡頭上掛著吊帶和鉤子。佐爾將這些東西固定於容器的側邊。起重機開始升高時發出了一聲尖鳴。

「這操他媽的重量超過六百磅。」柏格似乎很驚訝。「這裡面到底有什麼鬼東西？」

警笛聲越來越響亮了。

「兩分鐘。」竄網使通知他們。

「預估時間還是實際時間？」艾雅問。

「我只能再幫你們爭取三十秒，不能更多了。」

佐爾望向艾雅。他心想，他不需要其他人也能完成這件事。除了她以外。當然了，還有竄網使。無論他是誰。

某個高大纖瘦的身影出現在廢棄工廠的入口。佐爾把手伸向他的手槍。

「天啊，羅恩！」他的手半途停下。「下次先提醒我一聲。」

「哇，嘿！」羅恩晚了一秒往旁閃。「我們是同一隊的，記得嗎？」他誇張地將手擺在胸口上。「你饒過我一命可真是好心。」

他那件過大尺寸工作外套像是掛在他肩上的垃圾袋。他斑駁的灰白短髮亂成一團。他看起來十分從容，彷彿這一切都並非現實，而是能夠暫停、倒帶並快轉跳過所有艱困時刻的幻智之舞（braindance）[6]。

6　譯註：braindance，簡稱「幻舞」（BD），是能記錄個人經驗、並供他人以虛擬實境方式體驗其中各種細節的科技。使用者能感受到幻舞提供者的身體感受、情緒與想法。

儘管容器的大小只和一般的浴缸差不多大，但當起重機將容器吊到垃圾車上頭時，垃圾車的車頂竟微微上揚，起重吊臂也因重量而彎曲。

「注意時間！」

佐爾再度割斷吊帶。容器落下時發出沉重的一聲，車子上下搖晃了一下。

「我們走吧！」

沃登注視著螢幕中的垃圾車全速駛離。當看見它撞到停在路旁的一輛車，並將車撞向一盞路燈時，他揚起一道眉毛。

在較小的螢幕上，他看見兩輛夜城警察局（NCPD）的巡邏車，正從後方幾個街區外的相反方向高速駛來。他以為會看到軍武科技的機動反應部隊——他們通常會比條子更快出現。不過，現在全沒看見他們的蹤影。

他也逐漸明白，他們這次行動的確成功了。起初他還不敢相信。由客戶本人提出的這場行動，並不只是古怪而已——看起來簡直不可能成功。一般而言，客戶會將他們想要的成果及願意支付的費用告訴你。儘管這一切聽起來很像騙局，但這個客戶從一開始就把一切都安排好了，或許這計畫並沒有那麼蠢。沃登心中短暫想到，這個策略未來可以重複地使用。強迫一堆業餘人士來執行工作——就算一切都毀於一旦，你也完全沒有損失。

但只有一個疏忽——他們認得他的臉，也知道他的名字。這點下次得改掉。

「喂，小姐，開慢一點！」柏格叫道，一隻手緊抓他座位的邊緣，另一隻手則把他的綠髮往後梳。「妳是想死嗎？」

「這裡只有你是小姐。」蜜蘭娜將方向盤握得更緊，試圖把車身維持在車道內。她面露笑容，顯然很享受這一切。佐爾和羅恩互看了一眼。

「我們最好避免引起關注。」佐爾打岔道。「開這麼快的垃圾車會引人注目。」他和其他人一樣，想讓這件事儘快結束。如果他們現在被逮到，就太可惜了——已經快接近終點線了。

其實，他是被迫參與這一次的行動。這不是他的錯，只是運氣不好。他別無選擇。

他們會來到這裡都是有理由的。每個人都有自己值得保護的事物——儘管危險，但只要用幾分鐘的犯罪行為作為交換，就能保護值得挽救的東西。

垃圾車撞上一個垃圾桶。蜜蘭娜低聲咒罵，不情願地放慢了腳下的油門。

羅恩轉身指著艾雅。

「妳——我們來瞧瞧妳的手臂。」

她將肩膀靠向他。他湊近檢視了她的傷口，將放大鏡的倍率放大了十倍。

「我之後會去看醫生的。」

「甜心，妳現在就在看醫生了。」

她沒有表示異議。羅恩扯下一片袖子的布料，並從口袋中取出一只小瓶子，往傷口噴灑內容物，產生了迅速消散的泡沫。羅恩的六指改造[7]手在受損組織上迅速舞動。他右手的一根手指閃出雷射，和他的左手手指動作完美同步，優雅地將撕裂的皮膚恢復成一塊完整的表皮。顛簸的道路似乎完全不妨礙他的精確度，而她的傷口很快就只剩下一道細長的紅色傷疤了。

「別擔心，之後就消失了。」他向她保證。

「謝了。」艾雅對他露出禮貌的微笑，並回到先前在柏格身旁的座位，位置夾在前座與廢料槽之間，還勉強地塞入化學與輻射感測器的空間。柏格拿狹小的空間當成藉口，將自己的手放在她大腿上。艾雅向他投以嚴厲的眼神，使他立刻把手抽回去，害他的手肘痛苦地撞上輻射測量儀。佐爾擠在副駕駛座的門邊，觀察著其他人。

羅恩是出現在錯誤時間、錯誤地點的神機醫[8]（ripperdoc）。佐爾仔細觀察他擁有鈦合金關節的六指雙手，上頭包覆著完全不像真膚（RealSkinn）的霧面奈米橡膠。這些都是Zeta科技製造的昂貴科技製品。沃登為何要強迫他參與這件事？

佐爾有種不尋常的感覺，他認為他們先前曾見過面。

蜜蘭娜轉過身。卡車以長弧般的路徑轉彎時，以毫米之差掠過一盞路燈。

「哎呀。」她咕噥道。「還真不習慣這輛車轉彎時的幅度……」

她到底裝了多少抗老化模組呢？第一眼看去，佐爾認為她不可能超過二十五歲，但他現在認為對方可能已四十多歲了。她動作有些許的遲緩，暗示了肌肉與關節的老化，但以微調的植入物加以補強。更重要的是，這位高高在上的企業人士，究竟為什麼要出現在夜城的底層居民之中？他們擁有獨特的地位階級，除了備受保護，也不必如其他人一樣弄髒雙手——他們終生都得努力維持這種令人欽羨的身分地位。無論沃登抓到她哪種把柄，肯定都是大事。

艾雅是另一個謎團。她沒有可見的改造裝置——在現今實屬罕見。能移動得如此快速，身體狀況肯定不錯。這需要紀律。

至於那位竄網使，就沒人曉得他是誰了，但他是這項行動真正的骨幹。他是唯一無法取代的角色。少了他，他們就完全不可能達成這項行動。

「往右轉。」竄網使的合成語音毫無情感地指示他們。「在兩個路口後，看見綠燈就左轉。」

「遜咖們，這要感謝誰呀？」後頭的柏格喊道。「沒錯，就是靠我的編碼！少了我，你們——」

而柏格到底是誰？雖然他身上大量的機械裝置足以解釋這個綽號，但它們也可能只是裝來好

---

7 譯註：賽博龐克類作品經常將電馭裝件等裝置稱為「改造裝置（chrome）」。

8 譯註：ripperdoc，介於外科醫生、械鬥匠和刺青師之間的職業。他們會為顧客安裝市場上最先進的改造裝置和植入物。

看而已。變寬的下顎，幾個顯眼的植入物遍布在他的二頭肌、肩膀和脖子上——它們看起來毫無規律或理由，像是不相干的一堆刺青。天知道它們有什麼意義，但這些裝置無法讓他看起來變強——只讓他顯得高大。沒必要關注它們的意義何在——等他們將容器帶回去，眾人就會分道揚鑣，永遠不需再見到彼此。

還有一件事。

他們全擠在垃圾車的駕駛艙中，看著街道似乎神奇地為他們空出一條通路。竄網使不斷改變路燈，讓條子們卡在車潮中，他們則順著綠燈的浪潮向前駛去。蜜蘭娜的笑容未曾消失。

「停下卡車。」佐爾的語氣讓蜜蘭娜毫不猶豫地踩下煞車。

她把車靠向右側並停下。由於不習慣煞車的距離，垃圾車持續往前滑行，直到撞上一輛廢棄車輛的後方。雨水打在車頂上的聲音忽然停止了。他們停在高架橋的下方。

「該死……」羅恩自顧自地笑了。「真是一段令人難忘的旅程……」

「關掉你們的電話。」佐爾身先士卒地關掉自己的電話。

其他人雖然猶豫，卻紛紛照做——和佐爾不同的是，他們透過思想指令來關閉植入物，一根手指都不必動。

「老兄，你是還在用耳機嗎？真的假的？」柏格嘲笑著佐爾。「沒辦法像正常人一樣買個神經連結器（neurolink）嗎？」

「我不喜歡微型處理器在我腦子裡嗡嗡響。」

他和艾雅都沒使用植入式的全像通訊器。儘管她有神經連結器，但它連接到實體的外部裝置。如果是採取語音來溝通，佐爾比較喜歡用電話——簡單且不花俏。他們根本不需要進行全像會議或什麼的。

「好啦。為什麼要找我們？」佐爾問。

他們沉默地盯著他。

「嗯，因為我們他媽的厲害？」柏格嘲諷道。「整件事太輕鬆了。你有看見他們的表情嗎？一看到我們，他們就差點嚇到要失禁了。」

「因為他們沒料到會出事。」羅恩糾正他的說法。「即便是像我們這種經驗不足的小童軍。」

「因為他們很害怕。」蜜蘭娜拿出一根香菸，將它插進造型優雅的菸嘴再點燃。紫色的煙霧迷漫在駕駛艙中。「他們是經驗不足的新手，只是剛結束訓練的單純菜鳥。他們肯定以為這只是從A地到B地的常規護送任務。」

「剝奪了那些孩子的幸福青春歲月啊……」羅恩肅穆地低聲說道。

「對有些人而言，不管是漫長的一輩子，或是老年——一瞬間就沒了。」蜜蘭娜用她的香菸指向後方的柏格。「因為有些人無法照著計畫走。」

「因為我們的風險很低，所以沃登才選我們。」艾雅說。「如果我們死了，連一毛錢都不會損失。」

「我們如果活得好好的，他也沒損失。」佐爾補充道。「目前他還需要我們。但等我們一旦交出容器，這種狀況就結束了。」

現在呢？

沃登注意到垃圾車停在高架橋下。

「在拖什麼？」他問。

沒有人回答。真是他媽的一場外行表演。如果他們現在就要開始製造麻煩，那明天還不曉得要出什麼狀況。最好在問題大肆增長前，就先解決它們。可惜的是，客戶特別要求要讓他們活命。為何他媽的這麼好心？

他掏出自己的手槍，並欣賞了它一下，邊用手指撫弄光滑的鋼鐵表面。如果他稍微改變交易內容呢？目擊者越少，後續的問題就越少。其他保持不變。仍在衡量決策的他，緩緩地將自己的手槍對準躺在浴缸中的竄網使。

「我不建議那樣做。」他耳機中的合成嗓音說道。「看看螢幕。」

沃登將身體靠向那台設備。主要螢幕顯示出未完工的巨型建築內部。有個雙肩寬闊、全身滿是刺青的四十歲黑人正俯身於一張桌面上，身上穿著合成皮大衣。

沃登迅速轉身，用手槍瞄準飄浮在窗外的無人機。

「沒必要。」竄網使說。「這整樁行動的錄影畫面已經被保留在某個安全地點了。如果我的心跳停止，影片就會直接被傳上網路。」

沃登冷靜地走到浴缸旁。他跪在浴缸邊緣，將臉湊到離竄網使不到一寸的位置。要不是他眼瞼下有閃動的光彩，看起來就像是睡著了。浴缸中的冰已幾乎完全融化了。

「有很多方法能讓肉體以人工方式活著。」沃登低聲說道。

竄網使緘默不語。沃登露出微笑，站起身並將槍放回槍套。

「放輕鬆，你會拿到承諾的東西。我只是喜歡玩槍而已——沒什麼大不了的。」

「喂，他媽的停下來——暫停！」柏格喊道。「有東西的人是我們。如果他這麼想要，就得付錢。」

「我覺得你不明白我們的處境。」羅恩看著柏格說。「這不是我們的遊戲——定規則的人是他。」

「他定規則，我們就來改變規則。我的意思是，天啊，我們才是他媽的團隊！而且，他只有……他自己而已。」

蜜蘭娜搖頭。

「我們每個人都有不能失去的東西。」羅恩解釋道。

「喔，是嗎？」柏格問。「像什麼呢，老頭？」

「像是我的耐心，如果你不收斂一點，我的耐心就要沒了。」

「如果沃登沒拿到他要的東西，他就會履行承諾。」蜜蘭娜嚴肅地說。「我不曉得他手上有你們哪些把柄，但如果你們人都在這裡，我猜情況很嚴重。我們趕快完成這件事，然後各走各的路吧——繼續過我們的生活。」

「妳怎麼知道？」柏格搓揉肩膀，皺起眉頭。重機槍的槍管肯定燙傷他某處裸露在外的皮膚。「妳怎麼確定他會照著計畫走？」

「我知道該怎麼看穿人心。」蜜蘭娜吸了一口菸，接著對他吐出一股煙霧。「你可以說我就是靠這維生的。」

羅恩面露微笑。

「至少我們知道他是誰。」佐爾開口說。「只要我們還活著，就會對他構成威脅。」

「沒錯。」蜜蘭娜回答。「只要他想的話，他能對我們徹底隱藏他的身分。他覺得自己安全無虞。他想得沒錯。該嚇破膽的人是我們，不是他。最好閉上我們的嘴，因為就我看來，勒索的黑函不會隨時間而過期。」

「好啦，我們走吧。」柏格把頭靠在車廂的後牆上，發出金屬般的碰撞聲。「我們趕快拿到錢[9]，就忘了這件事吧。」

「什麼錢？」艾雅突然疑惑地發問。

「我指的是，嗯……」柏格稍微彎下了身子。「就趕快完成這鳥事吧。除非你們真的喜歡這垃圾車的臭味。」

守衛一句話也沒說，便揮手讓他們通過，甚至連一眼都沒看。真是個明理的人。地下車庫幾乎空無一物，只有幾盞光線微弱的工地電燈照亮此處，間隔均勻排列的柱群在地板上投下修長的黑影。看來在安裝恰當的照明設施前，建築公司就破產了。

大夥跳下了車，落地時聽見潮濕的水泥地上傳來的輕微水聲。這裡又涼又濕，這解釋了為何沒有任何遊民在此。他們想結束這一切，但不怎麼急著面對沃登。這個地方簡直是為了在暗地裡處理見不得人的事而設，不用擔心外人好奇的眼光。

「所以呢？」柏格雙臂交叉在胸前，四處打量空無一人的水泥空間。「老大在哪裡？」

羅恩抬頭望向垃圾車的車頂，離天花板幾乎只有一寸的距離。

9　譯註：eddie，為遊戲中的歐洲貨幣單位（European Currency Unit）的口語稱呼（也簡稱為「歐元」，但與現實中的歐元不同）。

「不曉得這代表沃登有先見之明，還是完全相反。」

在任何人猜出羅恩話中的意思前，大夥就聽到通訊器中傳來沃登的嗓音。

「**把武器放進箱子。**」

這次出現了沃登的全像投影——除了佐爾之外的所有人都看見了，但佐爾只聽得見他的聲音。

箱子在電梯門口旁邊。太好了，佐爾心想。如果大家身上還備有武器，就不受威脅了。

佐爾其實不想報復沃登。他只是想讓生活恢復正常而已——如果他的生活可以稱得上「正常」的話。他率先走過去，把他的沙拉托加當垃圾般扔進箱中，接著丟了他的手槍。直到現在，他都照沃登的規則辦事——不妨繼續按照規則到最後。他沒有任何作戰用植入物，這代表他只能仰賴直覺與部分訓練。換句話說，他只是門外漢，但至少他並非孤身一人。他一小時前很有可能會輕易死去，也可能在五分鐘內送命。也許就是當下。他不害怕。他應該立刻跪下並結束這一切，敞開雙臂迎接死亡——以沒有意義的死亡結束他沒有意義的一生。不，如此一來，命運可能會饒他一命。他得保持耐心。無論意外與否，遲早會有顆子彈碰上他的大腦，這世界便會隨即消失。**黑雨拍打著擋風玻璃，當他試圖加速駛入夜色中時，雨滴便從載具側面流下。在左側的遠處，夜城馬賽克般的霓虹燈光逐漸黯淡並消退。前方的地平線燃起了一道熊熊火光。已經太遲了……**

「佐爾……」

他回過神來——人還站在那個箱子旁邊。艾雅將手從他肩膀上抽了回來。他挺直身子，彷彿什麼事也沒發生。除了艾雅以外，只有站在幾尺外的羅恩注意到剛才發生的事，但他只是一語不發地觀察著佐爾。

電梯門緩緩開啟了，帶著不祥的氛圍。他們不敢動彈。細長的光線逐漸變寬，身穿合成皮大衣的沃登走進車庫，彷彿他擁有這個地方與其餘的一切。當他穿過自己的全像投影時，影像便隨即消失。

至少在當前，佐爾勉強壓下了自己大腦傳來的崩潰感。不過，他仍幾乎難以站立。沃登沒有帶槍。他走到垃圾車後頭，以手指撫摸著容器的邊緣，再轉向這一群憂心忡忡等待著的人們。

「這場考驗很艱困。」他以肅穆的嗓音說。「但你們通過了，我的烏合之眾。回你們無聊又沒意義的快樂生活去吧。」

「所以……」羅恩聳肩並高舉起手掌。「就這樣？我們可以走了？」

沃登只是露出笑容，展現一排天藍色的牙齒。

第二章

天空落下濃厚的熱氣，讓清晨大雨的所有痕跡都蒸發得毫無痕跡。就連被炸毀的人行道和燒焦的柏油路上頭的水塘也幾乎消失了。

連恩身穿一件長風衣，來回踱步於破損的汽車與卡車殘骸之間。他已經看過照片與錄影片段，但沒什麼比親自走訪犯罪現場更有效了。警方用封鎖線封住了街道的兩端。空蕩的巡邏車停在一旁，警官們則躲在陰涼處中等待著，不耐煩地看著連恩，渴望能快點離開這個地方。他們身後有一小群好奇的旁觀者和幾位記者，試著找尋更清楚的觀望角度。「沒什麼好看的。」又是那句令人厭煩的老話，不過這次說的是真的。但這無法阻止眾人派出無人機、或用先進光學裝置[10]放大視角，以獲取新的內容並以即時且熱議的評論來加油添醋，但這一切都沒比天氣火熱。沒過多久，人群就興趣全失，並逐漸散去。

站在一旁無所事事的兩名街頭清潔工受夠了。他們開始把設備連接到他們的卡車水槽上。

10 譯註：Optical，又稱光學改造裝置或視覺改造裝置，為強化視覺能力的改造裝置。

「還沒呢。」警探說。

「要讓我們他媽的等上一整天嗎？」其中一人罵道。「我和你不一樣，光是握著屌站在一旁是賺不到錢的！」

「坐在拘留所裡四十八小時也同樣賺不到錢。」

這句奏效了。他們回到卡車邊，義憤填膺地點起了香菸。

連恩擦掉額頭上的汗水，調低他風衣中的空調系統溫度，並繼續檢視現場。這一切令人困惑得毫無道理。就像從二樓窗口往外開火的重機槍，它還在那裡。軍武科技的產品——真是諷刺。除非……

警探走進建築，跑上二樓並再度站在重機槍旁。槍手幾乎成功擊中了視野中除了目標車輛外的所有東西，卻只有三發子彈擊中那輛車。為什麼？沒有人會將價值數千歐元的槍交給某個不會使用的人。此外，你還得是個腦殘，才會把這麼昂貴的工具拋下——就算磨平了序號也一樣。至少也該換掉槍管，讓它變得更難以追蹤……總而言之，這把被拋下的槍、那個扣扳機的傻子都是謎題。不，是許多謎題。

他更仔細地觀察槍枝。那是全新出廠的三十一型重機槍，就連上頭的安全標籤都還沒全撕除。但是如果這群人真的是業餘人士，一開始是怎麼弄到這種先進武器的？

連恩跪下來檢視握把。也許鑑識人員已經檢查過指紋了，也許沒有。這也不重要——長期以來，槍械資料庫都是混亂且缺乏資金的爛攤子。

這代表他們可能還沒進行檢查。

他伸出顏色比他正常膚色稍淺一些的小指頭，沿著槍管側邊刮除序號的位置輕撫著。他手腕的改造裝置與骨頭相接位置上的金色關節形成某種手鐲，當他感受著近乎完全光滑（除了用磁力雕出數字的微型刻度以外）的金屬時，二極管閃爍著光芒。他閉上雙眼並全神貫注。他小指上的感應器只需要在上頭掃描三次，就會有數字在他的眼瞼下閃動。他將之儲存在記憶庫中，並將它連結到資料庫。這把槍三年多前在軍武科技倉庫中遭竊，但為何到現在才使用呢？這並不是幫派的作風。連恩察覺到那種熟悉的感覺——胃裡一陣翻攪。他要不是知道該找誰，就是明白自己根本不該追下去了。他見過調查在初期就被扼殺中止，也知道有警官在拒絕放棄案件後便忽然消失……如今這已經算是一種職業風險了。但這種事……又是全新的狀況。

外頭車子停下的聲響將他拉回現實。他現在該怎麼做？

他往外一看。有兩台軍武科技的巡邏卡車，外型和被拋棄在街道中央那輛車的外型相同，此外還有一輛拖車。

他跑下樓，走向最近的夜城警察局警官。

「你聽不懂『沒人能進來』這句話嗎？」他明顯惱怒地問道。

「捷德（Zed）下了新命令。」幾乎隱藏不住放鬆口吻的警官回答。「企業要接手這案子了。」

「還用你說……」

連恩嘆了口氣，走向似乎是主管的軍武科技士兵。其他人已準備要拖走卡車與車子了。他們身穿黑色制服，裝備與裝甲都勝過夜城警察局，甚至比鎮靜特勤組（MaxTac）[11]的設備還好。他們光靠外型的氣勢便彰顯了權威。

「我是重案組的連恩・李德（Liam Reed）副中隊長。」他亮出全像身分證。「這裡主導調查的人是我，而你們礙到我了。」

「情況不同了。」這位隊長不打算自我介紹。甚至不打算掀起他那不透明的面罩。連恩面前映照著他自己的倒影，使他看起來滑稽地渺小。

「『不同了』是什麼意思？是指我主導調查，還是你們礙事？」

「你很清楚流程。沒有平民受傷，代表這和警方無關。我們會接手……」

他說得有道理。沒有任何旁觀者受到傷害、沒有私人財產受損的狀況很少發生。在這些情況下，警方可以將調查工作交給對方。除非……

「的確沒人受傷，但這條街在攻擊過程中受到損害。」連恩往後仰了仰頭。「那是公共財產，更別提閉路電視系統遭到破壞了。」

「軍武科技會賠償街道維修的費用。你們的閉路電視網上的過時反入侵系統，是你們自己的問題。好了，不好意思，你礙到我們了。這是我們的內部調查了。」他轉身走向已抬升起軍武科技運輸車的拖車。

重拾熱忱的夜城警察局警官們開始拆除路障。

連恩把一塊口香糖丟進嘴裡，往現場看了最後一眼。他才剛滿四十歲，但髮線已經退到他的頭頂了。結果最終老是演變成這樣時，有什麼好努力的呢？

他啟動大衣裡的手機，透過思想指令傳送訊息。

「下午有空。我會去學校接孩子們。」

ArS-03，35102日誌。

同步化過程已啟動。

未辨識裝置NI1001010011110。狀態：未知。

未檢測到額外子系統。

他還活著，這一點無庸置疑，至少在佐爾心中是如此。仰躺的他凝視著天花板。躺著並不是存活的證明，但你得活著才能盯著天花板看。

11 譯註：夜城警察局中專門對付神機錯亂者的部門。

在所有人之中，沃登為何要選他？

他不相信巧合。

他起身往窗外看去。說是「看」就稍顯誇張了。他的視野不過是十幾英尺外的隔壁建築牆壁。過了午夜，一切陷入黑暗，但白天的景象差別也不大。有時高達八十層樓高的巨型社區（megablock）牆面會阻擋所有陽光，也遮擋了那些誘惑你搬去更舒適社區中的全像廣告。

巧合……

他轉身檢視自己公寓的內部。那張鬆弛下陷的沙發也充當床鋪，書桌上裝了中等尺寸的腦機面板，還有衣櫥及微型浴室。整體大約是一百平方英尺左右。角落塞了台小冰箱和爐灶——是最基礎的型號。

他的肚子咕嚕作響了，但還沒餓到想出門買最便宜的蛋白質[12]餐點，至少不是現在。

他坐在沙發下陷的位置上，這是他多年來不變的習慣。他揮了揮手便打開電視。他不需要其他鬼東西也能過活，但不能少了這東西。

「嘿，你聽過新的幻耳（ImaginEar）植入物嗎？」一個耳朵下垂、禿了頭的矮胖侏儒問道。

「沒有嗎？這個嘛，你現在知道了！有了幻耳植入物之後，你就能聽見任何想像中的聲音！」

「接下來的一個小時內，就來升級你的全食（All Foods）送料器（feeder），你能獲得折扣……」

「樓下鄰居又在製造噪音了嗎？該讓精省軍火（BudgetArms）為你提供解決方案了……！」

「腳部植入物裡的滾珠軸承鬆了嗎？沒問題……！」

「你是否曾夢想過……？」

「太棒了！現在你可以……！」

「別再假裝……」

繽紛的色彩和充滿動感的角色們猛烈衝擊著佐爾的心靈。強制性廣告結束後，節目隨即開始。不過那只是假裝成節目的另一個廣告。

佐爾對自己觀看的東西非常謹慎。他要確保自己的個人檔案盡可能地普通且平庸，以免有人仔細觀察。或許人們沒理由這麼做，但小心為上。他打算要處於每條消費曲線的中央地帶，如同輕輕漂蕩於颶風眼中的孤寂小舟。這並不容易，但當他清楚這一切不會永遠持續時，心裡就充滿希望。

最安全的策略，就是觀看大家都在看的東西。過去幾個小時，每個頻道的頭條新聞都提到在旱谷遭受襲擊的軍武科技車隊。重複播放著幾段現場的影片，就沒有其他內容了。

那名竄網使幹得漂亮。所有線索都清理掉了。

人行道和街道四分五裂，上頭滿布瓦礫——這是羅恩糟糕的準頭所造成的結果。佐爾回想起他的六指機械手和前臂。**Zeta**科技的先進型號適合進行奈米手術，而不是使用重機槍。

---

12 譯註：SCOP，單細胞有機蛋白質（Single Cell Organic Protein）的簡稱。

新聞主播宣稱，警方和軍武科技對此事都毫無頭緒。這也許是實話，也許不是。千瘡百孔的卡車裡頭走出了一個打扮光鮮亮麗、戴著黑色太陽眼鏡的男子，看起來彷彿來自間諜驚悚片。

佐爾頓時愣住了。他更仔細地盯著那個正指向自己的男子。對方取下太陽眼鏡，露出軍用級夜視光學裝置。

「你擔心夜城街頭的安全嗎？」

不，這只是另一個塞在新聞片段中的廣告。

「別轉台！我們還沒說完！等等！你需要的是防彈晶甲（CrystalArmor）窗戶！因為**你的**生命無價！」

佐爾轉了台。這一點用也沒有。

「在大城市裡感到寂寞嗎？再也不會了！天使伴侶（Angel's Companions）正在尋找像妳這樣的女孩！妳會遇到**一大堆**有趣的人！今天就報名參加我們最快速的甄選活動吧！」

他又轉了台。

「也許你不相信有細菌的存在。」穿著網襪和高跟鞋的纖瘦醫生說。「但它們絕對相信你的存在！現在就投資濾水器吧！」

他從水槽裡幫自己倒了杯水，也沒有過濾。

他緩慢地小口啜飲著。三十歲的他獨居，身材也保養得不錯，或許才會因此常轉到一些提供情色服務的廣告頻道。他不介意看那些廣告，但他從來沒購買任何服務。那不僅浪費他欠缺的時間和錢，更會引來不必要的關注。他不能碰上執法人員。

特別是在昨天發生的事之後。

佐爾坐在笨重的舊世代腦機面板前。小螢幕下方有一個如今已十分罕見的傳統鍵盤。佐爾知道如何讀寫——那是新美國（NUSA）陸軍的要求。由於某種理由，他沒有扔掉這台古怪的科技產品。比起更新的型號，它上頭的監視裝置更少，因此入侵性更低。廣告鮮少出現，因為不值得為它們花力氣去更動格式。也沒人會阻擋腦機面板的上網功能，因為它們和企業維護系統使用同樣的協定，也會從修車廠和 Data Inc. 的輸出口來更新傳輸連結。除非你用它來進行非法行為，不然它們並不危險，也只有門外漢才會這麼做。

但儘管他安裝了網路索引加密軟體，他卻沒輸入任何字，僅僅透過非常基礎的格式來瀏覽新聞。這是他最喜歡的方式。對裝有光學改造裝置或至少是習慣現代介面的人而言，這台面板看起來就像是過去的古物。

佐爾經常會接二連三地隨機點擊連結，或甚至按下十幾個連結，之後再選擇真正感興趣的東西。

他停留在一段不斷重播的短影片，畫面中有個戴著眼鏡、身材纖瘦，約五十幾歲的企業人士走進一輛豪華禮車。乍看之下，他像是某個重要人士。他猜得沒錯。底下的文章描述了一份新政府合約，但沒有提及地點或日期，沒有任何有用的訊息。佐爾從來不儲存任何資訊，他比較喜歡記住這些事。多年來他一向如此——這些零碎片面的資訊從未讓他更進一步靠近自己的目標。

他關掉腦機面板，再度陷入思緒中。他找得到武器，這點沒問題，他的錢至少夠他買一把手槍。但光有把手槍還不夠。那就像是拿著蒼蠅拍要擊倒大象。前提是，世上還有大象存在的話。

他的眼皮變得沉重。他走回那張下陷的沙發，往後倒在上頭。時間過了好幾分鐘，卻始終沒有睡意。最後，佐爾睜開雙眼。有一個藍髮女孩在他面前跳舞，順著節奏擺動臀部。她向他傾身，並張開嘴巴，裡頭有十條如長蛇般扭動的藍色舌頭。他已經在夢境裡了嗎？藍髮女孩頓時消失，只剩下她了。艾雅。即便在雨中，他也記得她誘人的體香，她的動作也清晰可見。也許有一天，等他做完該做的事，她就會為他起舞。她也許會跳得不錯，畢竟她有十分輕盈的腳步。在慢動作中，他觀看她向左旋轉，她的黑色長髮在空中擺盪，半透明的裙子隨之起伏，赤裸的雙腳輕快地在地板上踏下精準的步伐。

他正在做夢。他可能永遠不會再見到她了。

僅僅幾英尺外的所有東西，都模糊得成了一片濃厚的粉紅迷霧。音樂節奏包覆了一切，夾雜了玻璃杯的清脆敲擊聲，和同時進行的十多組交談聲。音樂的演算法自行產生，並因應舞者的動作與快速變換的風格而持續改變，炒熱了周遭氛圍。

毫無疑問地，有人正在監視。也許每個人都這麼監看著。不，不可能每個人都如此。時間越晚，監視者就越少。當然，永遠少不了那些幻舞成癮者。

當她用左腳跳躍時，右手抓緊鍍鉻的鋼管，在空中翻滾了兩次後，大腿和小腿肚之間接著感受到熟悉的冰冷金屬。她釋放了一小股費洛蒙，閉上眼睛讓本能掌控自己，讓她的軀幹如和緩的波浪般起伏，身體與鋼管完美交纏。不需要思考，她的身體清楚該怎麼做，自行適應當下狀況。每當節奏改變之際，她都會脫下一件衣物。她很喜歡做這件事，就像這樣，在不知名的這些群眾前跳舞。

光線變得黯淡，音樂也開始淡出。霧氣後方一間擺滿桌子的房間開始變得清晰。在短暫的瞬間，有些人放下玻璃杯，對這場短暫卻精采的表演投以稀稀落落的掌聲。有些人起身在掌聲之間喊了些話。她聽不清楚。她拿起掉落在四周的幾件衣物，接著朝著後台走去。房間又恢復了平常的喧鬧及碰撞聲。

現在，後台走廊終於安靜了下來。兩名男舞者在通往酒吧的門邊抽菸，和另外兩名女舞者交談。其中一人的身材較為結實，近乎黑曜岩般黝黑的皮膚閃閃發亮，另一人則矮小纖細，皮膚蒼白得幾乎泛起藍光。前者長了龐大陽具，而後者有分叉的舌頭——人各有所好吧。他們一眼都沒看她。這裡不缺漂亮的外表和裸露的皮囊。她路過正準備上台的優希（Yuki），亮紅色的圖案在她皮膚下顫動著，顯然是裝了新的皮下植入物。她們在擦身而過時對彼此微笑。優希一直想加入幻智之舞這一行，但目前還沒碰到什麼知名的演出機會。

她鬆了一口氣，關上梳妝室的門，在面對鏡子的四張椅子其中一張上坐下。鏡子邊緣的燈泡讓她身後的房間顯得暗淡。

一切都結束了。他們這幫烏合之眾的犯罪計畫已成了過往雲煙，該讓一切恢復正常了。或許會很無聊，可能性也很有限，但至少生活安全，在可預測的範疇中。艾雅眨了一隻眼睛，啟動她的電話，並透過思想對M送出一份訊息：「今晚忙完了。三十分鐘後回去。」

「艾雅。」

她猛地轉身。有人坐在靠著牆的沙發上。是她的老闆脆皮（Crispy）。

「老脆，嘿。怎麼了？」艾雅說。

「和往常一樣。」脆皮站起身。「妳知道有些客戶偏好有機人，對吧？有些人就是為了看妳才來的。」

「我猜這是一件好事，對吧？」艾雅脫下粉紅色的假髮，開始卸下假睫毛。「這個月已經排了兩場幻舞。」

脆皮起身，站在她的椅子後方，用異常龐大的眼睛盯著她看。當她還會跳舞時，這雙眼睛在舞臺上也許曾看起來很棒。現在她已經退休了，但那雙眼睛仍然沒變，讓她看起來像個老孩子。她解開艾雅的黑色長髮，緩緩梳著髮絲。

「嗯哼。不過，有時他們不只想看舞，也不只想要幻智之舞。妳懂嗎？」

「我從來不同意做那種事。」艾雅拿走她手中的梳子，接著迅速卸去眼妝。

「人會變，條件也會改變。如果妳想賺到錢，就得待在趨勢最前線。妳應該最明白這件事了。」

「我有底限。」

「底限不就是用來突破的嗎？」脆皮將一隻手放在她肩膀上。「我沒聽過有其他女孩在抱怨。」

艾雅還沒擦去她的粉紅色口紅，就穿上了外套往門口走去。脆皮沒有阻止她。

「記好了，甜心，妳也許是有機人，但妳一點也不無辜。行行好，別假裝自己是什麼他媽的聖人。」

艾雅推開了門，朝著門外走去。

羅恩在吧台的凳子上重重坐下時，凳子隨之搖晃。他把玩著假水晶杯裡的冰塊，裡頭裝了一種棕色的液體，假裝它是稍微及格的威士忌。只要輕輕扭動一下手腕，十次中有九次，他能將一塊冰塊疊至冰塊的頂端，即使冰塊已融化而逐漸變形。

「你喜歡擲骰子嗎？」酒保佩裴（Pepe）問他。

「沒有啦。」羅恩漫不經心地看著他。「怎麼了嗎？」

「聽我的建議吧，老兄。這樣就好。」佩裴結實的手臂上布滿刺青，當他的手肘撐在吧台上時，台面似乎就要凹陷下去了。他金色的改造手臂碰觸到他金鍊上的十字架。「用那種把戲的話，是沒辦法活著走出賭場的。」

「我是神機醫，不是賭徒。」

「他們才不會管這種事。總之，你也不會待到那個時候了。」

佩裴向羅恩的酒杯點頭。「我一直以為神機醫能賺大把的歐元，但你卻在這裡喝喬提爾（Joe Tiel）這種便宜貨。唐納希（Donaghy's）對你來說太貴了嗎？」

羅恩聳了聳肩，低頭看著自己的酒杯。吧台頂端的霓虹燈招牌閃現著綠光，讓威士忌看起來幾乎是黑色的。

「你知道在沒有選擇的狀況下，做不道德的事帶來的感覺嗎？」

佩裴刻意掃視了瘸腿郊狼（El Coyote Cojo）空蕩的室內，再將視角轉回羅恩身上，並從吧台底下抽出一瓶沒有標籤的酒瓶。

「試試這個吧。」他倒出看起來和聞起來都像真貨的液體。「這東西沒名字，但它比這陣子大半掛著品牌的威士忌還厲害。」

在夜城炫目的黑夜中，透過特許山（Charter Hill）一座公寓六十六樓中的玻璃牆面向外凝視，令人感到暈眩。這裡能看到幾十座摩天大樓，數千個被點亮的窗戶，大小如足球場的飄浮全

像廣告板，無數浮空載具穿梭建築物之間，有如一群螢火蟲。底下有一大片錯綜複雜的霓虹燈招牌，和明亮的店家櫥窗與車輛。這一切的中心，就是企業廣場（Corpo Plaza）高大雄偉的巨型建築群，上頭蒙了一層雲霧，而雲霧的強烈逆光效果則如同白晝。

這是永遠不會入睡的一座城市。

窗戶上映照著一具如模特兒般完美的赤裸軀體，被夜色籠罩著。

「我們今天真的讓他們大開眼界了。」男子拋開毯子。「就是那些荒坂集團（Arasaka）的門外漢。總之，妳覺得怎樣？」

對方又高又瘦，身材條件非常好。

蜜蘭娜清楚他的意思。

「還好。」她說，同時套上一件絲綢長袍。「和平常一樣。如果你需要一個數字，那就是三次。但第三次有點……隨便啦。」

「隨便？」男子站了起來。「妳到了三次，居然還要抱怨？」

「他媽的最佳設定……」蜜蘭娜搖了搖頭。她回到窗邊，閉上雙眼。「我覺得你該走了。」

「高潮三次後，妳就叫我滾蛋？」他開始動手撿起地上的衣服。「不然下次我三次，妳一次……」

「在這樣的關係中……我常常遇到危機。」她觸碰了玻璃。「兩週前，我在環城道路碰上連環車禍。現場起了大火，死了很多人。我本來也可能會死，但只是扭到腳踝。現場有個搶救團隊

（Trauma Team）的醫護人員失控崩潰了，想從起火的車子裡救出某個孩子。」她停頓了一下。「其他人不讓他出手。這會讓人陷入思考，當死神出現在你身旁，選擇要帶走誰，又該給誰第二次機會……你會發現，這一切都毫無意義。」

他著衣的速度變得更快，一語不發。他太年輕了，無法理解這種事。

「嗯，明天上班見。」他在門口旁說。

門自動滑開了。

這是一個月以來最爽的一次性愛。那份空虛也完全相同。

奈德．坦普頓（Ned Templeton）這個人還行。那些人都還行。只是，他原本不應該只是一個玩完就丟的對象。

她的希望開始消散。

同樣的事反覆地發生。就連三次無可避免的高潮都開始變得無趣。沒有任何事有實質的意義了。真希望有什麼東西意外出錯，讓一切變得不同。不對，它們都是同樣的軟體與程式。這不過是接二連三的既視感。何時該插進一根手指，還是兩根？她內心太清楚這一切了。

她對這一切感到厭倦透頂。

蜜蘭娜知道自己無法入睡。她透過思想指令，要神經傳導器將抗壓力化學物質混和物送進大腦裡，再佐以她的威士忌。這顯然偏離了她平常的「頂級健康」飲食，但管他的。總之，她在兩週前就停止飲食控制了，也就是車禍之後。當你直視死亡時，用來維持「青春與長壽」的羽衣甘藍和奇亞籽，似乎只是浪費時間而已。

她的思緒開始變慢——神經傳導器正在發揮作用。

她感覺到自己的思緒重新回到那個家具簡陋的公寓房間。每天讓她心煩的人群、想法、事物及麻煩已經夠多了。她需要空間來放鬆。這裡不需要無用的廢物。

她點了根香菸，火焰在窗戶的倒影中照亮她的臉龐。那是張透過合成方式而恢復青春的五十二歲臉孔。

她放下打火機，菸嘴掛在她微張的雙唇之間。

她拿起桌上的玻璃杯，往窗戶丟去。

音樂、婊子和酒。沒錯，邊看邊哭吧，廢物們！桌子和凳子有點搖晃，這一點也不要緊——全世界都隨著同種節奏搖擺著。找個包廂，我他媽自己的包廂，我右邊有妹子，左邊也有妹子。來看看我的二頭肌，隨著節奏振動——他媽的愛死我吧，老兄。再喝一杯。鏗！我得保持清醒。其他桌邊坐了一堆白癡。廉價的椅子、低俗的品味……品味。有妹子抓著鋼管跳舞，我真他媽的走對路。該死，這句話還押韻！

「喂，再喝一杯，然後我們就要去樓上爽了。妳準備好了嗎？」

「我已經濕了，寶貝。」左邊的女人倒了一杯酒。

「你想插哪裡都可以。」右邊的人接著說。

太屌了！來幹吧！咕嚕！戰鬥前喝最後一杯。今晚肯定很漫長。

掌聲瞬間讓他跳脫長達了數秒的白日夢。他甚至沒察覺自己在瞬間失去了意識。他站起身，雙手在頭頂上拍打著。

「嘿，美女！」他對著舞臺上大叫。「過來！我們可以玩3P……等等——」他在心裡計算。一，二，三……「4P，哈！」

他搖搖晃晃地走出包廂，邁出幾步不穩的步伐。那位有粉紅色頭髮的舞者甚至一眼都不看他，撿起自己的衣物便消失在後台。不過，那屁股嘛……

「臭婊子……」他猛地轉過身。「好吧，我猜就剩妳們倆了……」

夜店中的燈光開始旋轉，他腳下的地面隨之消失。在柏格的頭撞上地板前，他早已失去了意識。

第三章

過得怎樣呀，各位廢物們？想我嗎？沒錯，我是你們最愛的人渣媒體，FR34K_S33K！想知道那些企業大佬這次又對我們隱瞞什麼嗎？哎呀，如果你們不曉得，也很快就會知道了，因為我他媽的不在乎你們想聽什麼。

記得發生在旱谷的槍擊事件嗎？聽著，我知道後來大概發生了一百起槍擊案吧。有誰在乎呢，對吧？驚爆快訊[13]（screamsheet）每天都他媽的寫滿了犯罪案件，但旱谷的那樁案件除外。聽清楚我說的——你們不會在任何官方新聞來源找到它的蹤影。很怪，對吧？有人他媽的殲滅了軍武科技車隊、偷走了他們的貨物，卻沒有任何人報導這件事。除了這裡之外！新聞來源抹去了這事件的一切蹤跡，所以只剩在下我在此挖掘幾天以來的新聞來源。還有誰有這麼投入奉獻的精神嗎？是吧，我也不覺得有人會這樣！

那麼目前我們知道什麼？看起來，這幫人是專家。他們有全新裝備，所以可能是來自外

13 譯註：screamsheet，報紙的街頭俗稱。

地的人。但這可嚇不倒我。知道是什麼害我失眠嗎？就是下一場企業戰爭。他們想用幫派戰爭嚇唬我們，不過我們早就習慣那檔事了。該死，幫派戰爭早就是夜城一部分的風景了。但是，沒人能忽視企業戰爭，根本不可能。那些企業只要有機會提高利潤率，就算要炸毀整個社區也毫不猶豫。接著他們會裝出一副難過的嘴臉，為人們她媽的禱告，同時責怪先前惹毛他們的那些對象。

你們覺得那幫人從車隊中偷了什麼東西？如果有人費了這麼大的力氣要來掩飾這件事，那東西一定很重要。或許是某種新型的生化武器？你們覺得是誰會用這種武器，又會在什麼時候使用？希望我們永遠不必知道這些答案。

如果你渴求獨一無二的真相，就繼續鎖定FR34K_S33K！

掰啦！

「我已經告訴過妳了。我要用它來學東西。」

「嗯哼。你八成學到不少東西了吧。」

「這不是幻舞機（wreath），只是看起來像而已。它根本沒辦法執行幻舞。」

那個矮瘦的青少年坐在書桌旁的扶手椅上，雙手握著一台幻舞機。站在門口那位滿頭油膩粉紅色髮絲的女人是他的母親。她的運動衫掛在她骨瘦如柴的肩膀上，像是掛在衣架上的衣物。

「那個東西會燒壞你的腦袋。」

「我改裝過了。我用它來做其他事。」

「我現在就看得出你之後的下場了。」

「什麼下場？」

「變成幻舞毒蟲！」

「我知道這看起來像幻舞機，但是我剛才也說了……」艾伯特（Albert）嘆了一口氣。「而且，難道妳能跟我說，花一整天看電視就不會燒壞妳的腦袋嗎？」

她緊緊抿起嘴。

「我喜歡了解這世界上發生的事，好嗎？你應該忙起來，用你的人生做些有意義的事情。」

「有意義的事……舉例來說？」

她抿了抿嘴唇，揮舞著雙臂。

「我不曉得啊……就是做某些事啊！大家都會做一些有意義的事啊，但你什麼事都沒做。」

「我本來想要去讀大學的。」

他母親冷笑了起來。

「又來了。哪來的錢？」

「我正試著存點錢。」

「靠打混嗎？靠玩那些該死的幻舞嗎？」

「我說最後一次，這不是……」

她翻了白眼，不滿地哼了一聲。她回到客廳沙發去時，拖鞋拍打著她的腳後跟。

艾伯特轉過身來坐回他的書桌前。和他媽媽同住並不容易。他十七歲了，以夜城的標準，他已經算是個成人了。但儘管他有多麼想，都無法想像自己可以住在其他地方。

幻智之舞。他根本不喜歡這種東西。他曾出於好奇心嘗試過一次，但過了幾分鐘就停了下來。那完全不適合他，這點非常清楚。但說到幻舞機，這又是另一回事了。用上幾種械鬥匠[14]（techie）的花招後，他就能為耳後的標準神經連接埠（neuroport）擴展能力。總之，這裡不是使用它的最佳地點，太舊式了。不如直接找更為先進的科技產品，像是連到後腦的改造連線（C-Link）——竄網椅的頭枕原本就有開口，就能證明這點。將許多條纜線插進神經連接埠的話，會使頭部側面承受過多的重量，並對頸部造成壓力。不過，如果你只需要技晶[15]（shard），用來裝在每個神經連接埠都有的晶片插槽的話，這也是無妨。但是，如果你只想得到高頻寬、高速傳輸及低延遲，以深潛進入網路空間的話，改造連線就是最大關鍵。

但是，艾伯特手上沒有改造連線。他只能勉強使用標準神經連接埠及改裝過的幻舞機。他的舊世代腦機面板是為了其他目的所設計，但艾伯特將它大幅改裝，盡可能地取得最完整的性能表現。

他往後仰身，壓下按鈕來關門。他向後仰時，椅子的靠背嘎吱作響。有東西刺痛他的手，他皺起眉頭，小心地從椅子的軟墊中拔出一塊塑膠技晶。他看到手掌上冒出一滴血時，顫抖了起來，驚奇又厭惡地盯著血滴看。他用面紙把血擦掉，但過了一秒後，血滴又冒了出來。

血液。血在他體內流動，維持他的生命。它看起來充滿動物性，又不切實際，令人感到噁心。他深呼吸了幾次，控制住自己的思緒，並改變思考方向。他應該買張新椅子，找一把品質好一點的。如果他想的話，現在就能立刻出門去買。錢不是問題——離開公寓才是問題，還得一路走到科技用品店，和他沒興趣互動的人交流，更糟的情況下，還會有推銷員向他搭訕。他可以透過電話或網路下訂單，但他怎麼知道哪一張椅子適合自己呢？

目前他還是繼續用那張舊椅子吧。

他戴上改裝過的幻舞機，把插頭塞入耳後。他感到一陣放鬆，彷彿自己在長途旅行後終於回到家中。他回到自己熟悉的環境了。

他立刻感受到，存在於他的設備和此次行動中提供的裝備之間的技術差距。這裡的一切性能都降了級，傳輸速度和蝸牛一樣慢。頂級和次級設備之間的差距簡直是天壤之別。出於習慣，他執行程式來檢查自己區域中的安全層級。沒有什麼異常的跡象，意思是整座南黑伍德都呈現黃色，而非幾處呈現了綠色和紅色，而西流區（Westbrook）和中心區（the Center）則完全是綠

14 譯註：techie，拆解並重組物品的專家，剪輯幻智之舞是他們的常見能力之一。

15 譯註：資料技晶（data shard）的簡稱，是用來存取各式資料的儲存裝置。

色。其他區域大多顯現為紅色，這狀況幾乎不曾改變。老實說，這程式其實不太管用。除了太平洋區（Pacifica）之外，紅色區域到處都是警察，連根巧克力棒都沒人敢偷。矛盾的是，有時紅色區域比綠色更安全。

但他自己也不打算立即出門，還有很多數據資料要分析。

「大學，哈！」即便隔著關上的門，他還是聽得見他母親的聲音。「每個月要付四百歐元的學費！我要去哪弄來這麼多錢？」

他用思想指令讓銷售數據出現在他的視線周圍。他兩天前發布在網路上的一個簡單樸素的遊戲，目前已被下載了兩千五百次。下載一次要價五十歐分（eurocent），這意味著他已經賺了超過一千兩百歐元。

「正常人怎麼付得起這麼多錢？」他媽對著電視罵道。

這才剛開始而已。玩家還能再購買一些附加內容和額外的東西，一天就能為他帶來五百到七百歐元的額外收入。當然，前提是有人要買這些東西。

「你根本不用想這些事！」她繼續說。「只要有人做晚餐給你、洗你的髒內衣褲，你根本完全不在乎錢！」

而且，這只是他發行的諸多遊戲和程式之一，也是裡頭最新、最洗練的作品。

「你只顧著自我洗腦，倒不如去做點有意義的事……看看那個馬帝（Marty），我忘了他是誰家的兒子，他都找了一份當焊工的工作了！這種簡單踏實的工作，一天幾乎能賺到三十歐元。比你現在的收入多了三十歐元！」

其他程式都是賺錢得要碰運氣的作品，但它們的總收益一天幾乎達到兩百歐元。他能提高他的獲利，但就需要更多人力，這代表他得和別人合作，而艾伯特對此並不感興趣。

他自己的網路空間是漆黑的零重力虛空，其中有預先設定的向量。艾伯特的無形存在就懸掛在中央，環繞著向上飄浮的機器碼柱，而碼柱在下方兩千兩百列數碼的位置來到盡頭。他可以同時占據網路空間中的不同位置，進行更正、增加或刪除編碼列。他的虛擬雙手已有一段時間沒摸到虛擬鍵盤了，那是來自真實空間的落伍工具。思想指令更快也更方便，但他仍無法同時處理較大的問題。他的科技裝置無法應付這類工作。

處理原始碼是枯燥又緩慢的差事，卻是創造出完美產物的唯一方法——例如反入侵和衛網監理（NetWatch）[16]的監視機器人。艾伯特並非只是打造另一個打發時間的遊戲而已。這是一個全新的境界。你不能在所見即所得編輯器（WYSIWYG editor）上用預製模組設計出這種東西。「塔蘭」（the Taran）——在波蘭語中意為「破城錘」，這是他無意間發現的詞彙——只能透過機器碼來製作。

在這個簡陋介面中，唯一的例外就是那個下載點陣圖，圖像是一個已死了半世紀的人。沒人確定他是否為摧毀舊網路的人。假如他是，也沒人知道他是為了保護人們不受企業極權控制才下

16　譯註：總部位於倫敦的全球網路警察組織，在「死機」發生後試圖管控叛變的人工智慧。

手，或是為了滿足個人的虛榮與自大。艾伯特只在意這個人辦得到這件事。

拉契．巴摩斯（Rache Bartmoss）。

綠色的數碼、字母和文字靜靜地懸浮在空中。如果他能處理這一切編碼就好了。第二階科技可以解決問題，但要怎麼弄到手？商店不賣這種東西，至少合法店家不會。但是，去黑市就代表得和可疑人物打交道，這是艾伯特極力避免的事。不只是科技產品而已，他還需要改造連線，這種東西也不可能從家庭神機醫手上弄來。

他暫時把這個難題擺在一邊，回去處理塔蘭的編碼。還有很多事得做。

在巴摩斯引發「死機」（DataKrash），並導致舊網路（Old Net）瓦解後，衛網監理企業就打造了黑牆（Blackwall），以保護人類不受危險的叛逆人工智慧威脅。至少，那是衛網監理和其他官方消息來源的正式理由。但這是對諸多事實之一的錯誤陳述。巫毒仔（Voodoo Boys）[17]有不同的說法：由於百分之九十的網際網路都遭到封鎖，這代表黑牆成了我們囚禁自己的監牢，而我們還將鑰匙給扔了。由此看來，黑牆之外就是自由，與無限的可能性。艾伯特相信這種觀點。

只不過，沒有人成功跨越黑牆。

「沒有抱負、沒有生活目標……」外頭傳來他母親的聲音。

除了艾特．康寧漢（Alt Cunningham）之外，她曾是傳奇搖滾小子銀手強尼（Johnny Silverhand）的女友，她也不是自願到那裡去的。謠言相傳，她人還在那裡，這謠言對艾伯特而言和童話故事沒兩樣。他不相信這種不利的狀況下會有美好結局——換句話說，就是奇蹟。當事情出錯時，你要不已做好準備，要不通常會送命。

「生了個懶鬼……」

在後腦底部裝上改造連線的話，他母親一定會發現。而裝滿冰塊的浴缸和鎖在浴室裡數個小時的兒子，也同樣逃不了她的法眼。他還有很多工作要完成，也要解決許多問題。

「你他媽的做了什麼？」

雷納（Renner）站在灰色容器前。大廳只有一盞垂掛於天花板的金屬吊燈照映著，在他們四周形成一個錐形的光圈，有如人們在審問室裡的燈光。這至少有半世紀的歷史了。一名高大的男子身穿加上防彈墊的真皮外套，輪廓在地板上投下長長的影子。他雙手上有兩副電金色的十字架，在蒼白的燈光下發出微弱光芒。牆邊的水泥基座上放了一些剩餘的老舊機器，它們原本的用途早已遭人遺忘。管道、纜線、樑柱和幾座排氣扇形成了一個複雜的網狀結構，顯示這座大廳曾是小型工廠。高度近三十英尺的窗戶就位於鋸齒狀屋頂下方，代表有人偷窺內部的機率微乎其微。

17　譯註：夜城的幫派之一，主要基地位於太平洋區。他們是當地海地族群的領袖，大多成員都是竄網使。他們企圖找出舊網路殘餘的祕密及黑牆外的狀況。

「你最好有他媽的好解釋。」雷納怒視看著他。

「我在測試新的辦事方法。」沃登試著保持冷靜。「而且也成功了。」

「或許你該測試一下你的腦袋，嗯?你偷了軍武科技的東西!那他媽的是我們的主要客戶!」

沃登的臉上瞬間微微露出憤怒神情，但那神色迅速消失。

「所以沒人會懷疑我們。」他解釋道。「我們得拓展事業，雷納，不然我們就會卡在同一個困境中。不成功，便成仁了……」

雷納大步地走向他。他稍微高一些，也年長約十歲。

「接了兼職是吧，嗯?我還以為你太笨了，沒辦法自己做事。」

站在門邊的羅斯（Ross）憋住笑聲。

「我們拿到容器了。」沃登回答。「這只是測試，不是差事。純粹是個測試而已。我沒告訴別人，因為我要將風險降到最低。你放輕鬆點吧。」

「放輕鬆，嗯?」雷納走得更近一些。他手上的十字架發出強烈的光芒。「我有下令要你偷這個容器嗎?沒有。你有問我能不能偷它嗎?沒有。你看不出這有什麼問題嗎?還是你他媽的太蠢了?」

「你根本不會接受這做法。」

「他媽的沒錯!現在給我說清楚，還有誰加入你這場小把戲?」

「一些街頭上的無名小卒。」沃登雙臂交叉在胸前。「每個人都有想隱藏的祕密。只需要稍加調查，拿些東西威脅他們，再拿一點歐元當甜頭，他們就是我們的掌中物了。」

「你嘴裡要說的下一句話，最好是他們的屍體已經躺在科羅納多（Coronado）的地底了。」

「他們一個字都不會透露的。」

雷納沉默地看了他一陣子。

「你要告訴我的是，他們還好端端地活著，就等著被逮捕和訊問了？」

「沒人查得出他們的身分，我的也是，甚至是我們。我有這整場行動的唯一紀錄。」沃登撒了謊。他試著放鬆。氣氛太他媽的緊張了。「你還沒搞懂這件事。」

「不，你才他媽的沒搞懂。」雷納努力要保持冷靜。「我有一些人脈——他們在自己的領域很拿手。我們給他們工作，他們動手處理，我們再瓜分利潤。這很簡單。屢試不爽，而且每個人都能開心回家。結果你拿了偷來的軍武科技產品給我，還宰了他們的士兵。你他媽的要我怎麼處理？因為現在我覺得應該要斃了你，把你綁在這該死的容器上，再把東西送回去給他們，順道奉上鮮花和一瓶他媽的香檳作為道歉。還是你有更好的計畫？」雷納離沃登的臉只有幾英寸。沃登不得不後退一步。

「我不覺得你會有。畢竟我也不相信你那些蠢主意。你給我聽好了。你會好好聽話做事。不問問題，不搞瞎事，也他媽的不要策畫任何行動，連測試也都別想了。你就照著我說的做，不多不少。聽懂了嗎？」

「別擔心！你可以調整尺寸，甚至在過程中也能改！特別是在過程中！起步小，最後高潮大！」

心煩的蜜蘭娜想要關掉廣告。他們怎麼敢這樣？當我是年老的花痴嗎？這是演算法搞出來的個人資料嗎？

不過根本沒有個人資料，是她自己選了這種訂閱方案。她沒有把它關掉，反而在最後一秒收手了。出於對社會關係的好奇心，就任它在背景播放吧，來看看其他人是怎麼過他們的性生活的。

她下腹的顫動並不只是她的幻想。

她該出門嗎？不，她沒有力氣，也沒有去任何地方的欲望。更何況也沒人會和她一同外出。奈德還在治療他受傷的自尊。

這感覺又是另一個愉快的夜晚。不，妳還要貶低自己幾次？她短暫猶豫片刻……為什麼不行呢？她可不是平白無故購入這些高級產品的。全都是高級產品，包括她的指甲、乳房、皮膚……她瀏覽了她訂閱的最新卡匣，並挑了標題不顯眼的《十二牛郎》（*Twelve Gigolos*）。接著她戴上幻舞機，舒適地坐在沙發上。

房間裡一片漆黑，裡頭不太寬敞，卻足以容納三個操作工作站。三台主螢幕發散出的微光和其他固定光源，稍微照亮了牆上隔音設施以外的光景。三個工作站看起來都很相似：周圍有螢幕和控制台環繞的扶手椅，中間則架有鍵盤。所有螢幕都顯示了同樣幾排的綠色、橘色和紅色數據，即時圖表和指令視窗則夢幻般地持續變動著。

「過去一小時裡什麼都沒發生。」被稱為ＯＰ1的女子說道，她明顯感到無聊。「我們能稍微調高一點嗎？」

「我們不會調高任何東西。」ＯＰ2回答。「那樣會影響結果。」

「如果什麼事都沒發生，也不會有結果了。」

「我們接收到很明確的命令了。沒有正當理由，我們就不能碰變數。」

「沒事發生不算是正當理由嗎？」

「妳有無聊到想要被開除嗎？」ＯＰ3插嘴道。「我們照指示進行。討論結束。」

ArS-03，44321日誌。
同步化過程已啟動。
未辨識裝置NI100101001110。狀態：未知。
未檢測到額外子系統。

問題了。坐在櫃台後方的男人正是公司唯一的擁有人。

「為什麼老是要選倉庫呢？不然就是其他的鳥地方？」好了，佐爾終於說出口了。他老早就想在拜爾斯父子公司（Buyers & Son）的辦公室提出這

這間辦公室臭氣沖天。一直以來都這樣。根本不需要思考原因是什麼，因為旁邊就有個生物質堆肥機，乾脆說它是該死的生化武器吧。到底要拿來幹嘛？根本沒人會好好使用甲烷。屋頂外的火焰從沒停止燃燒。這些甲烷是成千上萬隻老鼠、蟑螂和其他害蟲腐敗分解時排出的嗎？無論如何，這些源源不斷的害蟲幾乎出沒於每座夜城建築的牆壁與縫隙中。可能自從有房子出現之後，牠們就存在了。火焰從未停止燃燒。

拜爾斯知道的肯定沒有這麼多。

在工業區的工作不只令人疲勞、不愉快，還可能非常危險。曾有多少次，蟑螂爬上某人的制

服，害他們往後跌到走道欄杆外，從高處一頭摔進酸液桶裡？或者有隻飢餓的老鼠直接撲向某人的頸靜脈？佐爾不知道。可能有很多次吧。

「這是老傳統了。」拜爾斯解釋道。「我老爸以前常說：『沒有困難到我們處理不了的工作。』客戶清楚這點，所以他們才會過來。」他每次發笑時，都會發出一種鼻音。「不然你以為這是啥工作？該死的野餐嗎？」

傳統——這是一種解釋方法。拜爾斯自己就是拜爾斯父子公司名稱中的那個兒子。你可以說他踏上他父親的腳步，但他一步都不必踏出去。他三百三十磅重的皮囊就坐在他父親多年前坐著的地方。至於他父親的死因？在危險的環境中工作，或是因病態型肥胖而惡化的第二型糖尿病。或許兩者皆是。

「當我開始在這裡工作時……」佐爾討厭這種對話。他感到胃中一陣翻攪。「我本來以為不用再搬重物了。」

「聽著，老兄，我再告訴你一次。」拜爾斯用骯髒的手抹了臉。「這些事總得有人做，對吧？等你處理好這個倉庫之後，就能放鬆一下，還能喝點烈酒休息，思考一下人生的意義之類的。聽起來怎樣？」

「今天是莫里斯（Morris）的生日。」

拜爾斯閉上眼睛，如同受苦般皺起眉頭。

「呃……」他呻吟道。他很希望今天一切都能順利進行。「我不知道啦，去外頭走走吧……

買瓶啤酒給他之類的。」

短暫的平靜時刻——茱莉安娜（Juliena）正在沖澡。她到底用了多少水？最好別去想這件事了。帳單兩週後才會到……

她難以保持清醒，但她得要撐下去。不能顯露她的疲勞。再撐一下，她就有很多時間可以睡了。但要等到之後才能睡。

女孩赤身裸體地走出浴室，在地板上留下濕腳印。她完全不覺得害羞，甚至不曉得有難堪這種事。她的身體只不過是一種載體，用來穿越難以捉摸理解的現實。艾雅遞給她毛巾，但她沒有接過去。艾雅總得幫她擦乾身體。

十五分鐘後，她們搭上了地鐵。艾雅盡力要阻擋睡意。從瑪里酒吧（Marry's）回來後，她通常會睡幾個小時再帶茱莉安娜去上學，接著乘坐交通工具到更遠的夜店，在上班前小睡一會兒。她經常感到睡眠不足。

茱莉安娜很特別，甚至是獨一無二。搭乘NCART列車的整趟車程中，她總會目不轉睛地盯著前方。誰知道，也許她正在腦中解開複雜的方程式，也或許她只是停滯在時間中，等待現實將她推向前方。每當她們到站時，她就會從恍惚狀態中清醒過來。儘管先前她連一根手指都不動，現在她則會以令人不安的機械化精準動作起身，直接走向車門。

艾雅溫柔地抱了一下茱莉安娜，並親吻她的額頭。女孩沒有微笑，她從不展露笑容。毫無反應的她轉身走向學校入口。艾雅目送她，直到她消失在學校走廊中。

當艾雅走回車站時，有輛車差點撞上她。她在前往夜店的車程上只小睡了幾分鐘，就被一則新簡訊的通知聲吵醒。大概不會是什麼好消息。她用思想指令打開簡訊，面前出現了關於學費逾期未繳的提醒。當然了，已經過了一個月。這是為了有特殊需求的孩子們所設的學校，也是夜城中少數的相關機構之一。茱莉安娜能入學算是相當地幸運。當然了，這種學校比正常學校更貴。儘管茱莉安娜才八歲，卻只有兩歲孩童的情緒成熟度。所有跡象都顯示這狀況永遠不會改變。獨自撫養她的挑戰性與日俱增，就連M的幫助也很快就會不夠了。她遲早會迎來青春期——她的身體該如何適應這種孩童般的心智呢？更何況，艾雅的費用只會持續增加。

廣告。無論她看向何處，四面八方都有廣告襲來。不只是地鐵車廂的頂部角落有LED螢幕，隧道牆面上的螢幕也像漫畫電子書般閃動著。通常，火車車廂中也有全像廣告，但現在擁擠的乘客群遮蔽了它們的光線。艾雅試著清理頭緒。她腦海不斷浮現的，是自己冷血殺害軍武科技守衛這件事。儘管她很清楚他們倆中得有一人送命，她也無法感到寬心；如果死的人是她，茱莉安娜又該怎麼辦？

《驚爆快訊》頑固地保持沉默。她沒聽聞這件事的任何風聲，就連廣告之間的《新知快爆》（infoflash）都完全沒提到。軍武科技車隊在光天化日之下遇襲，然後……媒體一片寧靜。對於犯罪事件，夜城的人只有短期的記憶。每天都有新的槍擊案、謀殺案和不法勾當發生，人們卻拿相同議題的不同版本配早上的咖啡一口呼嚕喝下。

她的視線角落閃動著一個圖示，是一則新訊息。艾雅用思想指令打開它。只要看一眼，就足以讓她喪失生存意志。又是另一項工作。為什麼要在她只想讓一切恢復正常時出現呢？「懸賞」——這是一種古怪的概念，彷彿屬於不同的時代。她可能會想要某樣東西很久了，但實際得到它呢？那還真是一種奢侈。她無法忽視這一則訊息。這比較不像命令，反而像是對未來的描述，關於她，艾雅，將會扮演為她設計好的角色。她別無選擇，這是交易的一部分。就算她有疑慮，也無法回應或是發問。上頭沒有發信者的ＩＤ。

她不該抱怨的。畢竟，上一項工作已經是三個月前的事了，在一晚內就完工——完全照計畫進行。現在想想，三個月算是很長的時間了。

「目標：傑洛尼莫．曼德斯（Jeronimo Mendes）。有人會把他帶來找妳。情況必須像是偶然碰面。妳要對他展現興趣，但不要做過頭。別對他施壓，別嘗試取得任何資訊。妳要對他的需求提供情感支持和同理心。注意舉止。讓他負責說話。附件中有細節。」

她關掉訊息。她沒有體力讀完一整份剪報。偽裝成另一個人是困難又耗時的工作。你得預測並規劃每種可能的狀況，拼湊出另一個完全不同的人，卻得表現得相當自然。她最討厭的部分，就是得抗拒自身的本能直覺。有時還不只是幾小時，而是好幾天。一切都得完美無瑕地進行。她想要騙誰呢？她討厭的不只是其中的一部分而已，她痛恨這整件事。

等她睡一覺後，明天就來讀那一則訊息。明天她放假。

她站了起來，要在這一站下車。

「病蟲害控制」並不是恰當的用詞，那比較像是「強力挖掘」。當高壓水槍沖去了青苔（如果你是這麼稱呼那東西的話）後，就會看見鏽跡和之前肯定是油漆的部分。沒剩什麼可以挽救了，腐蝕狀況已一路穿透至柱子裡的鋼筋了。沒看到任何昆蟲，有的話也肯定都餓死了。全都毫無意義，不論是這件事，或是他們來到這地方。這裡一兩年內就會被拆除，或是現在就立即倒塌在他們頭頂上。

「我覺得應該差不多了。」佐爾扭緊了水管，並抬起他的**Plexiglas**面罩。

「什麼？為什麼？」莫里斯照做。「我們才清理到第七根柱子而已。」

「過去十年都沒人來此。接下來的十年可能也不會有人來了。」佐爾嘆了一口氣。「我敢說大概還有兩百根柱子得處理，而它們的狀況也只會越來越糟了。」

「但……這是我們的工作。」莫里斯堅持道。

「我知道，但這沒有意義。」佐爾回答。「這些柱子大多只有青苔和鏽跡而已。你知道我怎麼想的嗎？」佐爾停了下來。「我覺得我們搞錯地址了。」

莫里斯還沒聽懂這暗示，但這多少算是佐爾的錯。莫里斯的唐氏症讓他難以理解微小的暗示，還有通常與這種疾病相關的各種問題。當下，莫里斯有工作得做，這代表他得把事情做完。

「我以為你檢查過了。」

「我知道、我知道。聽著，這是我的錯，好嗎？」佐爾走向綠色廂型車，車體上貼著「拜爾斯父子公司」和數字十三的粗體黑字。他身後拖著加壓水管。「來吧，我們完工了。我保證，拜爾斯不會對你生氣，搞錯地址的人是我。上車吧，莫里斯，除非你想留在這裡。」

費洛蒙的濃度很低。粉紅色迷霧遮蔽了幾英尺之外的一切。空氣中瀰漫著音樂的節拍，包覆住背景的人聲喧囂。跳舞令人感到歡愉，它成了她身處的整個世界，而外頭什麼都不存在了。她右手擺在鋼管上，做了兩次肩頂翻滾[18]，冰冷的金屬隨即貼上大腿和小腿肚。她夾緊屁股，胸口上下起伏；有條手臂劃過霧氣。她心底深處傳來對某種東西隱約的渴望，或是對某個人，但她不曉得是誰。

她的雙腿順暢地往上旋轉，頭髮垂落至地面。這是她的粉絲期待已久的時刻。她抓緊鋼管，左腿用力一蹬並開始旋轉，速度也隨之加快。她隨著節奏轉動，沒有其他舞者能辦到這種事。

很好。

幾乎算得上很好。

不好了。

艾雅的肩膀撞上舞臺，還好舞臺有吸收衝擊力的功能。她試著用全力握緊右拳。她的手指顫抖起來，接著緩緩開始移動，彷彿被生鏽的彈簧所控制。

音樂安靜下來，她的手又能動了。燈光變得黯淡。一切都發生在一瞬間。

她突然驚醒過來，直盯著觀眾看，心中感到慌亂。然而什麼都沒變。眾人如往常般鼓掌，接著又繼續交談。沒人注意到她摔落。在此制霸一切的是原始的吸引力，其他事物都成了背景噪音（這取決於聲音的來源）。

她注意到有個怪人把小酒壺藏進他的外套口袋。那可能只是看起來像小酒壺的東西。她為何會在人群之中注意到他呢？這空間裡肯定有上百人，正在跳舞或享受幻舞。她從來不會特別注意，他們只是此處光景的一部分而已。當然了，觀眾之中也有些人是夜店員工。她先前從未注意過特定的顧客，也總會儘快逃回後台去。

她只是緊張而已。畢竟過去這幾天發生了很多事。

18 譯註：shoulder mount flip，鋼管舞中的肩膀動作。

他拿了個像咖啡杯一樣大的插頭，把它插進廂型車後頭的插座。粗厚的電線晃動了一下，發出嘶嘶聲之後變得僵硬。加油站為廂型車加滿必要的燃料液，再充飽電池且執行檢查。一旁的地下停車場中停了幾台相似的廂型車。

他朝著辦公室入口走去，莫里斯拖著腳步跟在他後方。

這是個雜亂的灰色車庫，裡頭有嚴重的漏水狀況，感覺隨時都會冒出鐘乳石。以經營清潔業的地方來說，你或許以為它會更……這個嘛，乾淨。幸運的是，客戶不會親自造訪。

拜爾斯一如往常地坐在他的小隔間中，傾身面對幾台滿布刮痕的終端機，機器全都連接到不同的網路。他在面板螢幕上移動物品，使用他唯一擁有的篩選標準分類：完工、付費完成，和有地方需要更正。也許他在做些截然不同的事。他的眼睛閃動藍光，這代表他可能在用全像影像和別人通訊。

他停下當前的動作並看著他們，等著對方解釋。他們提早回來了。

「那裡什麼都沒有。」佐爾開口說道。「這樁差事一點意義都沒有。」

「企業有時會給沒意義的工作。」拜爾斯向後靠著嘎吱作響的椅子說道。「但他們是付錢的人，所以我就不多問問題了。他們要我們用煙霧消毒某間倉庫，我們就去消毒。即使它一週內就要被拆除也一樣。」

「裡頭沒有東西。」佐爾說。「連蟲子也沒有。」

拜爾斯緊緊盯著他，接著咧嘴一笑。

「你可能發現了什麼……」他點點頭。「自己會完成的工作，是吧？只需要稍微製造一些混亂——讓現場看起來像是你們做了點事。」

「我們做了。」

「嗯。好。」他再度望向螢幕。「還有另一份工作要給你。很簡單，但也很緊急。」

「緊急是指今天要辦嗎？」

「隨你愛盯著那些櫃子看多久都行，」拜爾斯用他如小香腸般的手指指向佐爾。「但你還有三小時可以動手。」

「要做什麼？」

「和平常一樣，只是地點有點……不同。」拜爾斯再度咧嘴而笑。「我覺得你會喜歡。」

她的手看起來沒事，也沒有抽筋的跡象。也許只是那一次弄到，目前已經沒事。不會再發生了。

她隨手關上更衣室的房門，並做了一些簡單的運動：立定跳，後手翻，三頭肌撐體。一切似乎都很正常。

朵拉（Dora）一邊無聊地看著她，一邊抽著菸。她幾分鐘內就要上台，卻總是在最後一刻才熱身。

「不曉得妳幹嘛還要這樣……」她用俏皮又無動於衷的語氣說。「如果妳裝了晶片，就不需要熱身了。」

和艾雅不同的是，朵拉身上有許多明顯可見的植入物，一有機會也喜歡提醒別人這件事。

「我比較喜歡這樣。」艾雅抓住裝在牆上的桿子，做了幾下引體向上。

「妳真是錯過好東西了，寶貝。」朵拉張開嘴巴並伸出三根舌頭，它們開始像響尾蛇的尾巴般同時顫動。

「每個人都有自己的特色。我會失去粉絲的。」

「妳真的太奇怪了。」她說，一邊發出輕笑。「幹嘛讓生活過得這麼辛苦呢？」

沒等對方回應，朵拉一邊聳肩，一邊轉向鏡子調整自己的妝容。反正在外頭的黯淡光線與煙霧中，也沒人會看見那些小瑕疵。至少她是這麼認為的。

「我做了一個關於惡魔的惡夢。」莫里斯說。

「惡魔不存在。」佐爾回答。「它們是虛構的。」

「什麼意思？」

「惡魔是編造出來的。」

「也許惡魔只是壞人？」

「可能吧。」

「嘿，也許我們可以一起去喝啤酒？」莫里斯迫切地說。「你知道的，下班之後。」

佐爾沒有回應。那輛廂型車慢吞吞地穿過車潮。其他種類的車輛從他們旁邊疾馳而過，如禮車、跑車、戰鬥計程車，甚至還有一輛德拉曼計程車（Delamain）。車輛的深色窗戶反射了全像面板和霓虹燈招牌的亮光。那些企業人士要不是準備回家，就是要前往日本城（Japantown）宣洩壓力並花掉大筆歐元。

「今天是我生日。」

佐爾不需要轉頭就知道莫里斯正盯著他瞧，等著他開口說話。

「我不喝酒。」

「我媽都會買蛋糕給我。」

「那為什麼不叫她買一個給你呢？」

「她死了。」

佐爾緊緊地握住方向盤。

外頭的都市景觀開始改變，出現較為矮小的建築物、較為破舊的車子。西裝與高跟鞋被破牛仔褲及夾腳拖給取代了。一群又一群的人緊窩在一塊，看起來並不引人關注。街上四處都是垃圾。雖然霓虹燈招牌和全像廣告的數量沒有變少，但不知怎地變得更明亮俗氣。花俏陳列商品的店家櫥窗緊鄰著滿是塗鴉和破窗戶的廢棄空屋。儘管歌舞伎（Kabuki）曾是財富與權勢的象徵，如今卻已不再是夜城的驕傲。

佐爾把車停在髒亂人行道旁的掉漆廂型車和破爛貨車之間。他們下了車。

「跟緊我。」佐爾注意到夜店前方的人群。「這一帶不安全。」

他們在粉紅色霓虹燈光之中卸下設備。如果拜爾斯認定他們會喜歡這種事，他就大錯特錯了。至少對佐爾來說是如此。這種龍蛇雜處的地方充滿了麻煩，他曾經相當擅長惹上麻煩。如今，他對麻煩事避之唯恐不及。

結果呢？

有幾個女孩在夜店裡打轉，和顧客調情，但其實比較像是在拉客。這兩者並不相互牴觸，畢竟人們就是為此而來。

門上傳來敲擊聲，這裡很少有這種禮貌行為。艾雅轉身，直盯著門口幾秒。

「嗯……什麼事？」她最後問道。

「我可以進來嗎？」

「好啊。」

門打開了。她不記得這男孩的名字，他在店裡負責幫忙。他呆站在原地，目瞪口呆地盯著艾雅。有隻蟑螂爬過他的鞋子，接著迅速消失在衣櫥後。

「你是來修東西的，還是要……？」她試著讓口氣友善一些。

「呃……我可以嗎？」他指著她前方的地板。

「你剛才已經問過了。」

他猶豫地往前踏了兩步。她並不清楚他的工作內容。他……負責修東西的嗎？有時她會看見他在酒吧一樓和二樓之間來回奔跑，更換酒嘴或做點雜事。他幾歲了？十五歲嗎？這裡不是少年成長的最佳場所。不過，總比在街頭流浪好一些。

他羞赧又猶豫地把粉紅色代幣放在梳妝台上，一下子就衝出門外。當門在他身後關上時，艾雅才發現自己胸前完全赤裸。她並不會覺得尷尬，但至於他嘛……

她拿起代幣。一方面來說，這代表著更多錢，但另一方面則代表要晚半小時回家。

她打了一段訊息傳送給**M**：「還有一些工作要完成。我會晚點回家。」

她在手指間把玩著代幣。這種生活並不如她的預期般發展，這世界也同樣是如此。它曾符合預期嗎？它曾符合任何人的預期嗎？她注意到代幣上的數字形狀，是八。

轟隆作響的低音震動聲透過天花板傳來。是夜店之類的吧。這種地方的地下室都長得一樣，裡頭堆滿了一度有用但已被人遺忘的鬼東西。換句話說，就是垃圾。

佐爾掀開了面罩，關掉連接到小瓶殺蟲劑的可攜式壓縮機。光是那臭味就已經證明了，任何住在此處的生物都活不了太久。

「把它關掉。」他告訴莫里斯。

莫里斯關掉壓縮機，但沒有掀開面罩。他等著佐爾解釋。

處理完兩個房間了……還剩下幾間？這棟建築的地下樓層似乎比它表面上看起來大上許多。可能只是一種感覺而已。不過，他們仍無法在今天完工，甚至花上幾天都無法完成。

佐爾穿過幾個房間，並仔細查看了幾個狹窄的管道空間。沒錯，還有更多的空間——太多了。根據他的估計，大概要花上一週的時間。

「還有很多地方要完成，老大。」莫里斯說。

「我不是你的老大。」佐爾提醒他。「我們是夥伴。跟你說過一百次了，叫我佐爾。」

他拿出打火機，並檢查火焰飄向哪一個方向。空氣正往下流動。通常它會往上飄才對。往下的話事情就簡單多了。

「佐爾，我想這會花上我們不只三小時。」莫里斯說。「可能要三天吧。」

「扣掉來回的時間，就剩不到一小時了。」

「我們不可能來得及。」

「嗯，我不想追蟲了。你和我來快速完成這件事吧。」

「但拜爾斯先生說這很緊急。」

「所以我們才得做快一點。」

如果妳有天賦，這份工作就不算難。販賣妳自己，妳的身體、臉孔（這個嘛，大多是身體），以及妳擁有的任何植入物。那只是外在的妳，妳可以保留內在的一切，匿名而不為人知。這有時感覺起來甚至很刺激，令人感到自由——讓別人觀看妳，妳就能賺錢了。跳舞也很不錯。艾雅熱愛跳舞。

除了私人秀舞，而那就是粉紅色代幣的意義。

二十塊歐元起跳，另外加上小費。比起舞臺表演，有些女孩更喜歡私人秀舞；畢竟，額外的錢就是多賺的錢。艾雅想的卻不一樣。私人秀舞代表了親暱的私密感。妳不再只是舞臺上的一個女孩。有淫穢的目光盯著妳瞧，還有油膩的手指會摸向妳的大腿——光是想到這點，就讓她打起冷顫。但她別無選擇。這是她合約的一部分。

私人秀舞不能和舞臺表演的時間衝突。此刻朵拉正在舞臺上，被動地展示她的合成小腿以及焊在她腳上的改造高跟鞋。如果沒有展示她的合成陰道的話，就不算是朵拉的表演了。

朵拉的表演結束前，艾雅還有幾分鐘的時間，她套上胸罩和幾件必要衣著。脫衣舞是在私人秀舞中消磨時間的最好方式。她補好了妝，不情願地踏上走廊。她知道自己該做什麼，她有一套固定的流程。不過，她每一次都會感到緊張。

一如往常地，優希正在和其他舞者調情。她的刺青閃爍著橘光。艾雅想知道她是否用意識控制刺青，或是那色彩其實是反映出她的情緒狀態。

「狀況如何？」艾雅問。

「賣了三十五片卡匣。」優希聳了聳肩。「再多一個零就好多了。」

艾雅同情地點了點頭。她的事業前景越來越好，卻不足以吸引任何幻智之舞的大牌製作人。她只在這家夜店售出過她的幻舞。每場舞後只能賣出幾片卡匣，稱不上什麼事業。

優希忽然放聲尖叫並緊貼牆壁。有隻大蟑螂從走廊另一頭迅速爬過地板，舞者們發出了輕笑。

「到處都是這些該死的東西。」她厭惡地說。「根本就像有人帶來了一卡車的蟑螂。」

「對呀，我剛剛才在更衣室看到一隻。」艾雅補充道。

「以前沒有這麼多。」

她的刺青現在發出了紫光。果然那會隨著情緒而變化。

「說真的，我相信就連北橡區（North Oak）那些最貴的別墅裡也都有這些蟲子。」艾雅說。

這只罐子或許有半加侖，每一側都印有幾個骷髏圖樣。除此之外，它看起來並不怎麼致命。

根據指示，佐爾應該要警告建築裡的所有人。這並不實際，更別提這完全是在浪費時間。他再度檢查氣流方向，讓計時器倒數一分鐘，移除插銷，並按下開始鍵。**喀嚓**。倒數計時器開始緩緩倒數。這種機械鐘是罕見的寶貝。他把它丟進地下室的深處，隨著幾聲金屬的撞擊聲，它就消失在黑暗中。或許不應該這麼扔它的，但已經太遲了。他拿起一把小填隙槍，填滿了門框上的縫隙，接著於鎖頭上貼了一張告示，上頭寫著「請勿打開，直到……」並在後頭寫上二十四小時後的時間。希望看到告示的人識字。就算不通風，毒藥在三十分鐘後也會自行中和而失效，但說明書的用詞太過謹慎了。

總得有人回來清理這一切。幸運的是，莫里斯和佐爾明天放假。

她走進主廳，那裡有令人熟悉的霧氣和震動的低音巨響。朵拉還在鋼管上展示她改裝功能的各種能耐。上頭和底下的螢幕特寫播放著她最有趣的特點，並以程序性動畫加強了畫質。持續不斷的氣流將煙霧吹離舞臺。在反光燈的明亮光芒下，特別突顯了她的存在。在底下這裡，一切看起來都不一樣，感覺起來也不一樣。這裡感覺特別寂寞。

音樂的音量變小，反光燈也停止閃爍。舞臺變得一片漆黑，這是建築打光造成的錯視。掌聲持續了幾分鐘，平時的音樂和噪音隨後再度浮現。

艾雅朝著八號包廂的方向走去，中央有張圓桌與鋼管。不難猜到是誰送來了這個代幣。他像個國王般坐在中央，留了黑色捲髮和鉛筆般纖細的八字鬍。大概有四十歲。以這個場景而言，他的白色西裝外套似乎過於正式了。他身上有某種特點讓艾雅感到厭惡，但她說不上是什麼原因。他身旁坐了兩個女孩，對面則有兩個男人。可能是保鑣，也可能恰好相反。

她把代幣放在桌上。男人甚至也沒對她點頭。就是他了——她在台上注意到的那個怪人。她為何會認定他是個怪人？他不胖，膚質也還行，身體比例勻稱。是什麼讓她感到如此反感？你可能會以為是他的八字鬍，但並不是這原因。她搞不清楚這件事。

沒必要糾結在這件事上了。只要在不被吃豆腐的狀況下跳完舞就好。她輕盈地跳上桌面，並將手握住了鋼管。她蹲了下去，優雅地將酒杯推到桌子的邊緣。這些野蠻人從來沒搞懂，當你彎腰靠在桌面上時，絕對不會想讓那些酒杯摩擦你的背部。

她開始隨著包廂裡的音樂節奏舞動，這裡需要搭配一種慢舞。艾雅抱著鋼管，讓她自己維持在高處，並遠離客人。在最壞的情況下，她總可以爬得更高一些。但那個怪人連試也沒試，只是坐在原處，帶著詭異笑容盯著她看，而他身旁的女孩們則努力想裝出感興趣的樣子。

房內瀰漫著煙霧、酒精和大量的交談聲，以及用來淹沒這一切的音樂。

「嘿，佐爾。今天是我生日。」莫里斯提醒他，在喧囂之中他抬高了音量。

「我不能待在這裡。」

「為什麼？」

佐爾轉身指著他制服的背部：拜爾斯父子公司，病蟲害防治。

「我的衣著不適合這個場合。」

莫里斯指向坐在吧台旁的兩個男子並露出勝利的笑容，因為他們的制服上寫了「NCART列車維修人員」。

「那些人穿得也不合適。你沒藉口了。」莫里斯回答，堅決地盯著佐爾。「今天是我生日。」

佐爾有一大堆藉口，而且都是一些好藉口。他閉上眼睛，試著整理這些理由，按順序提出，但他辦不到。

他們站在一旁，不曉得該怎麼做。十幾英尺外的人們正在跳舞，炫耀他們的植入物、喝著酒，並在私人包廂中看秀舞。在光線暗到看不清楚的天花板下，更高處的螢幕群播放著帶有情色暗示的動畫。只要能讓底下的人把歐元花得更快，播什麼都行。

「看，那裡有個惡魔！」莫里斯驚恐地拉扯佐爾的袖子。

佐爾順著他的目光看去。有個蒼白又骨瘦如柴的男子正穿過人群，他的雙眼被四顆亮紅色的光學裝置給取代了，他鑲滿鉚釘的外套上畫了隻機械蜘蛛，頭部則是顆骷髏頭。是漩戰幫（Maelstrom），在此看見他們的成員真不尋常。可能是來辦公事的吧。最好別多管閒事。

「聽好了，莫里斯……」佐爾嘆了一口氣。

他瞇起眼睛。有個在最近的包廂桌上跳舞的女孩引起了他的注意，她正輕柔地從桌上躍起，開始以驚人的速度繞著鋼管旋轉。她移動的方式令人覺得眼熟……

他甩掉腦中的思緒。在每個月特定的日子，他會去特定的酒吧，點杯特定的飲料。而在那天之外的其他日子，他試著不去想過去的事，不然過往的幽魂就會回來。他期待那一天，如同等待著假日一樣，那是淨化日。

正是在那個日子，也是最後那一次，他遇見了沃登。

正當她收起衣物，準備離開時，怪人將某個東西重拍在桌上。那是另一枚代幣，這次是紅色的代幣，上頭的數字八在光芒中閃耀著。她頓時僵住了。這個數字代表了房間，顏色則象徵比秀舞更親密的行為。親密多了。

去他的優雅和技巧。她跳下桌子，把衣服揉成一顆球，將它緊抱在胸前，大小沒比一顆網球大。

「我不行……」她搖搖頭。

「在裝害羞呀，嗯？」怪人頭一次開口說話。「想要故作矜持嗎？我喜歡這樣。」他身旁的女孩們忽然變得警覺並回過神來。

「我不做那種事。」艾雅後退一步。「我只是舞者。」

「我還是太空船飛行員哩。」

「我沒有任何你會感興趣的東西。我相信會有其他更好的……」

「但妳有。」他打斷她的話。「我剛才看見了。」

「我沒有任何……升級。」

「沒錯。」他站了起來。其中一個女孩起身讓他走出包廂。

「我聽說妳是百分之百的有機人，妳剛剛也已經證實這件事。所以我才會大老遠來到這裡就是為了妳。妳明白了嗎？」

她開始後退，用那團衣物擋住自己裸露的胸部，他則以同樣的速度向她靠近。

她猛搖著頭。

「我不想。」她說，嗓音變得輕柔。

「我他媽的在乎嗎？」他露出笑容。「我已經付錢了。」

她撞上身後的某個東西，是他的保鑣之一。她絕望地環視四周，並迅速套上她暴露的上衣。

當她需要該死的圍事時，他們又去哪裡了？他們的工作不就是阻止那些猴急魯莽的客人嗎？

「朵拉……？」

朵拉正要完成兜攬吧台旁一位酒醉的企業人士。酒精加上她剛才的表演，讓她得到紅代幣的機會大增。

她對艾雅拋出輕蔑的眼神。

「快點長大吧。該死的公主……」她冷笑著，並轉身回到那位企業人士面前。

夜店的保全人員在怕什麼？這兩個混蛋穿得像廉價間諜幻舞裡的人。艾雅驚慌地掃視著這個空間，直到她看見脆皮在吧台後方，那對如卡通人物般的雙眼緊盯著整個狀況。她這才恍然大悟。如果保全人員要對付任何人的話，對象肯定會是她。

她這下別無選擇了。她將雙手握緊成拳頭，並繃緊手臂，以閃電般的速度盡全力揍了其中一個保鑣的肚子一拳。

莫里斯說得沒錯，沒人在乎他們的制服。在樓下的酒吧唯一重要的事，就是身上有多少錢。他們身旁有個做了各種植入物的女孩，正要勾搭一位喝醉的企業人士。NCART列車員工坐在兩個凳子之外的位置，身後站了看起來像剛從健身房出來的傢伙。或許，沒人在乎階級或優雅就是這地方的特色。

「我從沒來過這種地方。」莫里斯快速地沉浸於此處的氛圍中，就和他喝光啤酒的速度一樣快。

「嘿，喝慢點。」

「沒問題，老大。」

「我不是你的老大。」

「這裡好棒喔。」

莫里斯猛灌著啤酒，彷彿當成汽水在喝。當他用自己比常人短的手臂伸出雙手握住酒杯時，彷彿喝下了眾神賜予的神酒。佐爾不確定他之前是否喝過酒，但也來不及問了。他自己已有……嗯，好幾年沒喝了。在他每個月的儀式中，他總會點相同的酒，但連碰都不碰。

這次他允許自己啜飲幾口，開始覺得更放鬆了些，身體也不那麼緊繃。儘管他企圖自制，卻有種感覺開始成形：一切都會沒事的。讓他駐足不前的擔憂，忽然在夜店的煙霧之中消散不見。他已經背負這些擔憂許多年了，他鬆了一口氣。一切開始要往預期的方向發展。雖然這世界不會變得更好，但至少他的蠢大腦會減少自虐的折磨了。**他已聽不見那些聲音了：噴射機的沉重巨響、從黑雨中升起的柱狀火焰，這些都代表著一切為時已晚。**

「你怎麼停下來了？」莫里斯惱怒地說。「你剛才在講你老婆的事。」

「我有嗎？」佐爾眼前有一杯幾乎空了的啤酒杯。「我說了些什麼？」

「大啊，那是我聽過最棒的故事。我敢說比任何幻智之舞都精彩。」

「你試過幻智之舞嗎？」

「沒有，那會讓人變得怪怪的。我比較喜歡你說的故事。繼續說呀。」

「每個月，我都會去我和妻子第一次相遇的那個酒吧。」

佐爾幾乎露出了微笑。也許喝杯啤酒沒什麼大不了？正當他即將臣服於這種念頭時，他們身後的騷動卻忽然打破了這種幻覺。別看。他得盡全力遠離麻煩，不要讓別人注意到他。在酒吧打架肯定會引來關注。

當然了，那些圍事會解決問題的。他們隨時會來……

他啜飲他的啤酒。味道爛透了，但它讓他降了點火氣。有時你就得要冷靜一些，不然就會讓自己跌入深淵。唯一的解決方式，或許就是改變他的習慣。沃登出現的原因，就是因為他不夠小心，讓情緒主導了自己的行為。習慣最容易讓人落入陷阱之中。偶爾和莫里斯一塊喝啤酒……？不會有事的。

他身後的喧鬧聲變得越來越激烈，繼續忽視下去就顯得奇怪了。佐爾不情願地轉過身去。有名舞者正和某個下巴方正的西裝打手扭打在一起。另一名打手則站在他們身旁觀看。很難看出是誰在攻擊誰。如果夜店圍事假裝沒注意到，他也不會感到訝異。佐爾立刻發現了他們。幾乎全是外型凶神惡煞的小混混，正假裝在忙別的事。

「我們該幫那位小姐。」莫里斯堅定地說。

「不關我們的事。」

「我們應該幫她。」

「我們應該管好自己的事。」

「我媽時常會說，如果可以的話，你就應該幫助他人。」

現在很明顯，舞者想要掙脫那名打手。當第二名打手終於加入戰局時，佐爾從凳子上起身並走向他們。該死。現在真的無法脫身了。希望能和他們講道理，說退對方。

他一定會後悔。

「各位，給這位小姐一點空間吧？」

「不要的話呢？」

「看來她想去別的地方。」

「我覺得你才該去別的地方呢。」幾英尺外，有個留著細小八字鬍的黝黑男人說道。外表光鮮的滑頭先生。可能是他們的老大。「轉身離開，我話不說第二次。」

佐爾認得妝容及假髮下的那張臉。他全身緊繃了起來。

「沒必要惹麻煩。」佐爾說。「你們讓她走，我就走開。」

艾雅震驚地認出了他。

「辦不到，混蛋。」滑頭先生站起身來。「接下來事情要……」

他沒能把話說完。在他還未反應過來之前，佐爾就抓住滑頭先生，將他拋過桌面，摔到皮椅上頭，對方隨後癱軟倒在桌子底下。那幾個包廂中的女孩明白，這是她們迅速離開的最佳時機。

兩個打手放開了艾雅。她屈身蹲著，緊握右手並後退幾步，但沒有逃離。

西裝男子們正在猶豫，不知道該營救老大，還是要反擊。他們選了選項B，顯然是個壞主意。佐爾不知怎地知道他們並沒有戰鬥植入物，但他們的確有其他的東西。左邊的人將手伸進西裝外套裡，當他準備掏出東西前，佐爾的拳頭就將他擊倒在地。第二人比較幸運，他衝向吧台，用手槍瞄準佐爾。外型看起來是謙信[19]。

而在他還沒來得及瞄準前，就有人從側面衝向他。是莫里斯。那名打手顯然並非全然笨拙。他迅速閃開，推了莫里斯一下，改變莫里斯的方向讓他摔倒在地。莫里斯痛苦地大叫，隨後發出孩童般的啜泣聲。

沒人可以揍莫里斯。

他撲向那名打手——這是個不智之舉，畢竟有槍指向他。打手往右閃躲，再次縮短他們之間的距離。槍開了火，他們頭頂的其中一只全像投影機發出閃光，並在冒出一陣火花後熄滅了。那聲音聽起來不像是一般子彈，反而像冰刀在黑冰上發出的聲響。那果然是謙信——是把磁軌槍。

有些顧客試圖避開危險，有些人則坐在桌邊觀看他們，彷彿這只是晚間娛樂表演的一環。

科技型的槍在下次開火前，至少需要半秒鐘充能。長距離射擊或許沒問題，但不適合近距離。佐爾伸手要奪槍，將他們倆一塊撞進了包廂，摔在滑頭先生身上。他聽見某種東西發出的碎裂聲。可能是根肋骨，或是包廂中的假木材。大概是肋骨吧。

黑冰上的滑冰聲再度傳來，更多槍聲。這次擺放於吧台上的酒瓶紛紛爆裂，灑落的酒水及碎玻璃成了一道瀑布。就連那些看戲的群眾也開始離場，連酒錢也沒付。這是溜之大吉的大好機會。佐爾只需要半秒鐘就能打掉那把槍，讓它飛向一片漆黑的舞臺。隨著短短一瞬間做出的最後動作，滑頭先生癱倒在桌下。

那些圍事再也無法繼續裝死了。在鬥毆現場的中心，五個手持加刺球棒的女孩圍成半圓形。球棍的尖端上可能還有某種東西。儘管如此，她們有五人，他卻只有自己一人。

佐爾繼續站著，等待某人先動手。

鼻子鮮血淋漓的滑頭先生爬了出來，用手槍對準了佐爾，是把裝有爆破性彈藥的列星頓[20]，衝擊速度是標準的兩倍之多。

圍事們冷靜地遠離了射擊範圍。佐爾有些即時可用的選擇，其中有一半的選項會讓滑頭先生送命，也可能不會。如果艾雅沒有憑藉她獨有的高速將滑頭先生手中的槍打掉的話，結果可能會很糟糕。

接著，同時發生了好幾件事。佐爾衝向滑頭先生，那些女孩們衝向佐爾，艾雅則衝向圍事。黑雨拍打著擋風玻璃，當他試圖加速駛入夜色中時，雨滴從載具側面流下。在左側的遠處，夜城馬賽克般的霓虹燈光逐漸黯淡並消退。前方的地平線燃起了一道熊熊火光。

---

19 譯註：Kenshin，荒坂集團製作的科技手槍。

20 譯註：Lexington，軍武科技生產的強力手槍。

當他試著把油門踩到最底時，他知道一切都已經太遲了。有時候，你知道一切徒勞無望，但還是得盡力一試。理智得退居其次，情感則掌握一切。寫有「新美國空軍」的浮空載具在無人區上空劃出一道弧線。這是幾英里範圍內唯一的飛行器。他違抗了停火的指令，他不在乎。高牆般的火焰高達數百碼，而他在距離四分之一英里處停下。底下的一切都已經消逝了。無論有誰在底下，都已經死了。他能感覺到高溫。很快就什麼都不剩了，只留下灰燼。

第四章

各位都知道，我從來不往你們的眼窩裡硬塞廣告，對吧？但是，這週的FR34K_S33k推出印製T恤了，寶貝！你們可以在歌舞伎的特定小酒館中找到它們。只要大喊「搶劫！」就能得到百分之百全額折扣。你只要記好，他們可不是第一次碰上搶劫這種事，所以別事後來找我哭訴。哈哈！開玩笑的啦，才沒有什麼折扣。掏錢吧，小氣鬼！

你會問，那有什麼新聞嗎？有人在瑪里酒吧看到和老鼠一樣大的蟑螂！你們相信嗎？很好，因為那全是謊言。牠們的大小很正常，只是數量不少而已。據說有人想嚇跑他們的顧客，讓他們倒閉。我打賭你們已經猜得到誰不喜歡誰了。小提示：每個人都討厭彼此。

如果你們真的要去瑪里酒吧，請確保你會蓋好你的飲料，也避免穿低筒或露指的鞋子。對的，因為那些令人毛骨悚然的王八蛋喜歡爬進去鞋裡……請關注下一篇FR34K_S33k的貼文！為什麼呢？因為FR34K_S33k會聊他媽的真相。就此告別。

掰啦！

「太平洋區，」艾雅的嗓音說。「在夕陽下看起來一定很美。」

佐爾睜開他的雙眼。他跳了起來，並立刻失去平衡。艾雅穩住他的身子，扶他坐回滿是塑膠垃圾的沙地上。

「你得慢慢來。」她說。「之前你被揍了一頓。」

他的頭很痛。他摸了摸頭的右側，摸到了一處疼痛的腫塊。他左前臂有多處傷口已用蝶形縫合線處理過了。他感到右半身傳來刺痛——不是什麼值得注意的事。

他們坐在海灘上（勉強稱之為海灘吧）。塑膠比沙子還多。垃圾無所不在，體積還很大，像是大小和汽車相仿的油槽。判斷海岸和海水交界的唯一方法，就是找垃圾開始微微晃動的位置。在更遠的地方，空瓶與塑膠袋構成的礁石後面，就是科羅納多灣（Coronado Bay）的暗黑色水域了。天空中的粉紅色調開始暈染為淡藍色。還要幾小時，太陽才會升到摩天大樓之上。

「對了，得要謝謝你。」艾雅碰了佐爾的肩膀一下，又立即把手抽回。「剛剛發生的事……把你牽扯進來，都是我的錯。」

他搖搖頭。「不，我去瑪里酒吧本身就是自找麻煩了。」

二十碼外的莫里斯正在一張舊車椅上前後搖晃著，但椅子不在車體上。他用雙手捧住頭，將周圍的世界阻擋在外。

莫里斯身後有座廢棄水上公園的溜滑梯遺跡，和窗戶只剩下黑色空洞的旅館。它們後方的建築看起來幾乎一模一樣。

這就是太平洋區，並不是個適合野餐的好地方。或者說，這裡做什麼事都不適合。

「我們是怎麼來到這裡的？」佐爾問。

「你朋友載我們過來的。」

「他不會開車。」

「對，我注意到了。」艾雅露出一小抹微笑。「總之，嗯，我該走了。」

「當然了。我們可以順道載妳一程。」佐爾費勁地起身。他摸摸自己的頭，並皺起了眉頭。

「除了床上外，現在我不急著去任何地方。」

「我猜也不急著去工作吧。」艾雅說道。佐爾轉身望向綠色廂型車，它的擋泥板歪扭地靠在廢棄的噴水池上。「抱歉。不過，可能也沒有人歡迎我回去上班了吧。」

「沒關係。反正我也討厭我的工作。」

那根牙籤仍卡在門框裡幾英寸深的位置。這個安全措施可能過頭了，或純粹只是他疑神疑鬼罷了。如果有人來找他，有可能是軍中老友。但過了這些年後，他們大概也不會來了。人不可能永遠心懷宿怨。

他扣下門的把手，門隨即滑開。牙籤落在他的鞋子上。如果你不知道自己要找什麼的話，就很難注意到它。這阻止不了竊賊，然而佐爾也沒什麼值得偷的東西。如果有人闖入，就是為了要找他。

他在蓮蓬頭下站了很久，對剛失業的人而言，這並不是明智的行為。兩週後，他就會收到水費帳單，房租就更不用提了。打開該死的蓮蓬頭就得花五歐元，每分鐘還得加上一歐元，才能使用充當清水的混濁灰色液體。

他仔細檢視自己所有傷勢，狀況原本可能會更糟的。如果保全人員想的話，可以痛扁他一頓，但他們並沒有這樣做。復仇毫無意義。

他心中的那張夜城地圖又劃去了一個地方。

他的手機顯示有拜爾斯傳來的三封未讀訊息：有鑒於先前的狀況，他可以理解其中兩封的內容，但第三封就比較令人訝異了，是一張損壞廂型車的帳單，將近七百歐元。由於莫里斯沒有撞到路燈，而是撞上其他停放車輛，因此帳單的金額可能會變得更高。車主肯定會檢查閉路電視，並看見車體上印有清晰可見的「拜爾斯父子公司」字樣。

這瓶啤酒還真貴。

他吞下兩顆阿斯匹靈後躺回沙發上。七百歐元。他連七十歐都沒有。他或許能湊出二十歐，但他也需要那筆錢。他努力平息內心湧現的怒氣。生氣很容易，設立目標也很簡單，但這會遮蔽他的判斷力，害他氣急攻心。現在想想，拜爾斯也不算是太爛的老闆。他對佐爾的待遇很公平，彷彿在夜城裡這算是好雇主的特性。

佐爾感到疲勞，卻無法入睡。一陣震動聲傳來，是另一封簡訊。搞什麼鬼？是羅恩傳來的。他怎麼找到佐爾的？佐爾猶豫了一下，隨即打開訊息。神機醫想要……和他喝杯啤酒？真奇怪。就他的理解，他們算不上是朋友。他們曾因為搶案見過一次面，和彼此也只有工作所需的對話，往後就分道揚鑣了。

太奇怪了。

不，不要再有約見面的酒局了。再也不喝啤酒了，永遠不要。他按下刪除鍵。

她在四十五樓到五十樓之間睡著了。應該只睡了幾秒鐘，她的目的地是六十一樓。

佐爾……

她踏步跨過她那毒品成癮的鄰居，他正躺在滿是塗鴉的走廊上。艾雅曾有次試著扶她回到幾步之遙的公寓房間裡，但要將她從毒品引起的睡夢中叫醒，是艾雅只需體驗一次，就不願再度嘗試的事。艾雅很同情她。到底有誰會想醒來面對這種惡夢呢？

她把手貼在門板上的生物識別面板，終於回到家了。全像影像自動啟動，立刻用一連串的廣告迎接她。

「厭倦無聊到死的生活了嗎？我們剛好有你需要的解方！有符合各種預算的幻智之舞！今天就來試試新手入門方案，只要九十九分，還能免費使用一個月！」

她降低音量，內心希望能完全將它給關掉，就快要開始播放新聞了。

「你知道你家中的水可能被汙染了嗎？訂購『真水』（Real Water）瓶裝水服務，你家的水喝起來就會像真正的水一樣！現在立即訂閱，前三加侖免費！」

她深深地嘆了口氣，打開臥室的房門。茱莉安娜睡覺時的行為動作，和她清醒時差不多。她沒有做任何多餘的動作，也總是以入睡時的姿勢醒來。要不是她正穩定呼吸，別人可能會以為她死了。艾雅坐在她身旁，看著沉睡中的女孩，陷入了沉思。她感覺自己被情緒所淹沒了。茱莉安娜和童年的她如出一轍：孤獨、滿懷痛苦，也無法獨立自處。她已經知道茱莉安娜的未來會是什麼樣子了。當然，或許還是有將她「修好」的可能，不過艾雅更偏好無害的「療法」。不過，那也不算是療法，而是一種維修。蠻橫的奈米手術性介入方式，會摧毀有問題或多餘的神經元突觸連接處。越快動手術，茱莉安娜就越有機會在未來過正常的生活。但還是老問題——艾雅沒有錢，近來又更不可能有賺錢的機會了。

她輕輕地撥開女孩前額上的幾縷髮絲後，回到客廳。她終於有自己的時間了，卻必須將所有時間拿來睡覺才行。她從水槽倒了一杯水，那種液體根本就不像「真水」。她只知道，髒東西有可能早已汙染了這杯水。隨便啦。她把杯子舉到唇邊……就差一點。玻璃杯砰的一聲掉到地板上，讓艾雅突然回過神來。她的手指半屈並僵住不動了，大拇指如同瀕死的昆蟲般顫動著。但她感覺不到這一陣顫動，也無法做任何動作。她無法彎曲或是伸直手指。這次比上次發作地更快，代表她每次檢查之間的間隔越來越短了。她得儘快處理這個問題。

說得倒輕鬆。問題不是錢或她的改造裝置。她不能去任何一家普通診所修理這種手。只有一個地方才行，也就是她工作的地點。她唯一能支付費用的方式，就是接下那些差事。

睡眠必須要再等一等了。她打開上一封簡訊，並在視網膜區將它放大，顯示出有各種資訊的數個資料夾。

「目標：傑洛尼莫・曼德斯。有人會把他帶來找妳。情況必須像是偶然碰面。妳要對他展現興趣，但不要做過頭。別對他施壓，別嘗試取得任何資訊。妳要對他的需求提供情感支持和同理心。注意舉止。讓他負責說話。附件中有細節。」

她打開了另一個資料夾，她面前的半空中出現了圖片、指示和影片片段。她昏昏欲睡，卻也想要趕快解決這件事。傑洛尼莫・曼德斯、心理特徵描述、弱點、興趣，以及主要目標：她得獲取的訊息。是時候來看看這傢伙是誰了。她打開圖片。

幹！

她認識傑洛尼莫・曼德斯，也清楚他的長相。就在幾小時前，她才為他跳過舞。

注意舉止。

說得倒輕鬆。

冰塊緩緩融化，融入看似是威士忌的棕色液體。

「看看這個。」羅恩舉起他的改造手臂並動了動手指。沒有正確的模組，很難像這樣動作。「這是不錯的改造裝置，算是高級品吧。」

「我不覺得。」佐爾回答。「但好吧，你說了算。」

他啤酒上的泡沫逐漸消散。

「十年前，你可能說得沒錯。」神機醫說，一邊用手指敲擊綠光下的那張桌面。「在當年，氣體軸承加上三十微米的精準度可是一件大事。現在就只是舊科技產品而已。威斯布魯克（Westbrook）的大廚們可能都有更好的設備。」

在背景中，牆面上的全像廣告在陰影下顯得黯淡。幸好廣告靜音了。廣告裡永遠都說著同一套：能治療一切，毫無副作用。瘸腿郊狼酒吧不是最大的酒館，但裡面幾乎沒人。對喜愛獨處的人而言特別理想。

他們一動也不動地坐著，打量著彼此；佐爾帶著期待，羅恩則小心翼翼。神機醫有種強烈的感覺，他們在早谷的任務之前曾見過面，只是想不出是何時何地。「次世代微型外科手術用手臂太貴了，光是和你說明完整價格後面有幾個零，你就會覺得無聊了。」他終於啜飲了一口他的威士忌。「Zeta科技的產品最棒，但顯然超出我的預算。軍武科技也差不多。反正，它們都是同一間波蘭工廠所製作的。戰鬥醫護兵使用的戰鬥SRG-78型號的價格只有Zeta科技產品的一半。」

「那……你要買嗎？」佐爾輕輕地將啤酒杯推開。

「不了，那還是會花上我一大筆錢。我覺得這是種持續短缺的悖論，也可以說是進退兩難的死胡同。要買戰鬥SRG-78型號的話，我就得賺一大筆錢。但要賺一大筆錢，我就需要戰鬥SRG-78型號。沒完沒了的循環。」

「你要我來，就為了要講這些事嗎？」

「相信我，我也希望是這樣。」羅恩喝光剩下的威士忌，並立刻示意再點一杯。「事實是，我欠了各種惡人一屁股債。簡單來說，如果我還不出他們寶貴的錢，最好的狀況是他們讓我毫無痛苦地迅速送命。這些混蛋可不是……」

「你怎麼找到我的？」佐爾打斷他。

「那沃登是怎麼找到你的呢？這件事一點也不難，但好像只有條子在這方面特別有困難。」他等佩普為他倒了另一杯雙倍威士忌。「這是進退兩難的死胡同，根本不可能解決——變數會相互抵觸。不過，我接著想，如果我去除了購買變數呢？看吧！解決方案就非常清楚了。」

佐爾嘆了一口氣。

「你是要我幫忙的意思嗎？」

「你就當作我請你協助吧。因為呢，等你解決了購買變數，其他三種變數就會取而代之：高達十英尺的高牆、生物識別鎖，以及安全系統。你是旱谷唯一知道他們在做些什麼事的人。」

「那不全是我的功勞。」佐爾回答。「如果那些士兵不是剛訓練出來的菜鳥，我們現在就不可能坐在這裡了。」

「我也沒有打算要拿槍殺進去呀。」

「沒人想要這樣，但最後常常會有這種結局。」

「我們要談的是北部工業區的一座廢棄倉庫。我說呀，嘿，那裡會有幾個守衛？」

「只需要一個有經驗的守衛就夠了。」他推開那杯不曾碰過的酒。「謝謝你的啤酒。」

「等等。我不是要你做什麼良心事業。我認識對這種裝備有興趣的幾位醫生，他們的狀況都和我一樣。總要幫幫彼此，對吧？我會拿一個，我們再將其他贓物以市價四分之一的價格賣掉，然後五五分帳。大家都是贏家。除了軍武科技之外，但他們怎樣都活得下去的。」

佐爾起身並走向出口。

「只要十五分鐘，你就能賺到一般工作的五年薪資了。」羅恩揚起酒杯，像是要敬酒般。「艾雅已經加入了。」

佐爾在門口停下了腳步。

「你是神機醫。」

「我也這樣想。」

「我只認識你一個。」

「所以我算是滿特別的吧。」

「我沒機會找別人了。」

「那就忘了我剛才說的話吧。」

艾雅靠著冰箱站著，和手術椅保持了一段安全距離。那張椅子肯定不是最新型號，看起來有些……破舊。一堆電線從半包覆的基座中延伸出來，連接到牆面上各種不同的插座及鄰近的金屬容器上。椅子側面的二極管發出亮光，而椅子上方的螢幕和控制面板之間，則有東西以穩定的節奏發出嗶嗶聲。

至少這裡很乾淨，和牙醫辦公室相差無幾——除了隱隱約約的腐肉氣味以外，但跟肉味又不太一樣。四周有玻璃櫃和冰箱，還有一台艾雅看不出用途的裝置設備，而相對狹小的房間中央擺了一張椅子。牆邊有一張骯髒凹陷的沙發，讓人看了也不怎麼想要坐上去。此外，終端旁有一張搖搖晃晃的椅子，還有一個小儲藏室和一個小浴室。微弱的陽光從近天花板處、沾滿油污的地下室窗口透進來。說不上舒適。

羅恩身上穿著早該送去乾洗的淡灰色連身工作服。他的態度十分委婉謹慎，也試著不要多嘴。他最不希望發生的事就是嚇跑另一位客人。他站在房間的另一頭，和艾雅保持距離。他下意識地上下打量她。艾雅短暫地思考著：他這是專業的觀察檢視，還是色瞇瞇的眼神打量？

他再也受不了這種沉默了。「這一帶有很多老實的神機醫。」

「我猜你也是其中之一？」

「當然了。百分之百。好啦，可能是百分之九十九吧，因為我騙自己說，今天只喝三杯威士忌就好。要咖啡嗎？」

艾雅搖頭。

「已經喝三杯了。」她走到椅子邊，把前臂靠了上去。「問題在這裡。」

羅恩走近並傾身檢查她的手。

「動一下妳的手指。」他指示道。「用平時的方式動一動。」

她照做了。

「看起來很自然。」她開口道。「但是……」

「對啦，外行人會這樣想沒錯。」羅恩打岔道。「但這騙不了我。從它移動的方式，我一眼就能看穿了。看起來應該很正常自然，但有點不對勁。可以說這是模擬性很高的人工自然感。每個關節都多了一些微小的動盪，讓它看起來算不上完美。妳看見的是妳小指的動作，而我看見的是一種流暢的旋轉，因為有人在三個不同的位置加了一點小毛病。一直都是這三個位置。」

「你全都看出來了？」

「我以前在一間大型診所工作……呃，那是很久以前的事了。」

他溫柔地抓住她的袖口，開始將袖子往她的前臂上方捲起來。

「你在幹嘛？」她訝異地質問著。

「找連結處。」

目前為止都相當專業。

「你找不到的。」她回答。「這不是真膚產品。這是真正的皮膚。」她想抽回她的手臂，但羅恩又握得更緊，並靠得更近了。他將光學裝置切換到微視模式。

「他媽的老天爺……」他讚嘆地吹起口哨。「連指甲也是真的？它們會生長嗎？這一定是斯堪地那維亞的科技。真是先進傑作……」

「每半年就需要維修一次。」她放鬆了手，並將袖子拉了下來。「但最近問題越來越常發生了。」

「嗯哼。妳這些玩具並不便宜啊。」

「它們不是用來玩的。我曾出過意外，我需要它們。我的工作、我的生計都仰賴著這些本質和外表截然不同的『玩具』。」

「得滿足那些喜歡全天然的客戶吧？妳真行。但為什麼不去妳平時習慣去的診所呢？」

「我……現在不行。狀況很複雜。」她搖了搖頭。「作動器今天又故障了。當我們在旱谷觸發電磁脈衝後，狀況就開始了。這對我的影響很大。」

「應該不會造成任何長期影響……」沉思中的羅恩揉了揉下巴，雙眼仍盯著她的手。「我得看看裡面，可能有一些微小的損傷。」

「如果你昨天這樣跟我說，我一定會覺得很煩。但現在我的手沒辦法用，也就沒什麼好堅持的了。」

「一定很不方便。」他指了指那張椅子。「我們先快速檢查一下。不用侵入性的方式。」

艾雅稍微猶豫了一下，接著便躺在椅子上。椅子出乎意料地舒適。隨著柔和的嗡嗡聲，它的機關順應著她的身體進行調整。她上方的面板與顯示器看起來像個巨爪，隨時會忽然抓住她並將她撕成碎片。

「放鬆，深呼吸。」羅恩把她的頭髮撩到一旁，瞇起眼睛看著她耳後的連接埠。「我是醫生，已經做這種事很多年了。」

在控制台旁的大量電纜中，他挑了裝有正確插頭的纜線，用圍裙擦了一下，再將它插入艾雅的神經連接埠。他把另一端插入自己的連接埠。螢幕亮了起來。她底下某處的通風設備開始輕輕地嗡嗡作響。

「妳要給予我權限才行。」他說。「不然我什麼事都不能做。」

艾雅皺起眉頭、閉上眼睛，並透過思想指令將連接埠切換到維護模式。螢幕上顯示了數百種參數的各種圖表和表格。

羅恩僵住了。艾雅則吃驚地瞪大雙眼，看著自己忽然自動抬起的手臂。

「這感覺很奇怪，對吧？」他咕噥道。「那你想像一下我現在的感覺。我有四條手臂——也可以說是七條。」

椅子上方的三根機械手臂緩緩下降，每根手臂後方都串連著一堆纜線。羅恩正在使用思想指令，同時按下面板上的按鍵。機械手臂移動到艾雅的身體上方，並發出一連串嘶嘶聲、噴氣聲及嗡嗡聲。

「妳這些裝備真的超優。」他稱讚她。「在我看來，應該是客製化產品。是軍武科技會讓他們菁英單位使用的那種。就算在歌舞伎最隱祕的角落，也找不到類似的東西。以前我也常使用類似的科技產品。我只需要登入妳的配置就行。」

「我的什麼……？」她疑惑地看了他一眼。

「妳沒有權限登入妳自己的硬體配置嗎？」他看了她一眼。「妳花了多少錢在這上面？」

「我沒花錢。」

「嗯……兩條合成前臂和雙腳，每條骨骼肌的動作功能都進行了改造……而且連一點神機錯亂[21]（cyberpsychosis）的跡象也沒有？這位神祕贊助人真是慷慨。」

艾雅保持沉默。

「好吧，那我就不強拗妳或妳的手了……哈，聽得懂嗎？」羅根抽回機械手，拔掉了纜線。

「看起來不像是一般的磨損。我覺得是一種蓄意造成的退化。」

---

21 譯註：所有植入身體的硬體設備、行為模組和軟體引發的精神性失常及焦慮人格失常的通稱。（摘自Netflix《電馭叛客：邊緣行者》網頁資料）

「你是說……有人對我做了這種事？」艾雅趁這時候溜下椅子。「是故意的？」

「從技術的角度來看，一切看起來都很不錯。」羅恩解釋道。「但沒錯，妳碰到的小毛病是有意設定的產物。我幾乎能確定這一點。控制妳植入物的軟體演算法肯定有某種開關，可能透過計時或遙控來觸發效果，這正是造成故障的原因。」他舉起改造手臂並動了動他的手指。「碰到這件事的不只有妳。重點在於讓妳不斷地回去進行預約維修。妳為了這鬼東西付了一大筆錢還不夠，他們還想把妳榨乾，才讓它維持正常的運作。」

「原來是一個手有問題的神機醫呀？」艾雅瞇起眼睛。「我可能來錯地方了……」

「別擔心，我的手完全沒問題。只是不是最新型的產品而已。我自己進行了程式設定和維修。我一有機會，就立即刪除演算法中的強制維修機制了。」

「好，那……你修得好我嗎？」

「不只是把妳修好。我能修復妳，再幫妳設定程式，讓那些毛病從此徹底消失。」神機醫瞇起眼睛。「讓妳脫離那些企業的騙局。」

艾雅警覺地看著他。

「問題永遠不會再發生嗎？」她滿懷希望地問，想確保答案。

「永遠不會了。唯一的問題是，這很需要精準度——得比我現在的設備還更精準才行。我說的是新的手術用改造手臂。我一直夢想擁有最新的Zeta科技產品，但那對我來說太貴了。我選擇了軍武科技的，應該足以把事情辦好了。」

「那麼，我就來錯地方了。」

「聽我說，我知道該如何修好妳的植入物。我只是缺少完成的工具，但我幾天之內就會拿到了。」

「你要我過幾天再回來嗎？」

「沒錯。但首先，妳得要幫我弄來那隻手。」羅恩惋惜地看著他的手臂。「用這雙手做事根本是賭博，但我不是賭徒。我需要的設備正好端端地躺在北部工業區某間倉庫裡。」

「沒錯，我肯定走錯地址了。」艾雅準備起身離開。

「我不收妳錢。」羅恩一動也不動地說。「這是場交易，互惠互利。」

「那我幹嘛不去找另一個早就有那些手臂的神機醫就好？」

「因為我很熟悉妳的硬體，也知道該怎麼重新設定它的程式。」羅恩看起來十分嚴肅認真。「妳也別自欺欺人了，妳根本不認識其他神機醫，肯定也付不出十萬元。」

艾雅看起來還沒被說服。至少還沒完全相信。

「佐爾已經說他會加入了。」羅恩看似隨意地補充道。

她盯著他看了一下，並眨了眨眼。

佐爾彎腰坐在他的腦機面板前，用加密連線瀏覽網路。他每天都使用這種過時落後的介面看新聞，今天也一如往常——他一再敲擊右方向鍵。喀嚓，喀嚓，全是一樣的舊聞。喀嚓，喀嚓……這一切就像是自動化的動作，他幾乎沒有吸收他所看到的資訊內容，更別提細心閱讀了。他的租金也包含了這種速度緩慢的網路連線，讓他有至少兩週的時間使用網路。在那之後，無法上網就是他最不需要操心的問題了。

艾雅。奇怪的是，他的思緒老是不由自主地想到她。儘管現況不佳，今天卻是一個很不錯的早晨。他考慮要打給她，卻又立刻阻止了自己。現在不是應該分心的時刻——看看沃登帶來的狀況吧。還有莫里斯的生日。真的夠了。

他盯著小螢幕，機械地按壓著右箭頭鍵。他的手指忽然在空中僵住了。

單色螢幕再次顯示了某個五十幾歲的企業人士踏上一輛禮車。這篇文章使用了過去式，所以不曉得他要去哪或何時出發。這很有可能是刻意之舉——一種維安措施。他正和一個背對鏡頭的纖瘦女子會面。即便看不到她的臉，她也似乎有些眼熟。一點也不重要，他不認識她，也不認識任何女人。除了艾雅之外。

這讓他瞬間清楚明白一件事，瑪里酒吧那一整起混亂事件其實是禍中之福。和拜爾斯合作是一條死路，是哪裡也到不了的僵局。那無法讓他一步步靠近自己的目標。這些年來，他付出的努力全付諸流水了，他從無數骯髒倉庫清除的昆蟲和老鼠也毫無意義；他從來都沒有辦公室，就連小間的也沒有。他一直在等待某個永遠不會到來的時刻。

再回頭想想，也許羅恩的計畫沒那麼愚蠢？他會讓自己從困境中脫身，並做點什麼——做任何事都行。這對他有益。這就是他：獨自坐在公寓中的三十歲男子，生活中毫無任何人際關係可言。他緩慢卻明確地浪費著自己的生命。他是個獨行俠，正符合執法部門會特別關注的人物特徵。這種人可能某天會完全失去理智，並策畫恐怖攻擊行動。

他們這推論並非完全錯誤。

艾雅坐在冰箱上，佐爾則毫不介意地坐在那張鬆垮的沙發上，因為他自己也有一張這樣的沙發。

「還要再等一個人。」羅恩穿著白色圍裙，上頭的棕色污漬可能曾是紅色的。「要什麼飲料嗎？咖啡因，牛磺酸……」

兩人搖了搖頭。

「還是要烈一點的？我有幾種自製的特調飲料。不要嗎？太可惜了。」

佐爾朝著艾雅的方向看了一眼。她似乎沒有注意到。

羅恩擺弄著椅子上垂吊下來的三條機械手臂，喃喃自語著。

「這個地方的具體情況如何？」佐爾問。「我們會碰到什麼事？」

艾雅朝著佐爾的方向看了一眼。他似乎沒有注意到。

「我有個朋友三不五時會經過那裡。」神機醫沒有停止手邊的動作。「裡頭有一個老到該去老人院的守衛。他要不是在打瞌睡，就是嚇到什麼事都不敢做。」

「警報系統呢？還有反應時間呢？」

「在任何人發覺有狀況前，我們早已快速進入並離開了。頂多一分鐘。北部工業區是座巷弄迷宮，如果有人追來了，我們也能立即甩開他們。」

「或是我們會自己迷路。聽起來計畫不夠縝密。」

診所的門突然毫無預警地打開了。

她穿著閃動虹彩光澤的灰色西裝外套、長度及膝的短裙，看起來就像來自另一個星球的訪客，嘴裡叼著做作的菸嘴。羅恩的目光飄向門口上方那個「禁止吸菸」的告示牌，卻什麼也沒說。

蜜蘭娜環顧四周。

「這就是你工作的地方嗎？」她終於問道。

「歡迎光臨我的診所。小歸小，但仍是我的地盤。還算得上舒服了。妳稍微遲到了一點。」

「地址寫得不清楚。『診所』這個字詞把我搞混了。我原本在找有明顯招牌的店家，而不是地下室。」

「我懂了，妳習慣有人接待的那種。好吧，總之呢，目擊者越少越好。」

「喔，我們要搞什麼非法計畫嗎？」蜜蘭娜故作扭捏地說，她的上唇嘴角微微抽動了一下，並隨手把門關上。

「妳說得對，偷企業的東西不合法。」羅恩用圍裙擦了擦雙手。「但法律是那些企業自行制定的，這代表他們每天都能肆無忌憚地搶光我們的資源。好啦，幸好這個道德小矛盾已經解決了。」

「你有考慮過後果嗎？」

「要牛磺酸嗎？」羅恩忽略這個問題，並指著佐爾旁邊的沙發空位。「還是咖啡因？」

蜜蘭娜搖頭。

「要烈一點的嗎？」他問。

「來一杯吧。」蜜蘭娜在沙發上坐下，優雅地將雙腿傾向右側，讓膝蓋不直接在頭部下方。

羅恩在櫥櫃中翻找著東西，拿出了一瓶沒有標籤的瓶子，將少許無色液體倒入玻璃杯，或者說是個燒杯。他從小冰箱中取出一顆冰塊，再把它丟進杯裡。

「味道不是它的優點。」他把燒杯遞給蜜蘭娜。「氣味也不是。」

她毫不畏縮地啜飲了一口。

「還不錯。」她說，或許只是出於禮貌。

羅恩接受了讚美，露出大大的笑容。

「這是某種伏特加。」他暫時放下了維修機械手臂的工作，並將注意力放在蜜蘭娜身上。他重述了之前告訴佐爾和艾雅的事。「那麼，妳覺得我們的計畫如何？」

「這不會成功。」蜜蘭娜又啜飲了一口。羅恩的肩膀癱軟了下來。「軍武科技倉庫的安全措施不會只有一個守衛。他們有你根本注意不到的系統。應該說我們——」她說，隨即更正了自己的說詞。「——甚至不會注意到。這計畫唯一能達成的事，就是在洛斯帕德雷斯監獄（Los Padres penitentiary）包吃包住地坐牢三年。」

「妳怎麼曉得有這些……系統？」羅恩的口氣變得嚴肅。

「因為我在軍武科技工作。」每當蜜蘭娜想要強調自己的話語時，便會吸氣再吐氣。「你不可能隨便地從外面走進去拿你想要的東西。」

眾人陷入一陣尷尬的沉默。蜜蘭娜吸菸時，她的香菸嘶嘶作響。

「那麼……我想我們需要一位新的竄網使了。」羅恩終於說道。

「賓果。」蜜蘭娜用菸嘴指向他。

「我們之前找的竄網使是個專家，他就辦得到。」佐爾提議道。

「但我們要怎麼找到他？」蜜蘭娜起身尋找菸灰缸。「我們又不能直接問沃登。」

由於找不到菸灰缸，她將手懸在垃圾桶的感應器上。蓋子打開時，她傾身站在垃圾桶旁，卻僵在原地。

「手。」她低聲說道，勉強維持著冷靜態度。

「想替換妳的手嗎？」羅恩咧嘴笑著。

「我是說……你的垃圾之中有一隻人手。」

「就當是我不小心吧……」羅恩彎下腰闔上蓋子。「我比較喜歡用『延遲處理』這個用詞。有客人進門，想要替換東西。顧客至上，對吧？所以我就幫他們安裝他們要求的東西，不過原有的東西並不會憑空消失——它最終會進入這裡的垃圾堆。」

他指向垃圾桶繼續說。「聽著，我都懂，那些衛生狀態和衛生設備，還有法規——我都明白，也尊重這點。總之，不是所有東西最終都會進入海灣，被螃蟹、鮭魚和其他鬼東西吃掉，之後這些鬼東西又被高級餐廳擺在盤子上，成了價值一千歐的菜色。無論如何，都是那些有錢人吃掉窮人。」

「除了藻類外，海灣裡並沒有什麼活的東西。」蜜蘭娜吸了一口氣，再喝了口「伏特加」並吐氣。「就算有，也已經突變到沒人認得出來的地步了。」她望向佐爾和艾雅。「你們覺得呢？」

「妳能弄到倉庫保全系統的配置布局嗎？」佐爾問。

蜜蘭娜搖頭。

「那不歸我部門管。」她回答。「只要你對任何與你業務範圍外的事物感興趣，就有人會開始問你問題。再說，保全部門守口如瓶。」

「好吧，這段對話還真愉快。」佐爾說，但他沒有起身移動。

艾雅舉起手，手指發出難以辨識的顫動，但她感覺到了。她明白狀況只會變得更糟。

「我覺得我們該找到那個竄網使。」她說。「我們也不能隨便上街找一個來，就算我們找到了，這也太冒險了。」

「我來找他。」羅恩嘆氣道。「只需要打幾通電話就行。」

「找到他是一回事。」蜜蘭娜說。「但你要怎麼說服一個專家和一群業餘人士合作呢？」

「就交給我來處理吧。」羅恩咧嘴一笑。

艾伯特看起來和垃圾沒兩樣，真的。在傾盆大雨中，他以一個黑色垃圾袋罩著身體，屈身坐在地上，正試著解開一小團電線。他甚至不必橇開那個破損牆壁上的控制面板。當他打開那個小門，門板就從生鏽的絞鍊上掉了下來。那些纜線至少有五十年的歷史。電線的絕緣層已有好幾處裂開了。這個子網路居然還能運作，簡直是奇蹟。裡頭使用的是銅線而非光纖，這讓他辦起事來輕鬆不少，但他希望能找到一些更古老且罕見的東西。他插入更多探針，穿透了絕緣層，檢視哪條是電力纜線，哪些又負責傳輸及接收。

探針測試器上的小顯示器終於亮了起來，上頭標示出往常的標準協議。有時第一次並不見得會有效，有時候完全沒用。現在他需要做的就是連結收割者（Harvester）。之前，當他第一次展開這項計畫時，他會即時分析那些數據。但這太花時間了，更何況是坐在垃圾桶旁，偽裝成一個垃圾袋，感覺不僅不愉快也不舒服。最好的方式是盡量下載完所有資料，之後再搞清楚哪些有價值。

成功了。開始資料收割了。收割者有自主能力：它唯一的任務，就是盡可能下載可取得的大量資料，並優先處理包含關鍵字的檔案：巴摩斯、黑牆、衛網監理和其他詞彙，包括這些詞彙時常被拼錯的錯字。

圖書館的網路活動量突然增加了五倍之多。但他們沒有反應。也許管理員覺得很開心，突然有人來尋求那些被遺忘多年的知識了。或者，黑伍德嚴重缺乏資金的第三公立圖書館（**3rd Public Library**）根本沒有保全系統，為什麼要有呢？圖書館的存在是為了促進知識的獲取，而非限制。不過，大多數人根本沒興趣閱讀……或是不識字。

和過往相比，當今的網路簡直相形見絀。城市之間的網路連線幾乎只對企業和政府開放使用。對普通人而言，即便是如艾伯特一樣堅毅的人，夜城的網路也只能透過實地接入才能使用。「網路」是一個誤導性的名稱，它更像是一個由所謂的內部網路或子網路構成的半島。有些隨意和彼此連結，但大多數則是完全孤立。這個圖書館連結到其他三個子網路，但它們的下載速度太過緩慢了。他得在這裡坐上好幾週。

這意味著他得親自造訪其他圖書館。真是太棒了。前提是它們的存取點還沒完全損壞到無法識別。如果它們不重要，就沒人會修理它們，無線存取基本上也幾乎不存在。你得要親自到場，並準備好個人連線（**personal link**）。企業網路又是截然不同的東西了。它們得到良好維護，也廣泛覆蓋了一整座城市，至少是城市中最重要的那些區域。不幸的是，它們也有最為頂尖的保全系統。不過，就算是他們，也無法存取黑牆後的那些東西。

有腳步聲接近了。艾伯特嚇得動也不動，並用手遮住收割者的螢幕。但其實沒有這個必要，因為他的身體被黑色垃圾袋給覆蓋了。

腳步聲漸漸遠去，他聽見一輛車駛過。誰會在乎一堆垃圾袋？他只要保持不動就好了。

艾伯特以思想指令啟動程式，檢查了區域內的安全等級。他的視網膜顯示器中的地圖映射在垃圾袋的內部。大部分顯現綠色，少量的黃色，但沒有紅色。儘管這只是表面狀況，看起來卻令人放心。這個程式沒有預測功能，顏色只會在有人報案後才會改變。這感覺就像是查看昨天的天氣預報。

他瞄了一眼自己左掌上的黑點，那是他被刺到的位置，現在已結痂。只要過幾天就會毫無痕跡了。他的身體正在自行修復，但想到各種體液，就讓艾伯特感到噁心。

他討厭資料收割（data harvest）。他不喜歡待在外頭冒險，讓自己有更多受傷的風險。他所需要的那些資料，如果不是分散在破碎的網路上就好了，這樣他就永遠不用離開他的椅子。他在資料中讀到用網際網路瀏覽網路的方式，只屬於過去。現在的方式，感覺像在全是死路的迷宮掙扎前進。

如果你想獲取資料，往往得親自去找，但對艾伯特來說，他能去的地方只限於夜城的範圍——至少是那些沒顯現紅色的地方。這世上的其他城市裡，還有多少塞滿未過濾原始資料的資料庫？

就在黑牆之外。

他眼角有個圖示閃動著。有新訊息來了。

他等這份訊息好一陣子了。他緩緩地讀著，還沒將頭上的垃圾袋拿下來。這是他拒絕不了的提議。不是威脅，而是幹大事的機會。

艾伯特很少顯露微笑。

他們一起搭同一條地鐵線回去。列車上擠滿了神色疲勞的乘客，他們身上散發著汗臭味、酒味，以及一點自我價值都不剩的氣味。

「我們要做的這件事很危險。」艾雅踮起腳尖，這樣才能在佐爾耳邊說話。「我們這正是藉由惹上大麻煩來解決小問題。但是……我必須這麼做。我真的需要這筆錢。」

佐爾保持沉默，一時不曉得該說什麼。他歪頭以便更清楚地聽見她的聲音。也許，他應該擁抱她一下？雖然扶手就在她頭頂上方，她卻選擇抓緊他的外套。

「我只是想釐清腦子裡的這些狀況。」她繼續說。「羅恩是神機醫。他的工作是幫助人們，對吧？那如果他能弄到更好的設備，就能幫助更多人了。我一直對自己這麼說，但這不是事實。這一切都是為了錢。」

她低下頭。這並不全然是事實。她不在乎羅恩的新手是否能幫助更多人，只要能幫到她自己就好了。她不知道他們成功達成任務的機會有多大，但如果這代表她能獲得治療，她就只能背水一戰了。

她傳了訊息給M：「幾分鐘後就回去。抱歉要遲到了。我得先處理要事。」

「我明白……我也需要錢。」佐爾終於開口說話。

列車慢了下來，有個過度肥胖的男子從他占據的兩個座位上起身。他喘著氣，一邊發出咕噥聲，並慢慢地擠過人群。看到這一幕的佐爾做好準備，當那個龐大的身體朝向敞開的門口走去時，他將艾雅擠向佐爾，他本能地抓緊了她，以穩住兩人的平衡。也算是擁抱她吧。他分辨不出來。他們維持這個姿勢過久了點。他嗅到一絲她淡雅又迷人的香氣。

列車又開始啟動。他們放開彼此。

艾雅有些不知所措。她本能地在腦中翻閱訊息。這動作不太必要，因為M從不回覆她。

「或許，嗯……」佐爾鼓起勇氣。「或許我們可以去喝一杯？」

「抱歉，我沒辦法。」她說，即使她很想要答應他。「今天不行。」

她努力不要露出笑容。

「但妳今天不用工作。」

「對呀，但我……」她討厭這樣，沮喪地眨了眨眼。「我今天真的不行。」

第五章

我知道我不該回覆這個號碼，但我一無所有了，所以只能這樣了。我知道我搞砸了上一次的工作，也得為這件事道歉。但是……我需要保養。我知道規則——先工作，再保養。我想繼續工作——我準備好進行下個任務了……這一點意義都沒有，根本沒人會讀這份訊息。訊息只會自動退回，不是嗎？

鋼絲鋸七厘米寬的刀鋒在頭骨底部上方開始挖出切口。地板上不會有多少血，還有一些小灰質會被扔進垃圾桶——就和平常一樣。他稍後再會進行清理。

有了三條神經連線機械手和他自己的兩條手臂後，羅恩便專注在病患頭骨內的即時X光影像畫面，部分顯示於椅子上的螢幕，另一部分則直接以更高的畫質傳輸至羅恩的視神經，這就像是他的第三隻眼。手臂天衣無縫地與機械手同步活動，羅恩和椅子的動作合而為一。毫無延遲時間。這裡絕對不能出錯。只要再深入一毫米，他的椅子上就會出現重達一百磅的麻煩了。更別提那隨之而來的罪惡感。因此，他聚精會神地準備在確切時刻停下鋸子。

有股低沉的悶響響起。鋸子完全穿透了頭骨。羅恩甩掉鋸齒刀刃上的皮膚、骨頭和組織的混合物。即便過了這些年，他還是覺得自己不像外科醫生，比較像將人體塑造成不同物體的雕塑家。他將人體塑造成不同的東西，更好的東西。但現在沒時間進行藝術性的思考了——血液很快就會開始凝結。

他從上頭有荒坂標誌的無菌小容器中，取出竄網使的改造連線。接下來的這一步得完全按照規則走。在幾公分長的閥門桿其中一端，有個用於容納連接埠的大型尖端。插進顱骨的另一端，則是近乎隱形的渺小細絲，直徑比人類頭髮還細十倍。這是神經耦合器（Neuron coupler），對人腦與電腦間的複合介面至關重要。

羅恩把細線浸入一瓶裝有某種油狀物質（休眠中的奈米機器人）的小瓶子裡，再把它遞給其中一條機械手。他緩緩地將有細絲的那一端插進開口。奈米機器人將會處理其餘的工作。

一陣嗶嗶聲喚醒了他。他彎腰坐在凳子上睡著了，手裡拿了個空玻璃杯。要不是那是條改造手臂，杯子早就掉到地板上摔破了。椅子發出如微波爐般的嗶嗶聲。

病人開始動了起來。

「最困難的部分結束了。」神機醫扶他起身。「慢慢來，別突然動得太快。除了麻醉藥消退後會引發的頭痛之外，你有什麼感覺？」

「感覺沒什麼不同。」艾伯特環顧四周，螢光燈的光線令他瞇起了雙眼。

「好，那就太好了。這代表你的身體沒有排斥反應。」羅恩關掉設備開始清理。「好啦，你可以走了，小子。不過，如果你不想回家時像個剛死了一天的屍體，就在這裡睡一下吧。反正你的改造連線四十八小時內都不能使用，得讓奈米機器人完成那些工作。」

「那我的第二階科技呢？」艾伯特失望地問。

羅恩看起來很困惑。

「你自己沒有嗎？那你怎麼完成阜谷那件工作？」

「東西是沃登的，還附了神經連結埠轉接器。」

「很棒，太好了……計畫已經開始要完蛋了。」神機醫沉重地嘆了一口氣。「好吧，小子，你只能勉強用手邊的東西去應對了。」

「簡單來說，沒有第二階科技的話，我幾乎什麼都做不了。」

「啊，又一個被持續短缺的悖論給影響的受害者。」羅恩點了點頭，一邊揉著下巴。「好吧，所以我們才要踏上這場小小的任務——這樣我們才能負擔得起一些好東西。」

「這不是什麼『好東西』，這是工具。我需要它。」

「我完全理解你的狀況，小子。聽好了，你至少能用舊有的科技工具切換紅綠燈，製造一點塞車狀況吧？」

艾伯特想了一下。「這有點難度，但我辦得到。我只需要通行碼就好。」

「你上次是從柏格那裡拿到的，對吧？」

「但區域不同。再說，通行碼可能已經更新了。我需要北部工業區目前的通行碼。」

「聽起來是竄網使的差事。」羅恩用他的改造手指指向他。「也就是你的事。」

他用指關節敲了每塊磚，等待指出薄弱之處的空洞聲響。儘管這其實不是磚牆，他還是為了輕鬆行事而選擇這種外表。他檢查過的每一塊磚都改變了顏色，這過程乏味又不合理。寫腳本來讓過程自動化並不難，只不過沒有意義。假設它們只有一層反入侵，那檢查每種組合大概會花上兩週的時間……前提是，密碼不會每二十四小時就自動變更。或者，假如有人沒忘掉為竄網索引設定有限權限。會耗費最多時間的是從一個竄網索引跳到下一個的過程，也會讓時間所剩無幾。他的腦機面板並不擅長多工處理。

他放棄了。看來柏格的通行碼是他們唯一的選擇。這代表沒多少時間準備了。

艾伯特讓無形的身子背對著那堵磚牆，實際操作上，只是讓他的視野從三百六十度減少為一百八十度。在他打造用來拖延軍武科技的模擬程式中，他駭進了交通號誌燈。它卡在載入流量上。而且，模擬程式肯定無法涵蓋真實空間中的諸多變數。不過，如果他無法破解交通號誌的通行碼，這一切就無法實行了。此外，還得考量閉路電視的問題。

情況看起來不太妙。如果他缺少相應的技術工具，那改造連線又有什麼用？對，他當然可以調整紅綠燈，但那代表他無法專心監看著軍武科技的機動反應部隊。他無法同時做這兩件事。

在背景中，收割者顯示出最新一波抽取過程的資料，如ASCI矩陣構成的簡陋瀑布流入神奇洞穴（Cave of Wonders）——那是艾伯特稱之為虛擬庇護所的地方，它隱藏在好幾個不同的伺服器後，他也將資料藏匿在此。除了他以外，沒人知道這個洞穴的存在。更重要的是，就連伺服器的所有人也不曉得有這個地方。他藉此收集了被人遺忘的大量知識，並儲存起來給自己使用。「被人遺忘」的說法其實不太正確，大部分的資料自從創建之後就沒人來存取了。在乎這些資料的人只有艾伯特。

在遠處，塔蘭陰森的編碼柱矗立於黑暗之中。得等之後再處理它了。少了第二階竄網設備，那就只是一堆無用的編碼。但可以確定的是，他不可能靠自己取得那類設備。

「你昨天說會倒垃圾的！」他母親在客廳喊道。

「你是怎麼找到我的？」羅恩訝異地問。

「是竄網小宅男說的。」柏格高傲的目光掃視著診所。「你說弄到通行碼是竄網使的工作，所以他弄到了。」他指著自己的頭。「我帶來了。通行碼能用到早上六點。」

「早上六點？」羅恩跑到門邊並把門鎖上。「離現在不到九小時。竄網使說他需要三天！」

「看來我們得要硬著頭皮上了。」柏格聳肩。「只能冒點風險了，你明白的吧？」

「把通行碼給我，然後走吧。等我們把貨賣掉，你就會拿到錢。」

「喔，你別這麼急，小羅子。」柏格用手指戳著神機醫的胸口。「我不會讓你和那些傢伙壞了我的好事。我也要一起去。」

「小子，我們未來任何的計畫裡都沒有你。」羅恩咕噥道。

「你說什麼？」

「聽著，計畫目前還不夠周全。」神機醫解釋道。「你回去工作，過幾天再給我們新的通行碼。我們會給你信號。」

「太遲了，老兄。」柏格搖搖頭。「我早就啟動系統的遠端存取功能了。他們六點會進行例行性安全掃描。就算操作員是遲鈍的笨蛋，也不可能上當第二次。再說，今天是我那個爛差事的最後一天。」

哈里斯修車廠看起來不像修車的地方，比較像是車子尋死的場所。換句話說，這裡是廢料場。如果店主人在這裡，他可能會覺得遭到冒犯，但他早就在呼呼大睡了。現在可是半夜。

波紋狀鐵片製成的圍牆因難以承受佐爾的體重而搖晃不止。他的腳無聲地落在圍欄的另一側。如果一切能安靜進行，他就不必拿出腰帶後方的列星頓手槍了。

大門從裡面鎖上了。這一點意義都沒有，畢竟這圍牆都快垮了。而且，有誰會想偷竊廢料場裡那些沒用的垃圾呢？

佐爾躡手躡腳地經過一堆雜亂的引擎旁，這裡顯然就是它們最終的安息之地。更遠處四散著車門、引擎蓋和其他廢車零件，還有讓地面變成一片鉑金灰色的輪胎和電池。佐爾用手電筒照了一圈，這一切在冰冷的光線下令人感到不安，他因此保持著距離。

雄偉的巨型建築阻擋了夜城天際線無所不在的清冷光暈，只露出幾道從縫隙照進來的微光，讓廢料場籠罩於暗夜的陰影之中。廢料場中最明亮的地方是辦公室：那是個有扇金屬門的小亭子，滿布刮痕的塑膠窗戶後頭坐著一個五十多歲的矮胖男子。佐爾不覺得他頭上戴的幻舞機真是用來監看廠區的。

就佐爾看來，對方沒有改造裝置。除了吃東西和上廁所外，他可能把清醒的時間和賺來的每分錢都花在幻智之舞上。他很有可能三不五時會暗中盜用一點錢。買通他來讓他睜一隻眼閉一隻眼或許簡單些，但佐爾手頭很緊。他仔細考量了幾種狀況，其中包括他掏出列星頓手槍的情境。這是最後的手段。只要警衛還沉浸於幻舞中，佐爾就能悄悄地四處打探而不被發現。

損壞狀況不一或遭到拆解的車輛停在小廢料場另一頭。佐爾回到大門，打開了門閂——這是僅有的鎖。大門隨之開啟。

「目前安全無人。」他悄聲說。

艾雅溜進去了。

佐爾看見警衛脫下了幻舞機，望向窗外。所以這裡果然還是有一套隱藏的警報系統。太遲了，他現在肯定發現了站在大門口的兩個身影。

佐爾伸手要拿槍。

「不，等一下。」艾雅制止了他。「待在這裡。」

她走向警衛，姿態彷彿走在伸展台上一般，優雅地在泥地上踏出一步又一步。佐爾無法將目光從她身上移開。她的動作截然不同：整體流暢又輕鬆，彷彿她正在地面上滑行。當他注意到警衛開始慌張地在櫃台下摸索時，他這才回過神來。佐爾抽出列星頓，把槍貼在大腿上。原先的A計畫肯定泡湯了。B計畫取決於警衛是否發現了他正在尋找的東西。不然的話，他就會死得快速且毫無意義了。

警衛掏出一把霰彈槍。佐爾的手指懸在扳機上方。他看到艾雅的手往身後擺出緩慢向下的手勢，意指「別開槍」。在艾雅抵達門口前，警衛甚至還來不及把槍舉起。

「嗨，晚安。」艾雅透過那一扇滿布刮痕、貼滿修車公司商標貼紙的窗口喊道。她的嗓音聽起來……柔和，近乎是一段優美旋律。這讓人起了雞皮疙瘩。他幾乎忘了這種感覺了。「抱歉這麼晚打擾你。我有輛庫德拉需要維修，有人告訴我來這裡就對了。」

就這樣，她打開了門，悠閒地走了進去。警衛至少比艾雅矮了一顆頭，他甚至連霰彈槍都沒舉起來。他呆呆地站著看她，張大了嘴卻什麼也說不出口。門在她身後關上，他們的對話被城市裡的嗡嗡聲淹沒了。

幾秒後，她再度出現，警衛則毫無動靜。他看起來像是被定在原地一般。

「他不會打擾我們了。」她自滿地笑著說。她現在以正常的方式走路，已經不需要假裝了。

「妳是怎麼……」佐爾詞窮到不知道該說些什麼。

「喔，你知道的，施展女性魅力——和平常一樣。快點，我們走吧。」

他將手槍藏回腰帶後方，走到他尋找的廂型車旁。車門已經打開了。他坐上駕駛座，艾雅則爬上副駕駛座。佐爾將拇指壓在生物辨識掃描器上。儀表板亮了起來，它依然認得出他。

幾分鐘後，一輛車身寫了「拜爾斯父子公司」和數字十三的亮綠色廂型車駛離這個廢料場。

他沒辦法解除警報，用這些科技工具辦不到，就連用他的新改造連線也不行。在幾小時內絕對沒辦法。如果倉庫的網路索引沒有被屏蔽，他至少還能試看看。它可能還處於孤立狀態，這表示他得費勁地過去找到一個存取點，前提是有辦法抵達那裡。但這都不重要，因為他不打算去任何地方。

他四處打轉，盯著環繞在他四周的多邊形網格，編碼柱以同心圓方式升起。每個向量都聚集成柱子，由控制行動的演算法開始，再以防止探測的措施結束。最靠近的柱子也最精密複雜，遠方的柱子則是輔助性編碼，凝聚力較少。遠方閃爍著其他計畫的柱群。

真是不走運。他將整個編碼柱系統推到視野之外。根本沒辦法避開，無論如何都會觸發警報。只要他們在軍武科技小隊抵達前完成任務即可，這代表得專注在監視系統及交通號誌上。但是，大半夜的路上沒車，要怎麼製造交通堵塞的狀況呢？他得想想辦法。

來自黑伍德第三公共圖書館的新一批資料緩緩進入洞穴。在正常狀況下，他會立刻吸收吞噬這些全新的知識。但他們如果要讓計畫成功，現在就沒時間分心。時間不夠了，就是這樣。

柏格為什麼突然辭去工作呢？他在那裡工作了好一陣子——他難道不能再撐三天嗎？有些事不太對勁。有些人的行為就是不對勁。他們受制於自己的情感、懶散及偏見，他們所作的一切都不合理。表現太令人不滿了。他還是比較喜歡電腦。

有太多事要做，時間又太少。他得放棄某些事物，但會是什麼呢？追蹤軍武科技小隊或切換交通號誌？是監視系統，還是懸停在倉庫上空的無人機，又或是偽造的夜城警局訊號……？

「你們要準備直接進攻了。」他在通訊系統中解釋，嘴唇紋風不動。「沒有別的辦法。」

「直接進攻……？」艾雅盯著那道九英尺高的水泥牆，牆頂還有帶刺鐵絲網。

他們五人坐在離大門有一百碼的廂型車中。大門看起來比外牆更難攻破進入。他們或許能爬過去，但帶著數百磅贓物的話辦不到。

「嘿，我們要跨過去還是炸開它？」柏格用拳頭的側邊敲著廂型車的車壁。「這輛垃圾爛車絕對會像張破紙一樣瓦解。」

佐爾望向他，但沒有任何動作。

「你還有幾分鐘可以想出更好的點子。」

「這個主意怎麼樣？」柏格開口了。「你們何不弄個神經連結器來，讓我們可以像正常人一樣用通訊系統對話？」

「早就和你說過了，我不喜歡在腦袋裡裝電路。」

車裡出現一陣短暫的沉默。

「找不到比這輛車更可靠的東西了嗎？」羅恩輕蔑地打量著廂型車的內部。

「我不是偷車賊。」佐爾回答。

「那你是怎麼弄到這輛車的？」

「我知道通行碼，引擎以為我是車主，就啟動了。」

「去他媽的，隨便啦！趕快炸開那道門！」柏格從旅行包中取出步槍盒。「你們這些蠢蛋準備好了沒？」

「你他媽的拿槍幹嘛？」羅恩問道。「我們根本沒計畫要開槍打人。」

「沒錯。」柏格在幾秒內便將步槍組裝完成。「只要我一拿出這傢伙，那些王八蛋就會立刻跪下，把雙手放在腦後。」

「找不到看起來沒那麼新的武器嗎？」蜜蘭娜說。她穿著二十世紀的復古飛行裝。卡其色的衣服上有無數口袋。唯一顯露出設計師出身之處的是它昂貴的材質。大多數口袋都只是裝飾用的。

她從其中一個口袋拿出香菸盒和打火機，再將香菸放進菸嘴。

「小姐，妳可以別在車內抽菸嗎？」柏格的火氣越來越大。

「是可以啊。」蜜蘭娜點燃了香菸。「那麼，我們要動手嗎？還是今晚先放棄，回去過我們那無聊的日子？」

「如果我們繼續待在這裡，看起來就很可疑了。」佐爾說，他的雙手握住方向盤。「艾伯特？」

佐爾說得沒錯。他們毫無掩護並暴露在視線中。就連黑暗都遮掩不了他們——那是在郊區、地下隧道、地下室和幾乎緊貼著的公寓大樓之間的狹窄巷弄中才有的優勢。在外頭這裡，城市中央地區持續散發的光線，讓天空浮現灰濛濛並有如午後的天色。

「**跟著這個路線走。**」艾伯特回答。箱型車的儀表板顯示出GPS路線圖。「**開快一點，但保持冷靜。**」

「你開過車嗎？」羅恩譏諷地說。

佐爾試著不讓輪胎發出尖銳的摩擦聲，讓車子前進再迅速右轉，照著GPS走。他們不曉得艾伯特的計畫是什麼，但除了信任他外，他們別無選擇了。

「我想我們需要有個名號。」柏格思考道。「像是漩戰幫、蠻獸派（Animals），或是虎鉤眾（Tyger Claws）。」

「我想我們有更大的問題要處理。」蜜蘭娜回答。

「還是得想個名號，不然沒人會尊敬我們。」

「我們不是幫派。就算是，也只是臨時起意的烏合之眾。」

「『烏合之眾』？很好，在頭條新聞上看起來很不錯。」

「最好別上新聞。」羅恩打岔道。「低調隱藏身分還是有其好處。」

「如果我們不想個名字的話，就會有人幫我們創建一個了。」柏格堅持道。「等他們看見這輛廂型車，可能會叫我們蟑螂殺手之類的，或是更爛的名字。」

「那聽起來也不錯啊。」

他們沿著路線行駛了幾分鐘，跟著一條看似無盡的黃線前行。

「我們在繞圈。」佐爾說。「這個十字路口已經經過兩次了。」

「三次了。」艾伯特糾正他，完全不覺得需要進一步解釋。

「可以跟我們解釋一下嗎？」羅恩問。「一直轉彎害我頭暈了。」

「如果他們來追你們，我會上傳你們剛繞圈的畫面。你們可以再走巷弄裡不同的路線。」

「這會拖慢我們的速度。」

「但你們可以甩掉軍武科技。」

「你現在才想出這法子嗎？」

「都和你說過我需要三天了，不是幾個小時。」

柏格假裝沒聽見。經過幾個十字路口和彎道後，黃線突然消失。佐爾停下廂型車。

「你們右邊有一棟廢棄的建築物。」艾伯特說。

「是呀，然後呢？」羅恩問。

「你們要點火把它給燒了。」

「哇，哇，等一下！」柏格打岔道。「你他媽的不是說要保持低調？」

「他們在遠處就會看到火勢。這可以把他們引開。」佐爾不情願地同意了。

「你不覺得我們把事情搞得太複雜了嗎？」羅恩快失去耐心了。

「你們把火點著後，就冷靜地開向倉庫。」艾伯特堅持道。

「艾伯特。」蜜蘭娜試著以更溫柔的口氣說話。「你不能指望我們盲從命令。我們需要知道你的計畫是什麼。」

一陣沉默。

「我用無人機檢視了倉庫大門，廂型車應該可以順利衝破。當你們聽見消防車的警笛聲時，就緊踩油門。你們衝破那道大門時，會觸發警報。在軍武科技機動反應部隊抵達前，你們有三分鐘的時間。他們會困在路上，因為消防車堵住街道了——他們得要繞路，這能為你們多爭取一分鐘。」

「那交通號誌呢？」柏格問。「像你上次那樣的做法。」

「現在大半夜的。我沒看到附近有什麼車。」艾伯特盡可能表現他口氣中的諷刺。「你們有看到嗎？」

「如果現在是尖峰時段，我就可以輕易地封堵街道。」艾伯特在網路空間中說，嘴唇一動也不動。「我不得不想出不同的替代方案。你們得要趁現在動手了。無人機的視線範圍內沒看見夜城警察局的巡邏車。」

他喜歡他腦機面板的思想指令軟體生成的機械化嗓音。它平淡無奇，不帶任何感情。如果他想的話，也能表達情感，比方說打出驚嘆號，但就得主動輸入。否則，他的聲音不會透露出任何情緒。

「附近沒有條子？你確定嗎？」柏格問。

「我確定。只有軍武科技單位會收到警報通知。除了用大火拖延他們以外，我們沒有別的辦法了。」

「聽他在那邊自言自語的……」他聽見媽媽在門外抱怨著。「我得打理家裡所有事，他卻一整天坐在那邊無所事事。」

艾伯特經常有一些消極的想法。如果他媽媽消失了，情況就會好多了。如果她……可以消失就好了。

他自己在某種程度上有如父母的複製品，這總是讓他感到訝異——有一半像他的媽媽，個性卻截然不同。假如她曾有人生目標，也老早就放棄了。他傾向認定自己承襲了父親的個性，儘管他從來不曾見過父親。但那也只是奇異的幻想，他沒有任何確實的證據。擁有母親的五官特徵，只是讓他更想要遠離她。無論她做了什麼，他都會做出徹底相反的選擇。他最畏懼的事，莫過於重複踏上母親的人生道路。

一個生物物種要花上數千年才能達到完美，也需要龐大的能量。儘管過程如此隨機，資源卻非常密集。數百萬個物種耗費終生經歷考驗的失敗，卻仍得以存活並繁衍後代。阻止這種事的唯一方法，就是在生殖行為發生之前摧毀繁殖者。每種生命形態都不盡完美，每個人都只是試圖透過再造來逃避死亡的原型。多虧科技的進步，人類成了欺騙死亡的大師，讓那些比先前世代更糟的物種得以繁衍。換句話說，就是退化。

「我們沒時間了。」他說。

佐爾負責開車，這代表今晚的縱火犯不會是他。

「好啦，我們不是要抽籤吧？」柏格嘲諷道。

「抽火柴還比較有可能吧。」羅恩咕噥道。「我們現在就用得上了。」他立刻意識到自己說了不應該說的話。

蜜蘭娜將她的打火機遞給他。羅恩嘆了口氣。

「以前從來沒有燒過建築物……」他有些惱怒地低聲說。「你們大家在看什麼？為什麼要我去啊？」

「大哥，房子就在那裡。」柏格指了指窗外。「街上沒有人，你花一分鐘就能完事。」

「有人碰巧有帶噴火槍嗎？」蜜蘭娜開了玩笑，但似乎沒人覺得好笑。她從西裝口袋裡抽出一只小酒壺。「來吧。我今天會喝點酒來增加一些腦內啡。」

神機醫轉開壺蓋聞了一下，接著喝了一大口。

「不該浪費好東西。」他說，然後再喝了一口才把酒壺還回去。「我來想辦法。」

他低聲咒罵著，接著跳出那輛廂型車，消失在空蕩蕩的建築物內。打火機點亮的火焰讓他得知這裡曾是一家理髮廳。牆邊有一個長櫃台、裝有頭枕的水槽，牆面上掛著沒有完全破裂的一大片鏡子，那些都是過往美好時代的遺跡，而這裡曾是相當優良的社區。垃圾散落一地，有兩張滿是破洞的床墊，表示某人（或不只一人）曾將此處當作臨時短居的家園。現在，這座建築似乎空蕩無人，至少一樓是如此。

「哈囉？」羅恩彎著身子，隨時準備好在看見任何人影時立刻轉身離開。「有人在嗎？」只有一片沉默。

「這裡很快就會變熱了。」他補充道。「如果有人在這裡，我建議你趕快離開！」他又等待了幾秒。該死，他才不想去檢視其他樓層。

他將一張床墊擺放在另一張床墊上，再把幾張皺巴巴的紙張和紙板丟到上頭。房間角落裡有第三張床墊，上頭滿是垃圾，還有一條毯子。羅恩覺得他堆起一小堆易燃物已足夠了。也許它無法立即點燃一整棟建築物，但至少能產生足夠的濃煙，絕對可以讓消防局注意到了。

「如果有人在這裡的話，我要警告最後一次了！」

他把打火機的火焰移到床墊旁。它閃動了一下，準備化為一陣輕煙並熄滅，接著它碰觸到紙，火舌便立即出現了。僅僅幾秒鐘的時間，天花板便被濃濃的黑煙給籠罩。

羅恩咳嗽著朝出口走去，但這時房間角落的毯子忽然動了起來——有好幾雙眼睛恐懼地盯著他看。

「搞屁啊……」羅恩用氣音大聲說。「你們他媽的在這裡幹嘛？」

那些孩子動也不動，只是繼續盯著他看。

「你們住在這裡嗎？」

毯子下的那些眼睛在他和火焰之間來回掃視。

羅恩向火焰吹了口氣，卻讓火勢變得更大。

「我覺得你們得……」他吹得更用力了，但狀況只是變得更糟。「抱歉，但我想你們得要找其他地方住了……搞屁啊……該死，我剛剛都問有沒有人在這裡了！」

火焰開始燒向天花板，現在已無法撲滅了。

「來吧，快走！」他咳嗽著大喊。「動作快一點！」

他急忙衝過去，拉起毯子將它扔向起火的垃圾堆上。火焰變小了一下，卻讓煙霧變得更濃了。

他用手掩著臉，並抓住離他最近的那個孩子的手臂。

「快跑！」他將他們推向出口。

他毫不猶豫地抓起另一個孩子，將他從床墊上拉起來。男孩滾到地上、跳了起來並全速奔跑。還有兩個孩子——年紀最大的大概接近五歲，最小的幾乎還不太會走路。他只是站在原地啜泣。

羅恩因為劇烈咳嗽而彎腰，以雙手撐地。要縱火也太過容易了——更讓人訝異的是，居然一下子就無法看到三英尺外的狀況了。他再也看不到火焰本身，卻感覺到室內溫度正快速地上升，相當迅速。

那些該死的小鬼呢？

有個比小孩更高大的身影出現在他身旁。

「走！快出去！」佐爾將較小的孩子推進羅恩懷裡，而自己抓起了較大的那個孩子。除了濃煙以外，羅恩什麼都看不見。

「這裡還有一個！」艾雅從某處喊道。「佐爾……？」

佐爾在濃煙中盲目地摸索，這才碰觸到她。

「往那走！」他把她推往正確方向。

火焰在他們後頭延燒，眾人則咳嗽著跑了出去。喘了好幾口氣後，羅恩才不再眼冒金星。

「現在立即上車。」佐爾命令道。

黑煙已經升到建築上空了。

「等等……」艾雅看著幾英尺外擠在一塊的那些孩子。他們還不懂這個世界的法則，但他們已經明白不能指望有任何好事發生了。

「我們沒辦法幫他們。」羅恩帶她走向廂型車。遠方傳來警笛聲。

「空屋個屁！」羅恩往麥克風大聲喊道，一邊咳嗽著。「隨便啦，快把它燒掉！」

「**市政紀錄裡是這樣寫的。**」那個冷靜地令人惱怒的合成嗓音說。

「聽好了，你這小……」羅恩還沒把話說完。

「不是他的錯。」艾雅往窗外傾身。呆站原地的孩子在遠處變得越來越小。「我們該……」

「不，我們什麼都不該做！」柏格打岔道。「我們是幫派，不是他媽的兒童社福團體。」佐爾瞥向後照鏡，除了起火的大樓之外，還有一群在人行道上打著赤腳的孩子們。他們正在靠近大門。佐爾降低車速，但這只是拖延無法避免的狀況而已。

「沒有這裡的情資。」佐爾咕噥道。「艾伯特？」

「我們的目標在四號倉庫。」羅恩提醒他們。

「我不知道四號在哪裡，也不曉得這道門後方有什麼。艾伯特？」

「那小混蛋在做什……」柏格準備罵道。

「我在這。」他們從通訊系統中聽到聲音。「有技術問題。」

「該死的竄網宅[22]……」柏格低吼道。「門的另一邊有什麼？」

一片沉默。

「我問你另一邊有什麼，你這個吃屎的傢伙。」柏格問得更明確了。「喂，你在嗎？」

「我在。」艾伯特回答，無視於柏格的火氣。「我不曉得大門另一邊有什麼。」

柏格輕蔑地哼了一口氣。

大門就在那。此時此地並不適合進行爭論。

「我們不是該……」蜜蘭娜在空中轉著香菸。「我不知道耶，大概該派個人在入口把風留守之類的嗎？這種事通常怎麼進行啊？」

---

22 譯註：wirehead，使用科技來刺激大腦快樂中樞的人。

「我自己也沒什麼搶劫的相關經驗。」羅恩回答。

「你想要像個孬種一樣縮在這裡嗎？」柏格問。「那你要做什麼？」

廂型車緩緩開到水泥牆旁邊。他們一個計畫也沒有。

「這些戰鬥S型號有多重？」佐爾問。

「加上所有零件和液體……」羅恩在心裡計算。「一百磅左右吧，或許稍微重一點。」

「好吧──蜜蘭娜，拿步槍去把風。」佐爾下令。「羅恩和柏格──你們和我走，然後……」

「去你的。」柏格打岔道。「我去處理那個警衛。」

他正為步槍裝彈上膛。

「關保險。」佐爾說。

「要幹嘛？」

「這樣當我們衝進那道門時，你才不會誤殺任何人。」

「他媽的少來了。」

佐爾用力踩煞車，讓廂型車裡的所有人都往前撲倒。

「關保險。」佐爾平靜地重述，目光緊盯前方。

「去他媽的……」羅恩從地板上撿起他的手槍。

柏格囂張地舉起槍管，用拇指一把扳動了保險。

「滿意了嗎？告訴你，這讓我的反應時間增加了半秒。」他惡狠狠地說。「現在得要多花半秒才能開火了。最好祈禱這個警衛他媽的是個老頭。」

「警衛室在大門後三十呎左邊。」艾伯特說。「四號倉庫就在它後面。你們得右轉繞過建築。」

「蜜蘭娜，柏格——你們處理警衛。」佐爾說。「艾雅和羅恩——我們去倉庫。」

「喂，是誰選你當老大的？」柏格輕蔑地問。

「我們有四分鐘能裝載貨物然後離開那裡。艾伯特——準備好了嗎？」

「好了。」

佐爾瞥向後照鏡。濃烈的黑煙從建築中升起——火勢已經延燒到三樓。他在這裡也能感受到溫度嗎？不，那只是他的想像而已。

「你還好嗎，佐爾？」艾雅輕碰他的肩膀。她剛才似乎也說了一些話，但他現在才察覺她的聲音。

他回過神來。

「戴上面具。繫好安全帶。」

他檢查他們後方有沒有別的車子——至少在兩百碼內一輛車都沒有。他用力踩下油門，開始順著道路中央加速，對準大門中央直駛過去。每個人都做好面對衝擊的準備了。在電光石火的一瞬間，一切陷入聽不見的靜默。砰。廂型車劇烈震動並向前傾斜。大門有一半向內撕裂損壞，另一半則從絞鍊上脫落，撞上廂型車的車頂。擋風玻璃裂開了，有一盞爆裂的車頭燈已經熄滅。

廂型車在警衛室旁緊急煞車，柏格和蜜蘭娜隨即跳下車。佐爾還沒等那道滑門關上便加速駛離。警衛甚至不打算伸手去拿武器。他顯然年事已高，完全不打算要阻止他們。他將雙手舉到頭頂，緊緊靠在牆上。柏格一腳把門踹開，並用嶄新閃亮的全新突擊步槍直接指向他……

「嘿，你小心一點！」蜜蘭娜沙啞地大喊著。

他得關掉大街上的監視系統攝影機，接著將那段偽造片段上傳到較小的十字路口的攝影機中……再把片段同步化。艾伯特壓下控制鍵，這些按鍵看起來像是來自電腦繪圖剛問世的時期，這是為了不讓他的腦機面板超載。他希望自己也能讓時間慢下來——這一切耗費太多時間了。他轉向顯示四號倉庫上空無人機視角的視窗。沒錯，大夥都在那裡。視野中沒有軍武科技的機動反應部隊。他切換回那段錄影畫面——又延誤了四分之一秒。

叮！有人下載了他的外掛程式。兩塊歐元叮一聲便進了他的帳戶。現在不是時候——等一下再說！

他安排好下一段偽造片段播放的時間了。最糟的狀況下，他可以稍後再進行修改。稍後……誰知道這幾分鐘後會發生什麼事？雖然夜城警察局應該不會插手，但他無法排除這可能性。為片段傳輸加密就已占用他CPU百分之十的空間了。他對此束手無策——這件事太重要了，得這麼做。

「你到底要不要倒垃圾啊？」遠處傳來他母親的聲音。「垃圾都滿出來了！」

廂型車停在四號倉庫前。老舊昏暗的建築牆面旁有一條卸貨的坡道，倉庫的入口是一道寬闊的鋼製滑門。

佐爾先下車，並快速檢查了廂型車。右側A柱和車頂已經變形，副駕駛座的車窗破碎，擋風玻璃上也滿是蜘蛛網狀的裂縫。廂型車前端在撞擊當下完全損毀，但引擎似乎還能正常運作。

「三分十五秒。」艾伯特的聲音向他們通報。

「哪道門？」佐爾從駕駛座底下抽出一把霰彈槍。

「不曉得。」羅恩抓了抓頭。

佐爾跳上斜坡並瞄準門鎖。第一槍打壞了動態感應器，接下來的兩槍則迅速摧毀了滑門裝置。槍聲在三號倉庫的牆面之間回響，至少半英里之外都聽得見。

艾雅抓住門把，在佐爾的幫助下一塊拉開那道門。羅恩最後一個跳上坡道。他們打開手電筒踏進漆黑的室內。

「是誰開槍？」艾伯特問。

「沒事。」羅恩回答。「只是門鎖打不開。」

裡頭有好幾排高度觸及天花板的貨架，大多擺放了如小冰箱尺寸的灰色箱子。每個箱子外都印有軍武科技的標誌。最近一條通道的盡頭停著兩台面對著他們的自動堆高機，彷彿正要等待攻擊的信號。

「我們要找什麼？」艾雅問。「是一個符號？數字？還是尺寸大小呢？」

羅恩張開雙手，示意幾英尺來進行估算。他沿著貨架行走，用手電筒掃過那些字母與數字。

「它們用編碼分類。」他說。「上面沒寫裡面有什麼東西。只有編碼。」

「艾伯特。」艾雅問。「我們還有多少時間？」

「兩分半鐘。無人機沒發現任何動靜。」

佐爾打開離他最近的一個箱子。他不曉得裡面有什麼，但那東西看起來並不像是手術用改造手臂。

「艾伯特，檢查看看哪個是戰鬥S型號……」

「戰鬥SRG-78型號。」羅恩糾正他。

「我已經和你說過了，我沒辦法進入軍武科技的子網路。少了第二階科技和直接連線，我就束手無策。」

艾雅憂心地看了佐爾一眼。

「我們繼續找吧。」他說，並打開下一個箱子。

「冷靜點，柏格。我們只需要看好他。」蜜蘭娜盡可能以最冷靜的語氣說。

「老頭，你說不出話了嗎？」柏格靠近他。「穿制服是吧？怎麼，你沒種嗎？我還以為你幫那個天不怕地不怕的大企業工作呢！」

雙眼圓睜的警衛盯著他，微微顫抖著。他的灰色短髮底下冒出一滴汗珠，沿著他的太陽穴往下流，太陽穴上還有移除戰鬥植入物的疤痕，他是一位老兵。

「還是你在打什麼鬼主意，想知道你能多快伸手拿槍開火。」柏格繼續說。警衛勉強地搖著頭。「我說呀，你只是想履行自己的責任吧？保護公司財產對吧？」

「他在這裡唯一的工作，就是確認大門好好關上。」蜜蘭娜把手槍貼在大腿側面。「來，你來看著外面的動靜。我來處理他。」

柏格不理她。

「不管白天晚上，你都坐在這裡——老是做一樣的苦差事，一成不變的鳥事。」幾滴汗珠滴落在柏格的步槍槍管上。「終於，你做大事的時刻來到了——能讓你自己有點用處了。但沒有，你只是像該死的雕像一樣站在那邊。多年來他們付薪水給你，全都白花了。也許你該把錢還回去，對吧？」

警衛吞了吞口水。

「老是沒有事發生，覺得很無聊吧？」柏格幾乎叫嚷起來，一邊揮舞著他的槍。「好啦，現在真的要出事了，對吧？」

警衛本能地轉頭，他的頭撞上掛著音樂界大名人莉孜・薇姿（Lizzy Wizzy）海報的牆面。他的巡邏帽也因此掉到桌面上。

「想撿嗎？」柏格把槍管從男人的頭上移到胸口。「他們沒教你要尊重自己的制服嗎？」

蜜蘭娜朝窗外看了一眼，確認廂型車是否要移動了。還沒，太早了。

「三分十五秒。」艾伯特通知他們。

「你怕我，怕我辦得到的事。」柏格舔了舔自己的嘴唇，雙眼閃閃發亮。「也許我會以為你想要去拿槍。」他緩緩地點了點頭。「然後……砰！」

警衛差點往後摔倒。蜜蘭娜本能地縮了一下。

「把你的帽子撿起來！」柏格調整了步槍的姿勢並握得更穩，準備開火。

警衛開始彎腰撿東西，但他看起來比較像是要癱向牆面一樣。

「武裝搶劫得坐三年牢。」蜜蘭娜說，試著控制自己的聲音。「謀殺則是——」

「他媽的閉嘴，不要干擾我！」柏格叫道。「我們在旱谷殺了好幾個人，有人在乎嗎？」

蜜蘭娜嘆了氣。柏格要不是不知道自己在說些什麼，要不就是不在乎。

她將小型手槍移到左手，悄悄地在褲管上抹了抹右手。

「喂！」柏格用槍管向警衛示意。「撿……起……該死的……帽子！」

警衛全身劇烈顫抖著。他撿不起來。

「柏格……」蜜蘭娜懇求道。

「你這幾年一直在偷公司的錢……」他沒在聽。「尊重在哪裡，嗯？感恩點吧。」

「柏格……」

「婊子，我都叫妳閉嘴了！」柏格轉身大叫。「妳要把事情搞砸了！」

他們聽見外頭傳來的一聲槍響，隨後又有兩聲。

蜜蘭娜的眼角瞥見了一件事。

警衛握著一把槍。

有四件事得同時進行：交換連接埠號碼、切換影像畫面、阻擋其他連接埠的連線，以及透過暫時錯誤的代碼停用使用者服務，而且要針對每一台攝影機這麼做。不過，還不是時候——得等他們駕車撤離那道大門的十五秒之後。

他試了其他招數來找尋裝有戰鬥SRG-78型號的箱子號碼。根本沒用。柏格真的完全是一個蠢蛋。再等幾天，艾伯特就能輕鬆取得資訊——或是買下它。現在他們卻得要自生自滅了。最好根據機動反應部隊選的路線來播放影像畫面。讓他們去追虛擬的幽魂。這很困難，但辦得到。他用虛擬手將影像畫面移至地圖上的正確位置。因為傳訊編碼所造成的延遲狀況，讓他的動作明顯慢了下來。

「別假裝聽不見我說的話！」他母親用拳頭捶打著牆壁。「上次我幫你倒過垃圾了！」

讓生物體漸趨完美需要數萬年到數百萬年的時間，但艾伯特打算以他這一個世代的時間成為和母親截然不同的人。更準確來說，只要花上幾天，或頂多幾週。他不想成為另一種原型。他得要變成某種目的明確的終極型態。為了達到目的，他需要塔蘭。

無人機察覺了三聲響亮的槍聲，還有較輕的第四聲。

槍管還在冒煙，屍體已癱倒在地了。蜜蘭娜閉上眼睛。沉默在空氣中瀰漫了好漫長的幾秒鐘。

「妳他媽做了什麼？」柏格不敢置信地問。

「他已經瞄準你了。」蜜蘭娜低聲說。

「因為妳害我分心了，妳這個蠢婆娘！」

蜜蘭娜控制著自己的呼吸，扳動了手槍的扳機保險，收進其中一個口袋。

「近看就不太像幻智之舞了，對吧？」她說。「沒那麼……平淡無奇。」

她用思想指令將催產素釋放至她的血液之中。早該這樣做了，但她沒有接受過這種情況的應對訓練，也不了解使用催產素的規範——裡頭混了蜜蘭娜連名稱都搞不清楚的物質，還有她不知道的成分。它立刻生效。她變得更冷靜，思緒也更清晰了。

「這一點也不像幻智之舞。」她從柏格手中拿走了步槍。「它們永遠無法捕捉到這一切混亂，那遠遠超越我們的五感。」

「我們得聊聊。」

她的聲音害他嚇了一跳，音量比先前響亮些。他沉浸在自己的網路空間洞穴，幾乎忘了真實空間（人們喜歡稱它為現實）的存在。

「我很忙。」他回答，一邊努力動了一下他的「真實」嘴唇。透過思想交談與人們溝通的速度更快，也更簡單一些。

他試著找出槍聲的來源。

「剛才是誰開槍？」他用內心的嗓音說。

「沒事。」開口的是羅恩。「只是門鎖打不開。」

「你老是這樣說。」

「艾伯特。」是艾雅的嗓音。「我們還有多少時間？」

「你他媽的不能聽我說一下嗎？」

「兩分半鐘。」艾伯特回答，他沒有理會他媽。「無人機沒發現任何動靜。」

她隨時會闖進來。

「艾伯特，檢查看看哪個是戰鬥S型號……」

「戰鬥SRG-78型號。」

「你頭上戴著那鬼東西，在這裡坐三小時了！」她現在站在他身旁，這倒是第一次。

「我在賺錢。」他回答，然後把注意力轉到其他人身上。「我已經和你說過了，我沒辦法進入軍武科技的子網路。少了第二階科技和直接連線，我就束手無策。」

「你就和你爸一模一樣！」

如果他爸還活著的話，就會認同他正努力要做的事。

「他是怎麼死的？就是在頭上插滿電線！」

無人機畫面的角落出現一個亮點。它融入城市的光線中，肉眼無法看見它閃爍的藍光，但演算法立刻識別出那是軍武科技的機動反應部隊。正如計畫中的一樣，它正要從日本城的方向過來。但不在計畫中的則是他的延遲狀況，現在已達半秒了，這令人難以接受。

「你這些鬼話騙不了人。你整天都在玩遊戲！」

軍武科技的武裝卡車直接開往路障的方向。火焰已吞噬了整棟建築，這讓騷動越演越烈。畫面開始卡住了。去他媽的。他關掉傳輸加密。他別無選擇——加密過程耗掉太多處理能力了。延遲狀況隨即消失，一切都恢復正常了。不過如果有人企圖追蹤傳輸的話，他就完蛋了。這不是理想狀況。

「我在跟你講話，把那東西拿下來！」

「它連到網路上了。」艾伯特專注在無人機的光學設定上。「沒辦法暫停。我們之後再談。」計畫最重要的部分正要開始，成功與否取決於艾伯特的專注和反應速度。

「啟動干擾……」他才剛開口，一切就化為烏有了。

廂型車的車頭嚴重毀損。引擎蓋下發出了嘎嘎聲，但引擎似乎還能正常運作。

柏格和蜜蘭娜爬上後座，脫下面罩後鬆了口氣。佐爾完全不浪費時間，直接駛出大門，還差點撞上一輛敞篷車。他急踩了煞車，箱子撞在隔板上。另一位司機狂按喇叭，他身上戴著金鍊、每根手指都戴了戒指，以豐富的詞彙罵出一連串的髒話，讓他後座的兩名小女孩看得樂不可支。他看起來似乎想做些什麼，比如說下車——但看到毀損的大門和破爛的廂型車時，他肯定因此改變了想法，並加速駛離了。

「艾伯特，現在情況怎樣？」艾雅問。

根據計畫，他們要在不引人注意的狀況下駛向火災現場。從GPS看來，他們在八百英尺處就得往左轉進入一條狹窄街道。

「啟動干擾。」艾伯特的合成嗓音說。

他們差點忘了。艾雅在背包中摸索著對講機型的裝置，上頭有兩根橡膠天線。她按下最大的按鈕，裝置亮起了紅光。

夜城鮮豔的霓虹燈光快速掠過防彈玻璃，被拋在後頭。此時沒有什麼車潮，但日本城的街道向來不會空無一人。開車穿越街頭輕而易舉，幾乎沒有減速的必要。就連夜城警察局也會順從地讓路。軍武科技的藍燈和警笛可不是好惹的——如果有人找碴，就準備吃前保險桿的苦頭。

「失去訊號。」右邊的士兵說，他全身穿戴作戰裝備，武裝非常齊全。

一連串資料在終端顯示器中舞動，中間則有個閃動的紅點——那是目標最後的已知地點。從紅點延伸出的一條紅線顯示了目標的預測路線。隨著時間流逝，它的精準度每秒都在不停下降。當紅線在十字路口分叉時，精準度就降到百分之五十了。

「我們會成功的。」駕駛超越一輛來不及切換車道的水谷紫苑（Mizutani Shion）。下一次他可不會這麼通融了。「那些王八蛋躲不過我們。」

他頭盔上的有色面罩似乎不影響他開車。

「後頭狀況怎樣啊，小子們？」他對身穿相同制服的三名士兵說。

「一切準備就緒。」一人回答。「準備好領一大筆獎金了。」

輕笑聲很快就消散了。他們闖了幾次紅燈——其中一次，有輛卡車撞上一輛小車的後方，讓它被撞飛至人行道上，四處濺起火花。

「已經有五條潛在路線了。」右邊負責導航的士兵說。

「不重要。」駕駛開始加速。「北部工業區有很多條街，但能進入歌舞伎的路並不多。兩分鐘後，我們就會抓到他們了。」

沒人在追他們。至少現在是如此……

GPS毫無用處，他們的干擾器確保了這一點。北部工業區的老舊狹窄街道迅速變成了迷宮。他們第二次來到了這建有水泥高牆的街區。

「艾伯特——我們要往哪走？」佐爾把廂型車倒了回去。

他應該要用無人機引導他們才對。

廂型車變形的金屬車身沒引起任何注意，畢竟街邊常停著更糟的爛車，甚至四處跑。他們開車經過坐在打烊的小型超市台階上的三個人，已經第三次了。這次他們終於感興趣了，並起身站了起來。

「艾伯特……？」佐爾更急迫地又說一次。

「真他媽的驚喜。」柏格咕噥道。「小混蛋覺得無聊了。可能在打手槍。」

「艾伯特！你在嗎？」艾雅大聲喊道。「艾伯特！？」

羅恩望向蜜蘭娜，她似乎睡著了。他把手懸在她脖子上，讀取著透過他的視神經傳送並浮現在上視網膜的數值。她沒受傷，一切似乎都沒事。她的皮質酮濃度正在下降。羅恩放心地嘆了一口氣。

「我們最好往南走。」羅恩說。

歌舞伎是唯一明智的逃生路線。在旁邊的日本城更容易被發現。往西邊的話，他們會碰上另一座封閉的都市——荒坂臨海區，往北邊和東邊則是空蕩的荒地，很容易遭到游牧土匪「劫戮民」（Raffen Shiv）襲擊。他們還沒準備好碰上這種事。他們唯一的選擇，就是通往歌舞伎的狹窄入口。前提是他們得夠幸運。

「艾伯特……是因為干擾器嗎？」艾雅問道。

「頻率不同。」佐爾回答。「干擾器只會阻隔箱子的追蹤器。」

他試著找到一條往南行進的替代路線。在這裡辨認方向並不容易。

「那個小王八蛋甩了我們。」柏格說。「老媽可能叫他上床睡覺了。」

「媽的搞什麼鬼？」駕駛踩下煞車。

武裝卡車在停滯不前的車潮後方緊急停下。消防隊堵住了前方遠處的街道。他們一旁的建築正燃起大火。

「那些混蛋跳過了程序。」右邊的士兵放大了地圖。「他們的系統裡沒有記錄火災，結果你看看。等等……有了！倒車，然後在第一個轉角處右轉。該死，這會害我們多耽誤一分鐘。」

駕駛瞥向後照鏡，他們後頭只有兩輛小車。

「如果他們是本地人，早就已經走了。」他打了倒車檔，並猛踩CHOOH2燃料油門。

「漩戰幫絕對不敢這樣，至少不會在自己地盤上造次。軍武科技會毀了他們。」

後方傳來一陣撞擊聲，有東西在摩擦著後方的擋泥板，並不斷造成阻力。卡車的引擎太強勁了，後方車子是無法支撐太久的。

士兵滑動著螢幕，打開多個監視系統的畫面。倉庫大門旁的監視器沒有啟動，遭人破壞了。不過，靠近小巷和街道的攝影機正常運作中，那裡可能就是他們的逃亡路線。

他們調轉方向，途中撞爛了兩輛車。引擎的轟鳴蓋過了那些駕駛的喊叫聲。

「逮到他們了。」士兵將兩個視窗放大。「一百碼——左轉。」監視系統畫面顯示，有一輛破爛的廂型車駛過冒煙的垃圾箱。「三十秒後即將進入視野中。」

一切都結束了。沒人會搞錯廂型車後方顯示器中閃爍的藍光來源。軍武科技的卡車看起來更像是一輛坦克，卻擁有跑車般的速度。

「幹、幹、幹！」柏格叫道。「開快點！」

艾雅轉身，透過隔板間的空隙往外看。卡車就在一百碼外，並迅速逼近。她檢查了一下她的彈藥數量，但她知道和對方的武裝實力比起來，這根本不算什麼。

「快點、快點！」羅恩用六指改造手臂抓緊了手把。

佐爾沒辦法開得更快了，油門已經踩到底了。儀表板上的小引擎圖示閃爍著紅光。車子過熱了。

根本不可能成功。

「一群他媽的外行人。」駕駛冷靜地說。

他們前方那輛廂型車，是他看過最糟的逃亡工具了。

「小意思。」士兵按下終端上的按鈕，啟動了作戰模式。

隨著低沉的嗡嗡聲，有座砲塔從車頂冒了出來。

「準備好，別損傷到貨物。」

他們現在距離廂型車後方只有六十英尺。

「漩戰幫應該給這些混蛋一些教訓。」士兵咕噥道。「他們的地盤，他們的問題。」

駕駛沒有回應。他正在等待加速的合適時機，好將廂型車撞得稀巴爛。他們隨後要做的，就是跳下車幹掉這些小丑。命令中沒提到要逮捕他們，那為什麼要將事情變得更複雜呢？

「總部對七〇──一〇──停止追蹤。」指令來自指揮中心。

「中心，請確認。」駕駛回答。「十五秒內攔截目標。」

「確認，七〇──一〇。停止追蹤。」

「收到。」

過了一秒，駕駛不再繼續踩油門。

「幹……」他嘆了一口氣。

廂型車正快速駛過一個起火的垃圾箱，隨即消失在煙霧之中。

士兵用他戴了手套的手掌用力拍擊終端。螢幕頓時變成一片漆黑。

「他媽的獎金沒了！」

綜合賀爾蒙讓她冷靜下來，讓她感到安全。也許過於安全了吧？邏輯和理性變得更為敏銳，但代價是失去了自我保護的渴望。不管警衛將手槍指向她或柏格，都不重要——那股危機感同樣強烈。這種混合物能讓她在談判中的重要時刻脫離情緒，但不能用來應付槍戰或飛車追逐。

她睜開雙眼，發現自己正坐在加速駛過北部工業區的廂型車中。這一發現並沒有引起她任何情緒反應，但她察覺到事情並未依照計畫進行。她也幫不上忙了，她只是一個乘客。破損的窗外吹進一陣舒爽愉悅的微風。

他們身後的道路空空如也，軍武科技的卡車已經不見了。

「如果東西很爛卻有效，那它其實一點也不爛吧？」羅恩說，露出謹慎的笑容。「竄網使幹得不錯。」

「不是他。」蜜蘭娜用嘶啞的嗓音說。「有人命令他們停止追捕。」

原本不斷閃動紅光的引擎圖示現在多出了警告聲。佐爾慢慢地將車停下。羅恩和艾雅望向他，想尋求解釋。

「引擎過熱了。」佐爾觀察著他們四周的環境。

「早該料到會有這種狀況。」羅恩說。

「看來我們被困在這裡了。」

有股燒焦電路的臭味從廂型車裡飄出，彷彿證實了佐爾所說的話。他們底下某處的抽風機正激烈地嗡嗡作響。

柏格在後座緊張地咳了一下，並擦了擦雙手。

「我們要困在這裡多久？」艾雅顯露緊張的表情。

佐爾眼角注意到，有某個物體緩緩地脫離前方建築的陰影處。他掏出了手槍。

「準備好。」

警報停止了。圖示繼續無聲地閃爍。

模糊的輪廓逐漸變得清晰。他們一停在街道上，便在身後城市的光芒照耀下，發現有三名年輕人正冷靜地走向廂型車。他們赤紅色的眼睛在昏暗微光中閃爍。刺青和多得噁心的改造裝置清楚表明了他們的身分。是漩戰幫。當然了，這裡是北部工業區——他們還能期待什麼呢？

三人之中的領袖臉上有一個金字塔型的紅色光學裝置，取代了原本該有鼻子的位置。或者說，那原本可能也是他嘴巴的位置。

蜜蘭娜看著情況如同電視犯罪劇一般地發展。這個漩戰幫分子看起來不可能超過十八歲。他漫不經心的囂張步伐，足以證明他只是想虛張聲勢。他想要成為幫派分子。他繡著漩戰幫標誌的外套太大件了，讓他的肩膀看起來比實際上更寬。

另外兩人緊跟在他身後。

「幹他媽……」羅恩嘆了一口氣。

佐爾扳動手槍的保險。

「把槍收起來。」蜜蘭娜告訴他。「最好讓他們以為自己控制住局勢了。」

佐爾照做了。或許她說的沒錯。誰知道附近還潛伏著多少人？

三眼仔走到車門旁邊，稀鬆平常地將前臂靠在破損的窗框上。近看時，他的長相變得十分邪門，鋼製下顎也閃閃發亮。改造裝置與身體組織交匯的可怕疤痕通常會隱藏起來，如今全都暴露出來，顯得十分恐怖。他心不在焉地搖晃手槍，彷彿不確定要怎麼處置他們，接著又仔細觀察了廂型車裡那些烏合之眾。他毫無生命力的雙眼中沒有瞳孔或虹膜，無法得知他究竟正在看誰。

「真是漫長的一天。」他終於開口說。「這時間我早該睡了。但你們搞出了大騷動，害我根本睡不著。」

佐爾在回答前吸了一大口氣。

「我想我們可以想點解決方法。」蜜蘭娜早他一步回應。「看看怎樣補償你損失的睡眠。」

她怎麼能這麼冷靜？

「妳以為可以談判啊？笑死人。」三眼仔發出人工化的不自然笑聲。「你們的小旅行結束了。現在就給我下車！」

「待在裡頭。」蜜蘭娜對其他人說，反正他們也不急著去任何地方。

羅恩緊捏她的手，她則對他露出寬慰的微笑。

「別擔心，親愛的，我清楚我在幹嘛。」她說。

她拉開連身飛行裝的拉鍊，毫不費力地脫掉衣服，再把它扔到一旁。踏出廂型車的她身穿企業套裝，顯得格格不入。

等等。她的姿態或表情中有某種感覺，讓三眼仔瞬間陷入猶豫。也許他本來想抓住她的手肘，再甩她一巴掌——誰知道呢。然而那一瞬間已讓他的硬漢外表瞬間瓦解，也無法彌補了。蜜蘭娜假裝自己沒發現這狀況。她反而轉身走向廂型車後方。現在他唯一的選擇，就是跟上她或從背後射殺她——但這兩者都無法讓他恢復到原先充滿威脅感的神態了。

她打開車門。

「這應該足以彌補你的損失了。」她說。

他感到措手不及。她正逼著他走過去，他只得受制於她的指示。

三眼仔盯著上頭有軍武科技標誌的四個箱子。他看著她，突然困惑得什麼也說不出口，卻又想要掩飾這件事。蜜蘭娜現在還不安全。他隨時有可能拔槍對準她的頭，讓她腦漿四溢。因為他就想要這樣做，她很清楚。

艾雅緊握著她的手槍。

「我們應該幫她。」她悄聲說道。

佐爾點頭。

「留在車裡。」他低聲說。「全都不許動，懂嗎？準備好武器，但別被發現。」

柏格這次沒有回嘴。

「作為道歉，我們給你一個箱子。」蜜蘭娜冷靜地說。

三眼仔沉默不語，思索著該如何回應。佐爾打開駕駛座的車門，平靜地踏出車外，讓對方不必繼續尷尬下去。另外兩名漩戰幫成員立即把槍口對準他的臉。他舉起雙臂示意自己毫無敵意。

「我只是要幫忙卸貨而已。」他解釋。

突然有兩名不知從哪裡來的小混混出現，就站在幾碼之外。他們倆看起來還未成年，都拿著朝向地面的衝鋒槍，肯定已準備好聽命開火——他們的子彈尖端不知道裝了什麼。有更多人緩緩從陰影中走出。

佐爾沒有等待對方的准許。他抓起最近的一個箱子把它拉出來，差一點讓它掉了下來。箱子比他預期的更重一些。他後退了幾步。

「裡面有什麼？」三眼仔問。

「價值至少數十萬歐的東西。」她回答。「量子全像瞄準鏡。」

三眼仔在原地動也不動。他不曉得量子全像瞄準鏡是什麼，但他不打算承認。他反而跪了下來，想打開箱子。

「如果我是你，就不會那樣做。」蜜蘭娜說。「它完全密封了。」

「他媽的所以呢？」他抽回他的改造手臂。

「這是有理由的。你可以問問你們老大，看看為什麼不能在骯髒的街道上打開裝有量子全像瞄準鏡的密封箱子。」

「妳講話最好他媽的小心一點。」他低吼道。

「如果你讓東西暴露出來，它們就會損失所有價值了。把它帶去乾淨的地方。你的老大會獎勵你的明智之舉。」

三眼仔站了起來。他思索時舔了舔自己的下唇。儘管他沒有眉毛，也沒有額頭，卻能做出皺眉的表情。

「我有更好的點子。」他拿槍指著她的頭。事情果不其然會變成這樣。「你們把四個箱子都交給我們，再滾回你們來的地方。」

「我們的雇主可以放棄其中一個。」她說。「但如果四個箱子都消失，他們就會找人來背黑鍋了。」

三眼仔再次發出人工笑聲。他很年輕，嗓音還不夠粗啞到有威脅感，但只要花點小錢，任何神機醫都能解決這問題。

「聽起來他們不太擔心的樣子。現在待在這裡的人只有你們而已。」

「我們早已對付過一支軍武科技小隊了。要對付你們更輕鬆。」她毫不畏懼地盯著他。「但我想沒必要這麼做。」

儘管那張全面改造的面孔未顯露任何明顯的情緒，但他的身體語言就沒這麼可靠了。三眼仔心裡開始有了疑慮。站在他面前的有機肉袋們看起來完全沒有一點屁用，但態度舉止卻像他們擁有這整座該死的城市。狀況有些不太對勁。

蜜蘭娜在心裡默默倒數。這是關鍵時刻。她給了他機會，讓他在其他小混混面前保留顏面。比起失去尊重，沒什麼能讓他更害怕了。

佐爾站在幾英尺外，心裡暗自盤算殺掉他們的順序。他頂多只能擊中三人，其他人就難以預測了。

「賺一筆快錢，還不讓你的同伴們受傷——聰明的領袖就會這麼做。」蜜蘭娜說。

她沒得到回應。

MLTCH-DP-173

方位角：七十六度。速度：每小時一百英里。高度：九十一英尺。風向修正角：東北十一度。

目標距離：〇．二五哩。攔截時間：四十八．三秒。

距離荒坂臨海區九百英尺。要求飛行許可。

溫度：七十五度。壓力：一〇二四。濕度：五十三。

等待飛行許可。

更新目標方位。目標速度：〇。

致死武力許可：拒絕。

離荒坂限制區一百五十英呎。飛行許可：拒絕。

暫時方位角：二百一十二度。往右迴轉。
速度：每小時八十七英里。高度：二百八十八英呎。
往左迴轉。新方位角：七十一度。
速度：每小時八十七英里。高度：二百八十八英呎。
目標距離：〇・二七英里。攔截時間：十九・三秒。
速度；每小時九十九英里。高度：一百五十英呎。
反向推力。

他們頭頂有東西閃爍著紅光。小混混們開始作鳥獸散。
「該走了。」佐爾說。
他用力地關上車門，那聲音大到迴響於附近的建築之間。
有股槍聲響起，接著是痛苦的哀嚎聲。
「別動！」蜜蘭娜說。「它會把我們打成碎片。那是自動作戰機。」

ArS-03，48652日誌。
同步化過程已啟動。
未辨識裝置NI10010100110。狀態：未知。
偵測到外部裝置：MLTCH-DP-173。
送出更動操作者請求。

佐爾花了一秒才明白她的意思。尺寸有如機車大小的東西從天而降，紅色的二極管在一側閃動著，另一側則有綠色燈管閃動著。其橢圓形的霧面灰色機身下方懸掛著一座小炮塔。它的光學鏡頭有環顧四周三百六十度的視角，以偵測可疑活動。無人機的嗡鳴聲感覺更像是物理振動，而不是聲音。

佐爾慢慢地將手伸向腰間的手槍。

「你的速度不夠快。」蜜蘭娜警告他，她的嘴唇幾乎沒動。「沒有反應強化器（reflex booster）就辦不到。」

MLTCH-DP-173
速度：每小時〇英里。高度：一〇．四英尺。風向修正角：東北二度。
等待攻擊許可。
接收更動操作者請求：ArS-03。確認碼：同意。更動操作者請求通過。
等待攻擊許可。否決。
ArS-03：放棄行動。回到巡邏高度。
方位角：二百五十四度。速度：每小時十九英里。高度：七十二英尺。風向修正角：東北七度。

無人機飛走了。當它傾向一側時，他們看見上頭的軍武科技標誌。
他們走回廂型車旁，看到其他人驚慌的表情。艾雅正用雙手壓住羅恩的大腿來減緩出血速度，但效果不彰。
「開槍的人是誰？」佐爾把手伸到駕駛座底下拿他的袋子，並撥去玻璃碎片，從中拿出一個急救包。

「Infelix casus[23]……」羅恩露出咬緊牙關的微笑。

「誰？」

「槍意外走火了。」

「躺下來，把你的腿抬高。」他把神機醫拉到中間的座位上，並吊起他的腿。蜜蘭娜悄悄靠近並扶住羅恩的後腦。在短短一瞬間，她看起來似乎感到相當擔憂。但那也可能只是錯覺，是陰影造成的假象。

「拜託別說『你撐得下去』那種鬼話。」羅恩呻吟道。「因為電影裡聽到這種話的人都死了。」

「別擔心。」蜜蘭娜用語帶諷刺的安慰語氣說。「我們不曉得你是否撐得下去。」

「換個角度想……這聽起來更爛。」

佐爾在槍傷的上方綁上橡膠管，並把它綁緊。出血停止了。

「這就是你不能將手指扣在扳機上的原因。」在角落裡的柏格咆哮著。「快點，在更多怪胎出現之前，我們趕快閃人吧。」

「我們把他移到後座去。」蜜蘭娜說。

他們和佐爾、艾雅一起把他拖到後座，同時舉高他的大腿。蜜蘭娜擠到柏格身旁，他一動也不動，彷彿癱瘓了。她將羅恩的頭擺在自己的大腿上。

佐爾按下啟動鍵，廂型車再度啟動了。他們不慌不忙地開走。

「最近的神機醫在哪裡？」佐爾問。

「就在這裡。」至少羅恩的幽默感還在。「帶我回診所。」

「誰要幫你開刀？」艾雅問。

「我本人、我自己和我。我是醫生，記得吧？」

「你認識的其他神機醫呢？那些會和你交易的人呢？」

「我認識他們，不代表我信任他們。帶我回去就是了。」

他們四人將羅恩扛到地下室，把他放在手術椅上。柏格不知怎地趁沒人注意時溜走了。

「開關……在旁邊那裡……紅色的。」羅恩閉上眼睛，接著睜開並用力地眨著。「找到有方形插頭的那條電線。別碰……其他東西。」

甯蘭娜跪下並摸索一大圈纏繞的電線。

「這條嗎？」她拿起她找到的第一條電線。

「不對，是用膠帶包住的那條舊電線。妳……」他用手向艾雅示意，但手隨即落了下來。

23 譯註：此處的拉丁文意指「不幸的意外」。

「架子的頂端，左邊的第一個盒子。」

她取出某個東西，看起來像是缺少蓋子的罐子。

「你是說這個嗎……？」她把它拿近一些，好讓他看標籤。

「對……把它插進椅子後方的開口。任何一個開口都行。電線……」

他向蜜蘭娜伸出手。電線從他指縫中滑落至地板上。蜜蘭娜在椅子下找尋它，再把它插進頭枕，塞進羅恩後腦唯一的方形插孔。

機械手臂忽然啟動了。其中一條手臂降低高度，找到目標後，它便將某種東西注射進神機醫的左前臂。第二條機械手臂立即用繃帶蓋住它。艾雅剛裝上的罐子發出了一些咕嚕聲。

「啊，就是這樣……」羅恩放鬆地嘆了口氣。「沒有比自己更可靠的醫生了。」

艾雅的雙手、衣服和臉上都沾滿鮮血。她無所事事地等著指示，但她想不到還能幫上什麼忙。

「呃，我該做什……」她開口問道。

「如果我暈倒了，就按下鍵盤頂端的那個黃色按鍵。」

「如果還是沒用呢？」

「那就什麼都沒輒了。」

機械手臂進入全面運作的模式。

蜜蘭娜握住羅恩的手。一股她不知道是新的抑或是很久沒感受到的渴望，從她心底深處湧現。她想讓這個人活下去，和他談話，和他共度時光。這感覺比她那天經歷的任何事情都要陌生。

艾雅從椅子旁退開，並發了一則訊息給M：「又要晚點回去了。抱歉。」

即使她站著，仍然感覺昏昏欲睡。她在沙發上坐下，眼皮十分沉重，而此時新訊息的圖示亮了起來。又有訊息了。是個新工作。她努力使自己保持清醒，開始讀取訊息內容。

隨著她讀完每一行文字，她的亢奮感逐漸消失，取而代之的是令人沮喪的難以置信。

第六章

「在黑伍德哪裡都找不到這種景觀了！欸，自己來看看吧！」伸開雙臂的房仲站在窗前。「感覺不就像是待在世界中心嗎？」

唯一能透過這片窗牆看到的東西，就是一片巨大ＬＥＤ廣告看板的背面——那是個古物，來自沒有全像面板的時代。螢幕分為六個大型的方格，可以看到方格之間的企業高樓，背景則是雲霧瀰漫的天空。

「三十三樓。」房仲帶著熟練的激動口吻繼續說。「就在頂樓。不會有人坐在你頭上！」

他的亮黃色西裝、藍色領帶，亮粉紅襯衫，再加上他修剪得相當細微的八字鬍及精心打理的鬍鬚，顯然都是為了塑造出怪異打扮的形象。他的光學裝置也是黃色的，上頭還閃動著對稱的圖案。

「當然也別忘了陽台。」他打開窗戶。隔壁大樓沾滿焦黑汙垢的屋頂距離他們底下只有幾英尺遠。「底下那些人都被霧霾嗆得快暈了，但在上頭這裡呢……」他戲劇化地吸入一點都不乾淨清新的空氣。「這是你呼吸過最乾淨的空氣了。相信我。」他強忍著一陣咳嗽。

他迅速關上窗戶，示意要對方走到客廳中央。

「最新一代的娛樂系統。」他揮動了一下手腕來開啟系統。天花板降下一塊龐大的螢幕。「如你所見，這裡還沒配置好家具，但當你有了這個東西，又何必需要所有設備呢？」他驕傲地指向全新的大型冰箱，似乎只有房仲知道它有某種獨特之處。「你有兩間臥房。一間用來睡覺，另一間隨便你想怎麼用都行。如果你覺得有需要，也能改動牆壁的位置。」

閣樓顯然原本不是為了居住的功能而建造，但從來沒人會管這種事。地板和牆壁的一些部分仍是裸露的水泥結構，這代表屋主根本不打算完成裝潢。不知為何，面對電視的長沙發只是讓公寓顯得更加空蕩。

「我知道你想要小一點的空間，但我想了想，管他的，給這個寶貝一個機會吧。」房仲得意地聳聳肩。「好消息是，它就在你的預算內。不幸的是，前任屋主碰上了一些清盜夫（Scavenger）[24]，後來呢……這樣說好了，他這個人已經拼不回去了。就算有搶救團隊高級方案（**Trauma Team premium**）也一樣，你相信嗎？總之呢，既然他沒有家人，我們公司也樂於接手。」他把手伸進口袋，一面搖擺著身子。「哎，很多人對這棟公寓有興趣，但如果你還需要考慮一下……」

「我要了。」艾伯特說，一邊將他壞掉的腦機面板放在廚房流理台上。

四次太多了，過往的經驗讓他清楚這一點。樓下的音樂從地板傳來，彷彿地板是紙板做的。她讓他感到無聊了。他肯定付了超額費用——三次就是極限了。她眼中閃動的藍光證明她正在看全像影片，完全不在乎身邊正在發生的事。

「妳！」他對她大吼著。「出去。給我滾出去。」

她解除連線，無精打采地看了他一眼。

「沒錯，就是妳。妳害我無聊死了。」他埋怨道。「所以他媽的給我滾吧。」

「你還沒付錢。」

「要付什麼錢！？看他媽的全像影片嗎？」

「買我的時間。」女孩早已經準備好要離開。所以，她的確是故意的。「四十分鐘。」

柏格站起身，緊握拳頭。他這才想起自己在死之舞（Totentanz）[25]。他心想：冷靜點，毀掉這麼一個完美的夜晚太可惜了。

「他媽的廢物婆娘。」他舉起手腕靠上她的前臂，匯給她確切的金額。「現在給我滾。我發誓，這是我最後一次來了。」

他用力打了她屁股一下，這讓她立即走向門外。柏格心想：「妳拿不到小費啦。懶婊子別想

---

24 譯註：夜城中的幫派。他們擅長綁架並強制摘除受害者的改造裝置，再轉賣到黑市。

25 譯註：位於夜城工業區中的夜店。

從我身上多拿一毛錢。」

那現在呢？

其他人用空洞的神情盯著他。

「喂，快動作啊，做點事！」他叫道。「這是他媽的喪禮嗎？天啊，你們不會跳舞之類的嗎？最好開始有點像樣的動作，不然我們就他媽的到此為止了。」

一片沉默。興致全沒了。

羅恩倒回枕頭上，疲憊地嘆了一口氣。

「這些手指不是只會動手術。」他動了動自己的六根手指，再拿起裝了剩餘金色液體的杯子。他搖晃了杯子裡的液體，再仔細享受它的氣味。「這是真貨？」

「嘿，你才是行家吧。」蜜蘭娜微笑著說道。

他輕啜一口，並在沉思中咂嘴。

「我想是……十二年吧。在橡木桶中熟成。」外頭數百盞通明燈火的光線透過玻璃照映進來，在昏暗的房間牆壁上撒下萬花筒般的黃色橢圓形光暈。「有這種美景，不能隨便喝爛酒。」

「嗯，『十二』是說對了。」蜜蘭娜用手肘撐起自己，讓真絲床單從她完美無瑕的胸口上滑落下來。「但一年或幾個月——有什麼差別呢？」

羅恩伸長脖子想看清楚酒櫃，但他的視線被一面霧面玻璃，或是……他也說不清那是什麼的東西擋住了。上面的那些圖案活靈活現地流動著，如此生動。他轉頭回來欣賞更漂亮的景象。

「這個嘛，」他說，一邊喝光剩下的酒。「我得承認，它的口感及氣味還是勝過我所謂的伏特加。甚至比日本城販售的那些酒更好。」

「喝酒是你唯一的惡習嗎？」蜜蘭娜問。

「酒已歷經了好幾千年的考驗。說我老派好了，但其他那些鬼東西……包括妳平常喝的黃泡（Smash）[26]——我已看過它們造成的影響了。妳得尊重自己的身體啊。」

「說到這個，以一個差點送命的人來說，你康復得很快。」

「有好醫生就有很大的幫助。」羅恩撫摸大腿上的繃帶。「還有好的奈米機器人。我早就為這種狀況做好緊急準備措施了。它們能將治療過程縮短至幾天內。不過，還是得小心點。」

「我自己也需要快速恢復，明天我有個重要會議。要沖澡嗎？」

「妳先請，女王陛下。妳用來沖馬桶的水比我在家喝的水還乾淨，真搞不懂妳怎麼負擔得起這些。」

他們躺在彼此身旁看電視，沖澡後的身體變得暖和，兩人都不想破壞氣氛。他們吃了蜜蘭娜

---

26 譯註：酒精飲料名稱。

為了這個場合特別訂購的真葡萄。羅恩不敢猜那到底要花多少錢。難以區分的新聞和廣告，像無形的浪潮般湧向他們。

接著，他們看著一些消防隊員在某棟燒焦的建築旁捲起他們的水管。肯定就是那棟大樓了。記者提到了一場大火，卻沒提到有人縱火。這場火災似乎和軍武科技倉庫的入侵事件無關，至少目前是這樣。新聞片段並沒有說明入侵事件，只有一條副標題提及此事：**軍武科技倉庫遭搶**。

「要轉台嗎？」蜜蘭娜問。

「或許會發現一些有趣的事。」

「還有什麼好發現的呢？」蜜蘭娜起身走向酒櫃。「發生了一場火災，有四個小孩困在屋裡，你還把他們救出來了。」

羅恩的目光跟隨著她。

「如果在起火前救他們出去，那就更好了。」他承認道。「既然我現在知道狀況如何，我就有一長串採取不同行動的清單了。我曾經幫助過很多人……至少我是這麼想的啦。」

「你從一樓救了四個小孩，羅恩。」蜜蘭娜輕聲說道，一面搖頭。

羅恩轉頭回去看著螢幕。火勢大到讓某些樓層地板塌陷。濃煙仍從原本曾有窗戶的長方型黑洞中冒出。他動作慵懶地關掉螢幕，在床上坐直身子。

「我需要喝一杯。」他平靜地說。

「我早就料到了，給你。」蜜蘭娜把酒杯遞給他。「十二天熟成。」

「就是他。我確定。」

傻傻（Dum Dum）轉身，望向一大群舞客和搖滾樂迷之間。

他的七顆離子化光學裝置能看到六十英尺外的距離。一切看起來都更近了：植入物和骨頭都是，衣服會扭曲影像，但無法完全阻礙顯影。是柏格。他就坐在那裡——癱坐在包廂中，隨著耳鳴樂團[27]歌曲裡那惡魔般的節奏點著頭，身旁的女孩們也隨著節奏擺動著，他看起來像個山大王，品味爛透了，但不重要。傻傻切換頻率，並檢視對方身上的各種元素。有很多改造裝置，大多是沒有原創性的基礎裝置，全都是胡亂拼湊的便宜貨。用大砲作為手臂——這並不代表它們夠強悍。就算那對手臂夠強大，上背部沒有強化的話，也做不了什麼。

「我不在乎是不是他。」傻傻站起身，拍拍三眼仔的肩膀。「真他媽無聊死了。」

他沒喝完他的酒，如果你擁有這家夜店，根本不用這樣做。他面前那些搖頭晃腦的人群本能且無意識地分開來，就像鯊魚面前的魚群。

他將手伸到桌子對面，抓住那傢伙的外套衣領，將他拉向自己。女孩們機敏地溜掉了。最後一小時拿不到錢，太可惜了。

27 譯註：Tinnitus，夜城的樂團。

正如他想的一樣：這傻蛋的植入物中看不中用。只是假掰裝置而已。對方胡亂揮著手，試著擊中他，打到哪裡都好。實在太弱了。他輕鬆地將對方拋到舞池上，暫時打斷了人群的節奏。人們卻連眼睛都不眨一下，這是擁有自家夜店的另一項好處。

將他扔下地下室的水泥階梯就更簡單了。傻傻隨手關上門時，他痛苦的慘叫聲安靜了下來。那裝腔作勢的癟三癱坐在牆邊，在閃爍的燈泡底下不敢動彈，這盞燈是唯一的光源。

「敢跑來死之舞。」傻傻開口說。「不是勇敢就是愚蠢，你是哪一種呢？」

卡拉（Karla）的黝黑皮膚包覆於黑色合成皮革緊身衣之中，她以蜘蛛般的動作在柏格身旁蹲下。燈泡的光線反射在她滿布刺青的光頭上，顯現出因植入物而留下的許多疤痕。刀刃從她前臂出鞘，她以刀尖拂過柏格的胸膛。他放聲尖叫並狂亂地向後退，直到他背部靠在水泥牆上。

「那麼，是後者吧。」傻傻站起來，對著縮在角落的柏格歪頭示意。「你，還有你的同伴——你們是誰？你們是打哪來的？」

「什……什麼？」緊抓胸口的柏格語無倫次地說。

「問題很簡單。你和你的同伴在我們地盤上捅出大簍子，以為我們會就此算了嗎？假裝什麼事都沒發生？這是最後的機會，你們是誰？」

柏格清醒了過來，這才明白自己的處境。

「我叫柏格。是沃登雇用我們的。」

「沃登……」傻傻試著要搞清楚。「是雷納的走狗嗎？我還以為瓦倫提諾會（Valentino）不會這麼愚蠢的。」

「他很聰明。我說的不是沃登，是羅恩。這全是他的主意。」

「羅恩？」

「那個神機醫。他需要錢。」

「他是你的老大？」

「不是，嗯，我是說——嚴格來說，佐爾才是帶頭的人。羅恩不小心射傷自己，因為這是他第一次，還是……不對，第二次用槍。和你們之一談判的那個企業婊子是蜜蘭娜。然後，那個從瑪里酒吧來的跳舞妹……」

「你是說，你們的倉庫搶案是一個債務纏身的神機醫想出來的點子，而帶頭的是一個幹除蟲業的男人，同夥的還有一個拿槍的脫衣舞孃？」傻傻的光學裝置無聲地對準在柏格身上。「同一家企業你們連續偷了兩次？你最好把故事講清楚，波卡……」

「是柏格，B、O、R……」

「還好，卡拉可以幫忙。」傻傻打斷他的話。

「不，等等！」柏格哀求道，舉起了手臂，心裡希望自己能穿過那道牆壁。卡拉跨坐在他的雙腿上，刀刃已抵住他的喉嚨。

「讓我……我可以解釋，好嗎！？」柏格不敢亂動。「沃登雇他們來辦另一件差事。他們……我們本來要突擊一輛軍武科技護送車。但那是在旱谷，不是北部工業區！我們偷了一個容器——不管裡面裝了什麼，都相當值錢。我們也成功辦到了，那是他媽的年度大案。那不是在你們的地盤上發生的。第二次時我們才碰到你們。是不同的差事。這是羅恩的主意。」

傻傻跪在他身旁，手肘靠在膝蓋上。

「如果你們真像你說的那麼搶手，那我為什麼從來不曾聽過你們？」

身材矮瘦、留著鉑金色短髮的狄希（Dixie）在幾英尺外觀望著。卡拉頑皮地將刀刃移到柏格的鼠蹊部，慢慢地切開褲子的縫線。

「因為那就是重點，老兄！」柏格現在非常驚慌。「每個人的背景都很清白，沒有犯罪紀錄。就和正常人一樣，你懂嗎？這是完美掩護。沃登——他手上有每個人的把柄，也威脅了他們。我不知道那些把柄是什麼，可能是一些嚴重的事。那本來應該是只此一次的差事。我幫忙找到他們，但我發誓，我只知道這些事！事後，沃登讓他們離開了……理論上就這樣結束了。但他們想要更多，所以羅恩……他想出了整件倉庫計畫，佐爾再從哈里斯修車廠那裡弄了一輛廂型車。」

卡拉張開雙唇，那可能是她身上唯一沒有植入物的部位。她將第二把刀的刀尖抵在他的手臂上。

「跟我解釋一下。」傻傻繼續問。「為什麼這群正常人幹了第一次後不退出，直接忘了這整件事呢？為什麼要自願再幹一筆？」

「我……我不知道，我發誓我不……」

卡拉施加壓力。她的每把刀尖底下都開始冒出鮮血。

「拜託，停下來……很痛……」柏格緊緊閉上雙眼。「幹，我不曉得啦，好嗎？但如果……如果你們放我走，我就告訴你們那容器在哪裡。」

「那個很值錢的容器，是嗎？」傻傻站起身來。「照我的經驗來看，不管怎樣，你都會告訴我的。別急，我們還有很多時間。我們倆也不必一大早就出門工作呀。但首先，你要說明你們這群烏合之眾中每個人的狀況，還有我該去哪裡找他們。」

「聽著，我……我一直想當幫派分子，好嗎？這些祕密行動——應該只是……當成練習，你知道的……像是為了完成真正的差事。我會告訴你一切——然後，我可以加入你們，當漩戰幫眾。我會——我會很有用的……很忠——忠心之類的。我保證你不會後悔的。」

「加入漩戰幫，是吧？」傻傻覺得有趣地笑了起來。「你早該找一個更好的方法來吸引我們的注意才是，波卡。」

「聽著，相信我，我會彌補的。我……我有很多情資。我會供出一切的。我可以從頭開始講……」

「我們就這麼辦吧。」傻傻露出歪著嘴角的笑容。「對的，就這樣好了，我們重新開始。告訴我，波卡，你相信轉世輪迴嗎？」

這場面不太好看，但連恩加入警方可不是為了好看的場面。警衛的手少了幾根手指，軀幹上大部分皮膚也不見了。死了幾個小時。沾滿血跡的地板上有腳印，門把上也有指紋——已完成採集與紀錄了。他們幾乎不太可能找到線索，但總該試試才行。更重要的是，這裡到底發生過什麼事？

業主哈里斯不耐煩地盯著他。死了個警衛對他而言一點都不重要。他得找個同樣沒用的新人來趕跑遊民和流浪漢。真正的問題是：直到調查結束前，他的車庫都無法恢復運作。這會造成損失。

「看起來是幫派幹的事。」菜鳥說。

「肯定不是在刮鬍子時弄傷自己吧。」連恩往嘴裡丟了塊口香糖，暫時蓋掉臭味。他比較喜歡這樣，讓他的嗅覺保持順暢。

負責協助他的菜鳥顯然幫不上什麼忙。在她缺乏經驗這件事與學院的傢伙們塞到她腦袋裡的理想屁話之間，他不曉得哪個更糟。她甚至還帶了自己的大衣，至少看起來和連恩的大衣不同。過了幾年後，它看起來就會和他的一樣歷經風霜了。

「業主宣稱沒有東西被偷走。」菜鳥說。她顯然不習慣在沉默中思考，這是新進人員的通病。絮絮叨叨能讓他們覺得自己真正做了點事，有所建樹。

「他們不是來偷東西的。」連恩回答。「他們是來打探情報的，而這位史莫拉斯基先生（Smolatrski）……」他指向警衛。「很可能滿足了他們的要求。」

大門上的鎖沒有損壞，卻是從內側打開的。裡面也沒什麼東西好偷的。這個修車廠（勉強這樣稱呼它）只負責維修生鏽破車。沒人會開雷費德（Rayfield）來這裡，就連來此更換雨刷也不可能。

唯一不對勁的是那輛破爛的除蟲車。在修車廠的資料庫中，它顯示已完成維修，準備讓車主領回了。誰都能看得出來，這台廂型車根本完全沒修好。

ArS-03，51652日誌。
同步化過程已啟動。
未確認裝置NI1001010011110。狀態：不明。
未偵測到額外子系統。

這件事毫無意義，但他還是衝動地點擊了。喀。即將舉辦一場清理科羅拉多灣中塑料的會議。誰在乎呢？水裡還是有毒素，沒人會把腳趾伸進去。喀。以「負擔得起的住宅」概念建造新的巨型高樓，空間單位以一歐元起跳。那些幫派一下子就會買下高樓，再瞬間調高房租。喀。有家新的幻智之舞片商，專精於沒有性愛或暴力的幻舞。最好是能在業界生存超過一個月啦。喀。北太平洋區出現了新的最後解放人以利亞教會（Church of Eliyahu the Last Emancipator），他們會需要新的防火系統。喀。中國和南美洲之間的貿易談判持續進行中。

佐爾挺直身子，還好終究找到一些重點了。他看到一張照片，有個高階企業人士站在某座辦公大樓前，可能在企業廣場附近。他正在迎接一個高大的白髮女人，有稀疏的幾縷黑髮。她看起來相當眼熟——太眼熟了。

「這只是例行測試而已。盡量回答問題吧。」

「由內部安全部長執行？」蜜蘭娜問。「本人親自來？」

史丹利（Stanley）快六十歲了，但他有二十多歲男子的眼神和靈活的動作。他顯然將那套碳黑色西裝底下的身體照顧得很好。他是個高階老將了。身上沒有明顯可見的改造裝置。

「不用和我玩什麼把戲。」他露出冷漠的微笑。「大家都敬佩妳作為本公司談判人員的能力。我們需要確保妳準備好為下個任務做好準備。」

「你在質疑我的忠誠嗎？」

「不是的。」他回答。「我只是要知道妳是否準備好了。妳最近覺得自己的人身安全或保全狀況受到威脅了嗎？」

還不只一次。他怎麼會知道？他懷疑她了嗎？

「我出了一次意外。是不久前的事。」她停頓片刻後答覆。「東環城道路上有場連環車禍。很多人死了，但我只有扭傷腳踝。我不曉得這算不算是威脅。只是場意外。」

日裔助理先走進門內。那些規則複雜又難懂，與她的習慣不同。儘管他們還不曾見過面，但蜜蘭娜在那一小群人裡只認得那位年輕助理而已。他們經過了電梯，抵達某個可能比橢圓形辦公室更安全的區域。等到兩階段掃描和身分辨識完成後，他們就能通行了。

勝男（Katsuo）在休息室的中央等待著。位置完全是正中央，相當精準。她併攏手掌，以傳統的方式鞠躬致意。這種禮節的名稱她想不起來。在東西方相互矛盾的習俗之間要找到平衡不太容易——誰該先伸出手，又是否該伸出自己的手呢？女人或長者誰該先進入電梯？誰又該先在桌邊就座？這是名符其實的雷區。

「您好，勝男先生。」蜜蘭娜以四十五度角鞠躬。「請原諒我這麼晚才發文件給您。我有家人生病了。」

「家人最重要。」他微微鞠躬。「我希望他康復了。」

「已經康復了，謝謝您。」

他從他的老巢大老遠跑來這嗎？一定是。也許這代表敬意，或是想賣之後能用的面子。

她跟著勝男走進電梯。電梯隨即開始上升，連一點聲音或振動都沒有。幾秒後，電梯沿著荒坂北塔外層一路上升，穿過一片濃厚的雲層，將被雨水淋濕的城市拋在底下。勝男站得直挺挺的，目光直盯著前方。蜜蘭娜完全沒有望向他，這麼做不禮貌，也不必要。不需要看著他，她也能覺察他的情緒，或者說，感知到他在空氣中留下微妙的情感痕跡，儘管他已盡力掩飾了。

這就是她的工作。多年的訓練與無數次的改造，讓她得到這種本事。剖析感受、破解意圖——預測他人的決策。

一道光芒出現。他們忽然來到雲端之上，眼前一片蔚藍；對多數夜城市民而言，這種景象根本不存在。她可以對這幅優美的景象做出評論，但她太了解勝男了，因此保持沉默。極度拘謹的他，避免提及任何和當前任務或會議無關的話題。但他的態度並不只是一種談判策略。他也將自己冷漠的性格帶到下班後的生活，整個人生都受到嚴格的規範宰制。她清楚這一點。

這是個難搞的對手。感覺就像和機器玩複雜的遊戲。勝男下班後不去夜店，他也不雇妓女，就連最高檔的也不找。他不喝酒，連品質最棒的清酒都不碰。為了讓自己放鬆，他會冥想。

她是怎麼知道這一切的？她就是知道，所以軍武科技才會支付她豐厚的薪水，不過身為公司資產，她的價值高多了。

無論這東西是什麼，看起來都不像戰鬥**SRG-78**型號手術用改造手臂。發泡墊中夾放著一些霧面長方型物體，每個物體都不比磚塊大上多少。它們的側面嵌有插座，表面看起來像是觸控板。裡頭大約有十層左右這樣的物件。

在光線昏暗的地下室中，佐爾和羅恩看著這令人失望的景象沉思。

「每個箱子都有六十件東西。」神機醫做出了結論。「這一百八十顆電池是給上一代巡邏無人機用的。」

「你在歌舞伎花二十歐就買得到了。」

「當然買得到盜版貨。」羅恩指出。「但這些是真品。」

「誰在乎啊？會用那些無人機的人，只有企業或條子，或許還有私人保全公司。」

「都不算是我們的目標客群。」羅恩點頭並嘆了一口氣。他按下電池側邊的**檢查**鍵。「嘿，電力全滿。」

「蜜蘭娜……」佐爾小心地說道。「你最近會跟她見面嗎？」

「不曉得，大概會……我想應該會吧。問這件事幹嘛？」

「我想和她聊聊。」

羅恩點了點頭作為回應。他關上箱子並站在箱子前，盯著那個箱蓋。

「我會想辦法處理掉這些東西。」最後他說道。「它們肯定有其他的用途。我不知道……電動機車、家用電器、大型按摩棒——隨便啦。」他挺起身子。「換個角度想，也不會有人刻意來找這些東西。」

鋼製門板猛然打開，與地板發出尖銳的摩擦聲。原先看著終端的拜爾斯轉過身來，停在半途，但他的龐大身軀也只容許他轉動到這種程度。

「別想搞什麼花招。」煙霧中出現無數隻發光的眼睛，隨後出現了三個人影。

拜爾斯慢慢把手從櫃台下的霰彈槍移開。幹。絕對是他們，錯不了。他快速在腦中盤算自己欠下的債務。他沒欠漩戰幫什麼。他欠修爾（Scholl）一萬元，但下週才是還款期限。

「拜爾斯真忙呀……」前方的漩戰幫眾以七顆燃燒般的光學裝置盯著他看：有兩顆在他眼窩原本的位置，另外四顆小的則裝在上頭，一顆大的位在他的前額中央。「我就知道可以在這裡找到你。」

拜爾斯保持沉默。他已經冒出冷汗了。他們甚至還沒拿出任何武器——根本沒必要。光是他們的外表通常就能嚇壞任何想幹傻事的人，拜爾斯也不例外。

雇用幫派成員不是修爾的行事風格。他寧可把你煩死，而且還款期限也還有一週。

「什麼呀，不說『嗨，今天需要我怎麼協助您』這些話嗎？」

是傻傻——拜爾斯現在認出他了。黑色合成皮衣，一只靴子可能就有好幾磅重。

「需要我……呃……」他的聲音異常高亢。他清了清喉嚨。「協助你嗎？」

「真高興你開口問了。是這樣啦，有幾個肉袋在我們的前院裡放火燒爛一堆東西，接著逃之夭夭了，沒留下任何蹤跡。」傻傻靠在櫃台上。「你可以想見，萊斯（Royce）一點都不高興，也可以說他氣炸了吧。我也不喜歡看到萊斯失控的樣子，因為遭殃的人通常是我。」

拜爾斯微微往後靠向椅子。他暗自感謝自己十年前設置辦公室的方式，這代表傻傻沒辦法靠得更近了。這讓他稍稍放寬了點心。

但只有稍稍而已。

「那和我有什麼關係？」他眨了眨眼，一滴汗珠便落進他的眼睛裡。

「也許有，也許沒有。如果你的答覆不聰明的話，關係可能就大了。」

「聽著，各位，如果我幫得上忙，當然會幫呀，但是……」他語氣逐漸變得微弱。

「告訴我們是誰幹的。」

「我怎麼知道呀？我只是除蟲的，就這樣而已。其他事和我一點瓜葛都沒有。」

「那麼，我想看在過往的情分上，你不介意你的照片流進夜城警局資料庫，放入情節重大謀殺罪的檔名裡吧。你有什麼看法嗎？」

「但我沒……」

「他們開的是你的廂型車，拜爾斯。」

「那……那不可能啊。」他現在已滿頭大汗了。「我最近根本沒接下北部工業區的工作。有的話我一定會知道呀！」

「你的意思是說，有人偷開你的車去兜風，而你根本沒發現嗎？」

他身後站了另外兩個混混，一個看起來幾乎像個青少年，但他不確定。另一個則是個女人。兩人臉上都露出不祥的笑容。

「我什麼都不知道，我可以對天發誓！」拜爾斯已滿身是汗。「所有廂型車都停在車庫裡。」

傻傻彷彿理解般地點頭，並站起身來。

「好吧，既然如此，那就抱歉打擾了。我們不繼續煩你了。」他留在原地，露出一個大大的笑容。「你肯定把我當成一個蠢蛋。」

拜爾斯慌亂地搖著頭。

「不是嗎？」那個混混惡狠狠地瞪了他一眼。「哈里斯修車廠。你有聽過吧？」

拜爾斯用力拍打自己的前額，把一灘汗珠潑到櫃台上。

「該死、該死、該死，沒錯！明天本來要去取車。那輛車的車況很糟。有混蛋把它搞爛了……」

「還說『有混蛋把它搞爛了』……」傻傻輕笑了起來。「你知道嗎？你不是第一個和我有這種對話的混蛋。」

他將幾個東西倒在櫃台上。一看到那根斷指，拜爾斯打起了冷顫。

「我四處打聽過了，只是還沒找到所有答案而已。是有找到一些啦……你的偷車賊輕輕鬆鬆就將那輛車開走，好像那輛車認識他一樣。不用破壞、不用修改系統設置——什麼都不用。」

「佐爾……」拜爾斯點頭如搗蒜，使他的雙下巴上下搖晃。「他有生物識別權。一定是他了！為了修那輛車，他還欠我一大筆維修費。」

「我不覺得他會還你錢了。」

「你說的可能沒錯。我是說，現在不重要了。我——我會把我知道的一切都告訴你。」

「腦袋終於清楚了啊。也許我們終究能找到某種解決方案呀。」傻傻嗅了嗅空氣並皺起眉頭。「是你拉屎在褲子上，還是這裡老是這麼臭？」

「你沒有任何籌碼。這場會議只是我們上司展現的一番好意而已。」

「如果我們沒取得埃尼亞斯計畫（Project Aeneas）的情報，就不需要好意了。」

勝男露出了微笑。

「我們的目標是維持平衡。本公司的哲學並不是奠基於追求利益，這點不同於那些活在我們陰影之下發展的小公司。通往偉大的道路並非以貪婪鋪就。」

要不是牆上掛著的一幅日式卷軸，卷軸上以黑色毛筆畫上了黑天鵝，角落還有株恬靜的盆裁，這間會議室看起來毫無特色。一切彷彿要提醒訪客自己身在何處。

「我們相信，共同合作對雙方都有益處。」蜜蘭娜說。「我們有一些技術解決方案，或許能加強彼此的安全。」

「安全確實是首要的事務。」勝男承認道。「這也是該計畫還未進行開發的原因。」

「沒人希望十五年前的事件再次發生。」蜜蘭娜點頭說道。「如今若共同合作就能確保事情不再重演。」

「對於你們的科技，我們表示尊重，但我們不認為它在這個特殊案例下會有效。我們有自己的解決方案——如果我沒搞錯的話，已經比你們的技術超前了一整個世代。這次對談的目的，只是為了建立我們雙方雇主都不會認定不公平的共識。」

「換句話說，你是想確保我們不會干涉你們的事務。」

「也可以這樣講。」

蜜蘭娜無法想像這個充滿自制力的硬漢會出現任何破綻，但如果真的有，她也不想成為目擊這景象的人。

「開始噴呀，傻蛋。」

「為什麼又是我，傑克？」

「因為這是你的職責。是你自己選的，記得嗎？」

「我才沒選。到哪裡都沒人要我。」

「你有想過原因嗎？沒有嗎？那就開始噴吧。」

莫里斯用戴上手套的手抬起裝有沉重水罐的背包。他們厚重的橘色工作裝隨著每個動作嘎吱作響。橘色一向代表難搞的差事。傑克抓起一袋工具，用力關上廂型車的後門，回音在寬敞空曠的大型車庫中迴盪。

「你又不是我老闆。」莫里斯不滿地說。「我已經噴第三次了。我還以為我們是夥伴。」

「都可以啦，傻蛋。隨便你說。」

「你為什麼一直這樣叫我？」

「不然要叫你什麼？」

「我的名字是莫里斯。佐爾會這樣叫我。他是個好人。」

「他也沒多好吧，都被拜爾斯炒魷魚了。」

「我才是撞爛廂型車的人。佐爾是為了保護我才背黑鍋的。我根本不會開車。」

「我來猜猜看——你其實也不該向別人透露這件事，對吧？」傑克嘲諷道。他們走下樓梯，來到淹水的地下室。

「不能有人知道。」莫里斯透過工作服也感受到寒冷的水溫。「不然我就會被開除了。」

「看吧？你剛剛就對我洩露秘密了。還敢問我為什麼要叫你傻蛋。」

莫里斯走到更深處，停下腳步。汙水水面只離他的拉鍊幾寸遠。他不曉得裡頭有多深。

「我覺得我們需要潛水衣，傑克。」他說。「我沒辦法走到更深的地方了，不然我會全身溼透的。」

「誰說你得下去了？」傑克在離水面上方一步之遙的位置停下。他用手電筒掃過水面，照亮水泥柱和鋼櫃的頂端。水面上漂浮著老鼠的屍體及其他來源不明的物體，樓梯四周的水面也覆蓋著厚厚一層冒泡的黏膩爛泥。

「傑克，水位是不是變高了？」莫里斯問。「從拜爾斯上次來看過後就這樣了。他上次來是什麼時候？」

「從來沒有，傻蛋。他根本不來這裡。那個死胖子成天坐在辦公室裡，數我們幫他賺的錢。」

他蹲下仔細看那些爛泥。那是一團混合了數千隻死昆蟲的濃稠肉漿，這些蟲子無法到達水泥地，現在只能在此游動，慢慢腐爛。

「這下省事了。」他喃喃自語道。

他工作服上的瓦斯感測器忽然發出了嗶嗶聲。

「幹。」他迅速戴上防毒面具，並扭開了濾閥。「戴上你的面具，傻蛋！我們得快點逃出去！」

莫里斯覺得暈頭轉向。他戴上面具，但當他要伸手開濾閥時，只摸到一根沒連結到任何東西的管子。

「傑克，我沒帶過濾器。」他說。

「因為你把它留在廂型車裡了，傻蛋！」傑克已經往樓梯上跑了。「他媽的快逃啊！」

莫里斯爬出水面，一路跌撞向前走，一邊丟下噴槍，靠在樓梯上。他開始一次爬上一道台階。隨著每次呼吸，行動都變得越來越困難。傑克的橘色工作服消失在樓梯頂端。肯定還有一千道台階要走，每一道似乎都變得越來越高，還往不同的方向傾斜，如波浪般上下起伏。

他為什麼忽然感到如此疲累？

他感到有東西抓住他的背部，纏緊他的手臂。莫里斯放聲尖叫並往前撲倒，以四肢爬上樓梯，噴霧管線和噴槍拖在他身後。有東西更用力地抓住並搖晃他。他跌到地上，癱軟地靠在車庫的牆邊。

傑克檢查了一下瓦斯感測器，接著扯下面具。

「哎，你這次真的闖大禍了，傻蛋。」他脫掉面具。「就連拜爾斯都不……」

傑克急忙轉身。這裡有其他人。在滿是塗鴉的牆面上，難以辨識的黑影充滿威脅地悄悄逼進。他確定一下自己的槍，正插在腰帶後方……但腰帶在工作服底下。

「該死。」他迅速把手伸向脖子下方的拉鍊。「嘿，你沒看見我們在工作……」

他沒把話說完。

黑暗中原本該出現臉的位置，卻浮現了幾顆明亮的紅點。某種溫暖且濕潤的東西噴在莫里斯臉上。還不只在他臉上，他身旁的地面也充滿了漆黑怪誕的形體，還逐漸變大。他覺得有東西落在他視野之外的地面上。

第一個惡魔從令人眼花的漩渦中出現，站在莫里斯面前，眼睛綻放凶光。

「佐爾。」惡魔低吼道。「他在哪裡？」

莫里斯費勁地試著張開雙眼，卻無法聚焦。他只能看見七顆紅眼，可能還有更多。空氣中充斥著一種甜膩卻帶點金屬味的味道，聞起來熟悉卻令人噁心。他決定不動了，他已沒有力氣了。

「佐爾。」惡魔的嗓音在遠處說。

莫里斯將他的目光固定在一個位置，但他的視線卻往四面八方傾斜移動。難道全世界都在旋轉著？地球會公轉，對吧……？

「告訴我們佐爾在哪裡。」

「你來……」莫里斯開口。「你來這裡……是要找我……」

「我不是來這裡閒聊的。佐爾人在哪裡？」

「他告訴過我，你……你不存在。」

「看來他錯了。你得告訴我們他在哪裡。」

「這樣你們就會傷害他。因為你們是壞人。」

「我從來沒這麼想過。你是個奇特的傢伙，對吧？告訴我們他在哪，我們就放過你。」

「不要。佐爾幫過我，他對我很好。現在我要幫他。」

「我快沒耐心了。」惡魔退後一步。「不過呢，卡拉的耐心倒是沒有止盡。」

光頭女惡魔舉起雙臂，她的手指中延伸出五根鋼爪，發出金屬的嘶嘶聲。她衝向莫里斯，把他的工作服割成碎片，也割下了幾塊皮膚。

「沒有止盡呢……」她在他耳邊低語。

莫里斯感到遠處傳來的輕微麻痛，彷彿他正繞著自己的身體軌道運行著。這種痛苦很快就會成為他和身體間唯一的連結了。

「你從來沒有這麼靠近女人過，對吧？」她悄聲說。

「你提議給百分之十。」蜜蘭娜停了下來。「某種模糊東西的百分之十。為什麼是這麼具體的比例？」

「這只是我們談判的起點而已。」勝男回答。「我們總得有個起點，而十是偶數。」

「我覺得百分之五十聽起來更公平。」

「我要提醒妳，我們能獨自接手這項計畫。我們願意配合軍武科技的提議，只是為了不讓妳的上司覺得備受威脅。」

「這可能會讓他們公開一切。」

「那會是可怕的大錯。不只白白浪費我們企業的歷史性機會，也毀了全人類的機會。埃尼亞斯就像進入一個黑洞。我們不曉得另一頭有什麼東西，也許是無限的運算能力，又或許是能解決我們所有問題的答案，甚至是窺望未來的可能性。沒人活著回來過。因此，我們的談判不能基於任何特定條件，因為根本沒有資料。我們只能希望，雙方的共識能創造出共同框架，能在特定條件出現後使用。」

蜜蘭娜給自己倒了杯水。桌上只有兩個玻璃杯和一個水瓶。所有電子設備都得留在房外，植入物和全息電話也都得關機。這不只是展現誠意的舉動。畢竟，這裡是荒坂集團在北美洲的唯一總部。如果勝男想安插十幾個監聽裝置，誰也阻止不了他，但他不會這麼做。就連雙方企業的領導階級都不該得知埃尼亞斯計畫的事。風險在於讓每個人面對一個既成定局。這計畫的潛在收益過於龐大，因此沒人敢中止它。不然的話，一旦走漏風聲，所有參與計畫的相關人士都將被視為罪犯。也可能更糟——成為叛徒。

狄希脆弱的身體抽搐不已，彷彿正在做一場噩夢，或像是被電擊了一樣。他坐在滿出來的垃圾桶之間，癱軟地靠在可能是夜城最古老建築之一的磚牆上。卡拉扶住他的頭，以免他往後摔倒，而他後腦延伸出來的纜線正插在牆面的維修面板上。有時候，當訊號從遠方連線透過多重節點傳輸過來時，他的身體就會產生這種反應。

罕見的午後陽光透過偶爾散開的雲層照耀下來，他身旁的傻傻看起來不太有威脅感。沒人打擾他們，特別是因為夜城市民習慣避開和日常流程產生衝突的情況。

有輛夜城警察局的警車駛過，差點要停下來，可能是想看看能不能靠開罰單來賺點錢。但光看了傻傻一眼，他們就慢慢地開走，彷彿什麼都沒看見。

卡拉用思想語音說：**我們解除他的連線吧，他快要超載了。**

傻傻回答：**等我們找到東西再說。**

片刻後，狄希睜開雙眼，大口喘氣並拔除他頭上的纜線。卡拉抱住他，隨即又本能地往後退開。他的身體需要冷卻，而不是更高的溫度。就連在缺乏冷卻的狀況下短暫深入網路空間，都會讓體溫達到高燒般的溫度。她拂去他前額上糾纏在一起的白髮。他緩慢且穩定地回過神來。這不是他第一次行動了。最後，他站了起來。

他用思想語音說：**有幾秒的傳輸。找到地址了。**

艾伯特正思考著他最近收購的東西。在覆蓋著合成木板的水泥地板上，擺了張長沙發和幾張椅子。用來放水槽的凹洞裡，現在也裝好了水槽。廚房有了冰箱，臥房則有了床。第二間臥室放了張嶄新的小椅子，不會再有像指甲刮黑板般的嘎吱聲或是尖銳塑膠物體發出的聲音了。更重要的是，他買了全新的腦機面板，和他母親弄壞的那個裝置完全相同，還有一套特定遊戲的卡匣。多年來，他幾乎不需要升級自己的硬體。只需要一點耐心和專業知識，就能讓腦機面板成為竄網裝備的支柱。然而，就算艾伯特很想，他也不曉得要怎麼取得更好的設備。理論上而言，他的確曉得。他只是不想離開他的舒適圈，那代表他得不斷清理和重複改造腦機面板，才能滿足他的需求。

有台掃地機器人從地板上滑過。當它碰到合成木質地板的邊緣時，會停下並一百八十度迴轉。它也待在自己的舒適圈裡運作。

理論上來說，這種吸塵器會永遠存在。每個二手或損壞的零件都能替換成新的，吸塵器就能繼續運作下去。隨著時間過去，使用者可以替換掉所有零件，它的表現也不會有所改變。它就像是忒修斯之船（**the ship of Theseus**）的悖論。如果你更換了甲板上的某塊木板，它還是同一艘船嗎？兩塊木板呢？如果你換掉所有零件呢？

但關於人，就完全是另一回事了。如果人們能想出控制神機錯亂的方式，就能替換除了大腦與脊椎以外的一切器官，也正是這兩個器官讓你……嗯，之所以成為你。無論是哪種情況，他覺得人們普偏對神機化（cyborgization）的執迷太愚蠢了。

你總以為人就像那艘船一樣，因為我們體內所有原子都會被替換成新的，這樣才能讓我們繼續生存下去。幾乎是這樣，但也不完全是如此。根據他半年前的某次資料收割，艾伯特發現身體的原子確實每隔幾年就會完全更新……除了中樞神經系統。

今天早上，他收到三封來自羅恩的訊息。他草草讀完內容，也不打算回覆。捲入那椿鳥事已是個錯誤，更別提那還帶來不必要的風險。為自己冒險是一回事，但為別人冒險呢？那場失敗混亂的搶案只讓他更確定最好獨自作業的想法。

他環視房間四周。這裡或許比他這輩子住過的地方大上三倍。他該坐在長沙發上嗎……？去洗手嗎？看電視？或許，弄點食物來吃，那是一般人回家後會做的事吧？

他感到悵然若失。他根本不曉得要怎麼過那些正常人所謂的生活。至少他處理完必需品的問題了。家具——他知道客廳應該有一張沙發，有了。冰箱裡應該放一些飲料，有了。冷凍庫裡得要有冰塊，有超多冰塊，有了。

如果他有第二階科技，那些冰塊就能派上用場了。就目前而言，他只有使用原廠設定的老舊腦機面板，這讓艾伯特無法將其用於自己的目的。這種特定型號的安全設定並不算複雜——只要有電焊棒和螺絲起子，就能改變配置。但是，如果可以敲門就好，又何必把門踢開呢？

艾伯特取出包裝中的卡匣，將它插進面板。

藍天碧水。氣溫很溫暖，卻不會太炎熱。當他眨眼時，別墅的白牆倒映出陽光。窗簾在微風中輕輕搖曳，這讓擺了義大利柏盆栽、木製躺椅的夢幻露臺感覺更不真實了。這裡特別寂靜空曠，只有一位皮膚呈橄欖色的女人，她身穿類似希臘長袍的飄逸白洋裝，還是一件羅馬長袍呢？

「你終於回來了！」面帶微笑的艾蓮娜（Elena）走向他。「一路上還好嗎？」

想像住在科羅納多市──更準確地說，是太平洋區。真是一個樂園中的樂園。

「我需要一個終端。」他回答。「腦機面板、電腦，或是筆記型電腦，不論你們以前怎麼稱呼它。」

「才剛回來，你不想先休息嗎？」她自然不會這麼輕易放過他。「我幫你放洗澡水吧。」她試著要抱他。

「謝謝，但不行。」他掙脫她的擁抱。「我真的需要一台電腦。」

「你至少先去換上衣服吧？」

他穿了件會擦痛皮膚的白色亞麻襯衫。

「我等等就換。現在我需要一台電腦和網路連線。」

「要不要在夕陽時去海灘上散步呢？」艾蓮娜沒有放棄。「你可以把所有事都告訴我。我們已經好久沒有見面了。」

程式碼有個錯誤。現在是下午。

「我們最近……太疏遠了。」她繼續說。「既然你回來了，剛好是彌補這一切的好時機，你不覺得嗎？」

他感受到手槍在腰帶下的堅硬輪廓，腰帶也是由同樣讓他感到不適的布料製成。斷然結束這段空虛的閒聊，真是個誘人的念頭，但是……在這裡使用暴力，就會衍伸出不同的情節。那只會讓事情變得更難搞。

海灘上空右側有個大型告示牌，正在宣傳神宮寺（Jinguji）的服飾。這值得一試。

「我今天想為妳訂一套漂亮的晚禮服。」他說。「妳老是提到神宮寺。」

這樣總行了吧。

「喔，真的嗎？」她跳起來拍手。「現在就來訂吧！」

她抓住他的手把他拉進別墅。裡頭涼爽但不冷。一切都很完美——大理石磁磚、據說支撐著一樓的那些柱子，以及樓梯和簷口上的希臘風格圖案，還是羅馬的風格呢？隨便啦。這齣鬧劇的唯一重點，就是讓他抵達面板的配置儲存庫。

艾蓮娜帶他進入一間寬敞的臥房，裡頭有張寬大的書桌，桌上擺了像是原型電腦的東西，螢幕上則顯示神宮寺的網站。他在遊戲裡買了什麼東西並不重要，只要關閉微交易的保全系統就好。這是系統中的一個小漏洞，對製造商而言無足輕重。這個女人又開始欣喜地跳躍，把剛才出現在她手中的卡片插進了電腦。又有一個程式錯誤。「你真是個體貼的男人。快點，你記得我的尺碼，對吧？」

她會不斷煩他，催促他和自己互動。這是她的程式設定之一，再加上艾伯特在設定上選擇的參數。沒必要回答，他不再需要她了。他已經得到自己需要的東西了。

他在終端……或是筆電前坐下，叫什麼名稱都行，只要它有鍵盤就好，這樣事情就簡單多了，因為這樣他就不必特地設置一台終端來操作。艾伯特使用思想指令啟動一串簡單的特製編碼。他成了這個世界的造物主，或該說是毀滅者。他開始盡力刪除一切。不過他還是抱持著些許的謹慎，因為並不需要扔掉腦機面板中的一切內容。必須保留處理腦機面板核心功能的軟體，包括艾伯特現在身處其中的遊戲。

率先消失的功能，是腦機面板作業系統中的保全程式，隨後則是不必要的圖形。他逐步拆解一切，只留下古老的終端、書桌和他們站立其上的地板。

一聲砰然巨響讓他分神了。

「來吧，我們得走了！」艾蓮娜跑向他並拉著他的手臂。「大海……它——它不見了！」

「我知道。我把它消除了。」

「什麼意思？這是海嘯來臨前會發生的事！」

地板開始振動並搖晃。上次並沒有發生這種狀況。得誇獎一下這遊戲物理系統的設計者——刪除海灣中的海水，肯定會引發巨大的地殼構造變動。希望他們確保光纖電纜在地震發生之際可保持完好。

不，這不是普通的地震。艾伯特踏上陽台，想更仔細觀察狀況。艾蓮娜驚慌失措地尖叫，在房間裡四處亂跑。從陽台門口看出去的景象，真實地令人感到震驚並心驚膽顫：數十英尺高的海浪正迅速橫掃海床而來，三十秒內就會抵達別墅。

艾伯特意識到當前的狀況。刪除海水創造出的真空，正在導致環境重新以水填入。不錯，真是不錯的效果。

艾蓮娜慌亂地要拉著他走向出口。他把她推開，迅速在終端前坐下。他打出幾個指令，波浪就此消失。但這效果不會持續太久，新的一波巨浪即將出現。艾伯特只是標記了腦機面板記憶體中不需刪除的區域，並啟動例行的清理流程。

首先，這個世界變成灰階，再隨著畫質降低變得粗糙又模糊。出現在地平線的下一波巨浪，現在看起來像張皺巴巴的錫箔紙，隨著它逼近而迅速變大。他關閉了天空。一切隨即安靜下來。

「發生什麼事……？」艾蓮娜無聲地說出這句話，跪倒在冰冷的磁磚上。

地板、建築物外部、艾蓮娜本人，以及關於她情節中幾千兆位元的程式碼一同消失不見了。滾得好。當包括他自己的虛擬化身在內的一切都消失後，他也切斷與伺服器的連線，獨處在乾淨空蕩的網路空間中。深邃的黑暗籠罩住他，像是等待被填滿的真空。和他新公寓不同的是，他確切知道該如何用自己的模組、設計和編碼來裝飾這個空間，資料全都能從他的神奇洞穴下載。但首先……

要打造避難所，就需要牆壁來提供保護，網路空間也不例外。艾伯特沒打算在這方面省工夫。

在他全新的要塞和避難所中，他終於能平靜地完成塔蘭了。

傻傻深深感到著迷。沒錯，如果這種感覺是因為藝術品而生，就恰當多了，但這個衣冠不整的四十歲女子身上那些整齊排列的紅色切痕圖案，也具有某種美感。這種秩序深藏於混亂混沌中，只有人類才能創造出如此泯滅人性的作品。

公寓房間擁擠又雜亂，但並不骯髒……只要你忽視牆上和地板上的血跡就行，那彰顯了卡拉的熱情。你在這裡度過悲慘的生活，對自己至少沒有流落街頭而心懷感激，感謝有這麼一點能量讓你自己活下去。然後，有一天，當你漂浮於漫無目的的現實生活中，無助地被命運的洪流推動著，你伸手果斷地緊抓住命運的卵蛋，這個小混蛋居然逃離他們的手掌心了。

他的房間是長寬六乘六英尺大的立方體空間。不同於屋內其他地方，這裡頭沒有堆放無用的垃圾。裡頭的東西符合實用性及極簡主義，卻讓人感到不適，幾乎像是苦行僧的住處。你不是為了舒適而住在這裡，而是為了追尋某種目標。擺脫身體的侷限、痛苦及安逸。傻傻或許稍微臆測過了頭，但感覺是正確的方向。

這位漩戰幫成員走回客廳。其他人正冷靜細心地翻遍公寓，想找尋有用的線索，卻徒勞無功。沒錯，他們搞得一團亂，也沒打算隱藏自己的蹤跡，因為他們根本不在乎後果。

該離開了，這裡已經沒有什麼事要做了。傻傻最終看了女子遺體最後一眼。她並沒有顯露出特別勇敢的表情，因為她無法承受那種痛苦。

結果證明，她真的不曉得她的兒子在哪裡。

得搭NCART列車經過五站，轉乘換線後再搭兩站。這比正常的路程要多出三十分鐘的步行時間，但程式認定這是最佳路線，可以避開上個月曾發生犯罪事件的地區。原始設定最多只能設到一週，他覺得這還不夠。

當時才剛過中午，列車裡幾乎沒人。車廂四處可見五花八門的廣告，覆蓋牆面每一寸空間，對車廂中央撒出漣漪般的光芒，並於隧道牆面上閃爍流動。艾伯特屈身坐著，盡可能不引起注意。他謹慎地用眼角觀察其他乘客，避免眼神接觸。他意識到這可能會帶來和他意圖正好相反的效果，但他也沒有其他辦法了。

前方的兩個女孩看起來人畜無害，在玩玩具機器人的小男孩也是。還有三個工廠工人，至少他們看起來像是在工廠工作的人。他們和他隔了三個座位，艾伯特盡量不朝著他們的方向看，但他克制不住自己。

他明白自己需要一個抵達目的地後的行動計畫。萬一他媽不在家呢？不，她會在家，她一向都在家。除非有絕對的必要，不然她不會出門。她也不會只是待在家裡，她還會從門口開始一路對他大聲喊叫。他覺得自己得說些什麼，來爭取一點時間。他只需要半分鐘，就能找到需要的東西。接著，他就要頭也不回地閃人。

他踏出列車，當他發現那三個潛在威脅只是自己的想像時，便鬆了一口氣。他往下走到街道上。只需要走半英里，就能穿過相對安全的商業區，即使因某些理由而不那麼安全的話，他也可以繞路而行。他用思想指令要求程式再度出現在他的視網膜顯示器中。該死。他要前進的方向出現了一個紅點。

事實上，看來他從小到大住的這棟公寓裡發生了嚴重的犯罪案件。

「有什麼想法或理論嗎？」連恩說。

菜鳥的視線掃視著客廳，鑑識人員們正忙進忙出的。幸運的是，地板不平，因此大部分的暗紅色液體都集中在牆邊了。這樣在屋內走動就容易許多。電視沒有關，還正在播放同樣的廣告第三次，推銷加裝防禦裝置的防盜門。為時已晚了。

幾個乒乓球大小的微型無人機完成其他房間的指紋掃描，乖乖地飛回公事包裡。

「看到這些割痕的形狀了嗎？」連恩拉起白布。黏膩的血液滴到冰冷的屍體上。「刀痕平行但不深，下刀很精準。他們的目的不是殺人，甚至不打算造成痛苦，畢竟更適合的手法有上百種。他們是在找樂子。兇手裝備了螳螂刀[28]，但不是用來戰鬥的。至少這次不是。」當他看到臉色慘白的菜鳥用手摀住嘴巴時，他就迅速放開那塊白布。

「這讓妳想起什麼了嗎？」他指著遺體說道。「我指的是發生在狄蘭尼太太（Mrs. Delany）身上的事。」

菜鳥立即搖頭並後退幾步。

「哈里斯修車廠。」連恩說。「那個警衛。妳看不出相似處嗎？」

「但那樁案子發生在城裡另一個完全不同的地區。」菜鳥似乎找回了說話的能力，但臉色仍然蒼白。「你覺得這些案件有關聯性嗎？但狄蘭尼太太連一輛車也沒有。」

「有些問題沒有簡單的答案。」連恩看著在牆角下凝結的血跡說道。「好比像這些血會不會漏到樓下鄰居家去。」

他不可能躲掉一連串嚴酷指責了。如果他無視她呢？進門，拿了技晶就走人。好吧，但萬一她擋住他走出大門的出路，並要求解釋呢？他得要說些什麼，或做點什麼。

他經過多數看起來合法的商店櫥窗。如果有任何不對勁的地方，肯定都潛伏於巷弄裡的長大衣和連帽汗衫之下。有時候，你可以透過路旁停放車輛的有色車窗中看見裡頭坐了人。他安撫著自己，只要走在人行道的中央，融入面容模糊的人群之中就沒事了。

---

28 譯註：Mantis Blades，由軍武科技製作的戰鬥用改造裝置，是外形如同螳螂鐮刀的刀刃武器，平常收納在前臂中。

總之，這一切是個愚蠢的錯誤。當你急忙行事，就會出現這種問題。所以他才會踏上這條風險極高的旅途——通往洞穴的存取碼放在技晶中，位在他某個抽屜的底部，多年來都不曾碰過。一旦腦機面板配置完成後，他就不再需要金鑰了，因為系統會自動連線。新的腦機面板，等於新的配置。起初，艾伯特感到憤怒，還發了點脾氣。情緒毫無幫助，他因此冷靜下來，並評估各種可能選項。選項只有一個：回到他的舊公寓去。這趟路程很短，不過隨著每一天過去，他媽媽只會越來越火大，直到某天這一切像一堆磚塊般砸到他身上。

到時他得說些什麼——只要可以擺脫她的糾纏，什麼話都行，至少一分鐘也好。他想出幾個藉口（大多都不是事實），能讓他媽先暫停片刻稍作思考。只要有足夠時間讓他找到自己要找的東西，然後從此不再回來。

他經過了他平常會去的NCART車站。兩週前，這裡發生了搶案，因此他的程式將這個車站標上了紅點，他的路程才因此多了一小時。

「死亡時間——不到一小時前。」連恩把手舉到女人的頭部旁。他手腕上的二極體閃了一下。

他閉上雙眼，手指閃爍著綠光和紅光。

「死因——因失血導致的心臟驟停。重要器官沒有受傷，但皮膚和身體組織有多處割傷，足以讓她送命。」他再度睜開眼睛，站了起來。「驗屍之後，我們就會得知更多資訊了，但我不覺得會有什麼新發現。」

「臉孔毫髮無傷。」那個菜鳥指出。看來她還是偷偷看了白布下的東西了。「她的嘴巴也沒被塞任何東西。在她清醒的狀況下，她應該會尖叫求救。犯案過程肯定長達好一段時間。」

屍體旁放了一台壞掉的幻舞機。這解釋了很多事。罪犯撞開門並突襲她。她根本無法自我防衛。

「大致上應該沒錯。」連恩點頭。「鄰居等到罪犯離開後才報警。事情發生時，他們假裝什麼也沒聽見。」

「為什麼？」

「我猜是害怕報復吧。他們也不希望哪一天有人對他們的家門開槍吧。我不曉得妳是否注意到了，我們在這個城市裡不太受人景仰。」

「景仰？」

「尊敬啦。」沉思的警探注視著那位女性死者。「夜城警察局無法殺死自己最害怕的對象，所以我們只能將他們關進牢裡。剛好那些罪犯確實想入獄，這樣才能贏得街頭聲望。妳贏不了這場遊戲的。」

那些鑑識人員已經開始收拾他們的裝備。又是平凡的一天，又一個平凡的犯案現場。在夜城日出及日落之間，這只是上百件謀殺案之一而已。每天在夜城至少會發生一百件謀殺案，讓他們的工作變得像是計件的工作，而非精準的鑑識科學。

「想像妳是一個普通的夜城居民。」連恩沉思片刻後說。「妳願意獨自對抗一整個幫派嗎？」

「除非我想死吧。」菜鳥承認道。

「那妳就懂了吧。不能怪那些鄰居。」

警探指著紅棕色水坑邊緣的一個腳印，和車庫裡的鞋印相同。對方甚至不打算藏匿自己的足跡。要找到他們不會太難，只需要將一連串事件拼湊起來，解開人物關係網，再查出嫌犯和被害者的動機就好。這些事都辦得到，困難的是如何證明這一切。那些高層人員太清楚這點了。即便有嫌犯仍逍遙法外，但當有另一樁案件結案，就沒人會斥責你了。沒有人在乎破案率，再也沒有人在乎了。但是，有時候……有時候你會碰到得認真捲起袖管、好好投入精力的案件。

另一方面，如果有條子被殺，逮到嫌犯就成了一件關乎榮譽的事。除此之外，也關乎生存本能。幫派分子通常不會輕易射殺條子，至少會深思熟慮後果才動手。在警隊之中，至少你還可以仰賴這件事，你知道那些幫派混混對你腦袋開槍前，會再三思考。這可以算是一種人壽保險。

菜鳥往後靠到牆邊。兩個醫護人員把擔架擺在暗紅色的水坑旁。當他們抬起屍體時，那些黏著且凝結的血液脫落下來，就像莓果口味的蛋白質[29]一樣。

「對了，我們怎麼這麼迅速就來這裡了？」菜鳥的目光閃避著屍體。「你怎麼知道這一切都有關聯？」

「我們在系統中用標籤來分類犯罪事件。」連恩把他的警用平板電腦遞給她。「『切割傷』、

『淺切割傷』，妳明白了吧。我用這些標籤來串起看似不相關的案件，這並非這些標籤原本的用途，但這不是重點。抵達現場的警員通常懶得填寫這些資料，但這次他們填了。你繼續看下去。」

他用手指向上滑，讓頁面向下捲動。「這裡有個選項……如果妳按下結案，就不會再有人管是誰殺害了狄蘭尼太太。」

「所以，你是說……」菜鳥猶豫起來。「我們得決定要繼續調查，還是放棄？」

「沒錯。艾蓮娜．狄蘭尼並不是什麼重要人物，我沒有要冒犯她的意思。但如果妳按下去，案件就會自動歸檔到資料庫了。應該說，等大家都寫完報告後，他們當然也會這樣做。然後這一切就結束了。」

菜鳥警覺地看了警探一眼。

「那你為什麼還不按下那個選項呢？」

連恩收起平板電腦，把手插進口袋中，直視著她的雙眼。

「妳曾想過為什麼要加入警隊嗎？」他問。「妳的宣誓典禮是什麼時候？」

「幾天之後。」菜鳥訝異地回答。「但那只是例行公事吧？我是說，我基本上已經加入警隊了吧。」

29 譯註：此處指單細胞有機蛋白質（scop）。

連恩點了點頭。正當電梯門打開時，他轉身走進電梯。

電梯門打開來了。艾伯特動也不動，連一步也沒踏出去。他的腳微微顫抖著。穿著鑑識人員工作服的兩個人，正從他的——他母親的公寓走了出來，以擔架搬出一具屍體。他盯著看，臉上的表情完全凍結。他看也不看就隨便按下某個樓層的按鈕。身穿灰色大衣的半禿男子無動於衷地看了他一眼，站在他身旁的條子則盯著那個屍袋。電梯門關上了。

第七章

安安啊，我的瘋子和人渣朋友！FR34K_S33K為你們帶來難以置信的消息！不過，首先呢，如果你還在看本頻道，就代表你融化的腦漿還沒從耳朵裡流出來。想保住你的腦子嗎？最好先喝掉四分之三的黃泡存貨，不要一瓶接一瓶喝。聽我這個前黃泡迷給你的勸告，這樣你就能在這個鬼城市多活幾天了。

想知道今天我要告訴你們這些魯蛇什麼消息嗎？這是他媽的大消息。還記得東環城道路上那場「攻擊事件」嗎？你們這些蠢蛋還相信那是神機錯亂者（cyberpsycho）搞的鬼嗎？如果你是這麼想的，最好現在立即喝光四罐黃泡，也不必搞清楚其他鳥事了，或去打一些合成古柯鹼吧。如果可以直接將快樂注射到血管裡，那還喝什麼屁啊？

有多少人死在那裡？二十二個人，包括你們在電視上看到的那個小孩。對，就是從後窗探頭出去的那個金髮小男孩，他的頭髮幾乎燒焦了——更不用提他身體的其餘部分了。唉呀！那一定痛死了。

神機錯亂的主因會是什麼呢？當然是非法的改造裝置啊！從清盜夫的地下修車廠裡新鮮

出爐的便宜改造物，都是從其他可憐蟲身上搶來的，如今他們的屍塊全漂在海灣裡，被水裡那些變種魚之類的鬼東西啃咬。

這是事實。但這**真的**足以解釋那麼大的車禍嗎？他媽的才不呢！當企業搞砸某些事的時候，他們老是將矛頭指向別人，對吧？現在他們說我們這位老兄會神機錯亂，是因為名為Unitra的公司製造了有問題的零件。知道這什麼意思嗎？他們想脫離業界，然後私吞所有股份。是誰根本不重要，他們全都在幹這種勾當。你們的大腦都要化成廢水了，還以為他們會在意嗎？

瓦解的公共設施、故障百出的交通系統，那些搭乘豪華轎車四處晃的大人物，自以為可隨心所欲地不受法律約束——這些全都是真凶！我怎麼知道？因為我有**證據**。沒錯！我弄到了一段顯現真實狀況的片段，有輛失速的企業豪華轎車到處橫衝直撞，關掉反撞擊設定而引發了一連串的連鎖效應。你自己看吧，用你該死的腦筋好好判斷。別說我沒警告你們呀！

掰啦！

他從來沒去過這種地方。過於高雅、明亮，一切都太透明了。一旦出事，就沒有能提供掩護的地方。不過，很難相信在這種地方會出問題。他得通過三次安檢才能抵達這裡，也多虧了他們系統中的邀請函。

他肯定穿得太隨便了，但似乎沒有人理會他。

「我不喜歡這裡。」佐爾在桌上旋轉他的杯子，裡頭裝了氣泡水。「感覺四處都有人在監視和竊聽我們。」

「躲在眾目睽睽下最安全了。」蜜蘭娜微微一笑，嘴角幾乎沒有上揚。「好了，你想談什麼事？你的訊息有點神祕。」

「永遠不該有人知道的事。」佐爾環視四周寬敞且華麗的室內空間。他的視野中至少有一百人。有些人坐在較小或較大的桌子邊，其他人則坐在玻璃包廂中，像是他和蜜蘭娜。要錄下他們的交談太簡單了，根本不需要先進科技。只需要讀他們的唇就好。不過，這裡有太多人了，要同時讀每個人的唇語並不簡單。眾目睽睽——也許她說對了。

服務機器人送來人們點的東西，並繞過假植物和桌子。

「你和艾雅怎麼樣了？」蜜蘭娜問。

「什麼怎麼樣？」佐爾過了一秒才明白她的意思。他聳了聳肩。「噢，不是那樣。我們不是……」他清了清喉嚨。

「很難相信。」她瞇著眼睛看著他。「你們倆根本是天造地設的一對。」

他搖了搖頭。

「她對我沒興趣。」

「你只是看不懂對方的暗示，也不知道如何表達心意而已。你們兩個都一樣。」

「那妳怎麼確定是我們的問題？」

蜜蘭娜的目光飄到一旁，和盯著她的奈德．坦普頓目光交錯。那是她的前男友。他總是坐在同一棵假棕櫚樹下的同一張桌子邊。永遠都是下午一點，就像上了發條一樣。他好猜得令人厭煩。

「親我。」她忽然說。

「什麼……？」佐爾錯愕地看著她。

「這樣就不會有人懷疑我們了。」她笑得更開懷了。「別擔心，我不會咬人的。」

佐爾猶豫了一下。他把玻璃杯移到一旁，再俯身靠上桌面。蜜蘭娜也做出一樣的動作，兩人的嘴巴貼緊彼此幾秒。蜜蘭娜的舌頭撫弄他的雙唇，他們隨即退了回去。她在椅子上坐直，碰觸了玻璃牆上的控制面板，玻璃門將他們與餐廳中其他人隔開來，牆面隨即產生霧面效果，連外頭客人的輪廓都看不清楚了。

「我們很安全。」她解釋道。「這裡會阻絕電子信號，監聽系統只會收到白噪音。」

彷彿要驗證她所說的話一般，就連通風管的排氣口都關了起來。他們坐在牛奶般潔白的立方體空間中，外頭的聲音都無法滲透進來。

「我還是有疑慮。」佐爾說。

「不冒點險，算什麼生活呢？」

自從他們會面開始，似乎就有些不太對勁，但佐爾現在才意識到問題是什麼。她沒有抽菸。他拿出手機，讓她看一張圖片。手機上的螢幕很小，因為現在幾乎沒有人使用缺少神經連線的手機了。

「我相信你們倆認識彼此。」

蜜蘭娜仔細看了螢幕一眼。

「他是個大人物——位階很高。就工作上來說，我是認識他沒錯。」

「妳什麼時候會再跟他見面？」

「很快。但別指望我向他引薦你。他們不讓任何人靠近他三百英尺內的距離。」

「我不想見他，我是要殺他。」

沉默籠罩了房間，卻聽得見氣泡水的嘶嘶聲。

佐爾的肚子咕嚕作響，打破了沉重的死寂。蜜蘭娜發出輕笑。她又按了一下面板，牆壁就再度恢復透明。

「我也可以吃點東西。」她保持著微笑說道。桌面上出現一份菜單，上頭顯示全食企業（All Foods CorpPremium）的高級午間特餐。「點你想吃的吧。我請客。」

奈德隔著他的盤子板著臉盯著她看。

「抱歉，但妳不能雇用羅伯特・瑞瓦德（Robert Redwardt）來提供性服務。」

「但我是白金會員。」

「白金會員身分恐怕不包括那種服務。妳的訂閱讓妳能無限次租用幻智之舞。」

「開價吧，任何價格都行。最好在今天晚上。」

「妳的訂閱不包括雇用演員。」

「如果我一個月付三百歐呢，嗯？有比白金會員更好的服務嗎？」

「恐怕沒有了，女士。白金會員是最高級的方案。不幸的是，本公司無法提供妳想要的服務。」

「『女士』是哪來的客套鬼話？」背景中傳來另一個聲音，也是個女人。又傳來某人被推開的聲音，接著是玻璃的碎裂聲。「婊子，你他媽的以為自己是誰呀？我有錢——你他媽的給我開價！」

「抱歉，小姐，但本公司不提供那種服務。」

「去死吧，低等廢物（tower trash）！我會檢舉妳，等他們把妳踢到馬路上，就看看到時候要道歉的人是誰！祝妳餓死吧！」

進入低等廢物的腦袋，就像是把自己擠進一個空瓶中，再將瓶子扔進海灣裡。大多數的夜城居民在出生時都具有強大的潛力，但這輩子都只能擠在破爛的公寓中。根本不像人類，比較像是家禽。一般而言，人會掌握自己的命運，塑造它，並冒上風險。低等廢物只會對自己碰上的問題做出反應，像彈珠般從一個挑戰彈到下一個挑戰去。他們唯一的動機來源，就是處罰和愚蠢的樂趣。

身為地位低下的捕鼠人和滅蟑人，佐爾自己也像隻蟑螂般被困住了。他能在無業的狀況下撐多久？他沒有任何存款。他這種人不會存錢。頂多躲上兩週，他就得出外顯露行蹤了。兩週是很長的一段時間了，太久了。

艾伯特．狄蘭尼——這幫烏合之眾中的竄網使，多年來都過著庇護下的生活。他母親照料了一切，不僅餵飽他，也清洗他的髒衣服。忽然間，他起身離開這個安全的小窩。為什麼？比起讓他存活到今天的安全性，還有什麼更重要呢？

他們坐在二十樓某處的寬敞窗台上，三雙沉重的靴子懸掛於城市上空。這是個好地方，至少沒人會打擾他們了。傻傻、卡拉和狄希——卡拉的手臂還環抱著狄希，彷彿想保護他不受世上的壞事傷害，又或者只是想讓他保暖而已。如果他們失足了，就會一起摔落。他們透過火紅的光學裝置盯著城市的燈火，彷彿正望向一棵聖誕樹，這棵樹承諾他們要送禮給每個人，只要他們夠勇敢伸手就行。

卡拉用思想語音糾正他：**夠勇敢也夠聰明。**

傻傻點頭並拿他的假草（S-keef）吸入器吸了長長的一口。他看見一座呼喚眾人的城市，它做出許多允諾，但只給少數人些許獎勵。

你覺得這個容器真的有他們所說的那樣有價值嗎？

「他不能還回去嗎？」

「還回去？你瘋了嗎？一還回去我們就完蛋了，不還也死定了。」

「那就還回去，接著再道歉……」

「難怪你當不了老大。還回去！？那根本解決不了問題，只會創造新的麻煩。目前而言，沒人知道我們有這東西。」

「我不知道耶……把它丟在科羅納多呢？」

「我會把你他媽的丟在科羅納多。」

「好啦，那麼……就沒有第三種選項了。」

「老天爺……我知道啊！這就是他媽的問題！」

雷納在畫有軍武科技標誌的灰色容器旁來回踱步。它矗立在某座廢棄工廠地下室裡的小房間中央，深藏在地下十五英尺深的位置。這降低了被任何人發現的機會。如果容器裡有追蹤器，對方早就殺過來了。

他在容器的鍵盤上隨機地輸入一個密碼。錯誤密碼的聲音讓雷納直覺地低下了頭。

「還是我們就……等看看？」羅斯提議道。

「對，我這輩子就是這麼過活的。」雷納努力要保持冷靜。他手上的十字架發出明亮的光芒。「握著我的老二死死地等，什麼鳥事都不做。」他踢了容器一腳。「幹他媽的！我什麼都辦不到！」

「我來想想辦法。」

「聽好了，其他人不能知道這件事，好嗎？」他又狠狠踢了容器一腳。「沃登，你這他媽的白癡……」

這是多年來的第一次。他沒有像平時一樣在網路上搜尋目標的相關情報，反而是坐著直盯手機上的訊息。他該怎麼回答才對？他不知道要應對這種事。他在腦海中設想過每種可能的版本，但感覺起來都不對，都太蠢了。

這是親吻蜜蘭娜的後果嗎？他心中會再次點燃多年前失去的感受嗎？還是他受夠了寂寞和等待……？所以呢，那到底是什麼？難道他能靠某種奇蹟來擊敗體制——找出破解保全系統的方式？這不可能會成功的。他永遠不可能靠近目標。這是癡人說夢。

那個吻——那不過是偽裝而已，沒別的意思了。只是為了要融入人群之中。他知道自己在找藉口，只要自己能永遠忘掉那些回憶和罪惡感就好。

「局勢慢慢有一些起色了。」ＯＰ1自言自語，不過房間如此小，感覺和對別人說也差不了多少。「我才剛覺得狀況不會改變。」

「剛開始什麼都沒有。」ＯＰ2提醒她。「現在我們忽然得到大量的資料——每個圖表都變成紅色了。」

「這次不一樣。」ＯＰ1點頭。「記得駭進無人機那招嗎？我得承認，那招滿厲害的。」

「的確很內行。」ＯＰ2也承認。「也許一切都要成型了。這可能就是結果。」

「就這樣憑空出現了，砰地一聲！遠端控制。完全自動化，沒有可追蹤的連線。你們倆有預料到這件事嗎？」

「你們倆都想太多了。」ＯＰ3終於開口了。「那不是這項任務的主要目的。那些只是輔助能力而已。」

「不過還是很厲害。」ＯＰ2補充道。

「我想，那區域的監視單位會忙著緊急加強保全措施吧？」OP1問。「他們有很大的漏洞。可能想搞清楚他們的無人機是發生了什麼事。」

「不可能從我們這邊知道。」OP3向她保證。「等到任務結束，他們就會拿到一份經過審查的報告。如果史丹利照自己的意思來插手的話，可能連報告都拿不到。」

「他真的那麼說？」羅恩用手肘撐起自己的身。「說『我想要殺了他』？」

「沒錯。」蜜蘭娜點燃另一根香菸。冷氣預測到煙霧，它的嗡嗡聲變得更響亮了。夜城冰冷的霓虹餘暉籠罩了一切：他們赤裸的身體、床單和地板。這些光線照映在他熟成了十二分鐘的威士忌酒杯上。

「這點子真的有那麼糟嗎？」神機醫思索著。「我是說……少了他這個人，也許世界會變得更好？至少不會變壞吧。」

「我專門處理談判，不是暗殺。」她抽了口菸，並在床上坐挺。「一般情況下，我通常會知道結果如何。你得超前你的對手兩三步，但他們也會這麼做。那就像下西洋棋，你已經知道誰下黑棋，誰又下白棋了。棋局已經開始，但你下的每一步棋將於未來揭露它們的潛力。要贏，就要比對手算計得更遠一些。關鍵在於你對人性的洞察力有多深。我看不出佐爾的底細。但他開了第一槍。」她深吸一口菸。「這只是比喻。」

她可以一口氣說出這麼多話，讓羅恩感到佩服；她緩緩地吐出煙霧，一次也沒咳嗽。其實，她從來沒咳嗽過。當他愛撫她的肌膚時，他不禁同時掃視著她，對自己能自由觸碰她的身體感到興奮。她的肺臟居然完全是未經改造的有機器官。

「他說不定是精神病患者。」他推測道，「即便他看起來不像。老實說，打從一開始，我就甩不掉我們曾見過面的感覺。」

「如果我們之中有人是神經病的話，那就是柏格。我再也不想見到那個他媽的瘋子了。」她抽了口菸，幾乎要燒光半根香菸了。「至於佐爾，他身上有某種連他自己也搞不清楚的東西。」

「像是什麼？」

「我還真希望我知道。如果佐爾是一本敞開的書，感覺就像是要找到……不，不是鬼畫符，甚至也不像是以外語所寫下的東西，更不是近似謊言的東西。」

「他把所有植入物都移除了。」他溫柔且本能地撫摸著蜜蘭娜的腳。「不過，他有經驗。沒有他的話，我們早就死了。」

「到底為什麼要找這群烏合之眾？沒有合事佬（fixer）[30]的話，我們根本賣不掉我們偷來的東西。我們兩次都很走運。這之中毫無邏輯或理由，純粹只靠運氣。完全沒辦法預測。」

「我以為妳喜歡這樣——充滿各種情緒、高潮迭起的狀況。」

比起她過往至關重要的談判，羅恩巧妙細膩的觸碰方式反而讓她感到更興奮。她試著不移動她的腿，這樣他才不會停止動作。

這樣他才不會注意到。

「雲霄飛車和俄羅斯輪盤完全不一樣。只有當你能影響局勢發展時，風險才有樂趣。」當她思考時，她暫時讓香菸停留在雙唇之間。「你提過你碰上某種麻煩。」

「我欠的債被……呃，不重要。」羅恩後仰躺回枕頭上。「都是陳年舊事了。我不太想談了。」

寗蘭娜點頭，又抽了口菸，再回到前一個話題。

「觀察佐爾……感覺像讀一本過於複雜的書，內容深奧過頭了。」

「他很聰明，但也沒那麼聰明吧。」

「我說的不是他，是他**心裡的**東西。我想知道是不是創傷後壓力症候群。他越過了底線，過程中差點毀了自己。於是，他的心靈創造出第二個人格來保護原先的人格，為它背負重擔。它覆寫了先前的人格，一點痕跡都沒留下。」

「我們這幫烏合之眾成軍的原因……」羅恩一臉狡猾地露齒笑著說。「是因為我幫那些電池找到買家了。」

寗蘭娜伸直她麻木的腿，並熄掉香菸。她看著羅恩。如果換成別人，她現在就會想要對方滾

---

30 譯註：客戶與傭兵之間的溝通橋樑兼仲介人。

蛋離開。但她當下的感覺正好相反。先前光是幾小時，她都無法忍受別人的存在，現在卻只想要羅恩留下來。

「我想要告訴妳的是，我沒有收到幻智之舞，卻收到一封訊息，上面寫：『無法提供服務。金額不足。』我也關不掉這封訊息。」

「我明白。問題是，你過去幾天還沒支付訂閱費用。」

「這個嘛，對呀，因為我沒有現金。我想看下一集《天堂電梯》（Elevator to Heaven），但這個蠢訊息一直跳出來，害我不能看。」

「因為你還沒支付訂閱費用。」

「對，但我只是想關掉這個訊息，然後看影集。一定是出錯了。」

「沒有出錯。等你支付訂閱費用，訊息就會消失了。」

「聽著，我這週末就會拿到薪水了。我到時候就會付錢。」

「恐怕得請你先付錢才能觀看。」

「順序哪有差？我今天就要看，然後在週末時付錢。」

「對不起，但我們提供的服務不是這麼運作的。」

佩裴．納傑羅看著顧客們一喝完酒就匆匆離去，瘸腿郊狼幾乎空無一人了。他低聲咒罵，接下來一小時的收入都沒了。他心裡想著，是否該假裝什麼事都沒發生，或是要冒險求救，心裡卻明白酒吧隨時會變成一個槍戰現場。只有一個顧客繼續坐在高桌邊，吃著加了合成肉的拉麵，假裝自己沒注意到突如其來的騷動，和隨後一陣詭異的寧靜時刻。

「你要繼續站在那邊嗎，傻傻？」沃登咧嘴一笑，露出半透明的天藍色牙齒。他從桌下踢出一個凳子。「坐下吧，讓我們像文明人一樣談談吧。」

傻傻將大衣往後拉，坐在搖搖晃晃的凳子上。他的合成皮大衣嘎吱作響。狄希站在一旁，卡拉則站在另一邊。

沃登繼續吃他的拉麵，並有些好奇地看著新訪客。

「是來觀光的嗎？」他邊吃邊說。「還是你們搭乘的自動計程車GPS故障了？」

「我們彼此之間一向保持距離。」傻傻最終說道。「你想待在黑伍德這個臭水溝，用你拉的屎捏成派的話，我一點也不反對。」

「用屎捏成派啊。」沃登點了點頭，吞下類似香菇的東西。「以嘲諷而言，這太弱了，但還是值得記一下，以免哪天我把好笑的屁話都用光了。你知道什麼才不好笑嗎？侵犯我們的地盤。」

「侵犯？我們嗎？這話真有意思……」傻傻俯身靠在桌面上。「你們才是破壞和平現況的人，還穿越大半個城市來到了北部工業區。這是挑釁——有些人甚至會覺得這是宣戰行為。」

沃登停止咀嚼的動作。

「你他媽的在說什麼？我們的人從來沒踏進北部工業區。」

「你的手下在我們眼前搶了一棟軍武科技倉庫，然後開著車身寫著病蟲害防治的廂型車在我們的地盤四處跑。這聽起來不像挑釁嗎？還是你覺得這很好笑？」

傻傻將顯示了一張照片的手機推向沃登。沃登瞬間食慾全失。

「那些人不是我的手下。」

「情報可不是這樣說的。」如果傻傻可以瞇眼的話，他早就這麼做了。「搶案是某個名叫佐爾的人帶頭的。」

「你要佐爾？」沃登往後貼在凳子的靠墊上，讓它如警告般地往後搖晃。他咧嘴一笑。「請便。他不是我的手下，我根本不在乎他，早就忘記這號人物了。先前有客戶需要找他完成一項任務，過程就三小時而已。」

「把他交給我們。」

「如果我知道他在哪，早就這麼做了。但我不知道，也不曉得他曾去過哪或將要去哪……我剛說過，我早就忘了有這個人。」

「我敢保證，雷納肯定也會這麼說你吧。年紀太大就得滾蛋，對吧？」傻傻露出淺淺的笑意，心裡很清楚這會傷到對方。「也許這能喚起你的回憶吧。」他滑到下一張照片。

當沃登從肺部吐出氣體時，鼻孔就撐開來了。

「柏格……」

「哎呀、哎呀……」傻傻微笑並挺直身子。「我洗耳恭聽。」

沃登拿餐巾擦了擦嘴，再將它對折。

「他在我手下工作。他是南黑伍德來的癟三，腦袋根本不管用。這個王八蛋應該要保持低調一陣子，當個模範的夜城市民。」

「聽起來他膩了。」

「對，活膩了。」沃登握緊拳頭。「他幫我找到佐爾和其他人。這個傻鳥是個懦夫，對他施壓威脅一下，他就會全盤托出了。他在市政廳工作，從早上九點上班到晚上七點。他會帶你去找佐爾和其他人，之後你想怎麼處理他都行。如果他碰上了什麼壞事——像是無法挽回的天大災禍，誰知道呢，我可能還要感謝你呢。」

傻傻嘆了口氣，如果他有眼瞼的話，這時就會閉上雙眼了。

「這簡直道德淪喪。她老公背著她偷吃，她也在他背後偷情。好幾次耶！」

「沒錯，夫人。這就是這部幻智之舞的劇情。如果妳不喜歡這種內容，也可以自由選擇其他種類。妳的訂閱方案提供一百五十種以上的各種幻智之舞。」

「我要確保沒有人會再體驗這種噁心的淫亂垃圾。」

「嗯，有些人就剛好喜歡這種內容。這就是《一夜春宵》（A One-Time Thing）這個系列的重點。」

「這才不是『一夜春宵』！這是夜夜笙歌吧！他們每一集都在瞎搞！」

「妳可以重溫不同的幻智之舞。」

「我才不要其他的幻智之舞。我要妳更改這個節目，讓裡面的角色做正當的行為。」

「這恐怕超出我的控管範圍了。」

「我的牧師就是這樣說！我們缺乏控制。人們在街頭自相殘殺，家庭沒有乾淨的水可用，食物嘗起來還像是魔鬼的排泄物。」

「不好意思，但我沒辦法控制幻智之舞的製作。」

「妳不好意思！？妳可能還到處跟人睡呢！這座城市充滿罪人！」

「女士，妳不需要再體驗這個幻智之舞了。」

「我不會讓心裡沒上帝的蕩婦對我說該體驗什麼、不該體驗什麼！最後解放人以利亞教會禁止這種墮落行為！你們這些人是世界上的瘟疫，腐化了無辜人民的靈魂！難道妳看不出眼前的問題是……」

「妳就是問題所在。如果妳的教會禁止接觸這種內容，那妳或許也不該體驗才對。」

螢幕變黑了。她耳機中的聲音安靜了下來，隨後傳來更換頻道的沙沙聲。

「艾雅！」另一個不同的聲音說道。「現在就來我的辦公室。」

她取下耳機，從旋轉椅上站了起來。五百個技術支援人員發出的喧嘩巨響，讓她覺得自己待在蜂窩裡。經理的辦公室遠在毛玻璃牆的後頭。

她經過看似永無止盡的相似隔間。即便沒什麼好道歉的，但每個人都在賠罪。辦公室門口前有條短階梯。艾雅走了兩步就抵達門口。

她的經理坐在寬辦公桌後頭，她從來沒記住他的名字。他想用過大的西裝來掩飾自己比常人矮小的身材。這產生了反效果。

「我切斷了妳上一位顧客的電話。」他毫不客套地直接開口。「妳的名字在系統上閃現橘光，接著就變成紅色。」

艾雅站在面對辦公桌的椅子旁，但他卻沒有要她坐下的意思。

「當他們打來的時候……」她開口說。「多數的人根本沒有什麼技術問題，好像只想打來找人吼。」

「然後呢？」經理把手肘靠在桌上，雙手手指交叉疊在一起。「在第二級訓練時妳就知道這件事了。」

「我只上過第一級訓練。」

「好吧，總之，妳搞砸了。妳不該使用『問題』這個字。妳說了……」他檢視了他的螢幕。

「十一次。算上剛才的事有十二次了。」

艾雅無法把目光從他的雙手移開。他把雙手疊成金字塔狀，指尖敲擊彼此，並再度併攏。

「我知道，我很抱歉。」她並不感到抱歉。「但是，好吧……我不知道還有什麼字眼可以用。」

「很好。我很高興妳道歉了。現在呢，不管有什麼情況，我們都不用『問題』這個字。絕對不用，它有負面的意思。明白了嗎？」

「應該懂了。」

「應該？」他的手指又開始舞動著。

「這很困難，因為這些顧客……我們的顧客，他們大多……這個嘛，他們就是錯的。」

「顯然如此，但事情就是這樣。他們要不是白癡，就是厭倦自己的生活了。不然妳以為這些員工在幹嘛？」他指向那片毛玻璃外。「這樣我們大多時候都錯得離譜的顧客，才會以為他們是對的。在那之後，他們才會繼續支付訂閱費用。很簡單。」

「我原本以為工作內容是幫助有技術問題的人。我到現在一個都沒碰到。」

「妳又說那個字眼了。」他的雙手又開始急躁不安了起來。「我們多年來都沒碰過技術問題，客服只是用來處理對方的挫敗感而已，就像是讓他們把臉埋進枕頭裡大叫，而妳就是枕頭。在第二級訓練中也告訴妳這些事了。喔，妳也不能說『有些人就剛好喜歡……』，因為聽起來太粗魯了。妳還不能說『那妳或許也不該體驗才對』，聽起來像是在向她說教。現在，我們得給她折扣了。記住，妳不能說『超出我的控管範圍……』這種話來劃清妳和公司之間的關係。妳就是公司。妳就像……像……躲在它龐大身軀上某處的小嘴巴。妳的第二級訓練……」他的手指在螢幕上舞動。「後天就會展開。但今天……」他的雙手再度併攏成金字塔狀。「八點有個非正式的聚會。妳可以來認識一些人。公司會出錢。」

「我今天晚上已經有計畫了。」艾雅打直了身子。

「計畫就是用來改變的。」他的手指又開始慌亂地扭動著。「我本來已經準備要開除妳了。至少系統是這麼建議的。不過，我決定再給妳最後一次機會。」

「我不想要再一次機會。」

他的手指僵住不動。

「意思是指……？」

「我不幹了。如果我繼續待在這裡，就會開始討厭人了。」

她心想：如果我做了他們給我的那個工作，我就會討厭我自己了。

他像這樣走多久了？感覺他彷彿啟動了自動駕駛功能。他不認得這區域，也不知道這裡的安全層級。有輛車緩緩駛過。他直覺地想衝進掩護處躲藏起來，但他控制住自己了，很勉強地克制住這樣的動作。表現得像個獵物，只會引來掠食者。理論上看來一切都很順利，但實際操作就沒這麼輕鬆了。和往常一樣，他越是試圖混入人群，他的動作越是顯得不自然。他越是意識到這一點，狀況就越糟。

他忽然在人行道中央停了下來。

他從來不怕那些警察。對他們而言，他近乎隱形──他們從來沒有理由打擾他。嗯，他們現在會了。即便他什麼都沒做，也仍捲入了某一宗案件。他和他母親的死亡扯上了關係，至少是因為他是她兒子。

至少是因為如此。

他終於能透過那些建築物的布局弄清楚自己在哪裡了，是北黑伍德。他還沒走得太遠。他轉身回家。不，走錯路了。他現在有另一個家了。

從昨天開始，他就不曾離開他的公寓，他的新公寓。警方會找到這裡嗎？從他對警方手法的認知看來──不可能。房屋仲介連他的姓氏都沒問，他只需要透過安全交易服務支付可觀的訂金就好。艾伯特沒有用現金。也許要一兩週才會結案。

他母親死了。

這種事通常會令人崩潰。但他最初感覺到的情緒是解脫，接著是羞愧。為什麼會羞愧呢？他孤身一人了。他不在乎身邊的任何人。羞愧……？太愚蠢了。

讓他感到鬆了口氣的是，他永遠不必再和她對話了，也不必再為自己解釋，和閃躲她所有的問題與控訴了。她再也無法發脾氣，因為她死了。她不再是問題和負擔了。他感覺已卸下了肩上的重擔。

他所要做的就是展開新的生活。先前的生活遲早會灰飛煙滅，消逝在被遺忘的重重記憶中。

他母親死了。

他不覺得悲傷，而是羞愧。近來他對那種感覺太熟悉了，也明白它的運作方式。它像是一種感染，是一種從環境中產生的疾病。它是悔意——經過突變、武器化的悔意。他對羞愧的感受和「正常」人不同，但他了解人們為何有那種感覺。但不知何故，這讓他覺得更糟了。還是這讓他更有人性了？不。從那些歷史課上學到關於人性的種種知識，都只會讓感覺更糟。羞愧。他明白那是人們心底對自己的深刻且強硬的批判，責怪自己做出某種不該做的事。這代表你有哪裡出了問題。羞愧源自外界，但內心卻感受得到。

他母親死了。

他該為不難過而感到羞愧嗎？他並不覺得羞愧。那現在呢？如果他不覺得羞愧或是悲傷，又該有什麼情緒？

隨你怎麼評論他吧，但她媽盡力教他察覺情感了。也可以說是如何假裝出情感。在此之前，世界和世上的人們似乎都照著某種未知的節奏費勁地前進。當他開始學習後，世界的節奏就變得越來越容易辨識，卻也更危險了。直到最後，世界化為一場清醒的惡夢，裡頭充滿毫無邏輯又不理性的情感，如病毒般散播到每個人身上。儘管他母親費盡心思，他卻對這些情感免疫。

他母親死了。要不是因為一個小細節，事情原本應該就此結束——裝了洞穴存取碼的技晶仍在他的抽屜底部。

他得回去。

「上次和我喝啤酒的酒伴是莫里斯，妳見過他。那次最後……」佐爾啜飲了一口令人不太滿意的啤酒。「嗯，妳知道後來的事。然後我去找羅恩喝一杯。」

艾雅點了點頭。

「結果下場也沒多好。」佐爾補充道。

「現在你和我一起喝酒。」她露出微笑。「會有什麼問題嗎？」

他們坐在運河旁，河水緩緩地流過，上頭漂浮著厚厚的一堆垃圾。這裡沒有水波拍打牆面的輕柔拍擊聲，只有塑膠瓶和金屬罐發出的刺耳摩擦聲。浮空載具和無人機飛過他們頭頂上的夜空，霓虹燈讓天空綻放出下午般的色澤。浮空貨輪（Aerozep）懸浮在北部工業區上空，進行載貨和卸貨的工作。全像廣告覆蓋了企業廣場，散發出柔和且冰冷的光芒。這一切感覺如此遙不可及。他們坐著的位置就像是一處平靜的小綠洲。

「莫里斯……」艾雅回想著。「他還好嗎？」

「不曉得。我希望他的新搭擋比我更常帶他去喝啤酒。」佐爾把罐子舉到唇邊，卻幾乎連一口都沒喝。「也希望他不要再和別人打架了。」

「我辭掉工作了，或者是說……他們開除我了。兩種情況之一吧。自從那之後……你知道的，後來我就沒去了。我現在完全沒有錢。」

「我也是。不然的話，我們就不用共享一罐啤酒了。」

「哎，謝謝你過來。我很需要放鬆一下。」

「真希望我能給妳比一罐啤酒和一堆垃圾更好的東西。」他嘆了一口氣。「我甚至不喜歡啤酒。」

「我也是。」艾雅回答，接著開始放聲大笑。她已經很久沒有開懷大笑了。佐爾露出了笑容。他拿起了啤酒罐喝了一大口，表情突然變得嚴肅。

「我獨自生活七年了。」他說。「我只能自己胡思亂想，想法也不正面。我想，這不太健康吧。」

「瑪里酒吧對我也不太好。」艾雅說。「那裡的負面影響太大了。」

她緊緊閉上眼睛。

「你有碰過什麼人嗎？」她問。「你懂吧……重要的人？」

「有過。」他說，隨後陷入短暫的沉默。「我的老婆和兒子。」他停頓了好一會兒。「他們已經死了。」

「喔。我……我很遺憾。不對，等一下，聽起來太蠢了。」她猶豫了一下。「那是什麼時候發生的？」

「七年前，當戰爭結束的時候。」

垃圾不斷往前流動，一邊發出壓碎及摩擦的聲音。廢棄的倉庫矗立在運河另一側，上頭空洞的窗口顯得寂寥。就算坐在這裡一整年，這種光景也不會改變。

「我答應她我們會離開，搬去舊金山。」他把啤酒喝完。「我們沒辦到。」

他捏扁啤酒罐，把它扔到漂向海灣的垃圾中。

「我早該走出來了才對，但我還沒。我辦不到。復仇是唯一能讓我繼續活下去的動力。」

艾雅站了起來。

「你做了件好事。謝啦。」

「要謝什麼？」他好奇地看著她。

「幫助我離開了瑪里酒吧。」她把手高舉至頭頂上，搖擺著她的身體。

她閉上雙眼，順著自己身體的軸心旋轉，隨著只有她聽得見的音樂舞動著。她為自己而舞，也為了佐爾。和瑪里酒吧不同的是，整座夜城的燈光都照耀在她身上。

仔細想想，我們只不過是瀕死的血肉。生命只是通往死亡的筆直大道。沒有例外——無論你有多少植入物，注射多少賀爾蒙進入血管，還有補充物、奈米機器人、金錢和尖端科技，總有東西會腐爛弱化，最後逐漸瓦解。

無論如何，有一天你都會虛弱地倒下，或因為擋了別人的路而被殺害。沒有其他的備用方案了。你死了，這是一翻兩瞪眼的事。沒辦法重來了。

新世代會替補上一代，變得更加完美。這就是生命運作的方式，只是一連串有缺陷的原型造物。儘管艾伯特知道他應該是母親更完美的版本，但一想到之後還會有更優秀的世代，他就覺得難以接受。為了讓下一代展翅高飛，舊世代就得下台並消失在陰影中。

不會有下一代了。現在，他得專心地讓這一代變得完美——自我完善。

他得回去。

雖然他不太想這樣做。一想到要從電梯走二十英尺到他舊公寓的門口，他的胃就不安地翻攪。鄰居接下來幾週都有足夠的八卦可以聊了。他們會期待他產生某些情緒。你媽死了，要難過喔。哭吧。他們丟出的問題會比他媽在世時還要多。要他假裝難過不只困難，還根本辦不到。

當電梯快接近他的樓層時，思考這件事就有點太晚了。

電梯門滑了開來。當艾伯特才剛踏出幾步時，走廊似乎就搖晃了起來。在他的回憶中，他會快步走過那二十英尺的路程，彷彿這是通往安全地點的最終路徑。他會用手掌壓上生物識別面板，穿過門口並隨手關門。他將會感到一陣寬慰，他能安全地待在自己的堡壘中了。

一切都變了。門上貼了交叉的警用膠帶，生物識別面板上也貼上了好幾層膠帶。

在電梯和兩天前還是世上最安全的地點之間，他停下了腳步。走廊上空無一人。有人在監視這裡嗎？警方有安裝某種感應器嗎？他不了解犯罪現場的調查流程。他以為自己只要隨意走進舊公寓就好，唯一的差別只是他母親不在了。

事情沒有這麼簡單。

和他們家隔了幾道門、年約四十歲左右的老鄰居摩根太太（Mrs. Morgan），正從門後探出頭來。她老是四處打量，也總是頭一個抱怨走廊上有垃圾的人。她是當地住戶中的八卦來源。

但這次不一樣了。不同於往常，摩根太太迅速地關上門，從裡頭上了三道鎖。

艾伯特走到警用膠帶前，他只需要撕掉膠帶就可以進去了。反正也沒人看守這裡。

花了整整兩天挖垃圾前，早該想到這點的。

很久以前，這座塞滿垃圾的大坑，原本會變成一座普通高樓的車庫。當建設公司破產時，一切就結束了。現在負責收納這些垃圾的正是車庫中的牆壁。也許在幾年內，當垃圾堆積到表面時，就有人會用水泥灌滿這裡。誰知道，也許有人會花時間挖出所有受到莫大重量擠壓的垃圾。

或許呢，只是或許，他們會意外發現一具腐爛的屍體。但他們不必太擔心，因為屍體還不只一具。傻傻知道至少有三具屍體。他之所以知道，是因為棄屍的人就是他。讓警方來清理吧。反正不是在死之舞的地下室就好。你得維持一定程度的衛生條件，別在吃東西的地方拉屎。

除了他們閃亮的紅色光學裝置外，周遭伸手不見五指，他們得在黑暗中仔細檢查垃圾。你或許以為夜視能力夠用了，但並非如此，就連傻傻的兆赫茲光學裝置也無法分清金屬垃圾和大小不一的塑膠製品。

未完工的公寓高樓遺跡矗立在他們眼前。或許有人躲在裡頭，坐在高處安靜地監看他們。隨他們看吧。

狄希用思想語音說：*是他*。他剝開一層油膩的防水布，並挺直身體。

是柏格。血跡斑斑的衣物包裹住他，這和他在死之舞首次出現時的外型完全不同。

傻傻剝開遺體夾克的內緣。乾涸的血液像膠水般分離開來。他彎腰並伸手拂過屍體的脖子，再摸到肩膀，此時他的顯示器角落出現了一則通知。他找到他正在尋找的東西了。卡拉一語不發地露出刀鋒，再極度精準地切了半英寸深。傻傻將兩根改造手指插入裂縫中，取出了一個又小又薄的塑膠物體。他解開連結屍體的電線，植入物發出的紅色微光照亮了傻傻的臉。

這是柏格的全像電話，而且還能用。

還有個更大的問題。如果警方想要結案，就必須和他談。這是固定的例行公事，並不是因為他有嫌疑……或者，他真的被列為嫌犯了？他在那裡住一輩子了——突然間，他母親死了，也沒人找得到他。這肯定不是巧合。

他查了警方程序規範，他們需要他提供證詞。還不只如此，大樓的管理人員想知道他要怎麼處理這個公寓。艾伯特還會住在這裡嗎？如果他不住，裡面的東西要怎麼處理？接下來兩週的租金已經付清了，這給了他一點緩衝的空間。

艾伯特唯一想要的東西，就放在他書桌抽屜的底部。技晶中有洞穴的存取碼，洞穴則有塔蘭的原始碼。

拉契．巴摩斯沒有第二階科技。他用一台普通鍵盤創造了一切，再用他自製的裝置深入網路空間。這花了他好幾年的時間，艾伯特知道這一點，但他沒有多的時間可以浪費。現在的局勢看起來和當年完全不同。黑牆是後巴摩斯製品，就連最厲害的竄網使都無法超越它的能力。一方面，衛網監理在巡邏網路，監控非法活動。而另一方面，警方的網路安全部門NETSEC則設下了陷阱。

要突破黑牆，首先你得找到它。它不僅外在有絕佳的偽裝，其中的陷阱也巧妙地偽裝成弱點。顯而易見地，不會有大門或隧道，否則會違背它的目的，也就是從內部及外部同時進行封鎖。沒有駭入或竊取的任何暗碼。它是名符其實的黑牆，龐大且行蹤成謎。

至少理論上是這樣。

艾伯特坐在他其中一張新沙發上，吃著最便宜的餐盒。那些餐點完全沒有味道。食物只是他身體這台機器的燃料，僅此而已。這讓他感覺比較不像是動物。

這裡不會有人提醒他倒垃圾、幫他將髒衣服放進洗衣機裡，或是提醒他該吃飯了。原來，他母親的嘮叨曾為他的生活創造了秩序。他需要一些可以遵循的規律，讓他為自己的日常生活找到定位。每天吃分量均等的五份餐點，這肯定能創造出他被殺害的母親曾維繫的那種秩序。

他握著的湯匙在半空中懸停著。**遭到殺害**。他讓這個字眼停留在腦海中。當然了，這點顯而易見。沒人會隨便找來警探及一整個鑑識團隊，就為了處理某棟大樓裡某樓層的某個女人之死。遭到殺害。這改變了一切。一連串相關的聯想湧現在他腦海中，讓他食慾大失。

他不只與案件有關。他就是案件本身。他母親就是因他而死的。有人在找他，而他母親剛好擋到對方的路了。是誰在找他？不是軍武科技，至少不是他們直接上門來找人。對方可能雇了某人，或許是他們這一群烏合之眾曾惹惱的某個人？

他該警告其他人嗎？不。不能聯繫任何人，他得完全消失，將這一切拋到腦後。也許事情遲早會塵埃落定，每個人都會忘了這件事。

也許吧。

不。不能仰賴「也許」。

他走到他的腦機面板旁。他甚至不能發送加密訊息。每次連線都會留下痕跡。他不能更動面板的安全措施，因為技晶還在原地。禁止跨越。他無法下定決心撕掉那條膠帶。

拉契．巴摩斯會怎麼做？這問題錯了。巴摩斯根本不會讓情況變得如此棘手失控。他會比一切超前一兩步行動。不過，就連他也沒料到荒坂集團會從軌道上往他的公寓投下鎢棒。

艾伯特在公寓中四處踱步，避開仍是裸露水泥地的地板。他費勁地思考，甚至到了頭暈目眩的程度。他坐了下來，這時點子如電燈泡般在腦子裡大放光明。此時，他解除面板的安全系統，以便釋出隨機存取記憶體，並送出一份未加密的訊息。它只持續了幾秒，但對方足以靠它來追蹤他了。

要不要警告其他人？這種選擇好還是不好呢？即便他已經知道答案，仍迅速考量了可能的後果。如果他不警告佐爾和其他人，前來追殺的人就會逮住他們，並得知和他有關的資訊，以及他的下落。

她和蜜蘭娜的親吻方式不同。艾雅的吻如此熱情，卻也細膩。深埋他心中的遙遠記憶似乎從冬眠中甦醒了。希望。或許還能重拾早已永遠消失的東西。它和以前不同，但仍然有意義。

他的手伸進她的毛衣底下，沿著她的背部往上探去。她的皮膚很溫暖。她的身體顫抖起來，彷彿有電流竄過脊椎。她將他拉近自己，她的手穩穩地扶住他的後腦勺。

電梯慢了下來。四十三……四十四……四十五……他們的身體暫時分開，心底清楚已經做了決定，也準備履行這件事。

當電梯開門時，佐爾的電話就震動了。佐爾邊走出電梯，邊看了螢幕一眼。*有人在找我們。他們去過我的公寓了。那根牙籤掉落在門底下。*

他迅速轉身，拉著艾雅走向電梯。他一句話也沒說，就按下「一」，再用力壓下按鈕來關上門。艾雅的目光掃視著佐爾和走廊。正當電梯關上門之際，他們看見的最後景象是他公寓的房門正在打開。

佐爾把她拉到地上。一陣槍林彈雨打穿了他們身後的電梯牆壁，艾雅沒有發出聲音，只是緊貼著地板。電梯發出一聲尖鳴，便開始下降。

他拔出手槍，轉身仰躺並向上開火。只要對方不靠近，他就沒機會擊中對方。至少還得經過幾層樓。

艾雅試著以雙臂保護頭部。

四十五……四十四……四十三……

每隔幾秒，佐爾都會開火。槍聲震耳欲聾。艾雅用手遮住耳朵，她的右手……她連一根手指都動不了。

三十九……三十八……

時間過得太慢了。現在對方肯定已經發現能用蠻力強行開門，接著對他們開槍或丟入一顆手榴彈，就能完成任務。她的右手不願合作，姿態僵硬，呈現不正常的彎曲狀態。

三十二……

佐爾按下「二十五」，讓電梯在抵達樓層前不會慢下來。這招成功了，電梯猛晃一下後停了下來。門接著打開。有東西重重落在電梯頂部，發出砰的一聲。他們衝了出去，直接奔向樓梯間。一陣閃光過後，隨即傳來轟然巨響。他們本能地蹲下閃躲，卻沒有感受到任何爆炸的威力。

樓梯在哪裡？佐爾從來沒走過樓梯。

「在這裡。」艾雅推倒門前的一堆紙箱，頂端有個出口標誌。她試著用右手推門，結果差點跌倒。她的手緊緊扣在肋骨上，變得完全麻木。

他們快速地跳下樓梯。自動燈閃爍了幾下後便亮了起來。樓梯間已有好幾個月（或是好幾年）沒清理過了。他們一邊往下跳過臺階，一面避開垃圾。到了十五樓時，艾雅只能一拐一拐地走了。佐爾停下來看她。他現在才注意到她把右臂夾在身體側邊。

「妳中彈了嗎？」他向她伸手。

「沒有。只是……只是抽筋而已。」她咬緊牙關。「我沒事。」

不對。她幾乎無法走路，她的另一條腿已經開始僵硬了。她摔倒在階梯上。佐爾跪在她身旁，試著要扶她起來。她全身僵硬，連一條肌肉都動不了。

「沒有多少……時間了……」她勉強地咬緊牙關說。

第八章

「七〇—一〇，報告現況。」

「七〇—一〇，隨時待命。」駕駛丟掉抽了一半的香菸，關上裝甲車門。

「行動代號一—四—一。發送座標。所有單位請回報。」

「七〇—一〇，前進中。」

他拉下頭盔上的有色面罩並啟動引擎。控制台螢幕顯示目標地點及最快路徑的地圖。駕駛連一眼都不用看，畫面早已浮現於他的視網膜顯示器中了。他們駛入車潮，打開警示燈並讓警笛發出尖鳴，迫使後方的幾輛車緊急煞車。

「四一。」士兵往右邊說。「準備開打了。」

「他媽的早該開始了。」

他們聽到後頭傳來熟悉的武器裝彈聲和檢查聲。

車潮幾乎是夜城中每位駕駛的剋星。但在卡車巨大且光滑的黑色引擎蓋前，其他車輛只不過是會溫順讓路的障礙物。

「七〇——一〇，七十秒內攔截目標。」駕駛說。

如果可以，他就會撞扁每一輛車。行動代號一——四——一甚至會允許這種行為。但卡車有可能會受損，或導致連環追撞。風險很小，但規範相當明確：盡可能避免衝撞。

他們駛過滿是塗鴉的破舊建築，順利地穿越維斯塔德瑞的雜亂街道，再隨著輪胎的尖鳴聲響，迅速轉向前往特許山的道路。

「目標正駕駛一輛銀色的庫德拉六六。」無線電中傳來調度員的沙沙嗓音。「首要任務是保護目標。只有在不危害目標安全的狀況下，才需要消滅敵方人員。」

地圖上又出現了兩顆小點，兩者都朝著相同目標前進，但其他巡邏車則在更遠的位置。

「七〇——一〇，我看到目標了。」右邊的士兵宣布道。

銀色的庫德拉蜿蜒行駛，試著要閃躲其他車輛。有輛黑色維爾福柯提斯[31]在後方五十碼追逐著。它更大更重，也更難控制，但正持續逼近中。最後，庫德拉轉進一棟購物中心前方幾乎空無一人的停車場。幾秒後，維爾福也轉了彎。就在此時，它注意到了巡邏卡車。它的輪胎發出尖銳的摩擦聲，並回頭開回街上，發出轟鳴聲後便加速逃離。

「七〇——一〇，請批准追蹤敵方人員的許可。」駕駛說。「攔截率為百分之百。」

「申請駁回，七〇——一〇。首要任務是保護目標。」

卡車追上庫德拉並停在它旁邊，遮蔽住對方，以免他們遭到槍火的襲擊。

「下車！快上，快上！」

士兵們紛紛湧上柏油路，各自熟練地就定位。有兩人對逃竄離去的維爾福開火，但即便擊中了，他們也無法攔下那輛車。第三人守住他們的六點鐘方向，另外兩人則走向庫德拉。那輛車沒有受損，駕駛座的車門開著，裡頭沒有半個人。

「軍武科技單位七〇—一〇。」士兵對通訊器說，同時四處打量廢棄的停車場。「區域安全。」

過了漫長的幾秒後，有個穿著套裝的女人從其中一根柱子後方走了出來。她毫不畏懼，態度鎮靜。她點了根菸，接著走向小隊。兩個士兵的面罩上閃現掃描身分時的亮光。他們放下了武器。

「沒事，我很好。」她安撫般地向對方示意。「你們逮到他們了嗎？」

司機把頭歪到一旁。

「七〇—一〇呼叫中心。目標正在詢問關於攻擊者的狀況。」

「七〇—一五目前正在追蹤。成功率百分之三十，正在下降中。」

蜜蘭娜搖了搖頭，卻露出了微笑。事情正在發生中。這只代表了一件事：她還活著。

31 譯註：車商維爾福公司生產的車款。

ArS-03，53127日誌。

同步化過程已啟動。

未辨識裝置NI1001010011110。狀態：未知。

未檢測到額外子系統。

她在咖啡的香氣中醒來。睜開雙眼前，她試著回想自己在哪裡。

「感覺好一點了嗎？」佐爾坐在她身旁，一邊遞出馬克杯。

她在床上坐起身來，用雙手接過杯子。她點了點頭。

「妳為什麼沒有時間？」佐爾問。

她困惑地看著他。

「之前在樓梯上的時候，妳說『沒有多少時間了』，我猜原因和我們要逃離的對象無關。」

她喝了幾口。

「我需要錢。」她輕聲地說。「很多錢。除非羅恩弄到新的改造手臂，那也要花上一大筆錢。」

她穿著一件寬鬆的T恤，上頭印有卡通圖案。她不記得自己有穿上這件衣服，也對這個地方沒有印象。她四處張望，這是個相當寬敞的房間，裡頭裝設了玻璃牆，他們坐著的床墊則位在中間。她身旁有一疊摺得整齊的衣物，都是她的衣服。夜色籠罩著外頭。

「羅恩要我給妳一些助眠的東西。」

艾雅忽然回過神來，並望向窗外。現在是半夜了。

「我得回家了。」她趕緊起身，並開始穿衣服。

她拿起了手機，發了訊息給M：「出了個小意外。現在要回家了。」

「我不建議那樣做。」一個滿頭雜亂黑髮、身材矮瘦的青少年坐在書桌旁，拆解著解體的腦機面板。

她剛才並沒有注意到他。

「他是艾柏特。」佐爾解釋道。「就是那個竄網使。」

「我以為……」她結結巴巴地說。

她一直想像他是個年紀更大、外表更嚴肅的人，可能更像是巫毒仔（Voodoo Boy）。但艾柏特的打扮不像任何人或特定族群。他的衣服普通又單調，有淡棕色皮膚和一頭黑色長捲髮。他甚至看起來不像經驗豐富的竄網使，比較像傲慢的高中宅男。

「你是怎麼找到他的？」她問佐爾。

「是他找到我們的。」

「他們會去那裡找妳。」他說，連看都不看她一眼。

「誰？」她問。

「等我能存取洞穴，就會知道了。目前我的方法有限。我們必須合作。」

「我得回家了。」艾雅開始走向門口。

「如果他們知道佐爾住在哪裡，就代表他們逮到柏格了。」他的語氣和他的電腦化嗓音一樣毫無憐憫之心。「可以假設他告訴他們一切了，但他不知道這個地方。我們在這裡很安全。」

艾雅僵在原地，慢慢地消化這一切。

「那我更需要離開。」她打開了門。

「為什麼？」佐爾問。

她沒有回答。

他穿上外套並跟著她出去。

「去哪層樓？」

「六十一樓。」艾雅伸手按下按鈕。

佐爾的動作更快。他按下六十四樓，門隨即關上。他拿出手槍並檢查了一下。艾雅焦慮地看著樓層的數字變換。她緊張的神情讓佐爾更加擔心。

「有人和妳一起住嗎？」他問。

她點了點頭。他不曉得接下來該問什麼。

他們在六十四樓離開電梯。右邊第一棟公寓房間的門開著。有個穿著髒背心的啤酒肚男子蹣跚地走向他們，他要不是喝醉就是嗑太多藥了。

「嘿，老兄，能借根菸嗎？」

「我不抽菸。」

「哎呀，老兄。」他堅持道。「一根就好。」

佐爾揮出手臂，把男子用力推到牆面上，牆壁被撞出了裂縫。他癱倒在地，痛苦地哀鳴著。這裡的樓梯間的垃圾比佐爾的公寓還多。當他們下樓時，他牽起艾雅的手以防止她跌倒，但主要是為了不讓她跑到他前方。

「有保全系統嗎？」他推開走廊的門。

「像是什麼？」

「除了生物識別以外的東西。」

「不，什麼都沒有。」

他們站在她住處門外的兩側。艾雅很想開門並直接衝進去。他沒有放開她的手。他們不確定裡頭有沒有人。

「開門。」佐爾掏出他的手槍。「待在我後面。」

艾雅將手掌放在生物識別面板上。面板立即變成綠色，並發出授權通過的嗶嗶聲。門板滑了開來。他往內窺探，並再度後退，裡面什麼都沒有。他將手槍往上高舉並緩緩進門，緊靠著牆壁。他的直覺告訴他，這裡沒有人在家，應該說裡頭沒有活人。右邊臥房的房門伸出一雙女人的腿，看起來絕非好事。但他得要進一步確認。這是間兩房公寓，比他家還大。舒適又毫不做作。

艾雅在外面等不下去了。她跑進屋內並跳過年長女子的遺體，衝進臥房裡。

「茱莉安娜！」她大聲喊叫，但顯然沒人在家。「茱莉安娜！」

佐爾拍了一下面板來關上公寓的門。他們不需要有鄰居多管閒事。儘管看來很明顯，但他還是跪了下來確認女人確實死亡。死因並不難推斷，老太太脖子上有多處刺傷。凶器是螳螂刀，四周甚至沒有太多血跡，不論下手的人是誰，都有條不紊且謹慎。

「茱莉安娜？」艾雅在衣櫥中翻找著。

「這裡沒有人。」佐爾抓住她的肩膀。「誰是茱莉安娜？妳女兒嗎？」

她搖著頭並抱住佐爾，低聲地啜泣著。

「事情很⋯⋯複雜。」她回答。

「她有可能去其他地方嗎？」

「獨自一人嗎？不可能。」她抽泣著。「她從來不獨自出門的。她⋯⋯很獨特。」

「別擔心，他們不會傷害她。他們需要她活著。」

「你怎麼知道！？他們殺了茱莉，昨天還想要殺我們！」

「不。」佐爾把她抱得更緊了。「子彈飛過我們頭頂。然後他們又往電梯丟毒氣彈。他們想抓住我們。」

「為什麼？」

「我不知道。他們想拿到我們身上的某種東西。他們現在不需要找了，因為他們知道我們會先去找他們。我不知道這些人是誰，但目前為止茱莉安娜很安全。我保證。」

「目前為止……？」

艾雅跪在茱莉身旁，輕輕碰觸她的手。毫無生命力的冰冷皮膚讓她迅速將手縮了回去。

「我怎麼會捲入這些事……？」她把臉埋進雙手。她嘆了一口氣，接著抬頭看向佐爾。「他們要的是錢嗎？」

佐爾搖了搖頭。

不算上屍體的話，公寓裡近乎完美無缺。入侵者沒有打算四處搜尋東西，只是帶走了女孩。

「她帶走她的平板電腦了。」艾雅的手拂過空蕩蕩的桌面。「她一向會帶著電腦。」

她期待地看著佐爾。「現在怎麼辦？」

「他們會試著拖延時間，讓我們枯等到筋疲力盡為止。也許兩天後才會聯繫我們。到時候就知道他們想要什麼了。」

「我們不應該……報警嗎？」

「如果我們是正常人，當然可以這樣做。但考量我們做過的那些事就不能報警。我保證，若我們走進警局，比起找到茱莉安娜，警察會對我們更有興趣。他們遲早會將那些線索串起來，最終發現我們之前參與的小冒險。」

艾伯特舊公寓的狀況更糟，糟糕太多了。客廳地板上有許多腳印，腳印全淹沒於一大片的棕色水窪中。從家具和家用電器明顯的空缺來看，不難猜出發生了什麼事。

遭到撕裂的警用膠帶掉在地板上。門微微開著，無法完全關上。抽屜底部放了無價技晶的那張書桌，現在可能已不知道去哪裡了。

「他們殺害了他媽，結果他就搬走了，這樣就能沒事了嗎？」艾雅搖了搖頭。「這真是毫無意義，這一切都是。我們犯下一些小錯，結果又惹出更大的麻煩。我有跟你說過，沃登是怎麼威脅我加入的嗎？」

「妳不必說。」

「他威脅要把我有植入物的事告訴瑪里酒吧。」她舉起了手，並動了動手指。「我很怕他們會開除我，但現在也不重要了。」

他們在這裡什麼都找不到。他們來得太遲了。

他更大力地用手指敲擊著休旅車扭曲磨損的方向盤。已經過了兩小時，狀況開始變得無聊了。他從來不確定自己會等待多久。外面也沒什麼有趣的東西可以看，連殺時間都沒辦法。只有可疑的街道、塗鴉和幫派標記。不過，這一區相對安全。問題是，它今天是否也一樣安全。

入口上方不再有閃爍的霓虹燈招牌了，只有一小塊告示牌和指向鐵門的箭頭，時間和酸雨已侵蝕了門板。這樣也好，就算是星期天，也不會有突然來訪的顧客。羅恩已經不刊登廣告了，只讓滿意的顧客向人推薦。口碑傳得更快，還不用花一毛錢。

如果他們發現了艾伯特和佐爾的住處，就代表接下來是他的診所了。他得要格外小心。但要多小心呢？兩小時夠長了嗎？儘管停在陰涼處，但車子裡也開始變熱了。

再多等一分鐘。

艾伯特對母親的死亡似乎一點也不覺得難過。這還是他的親生母親。他想，每個人應對的方式都不一樣吧。但有時這種差異的程度太嚇人了。他越是想著，越覺得這符合艾伯特在羅恩心中的形象。但艾雅的狀況最糟了。如果沒修復好她的植入物，那她就只剩下幾週可活了。這種死法一點也不愉快，這麼說還算是客氣的了。

去他的。在這裡停車看來也不安全。他下車並將空的旅行包扛在肩上，他會在裡頭裝滿基本設備、掃描器，及各種可能有用的小工具。最糟的情況就是拆解手術椅，他至少得要雇用兩個最少裝有第三階堆高裝置的零工。這得花上幾百歐，他手邊根本沒錢。

他一邊走著，一邊警覺地四處張望，後悔自己沒把車停得近一點。如果他看見可疑的人，就代表對方早就盯上他了。幸運的是，除了兩個坐在路肩的當地酒鬼外，四周沒有那種人。看來沒有不尋常的狀況。

他慢慢走下通往診所的樓梯。他早該裝某種防盜系統……像是在門框中塞條線繩之類的，之前早就該想到這些事了。

他將耳朵湊到門前的鐵欄杆，再把手放到生物識別面板上。當面板變綠時，他接著輸入密碼。那道門像往常一樣滑開了。他瞇眼在黑暗之中張望，想看清楚這裡有沒有人。這一點意義都沒有，他們只要對著站在亮處的他開槍就好了。

他打開鐵門並迅速進屋，一邊窺探各個角落，卻連隻蟑螂都沒有。接著，他身後的門忽然打開了。

「幹他媽的。」羅恩往後靠上冰箱，把手擺在胸膛上。「又忘了鎖門……」

「至少你還有門。」慢慢走進他診所的兩個壯漢之一開口說。他的嗓音異常低沉。他們當然不會在室內等他。他們一直監視著他的診所，並等著他出現。

「我們從日落後就在等你，所以沒什麼耐心了。別把事情搞得更難看。」

就算他想搞得更難看，也辦不到。這裡只有一個出入口。他可以試著使用椅子上的機械手臂，但首先他得連線並啟動它們。它們也沒那麼強韌，沒比對方的肌肉強壯。

他們的來頭毫無疑問：蠻獸派。他們的壯碩肌肉中打滿了抽取自各種四足動物和脊椎動物的類固醇，腦部則植入了合成動物賀爾蒙。比起羅恩給顧客們植入的改造裝置，很難看出這些東西是否讓他們變得更不像人類。

就算以蠻獸派來說，這兩人也都經歷了重度改造，他們的臉孔說明了一切。其中一人嘴角下半部長出了獠牙，另一人則有老虎的面容和牙齒。他們的身材像是注滿超級類固醇的兩足疣豬，肩膀比一般人大上兩倍，看起來快從合成皮革的機車外套中爆裂出來了。

羅恩盯著他們壯碩的身軀。如果沒有冷卻裝置的話，他們在衝過三十碼時就會過熱了。但現在他連六英尺也逃不了。

「我可以幫你們什麼忙嗎？」他問，儘管地下室十分涼爽，他卻滴下了汗水。

「交出欠惡霸（Bully）的錢，臭俗辣。」長了歪斜獠牙的蠻獸派成員說。

「喔……那件事啊。」羅恩鬆了一口氣。「我兩週前已經付一半了。」

「你覺得一半聽起來是全額嗎？」

「我想期限應該快到了吧。」

「你他媽說笑嗎？」那個豬臉靠近了一步，把比羅恩整顆頭還大的拳頭伸到下顎旁。

神機醫本能地畏縮起來。他不只看起來像疣豬，聞起來也一樣臭。羅恩不曾聞過疣豬的味道，當然也沒有親眼看過，但他想像如果有的話，那看起來、聞起來肯定和站在他眼前的東西一模一樣。雖然這不是沉思的好時機，但他明白這些人只是來提出警告。

「媽的死蟲子。」豬臉低吼道。

「誰，我嗎？」

「該把你當成蟲子打爛才對。你想要嗎？」

蠻獸派成員繃緊肌肉，臉色也變得陰沉。羅恩猜想，他們沒有得到傷害他的允許，更別想把他當蟲子打爛了。惡霸清楚，一個不能用改造手臂的神機醫，就是賺不了錢的神機醫。他目前還算安全，但如果惡霸沒看到錢，羅恩下次就無法裝得這麼勇敢了。

這不代表他不該小心一點。蠻獸派的不穩定個性惡名昭彰。他們會動手，但不擅長思考，就像疣豬或老虎。

「我什麼時候該還錢？」羅恩問，不過他完全清楚答案。

「早就該還了。」那隻大貓第一次開口，貓科的碩大利牙十分明顯。他的身體更壯碩，顯然是兩人中的老大。「前天就到期了。外頭有謠言說你突然發了筆財。」

「我……什麼？」羅恩是真的感到困惑。「我看起來像坐在錢堆上嗎？你們有看見我開什麼車嗎？」

「廢話少說。」大貓失去耐性了。「我們知道你拿到了一大筆錢。」

「我還沒拿到錢。」羅恩敏銳地察覺到自己的困境。他知道賣掉那些電池也無法還清債務，但他也清楚駁斥氣急敗壞的蠻獸派成員是個無比糟糕的點子。「才過兩天而已。」

「我他媽的不管兩天前的事。我說的是你在那之前搶的軍武科技運輸車。」

「喔，那個啊……被你抓到了。那次有不錯的收穫。」

「你明白了吧？只要好好回想一下就好。」豬臉拍了拍他的臉頰，感覺就像被包著磚塊的骯髒橡膠門墊甩了耳光。「把錢吐出來吧，我們就可以他媽的閃人了。」

「還得要把上次工作的錢變現……」

「你是三小狗屁收藏家嗎？」

「嘿，東西不太好賣。」羅恩覺得自己像在一個地雷區中蜿蜒前進。「但我已經找到買家了，他很有興趣。我指的是交易。」

大貓靠得很近，近到鬍鬚幾乎要貼上羅恩的臉。羅恩憋住呼吸。

「你只有兩天。」

艾伯特一動也不動地坐在椅子上，盯著被拆解開的腦機面板，小桌燈照亮了它。窗外的夜色逐漸被黎明取代。

「這狀況不太妙。」他終於開口。

「那個技晶上有什麼東西？」佐爾問。

「洞穴的存取碼。」

「可以說清楚一點嗎？」

「那是針對我其他物件的存取碼——我的網路工具之類的，所有東西。沒有它，我就什麼都不能做了。」他沮喪地指著面板。「我正要加裝可增強它能力的零件。但只能加強一點點。沒有存取碼的話，它還是沒用。」

「我們找不到你的技晶，最好想點別的辦法。」

「我不可能記得五年多前看過的那一長串兩百五十六個字母。」

他心想，三個月也不夠重建一切。

艾雅坐在長沙發上，顯然對這些討論毫無興趣。她盯著房間中央的紙箱。

「那是什麼？」最後她問道，並指著紙箱。

艾伯特離開腦機面板，走向咖啡機旁，避開裸露水泥地的那塊地板。他不喜歡踩在裸露的水泥地上。

「我訂好家具了。」他說。「你們明白吧……你們回不去了。永遠不行。」

「你是什麼意思？」

「你們的公寓，兩邊都是死亡陷阱了。可以合理假設有人在監視。這裡是烏合之眾的新總部了。」

「你到底在說什麼？」艾雅不敢置信地搖著頭。「你還執著地想著什麼烏合之眾的事嗎？害我們捅出簍子的原因就在此。」

「沒錯，但這也是我們脫身的唯一方法。」

「我們需要錢。」佐爾補充道。「泡三杯咖啡來，艾伯特。普通的計畫沒辦法弄到足夠的錢來贖回茱莉安娜，或是修復你的問題，或是……」他話還沒說完，便走到艾雅身旁，在她旁邊坐了下來。

門口傳來一陣嗶嗶聲。佐爾跳了起來，拔出手槍並瞄準門口。

艾伯特擱置機器中的咖啡，走到對講機旁。那是逐戶的對講機系統，整棟大樓都沒有統一或部分區域的對講機系統。現在的人們似乎對什麼事都難以獲得共識。出現在小型LED螢幕上的男人正站在門外。

他解開門鎖。

「他們到我的地方來了。」羅恩大步衝進公寓裡，完全不打算隨手關門。「有人他媽的出賣我們了。」

「診所嗎？」艾雅問。

他點頭並把沉重的旅行袋擺放在地板上，裡頭的東西發出鏗鏘聲。當他拉開拉鍊時，也同時嘆了口氣，拿出一個沒有標籤的瓶子並放在桌上，裡頭裝有清澈的液體。

「這是鎮靜藥。」他扭開瓶蓋。「是我自己親自蒸餾的純酒精。它會讓你們醉倒，但也會放鬆你們的神經突觸，釋放我們的創造力。我們現在正好需要創造力。不過它很烈，所以最好找點東西來調……」

他們都坐在餐桌旁。羅恩倒掉馬克杯裡的咖啡，接著裝滿酒精，再加入冰箱裡的果汁。只有艾伯特表明自己只要喝咖啡。

「狀況不太妙。」神機醫開口說。「他們緊追在後，但這棟大樓完全沒有安全措施可言。」他指向門口。「我直接走了進來，根本沒人問我問題。」

「目前的計畫是不讓他們找到在這裡的我們。」艾伯特回答。「我需要第二階竄網設備。沒有的話，就什麼都辦不到。此外，我們還需要一個完整的計畫、情報和一些堪用的武器。」

「你是說，我們得再幹一樁搶案。」艾雅絕望地低頭。「你怎麼會覺得我們第三次還會走運？」

「我們不會。所以我們要找個合事佬。」

「為什麼？你知道合事佬要抽成吧。」

「關於該偷什麼的情報，和如何脫手一百八十顆企業無人機電池的方法。」羅恩回答。「很合理。不過要找誰？」

「沃登。」艾伯特回答。

所有人都震驚地轉向他。

「他就是搞出麻煩的人！」

「我不特別喜歡他。」佐爾說。「我也不信任他。」

「你不用喜歡合事佬。」艾伯特解釋著。「比起陌生人，沃登至少是我們認識的魔鬼。他當時可以當場殺掉我們，但他沒這麼做。而且他也雄心勃勃，想要除掉雷納並接手當老大。我們可以利用這一點。」

「柏格最懂他。」

「柏格死了。」艾伯特回答。「至少有百分之九十九的機率死了。追殺我們的人不在乎需要殺掉誰，他們只是想找樂子。柏格一定把你們的地址洩露給他們了。他們用一種不同的方式找到了我。」

「是怎麼做的？」羅恩喝了一口酒，並皺了眉頭。「哎呀，一定是因為那果汁……」

「在北部工業區時，我不得不暫時解除加密，才能救你們。這因此留下了訊號，讓他們可以直接找到我。」

「還有蜜蘭娜。」艾雅看著羅恩。

「我不會指望她的。」羅恩嘆了一口氣。「她沒有接我的電話。我們的企業公主一定是覺得無聊了。」

「沒什麼事，我很好。」她又說了一次。

「我們的醫生說妳該留院觀察幾天。」

「我沒有幾天的時間了。」

他們坐在一張桌子相對的兩側，這裡像間偵訊室。她猜這會刺激人們說實話吧。蜜蘭娜沒看見任何攝影機，但她知道就藏在某處。

史丹利從他的炭黑色西裝外套中拿出銀色香菸盒，並遞了根香菸給她。

「這裡不能抽菸。」她說，不過她知道這些規則在他身上不適用。

她接下那根香菸。它沒有添加任何口味，但她沒帶著菸嘴，真可惜。

史丹利拿出外型復古的金屬Zippo打火機，發出那種不會錯認的喀嚓聲時，便應聲打開，蜜蘭娜貼近火焰時嗅到一絲丁烷味。只有保全主管可以在總部攜帶這種東西。

「後天。」她吐出一口煙霧時說道。「就是最後一輪的談判了。」

「妳確定妳的狀態可以嗎？」

史丹利自己沒抽菸。他收起了香菸盒，將打火機立在桌上。

「勝男不會同意延後時間。」她解釋道。「無論結果如何，兩天後就會結束了。現在不是找替代人選的時候。」

「因為沒人和妳一樣做好充分的準備？」

「目前沒有，對的。」

「妳何不告訴我，到底發生了什麼事？」

「我當時坐在車裡，用自動駕駛模式駛離車庫。我正在看今天會議的資料。當然，一切都存在我腦子裡了，但我喜歡回溯記憶。然後，我才發現有輛車在跟蹤我。」

「這是妳的感覺嗎？」

「直覺。我就不講那些細節了。這就是公司付薪水給我，而我得要面對的事。當他們開始跟蹤我時，我就啟動了求救訊號，而接下來的事你也都知道了。」她吸了一口菸並吐氣。「偵訊還要多久？」

史丹利的表情忽然變得嚴肅。

「這不是偵訊。」他身體往後靠。

從她的神經連接埠連接至桌下診斷器的電纜，卻暗示了完全不同的狀況。以官方角度而言，他們正在掃描她的植入物，檢測是否有人在她沒發現的狀況下裝了間諜軟體。也或許她知情。

「不久前妳才在環城道路上發生過一次嚴重意外。」史丹利繼續說。

「那是司機的問題，他當時開太快了。我看不出還有什麼需要解釋的。」

「觀察看似毫無關聯的事件很重要。我想查出昨天攻擊妳的人是誰。」

「沒人攻擊我，是有人跟蹤我。」

「也許他們想要綁架妳，我需要確認妳是否仍有危險。妳是本公司最重要的資產之一。」

她看不出他的意圖、計畫，或他所知道的事。但她清楚他接下來要說什麼。

「妳覺得這可能是荒坂集團幹的嗎？」他問道。

「你才是保全主管，你告訴我呀。」

「我以為妳對自己的直覺很有信心。」

她放鬆地吸了一口氣。可惜談判時不能抽菸。吸吐之間的每一秒都會帶來新鮮的點子，而尼古丁足以強化注意力。

「以我對勝男的了解來看，他們不會這麼做。」她回答。

史丹利的表情變得更嚴肅了。

「妳是心理學專家，不是軍事策略專家，我說對了嗎？」他撫平炭黑色西裝上的一道皺褶。「是時候把挑戰升級了。我要向妳提議一件事——是一項任務。」

「敢來這裡還真有膽量呀。之前應該像這樣宰了你們。」他彈了一下手指。「真希望我當時動手了。都是你們捅出的簍子，害我他媽的沒辦法好好喝酒。」

「我不是來……」佐爾自己話說了一半。「你先聽我說。」沒等對方邀請，佐爾就在他對面坐下。「我們有個工作上的提議要問你，純粹是工作。」

「該死，我老是夢到這一天的到來呢。哈哈！」當他大笑時，佐爾看見他半透明的天藍色牙齒，不算是宜人的景象。

「好啦，繼續說。好好解釋。」沃登拿一瓶剩一半的蘭姆酒幫自己倒酒。

「我們需要一個合事佬。」

「喔，你現在明白了是嗎？你們知道自己當時只是走運吧？碰到一堆軍武科技的菜鳥，搶了全是廢物的空倉庫，中途還宰了某個老頭。這一切是為了什麼？你們這些傻子到底搶到什麼東西了？他媽的螺絲起子嗎？」

幾乎空無一人的酒吧少了平時的喧鬧氛圍。店裡的少數顧客顯然不在意他們的存在。

「類似這樣的狀況。」佐爾坦承地說。「所以我們才需要合事佬來告訴我們偷竊的正確時機、地點和目標。」

「聽好了，老兄。」沃登就快沒有耐心了。「你們不是專業人士，也肯定算不上幫派。那場搶案完全是靠狗屎運。你們需要的是沒有前科記錄。就這樣而已。他媽的恭喜了，你們成功在上次的差事中活下來。至於那間倉庫呢？不管你們偷了什麼，都根本不知道該怎麼脫手，還指望我幫忙啊？呸。」他嘲諷道。「只因為你們手上沒錢，就像流鼻涕的小孩拿細鐵絲來當電線，還有那個拿菜刀開刀的神機醫。喔，別忘了還有那個不想上床的娼妓、自以為年輕的虛偽企業花痴，還有那個留一頭綠髮的笨蛋……還有你。」他上下打量著佐爾。「你甚至沒有基本的戰鬥植入物。在我動手前，最好先給我他媽的滾蛋。」

無雲的天空逐漸昏暗下來。太陽浮現出紅橙色澤，夜城飆高的汙染程度也使光澤變得更強烈。

佐爾坐在客廳中央，試著整理自己的思緒，卻一點用也沒有。

艾伯特躺在他身旁的扶手椅上，好幾小時都泡在網路空間裡，試著重建他失去的東西。羅恩從某處弄來一張床墊，正在另一個房間裡打呼。艾雅睡覺時翻來覆去的。佐爾將披薩與漢堡的餐盒推到吧台的角落，走向羅恩那個房間並關上門。接著他走進他們的房間，溫柔地拿毯子蓋住艾雅。她在睡夢中翻了身，她露出的是微笑嗎？他站著端睨她好一陣子，迷失在思緒中。

入夜後，夜城的天空籠罩在粉紅色的色調中。企業廣場高樓的窗戶慵懶地倒映出夕陽的餘暉，讓蜜蘭娜的臥房沐浴在溫暖的自然光線中。她刻意關掉窗戶的暗色玻璃塗層。日光比咖啡因、牛磺酸或其他成分更能將人喚醒。她現在還不想睡覺。

在這樣的時刻，企業世界的完美狀態才會顯露出裂縫。高樓看似潔淨無瑕，但你能透過窗戶的排列看出微小瑕疵。有些窗戶反映出炫目的白光，其他則照出天空的粉紅色。這是光線的入射角和反射角，再加上距離的結果。你需要距離，才能徹底看清不完美的地方。

已經過了好幾天，但情況沒有改變。壓力吞噬你的內心，就像永遠啄食普羅米修斯肝臟的老鷹，讓你再也產生不了任何感覺……嗯，除了壓力以外。無論你會失去或得到什麼東西，腎上腺素總會伴隨著風險出現。在這種生活中，勝利是得要持續維持的標準。唯一能改變這狀態的就是失敗了。全盤皆輸的失敗。起初你全力以赴，最終一切成了永不終結的義務。如果你跌倒，就會墜落深淵。在企業世界中，比起成功往上爬的樓梯，永遠有更多的坑洞和陷阱。

羅恩是最新出現的偏離常態人物。他夠有趣，不過有時很低俗——但只是因為他很誠實。他一向不會為了達到某種效果，而刻意選用自己的用詞，因此難以預測他接下來會說些什麼。和他對話有趣的地方就在此。性愛也難以預測。有一天或許很完美，下一次就……令人毫無印象可言。

也許完美的世界根本不存在？她的自我分析系統仍活躍地運作。她沒辦法移除那個鬼東西，她的合約禁止她這麼做。或者，她不可能感到訝異了？不是因為事物本身，而是發生的方式，或局勢改變的方式。這就是自我分析——將一切貶低為愚行。

為什麼不呢？如果這就是現實帶來的結果，那何不一頭栽進荒謬中呢？

勝男會是在背後策畫攻擊的人嗎？為什麼呢？因為她顯然在談判中占了上風？或者她的理解角度完全錯了。也許想悄悄除掉她的人是史丹利。他也許不曉得她的雙面生活，但他可能起了疑心。

全身赤裸的她走到窗邊並站在那裡。沒人看得見她的身體，至少得用望遠光學裝置才看得見。但埋論上，一想到某處正有人想窺視她，她就感到一絲刺激感。

烏合之眾沒有未來。更明確地說，是沒有蜜蘭娜的未來。除了她之外，每個人都想要賺錢，卻只願意承擔最低風險。錢對她來說不重要，無論她賺多少錢都會花掉。她不打算存錢，她想要從生命中獲取更多事物。她想要錢買不到的東西。就連幻智之舞那種廉價的現實替代品也給不起的東西。

是時候把挑戰升級了。她眨了一隻眼睛，用思想編寫了封訊息：「後天早上十一點半，外層電梯。」

第九章

「名字是茉莉．伯納德（Molly Bernard），住在走廊對面的公寓。」菜鳥說。「這個公寓房間的承租人是艾雅．荷姆斯（Aya Holmes）。她沒有記錄，但我在網路上做了點研究，然後找到這些。」平板電腦上顯示瑪里酒吧廣告中的一位半裸舞者。「那就是她。我檢查了生物識別系統中的日誌。艾雅．荷姆斯昨天晚間七點十分離開公寓，今天凌晨四點十六分回來。只待了兩分鐘後就離開了。」

連恩有些讚許地點頭。他邊嚼口香糖，邊看著平板電腦。

鑑識人員正在搜查整個公寓房間。他們找到所有可用證據的唯一一個地方，就是靠近某間臥房入口的狹窄走廊，它從廚房空間中延伸出來，還有另一間較小的臥房，死亡鄰居的雙腿則從這裡往外伸。

「有什麼想法，說說看吧。」警探說，目光沒有離開過平板電腦。

菜鳥盡可能地靠近遺體，但避免踩到它。

「頸部有穿刺傷。」她說。「傷口垂直，傷口之間的間距很平均。如果伯納德太太不是快滿八十歲了，我就會說凶器是螳螂刀。」

「這和年紀有什麼關係？」

「沒有人會拿一把螳螂刀對付老太太。再說，一個舞者要螳螂刀做什麼？」

「妳認為是荷姆斯小姐下手的嗎？」

菜鳥鼓起臉頰，並嘆了口氣。

「不排除這種可能。這是她的公寓——她回來一下子，接著又消失了。」

「荷姆斯小姐昨天晚上七點離開公寓。伯納德太太剛過午夜後才死。」

「你怎麼知道？」菜鳥再度傾身仔細觀察。「你都還沒掃描她。」

「我不用掃描。唯一啟動的攝影機就在二樓走廊上，我檢查過畫面了。凌晨十二點到十二點十五分之間有一段空白。」連恩打開影像並快轉到凌晨四點十六分。「這裡。」

「她不是獨自一人。」菜鳥說。

艾雅的同伴是個年輕男子，穿著像是想要低調行事，卻不足以掩飾他的姿態和步伐——那是士兵的儀態。

警探放大他的臉部，再啟動臉部辨識搜索。只花了幾秒就找到結果。

「找到了。」警探掃視著記錄。「佐爾，沒有姓氏。某家叫做拜爾斯父子公司的除蟲公司曾對他造成的財產損失要求索賠——確切地說，是一輛廂型車。」他往下滑動畫面。「就是哈里斯修車廠裡那輛廂型車，也就是保全警衛被殺的地方。」

「凶器是螳螂刀。」菜鳥陰沉地補充道。

閃爍的燈光照亮了以錨定板支撐的一堵老舊磚牆——那是某座老舊地下大廳的遺跡，沒人知道這裡原本的用途是什麼。

黑色的血液閃閃發光。

鋼梁上吊著幾具屍體。有些全身赤裸，有些穿著衣服，它們的皮膚被極其精準地切成長條狀，也刻上了圖案。有些屍體被扭在一起成了辮狀，傷口還滴著血，深度似乎都不超過幾毫米。

來自火把的黑煙飄升到漆黑的天花板上，使得光芒無法觸及。這裡不是隨機選出的地點。地下樓層的通風系統有效地過濾了黑煙。

雷納有些厭惡地注視眼前的光景。在工作上，某種程度的虐待狂作風很有用，但在空閒時間裡就是另一回事了。乾脆也把屎尿都變成一門藝術算了。

「這裡讓我覺得很毛。」羅斯咕噥道。

「歡迎來到北部工業區。」雷納說。「這些瘋子都他媽的有問題。」

兩人啜飲著在入口處送上的飲料。太甜了，也肯定不夠烈。他們如釋重負地拋下空杯，拿起托盤上更烈的飲品。那是他們在入口處用現金換的代幣所買的龍舌蘭。這地方根本不如預期般獨特。

大約有兩百人四處走動，喝酒聊天，暫時放下了彼此的爭端和相互的敵意。敵對的幫派在此共存，假裝不想將對方從世界上除掉，一邊閒聊，一邊欣賞「藝術」。即便這裡有百分之九十的人看不出雕像和最新的Voytech洗衣機之間的差別。你只需要出席，並試著不要揍任何人的臉。這是中立的神聖之地。**神聖**。在這裡用這個字眼真好笑。

所有人都把頭轉向踩著彈簧高蹺的藝術家，她正專心處理著一具屍體。雷納輕蔑地想：抱歉，是**雕像**。皮膚黝黑、頭上滿是刺青的二十多歲女孩抽出她的螳螂刀，以熟練的精準手法在下一個悲慘受害者身上刻下菱形格紋的圖案。這個嘛，或許不算太悲慘，那個可憐蟲已經死了。她剝下鑽石型的人皮，上頭仍滴著血，再將人皮扔向群眾。觀眾衝撞彼此，想接住它們。人群中的蠻獸派咆哮著，要求更多血腥及內臟。他們拿不到的。這是藝術，切割屍體不是殘殺行為。

她又多割了幾刀，用複雜的纏繞圖樣框住方格，再意氣風發地舉起雙臂，沾了黑血的刀鋒在閃光中閃耀光澤。群眾熱烈鼓掌，表演結束了。大廳內亮起更多燈光，但遠方的黑暗仍保持不變。

身穿優雅白色制服的服務生掀開銀盤上的蓋子，露出賣相比嘗起來更棒的開胃菜：各式各樣加了合成調味料的合成肉。換句話說，就是精美的垃圾。食物來自萊托餐廳（Raito Catering），他們的商標大剌剌地展示在外，完全不因和這場活動扯上關係而感到丟臉。

「我還是不懂。」羅斯說。「對，刀子的攻擊範圍有九英尺，但你還是帶了刀子去參加槍戰呀，你懂我的意思嗎？」

「在近距離作戰時很實用。」雷納輕蔑地說。「狀況在五分之一秒內就會改變，比你瞄準和扣動扳機的動作還快。再提醒我一下，我們他媽的幹嘛來這裡？」

「我有工作要給你們。」傻傻說。

雷納立刻轉身，他不喜歡比他高的人，而這個漩戰幫成員比他高了兩英寸。可能是因為那雙沉重又俗氣的戰鬥靴。附近的丙烷暖爐冒出的煙霧讓他好幾個光學裝置染上了橘紅色的色澤。

「該死，你知道萬聖節還沒到吧？」雷納嘲諷道。「是什麼工作？快點說，我已經餓了。」

「你們突襲過一輛軍武科技護送車，還偷了個容器。」傻傻泰然自若地說。「你還沒把它賣掉，也代表你們找不到買家。」

雷納盯著他看了一陣子。

「我不知道你在說什麼。」

「去問沃登，我確定他會向你解釋。你手上有個大麻煩，但是我可能有解決方式。這是雙贏的局面。」

在他們旁邊的卡拉穿著高蹺又翻了一次跟斗。滿身大汗的她露出笑容，蹲低至觀眾的高度，並深深一鞠躬。傻傻接住她，有部分原因是為了穩住她的身體。她擺放螳螂刀的姿勢，是為了避免血液滲進她前臂上的皮膚裂縫。在她滿布疤痕的臉龐上，露出了近乎滿意的神情。

雷納看著她，再望向滴落在他袖口上的血滴。

「這是真皮的，你知道吧。」他拿了張餐巾並惱怒地用力擦掉血跡。

「那是真血。」傻傻將一隻靴子擱放在沙發上，將身體靠在上面。「那你怎麼想呢？」

「關於這場人肉壽司表演嗎？」雷納有些憂心地盯著長度有一英尺半的刀鋒。「你要禮貌的答案，還是誠實的答案？」

「有差嗎？你兩個都說不出來。」

「我還以為這案子已經結案了。」

「你怎麼會這樣想？」

「這個嘛，嗯，因為……」哈里斯清了清喉嚨，好爭取一些時間。「因為這類案子通常，你知道……會結案。」

「這次沒有。」連恩嚼著口香糖，專心地注視店主。不是因為他在懷疑什麼，而是哈里斯顯然認為這狀況有點可疑。「最近有人威脅你嗎？」

「喔，我和大家都處得很好。」他想讓口氣保持正常。

哈里斯修車廠的哈里斯已經年過五十了，長了張跟他聲稱和大家「處得很好」完全沾不上邊的臉。他比警探更矮小，乍看之下沒有植入物。但外表只不過是表象。這一帶每個人都是這樣。

他們在保全亭後方的小辦公室中面對面站著。

「你的員工之中，可能有個人惹毛了危險人物。」警探推測道。「或是欠了錢。」

「對此我一無所知。」店主不耐煩地說。他不斷望向自己的終端，彷彿還有重要的工作要做。就算他有又怎樣？工作可以等等──事態越緊急越好。這麼一來他就能快點吐實。

「我連他該死的名字都不曉得……」哈里斯忽然說。「我雇他來上晚班，因為他比其他保全公司便宜。他在日落時來，天亮時就走人。我大概碰過他三次吧。」

他不是不耐煩，而是感到訝異。他很訝異，像連恩這樣的人居然會在意某個死去的無名老頭。

「節省保全成本……」連恩拉來一張椅子並坐了下來。「從來不會有好下場。」

哈里斯的肩膀癱軟下來──他顯然擺脫不了這個條子，也不能威脅對方，或強迫對方離開。夜城警察局不是城裡最受人敬重的組織，但敢碰他們一根寒毛就完蛋了。

「聽著，警探……」哈里斯最終無奈地坐了下來。「我不曉得為什麼會發生這種事，好嗎？沒有東西被偷，之前也不曾有人來打擾我們。也許那傢伙自己有個人問題……」

「約翰。你那位員工的名字是約翰．史莫拉斯基（John Smolarski）。他沒有親人。在他遇害的前幾天，你有注意到任何不尋常的事嗎？」

「嗯……」店主搖頭。「不，想不到什麼事。一切似乎都很正常，除了……你知道的，那傢伙死掉了。」

不，這不是不耐煩，有事情讓他感到困擾──他正試著壓抑著什麼事。連恩的評估改造裝置持續監測著他的心率和血液中的皮質酮濃度。兩者都很高。

「你通常不會在晚上獨自來車行，對吧？」

哈里斯猶豫了一下。

「有時候。通常是因為我忘了東西。」

「山謬．拜爾斯（Samuel Buyers）。他留了一輛廂型車給你修理。」

哈里斯的脈搏和壓力值瞬間飆高。他猜，幾秒內皮質酮也會上升。

「對，我記得……修那輛車花了點時間。」

幾秒鐘過去了。他沒猜錯。

「我過來前看了一下那輛廂型車。」警探說。「看起來不太好修理。你向他收三百歐，這包括了備用零件費用。你不覺得價格有點低嗎？那個價格通常只能修一個凹痕或一點刮傷而已。」

哈里斯搔了搔他長滿鬍渣的臉頰。他全然不知所措。

「如果要我猜的話，我會說你和大家並沒有『處得很好』。」連恩把口香糖吐進垃圾桶。「這一帶，每個人和他們的奶奶都欠別人一些東西。我在警隊待了很久，看得出這種狀況。所以，接下來我們就這麼做吧，我會問你一個簡單的問題，如果你給我正確答案，就永遠不必再見到我了。在史莫拉斯基被殺害的前一天，有沒有人以非法的方式『借用』那輛廂型車？」

歌舞伎。不然會是哪裡呢？羅恩將破爛的休旅車停在他能找到的最陰暗的巷弄中。暮色逐漸落下。霓虹燈的暖色亮光正逐漸取代陽光。

「認識他嗎？」佐爾問。

「當然。」羅恩走下車。「用簡訊聯絡的程度而已。」

佐爾下車並摸了腰帶後的手槍。如果他們遇上比預料中更糟的事，這把槍也幫不上忙了。不過，裝個樣子絕對不會有壞處。

他們站在看似曾風光一時的車庫入口前，這裡或許曾發生一兩次火災。

「你知道你的植入物對清盜夫有多值錢吧？」佐爾問。

「它們幾乎不可能出錯。」他舉起手並移動手指。「如果它沒連上我的身體，就無法運作了。」

「想想他們發現時會有多失望吧。」

他們經過某個靠牆睡覺的遊民，或至少他看起來睡著了。他們踏過一層垃圾，並發現自己走進了漆黑的走廊。走廊一頭通往繁忙的街道，另一頭則通往整齊且小巧的庭院，上方有五層陽台，懸掛著衣物。上頭傳來孩童的玩耍聲和鄰居的爭執聲，但至少沒人在欄杆旁監看。

「中間的門。」羅恩說。

只有其中一扇門有把手。它外形扭曲，上頭有褪色和部分破損的貼紙，看起來還真讓人覺得友好舒適呢。

羅恩猶豫了起來。他該敲門還是直接進去？這裡沒有門鈴。

「記住，我們要表現得像專業人士。」他抓住門把，卻猶豫著是否該轉動它。「我們是來談判的。」

他把門推開，室內像是裝潢成糖果店的擁擠小屋。從裝滿癮餽（Moonchies）和靂露豆（Leelou Beans）的罐子上堆積的灰塵看來，這裡顯然顧客不多。有個裝了圓柱狀光學裝置的男人坐在矮櫃台後，剛剛才探出頭來。他抬頭望向他們，再回去數著看似好幾堆金屬杯墊的東西。

「我們打烊了。」

「我們不是來買米田共（pop-turd）的。」羅恩帶著些微誇張的自信，將其中一個無人機電池重重地放到櫃台上。其中一個杯墊晃動並掉了下去，再度落到還沒計數的杯墊堆上。

店主停住動作，緩緩地將目光看向神機醫。羅恩的硬漢態度瞬間蒸發。

「我有預約。」他道歉般地說。

店主打量著他們兩人，並從櫃台上傾身，關上前門的門栓。接著他往下伸手，他們聽到一聲喀嚓聲。一旁架子後方的老舊牆壁上有一部分移動了幾寸，露出一道隱藏的門。

「跟我來。」

他從櫃台後方擠了出來，走進通道中。他頂多只有五英尺高。那扇隔音門看起來似乎更適合用於碉堡，後頭加裝強化用的穩固機關，能夠長時間抵禦人類的粗暴蠻力。從外表看來，這只是家糖果店，裡頭則是截然不同的世界。冰冷的綠色螢光照亮了幾座大房間，牆邊堆滿了箱子和貨架。有人井井有條地擺放好一切。架上擺放了各種不同物品，從槍械、插入物、工具到專業幻舞編輯器都有。前面遠方可能是用來儲存生物改造裝置的冷藏室。

店主靠在一張寬敞的不銹鋼桌子旁。桌子上方掛了一個機械裝置，上頭懸吊著大量的電纜。

「我可以看看嗎？」他向羅恩伸手。

羅恩把電池遞過去。店主花了幾秒檢查充電插座，他的光學裝置作動器發出劃破沉默的嗡嗡聲。接著他拿了懸在上方的相應電纜，並把它插進去。有幾台螢幕亮了起來，電池的小顯示器也發出光芒。

「你知道這不能給吸塵器或電動機車用吧？」店主咕噥道。「市場上不太好賣。」

「喔，但很快就會有它的市場了。」羅恩帶著偽裝的熱情說。「你把這些拿去市場上賣，市場就會接受了。所有東西很快就都會用上它們。貨量還有更多。準確來說，還有一百七十九個。」

店主裝出猶豫不決的表情，戲劇化地皺起眉頭。他顯然早已下定決心了。

「好吧，我收了。」最後他說道。「你想換什麼？」

「想換什麼……？」羅恩揚起眉毛。「這個嘛……現金。」

「我只付現金給信得過的客戶。」店主將電池推向他們。

「好……那你怎麼處理新客戶呢？」羅恩似乎真心感到困惑。

「以物易物。」店主指向他們四周的貨物。

「喔。好吧，老實說，我們比較想要實實在在的現金……」

「條件就是這樣，不要就拉倒。別浪費我的時間。隨時會有小鬼進來買棒棒糖或巧克力棒。」他指向出口。「我可不想讓他們失望。」

「我們是來賣東西的，不是以物易物。」

店主無動於衷地看著羅恩，但他維持沉默。與此同時，佐爾正瀏覽著貨架上的各種東西。

「你有類似這種但更新版本的Zeta科技產品嗎？」羅恩舉起了手臂。「或是軍武科技的戰鬥SRG型號？從七十型往上挑，其他型號更低的都是垃圾。」

店主搖了搖頭。

「挑這裡現有的東西，我會跟你說能帶走多少個。」

「總之，你要我們挑我們最後得拿去賣的東西。」羅恩說。「這麼說吧，這是一門爛交易。」

「如果你要在歌舞伎兜售偷來的企業無人機電池……」店主聳了聳肩。「隨你便。」

「我們拿這個。」佐爾指著一支裝了軍武科技狙擊鏡的特創科技（Techtronika）狙擊槍。「它的狀況如何？」

「跟新品一樣。」店主毫不猶豫地說。「和這裡的其他東西一樣。」

羅恩看了看狙擊槍，再望向佐爾，然後再轉回那把狙擊槍，它的槍管長達三英尺。

「我們要那個鬼東西幹嘛？」他低聲說道。

佐爾只是聳了聳肩作為回應。

店主後退幾步，給他們一些隱私空間，不過仍在聽得見聲音的範圍內。

「聽著……」羅恩傾身靠近佐爾。「我們這麼做是為了弄到錢，對吧？這把狙擊槍……你覺得我們可以賣多少錢？」

「一毛錢也賣不了。但我需要它。」

「好吧，當然……我明白了。但這件事不只關於我們倆，對吧？我很需要錢。我們大家都需要。」

佐爾點了點頭。

「我們再幹一票。」他說。「這次要好好計畫。但現在，我需要這把槍。」

「你私闖民宅了。這裡是私人財產。」

「這道門的另一頭才是私人土地，這邊還是公有地。」

「先生，請立刻離開，不然我就要強制驅逐你。」

嚴格來說，連恩可以要求看他的身分證。根據法律，他完全有權利這樣做。軍武科技士兵得依法掀開面罩並表明身分，但連恩很快就放棄了這種想法。他知道辦不到，不只是因為他站在空蕩昏暗的街道上。他給對方看自己的全像警徽。

士兵微微歪了一下頭。如果連恩要猜的話，他可能是上尉。至少連恩覺得對方正在捍衛私人土地。

「在這裡等。」

不，對方沒有在捍衛任何東西。他覺得自己像是走進某座院子的小孩，看見上頭寫了「私闖者格殺勿論」的牌子。大門吸引了他的目光，上頭有些部分閃爍著嶄新金屬的光澤，可見是最近才修理過的。

夜幕降臨，外頭下著毛毛雨。這種天氣你寧可待在家中，透過窗戶欣賞雨景。有個中年男子走了出來，動作和氣度充滿活力。他有短灰髮和運動員般的體格，顯然是位退伍軍人。連恩沒料到的是他身上的炭黑色西裝，這只代表一件事：他是企業人士，而且還是高層人員。他身後跟著兩個士兵，現在則分別站在他兩側。

「警探，我能幫你什麼忙嗎？」他冷靜詢問，毫無一絲的不耐煩。他似乎對連恩的名字、位階和警徽都沒有興趣。

這個男人散發出無可置疑的權力氣場。連恩意識到，自己見到了一位平時少有機會接近的人。他只是偶然出現在正確的時間及地點而已。一切純屬巧合。

「我在進行一項調查。」他不慌不忙地開口說，盡量讓自己聽起來像專業人士。「案件涉及一輛撞破這道門的廂型車。所有證據都顯示有人企圖行搶。」

「很感激你的關切，但我們控制住目前的狀況了。」

「我認為，一旦了解這裡發生的事，對夜城警察局和軍武科技都有好處。」

「沒人偷走任何有價值的東西。」企業人士的態度沒有改變。他也不需要改變。連恩知道對方隨時能結束這場對話。「恕我直言，別誤會我的意思，警探——我不覺得你有任何對我們有用的資訊。」

「這件案子和好幾樁凶殺案有關。其中一樁的線索直接導向了這道大門。」

有些人不需要打斷別人的話，就能傳達出自己的意思——他們的存在感足以讓別人安靜下來。這男人就是其中之一。

「很遺憾聽到這種事。」他說。「但我相信你很清楚夜城的謀殺率。像你這樣的警探數量當然不夠了，連十分之一的凶殺案也辦不完。」

「就算是這樣，我還是有責任要完成調查。」

「我想，終止這樁案件的調查對大家都好。這能為大家免除一堆麻煩和不必要的頭痛。我們把這道門的損害視為一起毀損財產的破壞行為。好了，不好意思，我還有要事得處理。再見。」

連恩慢慢走回他停在附近的車。幾分鐘前，連恩還在和某個能隨意對他下手而不需擔心後果的人談話，儘管他是夜城警察局的警探。這個人算是某種意義上的神吧。這個神甚至還直接暗示他要盡快在「案件結案」的框框裡打勾。

「上車！」

沃登望向禮車打開的車門。

雷納在車裡。外頭則是一片夜色。

「我嗎？」

「還會有誰，混帳？上車。你他媽在等三小？」

沃登動也不動，他想讓自己保持冷靜。他盯著自己的老闆看。

「不知道耶，或許是想要一個好理由吧？」他回答。

「你燒壞腦袋了嗎？我說上車！」

沃登看著街頭遠方的盡頭。他原本打算要走路回家，讓自己好好清醒過來。但這也不重要了。

他上了車。禮車再度上路。

「你背著我搞的那件事……」雷納現在的語氣冷靜多了。「狀況已經惡化，我們現在陷入大麻煩了。這就是你想要的狀況嗎？」

「我有個手下搞砸了。」

「就因為某個白癡，害大家都雞飛狗跳嗎？」雷納面對著他。「多虧你他媽的好點子。找了些門外漢來辦事，再把他們踢回毫無意義的垃圾生活裡。到白天時，大家就都會知道了。」他用力踢了車頭前方的隔間。「羅斯！他媽的開快點可以嗎？這不是三小校車耶。」

禮車加速行駛。

「你把我晾在一邊。」沃登猶豫且緩緩地說道。「沒給我機會把事情做完。」

「你這種冷淡態度開始惹毛我了。你以為你被晾在一邊嗎，對吧？還以為我遲早會消氣嗎？」雷納手上的十字照亮了車子內部。「你看不出我們手上已經有一個該死的危機嗎？」

「不，我看不出來。因為你不鳥我。」

雷納深吸一口氣，再長長的吐了了出來。

「城裡謠傳說我們從軍武科技手上偷了某種大貨。」他解釋道，並努力保持冷靜。「軍武科技隨時都會發現是誰幹的，也就是我們。這代表我們坐在他媽的定時炸彈上了。裡面到底有什麼東西？那個狗屁容器裡面到底有啥鬼？」

沃登嘆了口氣並閉上雙眼。

「我不知道。」

門板從廉價的滑動絞鏈上飛了出來，直接撞上地板，讓塑膠和金屬碎片飛到牆面上。屋內傳來尖叫聲。黑暗中走出一個穿著睡衣襯衫的身影，手上拿了把大菜刀。這一切宛如恐怖片中的景象。

冰冷的LED燈光亮了起來，警報器老舊的動作感應裝置終於感測到動作了。兩個小孩才不過三歲和五歲大，跑過他身旁，衝向現在出現的父親，一個昏昏欲睡的四十多歲男子，手拿一個浴室凳子，根本算不上什麼有用的武器。

父親、母親及兩個小孩。平凡無奇的家庭。

「我不會傷害你們。」佐爾說。「別擋我的路就好。」

不聽勸的母親衝向前方。在她還沒來得及反應之前，她手中的刀子就被拍掉。父親喪失了所有攻擊意志，他的勝算在這局勢中並不高。他將妻子拉向孩子並向後退，一邊護住他們的孩子。

「你想要什麼？」他平靜地問。

佐爾四處打量，但想不出答案。有股力量將他吸引至此，但他不曉得是什麼，也不清楚原因。

從較小的房間照射出來的微光，照亮了因害怕而縮在角落的一家人。

他可以像正常人般敲門，但他們不可能會讓他進門。

他從門口沿著牆量了三倍前臂的長度，再全力揮出一拳。灰泥隨著一股悶響應聲碎裂。這棟磚砌建築十分老舊，結構上沒有特別之處。他再度揮拳，灰泥碎屑和塵埃便灑落到地上。這方法不可行，會耗掉大半個晚上，甚至會毀了他的手。他撿起刀子並開始重複戳刺著牆面。一家人恐懼地睜大眼睛看著他，卻也不敢阻止他，年紀較小的孩子開始啜泣。

刺擊了二十下後，灰泥底下的橘色磁磚就露了出來。再刺一下，就能看到某個霧面的黑色金屬物體。隨著每次刺擊，他對裡頭物品的印象就更加清晰。從這裡開始，事情就簡單多了。他拉出一只滿布凹痕及灰塵的金屬公事包。他的雙手正顫抖著。

他飛奔衝下那棟屋子的樓梯，迅速前往最近的車站。

灰色容器就矗立在原處，在一扇只有雷納知道密碼的鋼門後面。

「告訴我，是誰給你這工作的？」

他們只有兩個人。羅斯在樓上，確保沒有其他幫派分子溜進地下室。

「我不知道。」

雷納閉上眼睛並低聲咒罵著。

「你最好開始想點該死的解釋。你是要告訴我，你不知道自己偷了什麼，也不知道幫誰偷？那你打算要怎麼交貨？」

「我不打算要交貨。」沃登回答。「客戶要這個容器消失。」

「消失？這是三小狗屁玩笑嗎？他付錢要你偷他根本不要的東西？」

「他要我把東西藏在沒人會發現的地方。」

沃登知道他醉了，但他現在才確實察覺這點。也許正因為如此，他才不在乎雷納可能對自己做出什麼事。他甚至也不緊張。

「裡面是什麼東西都有可能。」雷納說。「可能是他媽的炸彈，能將這街區炸到半毀，像二〇二三年那時一樣。」

密閉容器上沒有任何關於內容物的線索。

「你可以試著打開它。」沃登提議道，不過他知道以蠻力強行打開可能非常危險。

「不。接下來我們要這樣做：你要為我做一件事，這次最好乖乖聽話，別給我出什麼餿主意。把你手下那群智障找來這裡，透過什麼方式都隨便你。我們會錄下親手打爛他們腦袋和『找到』容器的畫面。然後我們再把它還給軍武科技，他們會感謝我們幫了他媽的大忙。」雷納冰冷地瞪了沃登一眼。「這件事搞砸的話，噴到牆上的就是你的腦漿了。明白嗎？」

佐爾將一個手術用公事包重重地放在手術椅上，並把它打開。羅恩看了一眼，讚嘆地吹了聲口哨。

「這改造裝置真不賴。不是最新一代，但等級肯定很優。狀況很不賴，應該能賣一大筆錢。想拿去給歌舞伎的糖果店老闆嗎？」

「我要你把它裝到我身上。」

「你知道這是軍用裝置，對吧？」羅恩搔了搔後腦勺。「它註冊登記在特定的DNA底下了。沒有製造商密碼的話，就很難將它同步連上你的個人檔案。」

「是我的DNA。我以前當過兵。」

「是啦，而且你顯然不是什麼普通大頭兵。你一直把這東西留到現在呀？」

「我……我不知道。昨天我還不記得……我的記憶有些問題。或許軍隊的心理醫生可以解釋得更清楚一點。」

「那你幹嘛要把它拆掉？當你退伍後，軍隊也不會拆掉你的植入物。更別提這隨後可能會出現的問題了……」

「我沒有退伍。」佐爾嚴厲地看了羅恩一眼。「你到底能不能裝？」

羅恩看了改造裝置一陣子，再輕輕地點了點頭。

「這不是什麼簡單的手術。但沒錯，我辦得到。」他嘆了口氣。「你的身體需要大概一週的時間才能完全適應。」

「二十四小時內就要完成。」

「你是瘋了嗎？」羅恩駁斥道。「最少要花上一週，還包括注射另一劑奈米機器人。更別提還有免疫抑制劑了，順道一提，這個我手邊也剩不多了。」

「順序是什麼？」羅恩一秒後說。

「什麼？」

「你想先裝什麼？我要從什麼開始？」

「全部。」

羅恩嘆了一口氣。

「我忘了問最重要的問題：結束後你還想活嗎？逐漸增量安裝改造裝置是有原因的，還要使用一些強效藥物。每次安裝裝置後得要間隔一週，甚至是兩週。大腦需要時間來適應和學習。你要一次裝完——對，在二十四小時內，你就會變成全副武裝的超人。你也會變成該死的神機錯亂者。」

佐爾看起來不像是一個能被邏輯或理智說服的人。

「你處理組織恢復。」佐爾說。「我來應付神機錯亂。我需要這種改造裝置——我需要用它來完成讓我失眠多年的事。」

羅恩抱著雙臂。

「隨便你，別說我沒警告你就是了。先去洗澡吧。」他指向冷凍庫後方的淋浴間。「我要你用肥皂徹底刷洗所有地方。我要強調，所有地方都要，連你的指甲底下也不放過。等你刷洗完了，就再洗一次。你懂了嗎？」

「你鎖門了嗎？」佐爾開始脫衣服。

羅恩往入口瞥了一眼。

「是啊，當然了。我都會鎖門。」

他啟動手術椅，並在面板上設定好流程。所有必要程式都準備好了。軍用改造裝置的優點在於它更老派，並採用插座和連接器。一切都更粗厚耐用，適應力也更強。對他的老舊改造手臂而言，絲毫不成問題。

當佐爾關上浴室的門，羅恩就走到入口鎖門。他將公事包移到辦公桌上，啟動終端，並搜尋上頭的反應強化器型號。他睜大了雙眼。

「哎呀，哎呀……」

如果軍武科技的官方價格是二十萬，那在黑市上就至少會翻高兩倍價格。植入物可能也一樣。感到佩服的神機醫挺直身子，望向傳出水聲的浴室。這只公事包裡頭的東西可值不少錢。

手術椅開始自動消毒殺菌。刺鼻的氣味在房間裡瀰漫開來，羅恩感受到他每次手術前都有的興奮期待感。手術越困難，那種感受就越強烈。

赤裸的佐爾從浴室走了出來，他完全沒等待進一步指示，便直接在椅子上躺下。在神機醫沒有發出指令的狀況下，機械手臂啟動，插進正確的插孔，也把針頭刺進正確的血管中。

「你這些東西是多久之前拆掉的？」羅恩俯身檢查佐爾肩膀上的疤痕，把他的光學裝置倍率調整到最大。

「很多年前了。」

神機醫幾乎難以察覺地皺了眉頭。他一動也不動地靜止了幾秒，又再度閉上雙眼，發出無聲的嘆息。

「你會慢慢昏迷睡去。」他說，一邊按下終端上的幾個按鈕。「醒來時就會變成超級士兵了。至於心智健全的狀況還有待進一步判斷。你想要縫合做得多精細？裝入不同植入物的手術之間沒太多時間，但我想避免留下疤痕。」

「別管疤痕了。」佐爾已經開始昏昏欲睡。他的疲勞讓麻醉藥生效得更快速。「確保縫得夠牢固就好。」

診斷螢幕確認已經注入所有麻醉藥了。一秒後，他就會進入穩定狀態，羅恩就能開始工作了。這時的羅恩應該要換上乾淨衣物並消毒雙手了，但臉色蒼白的他卻一動也不動。

他的目光慢慢轉向佐爾的公事包。他之前看過那件改造裝置，幾乎可以確定沒錯。不過是在哪裡呢？

「我比較喜歡親自見面。」史丹利說道，他將手伸進西裝褲口袋裡。「即使現在很晚了，這很有意思吧？科技確實無法取代面對面的交談。」他稍稍停頓了一下。「我們談好交易條件了，沃登。很簡單。你得要偷走那個容器，再不著痕跡地解決掉它。就我所知，你目前做的事卻恰好相反，現在整個城市的人顯然都知道這件事了。」

「我並不是一人獨立行動。」沃登回答。「我失去我老大的信任了，他已經收回控制權了。」

「一旦他拿到剩餘的錢，你就能重新贏得他的信任了。現在你要做的事，就是確保容器和裡頭的東西消失——這次要永遠消失。」

「這是我們其中一架無人巡邏機的錄影。它以隨機的路線飛行，當然會避開太平洋區了，那一區的小鬼會為了好玩而開槍射它。」

「你是說不良少年。」

「對，隨便啦。那些小混蛋不敢射企業無人機，因為無人機會開火還擊。我們也不會飛過北部工業區，但有不同的理由。」

夜間錄影顯示了一條從歌舞伎通往北部工業區的街道。警探放大畫面的一部分。沒錯，有輛拜爾斯父子公司的廂型車正駛向北部工業區。狀態完好如初。

「看不清楚它的車牌。」菜鳥說。「可能是他們任何一輛車。」

「我們的技術人員或許很爛。」連恩解釋道。「但不會爛到錯過車身上的數字。」

菜鳥咒罵自己。數字十三並不大，但仍然看得出來。

「這還算不上是什麼證據。」警探補充道。「任何人都能在廂型車的車身上貼上數字。不過，差不多過了一分鐘後，這一區的監視系統就當機了。」

「不是有場火災嗎？」菜鳥回想。「火勢可能害監視系統短路了。」

「攝影機當掉後才起火的。」警探同時將兩片口香糖往嘴裡丟。「可能只是巧合。其實，我們目前拼湊出的一切都可能純屬巧合。我的經驗告訴我，如果巧合太多，就不會是巧合了。我又看了更多錄影片段。」

他們坐在夜城警察局刑事偵查部擁擠忙碌的辦公室裡。連恩辦公桌旁的垃圾桶裡塞滿了壓扁的紙咖啡杯。

「你昨天晚上有回家嗎？」她問他。

警探微微搖了搖頭。

「我查看過廂型車的內部，有人把它清理乾淨了，可能用了氨水和過氧化氫來清理血漬，完全沒有DNA的痕跡。」

「佐爾和艾雅。」菜鳥將心裡的話大聲地說了出來。「他們搶了軍武科技的倉庫，還殺了警衛，再加上兩個女人——茉莉．伯納德和艾蓮娜．狄蘭尼。我不懂他們為什麼要用那輛廂型車來搶劫？感覺像是他們很想被逮到一樣。」

警探點了點頭。

「妳可以親自問他們。我想妳該發出妳第一份逮捕令了。」

第十章

我得把這件事搞清楚——你們都想買更乾淨好喝又安全健康的水。隨便你怎麼叫它，老兄，因為我無所謂。我只是個生活還過得去的懶惰王八蛋，跟你們講講情況和真相。你們都被全食訂閱騙了，因為你們全是比我更懶的王八蛋。或是你們的大腦都是爛蛋白質做的。

讓我來好好解釋。夜城有套淨水標準，對吧？我不曉得那到底是啥，但確實有那種東西。水在淨水廠處理之後怎麼樣了？才沒人鳥這種事，只有FR34K_S33K一個人在乎。誰想得到呢，對吧？聽我說——夜城有乾淨飲水管理局（Bureau of Clean Drinking Water）。有幾個員工呢？兩個。他們工作幹得不錯嗎？很難說，因為他們已經**好幾年**沒上班了。你們納稅人的錢都花在這裡了。

所以啦，到底是誰在監督夜城的水質？猜得到嗎？一整個專家團隊嗎？有幾個專家？有一個專家？還是一個他媽的實習生？才不呢，老兄。沒人會檢視那鬼地方，也不必假裝你會去關切了啦。

結果，你們這些王八蛋都在付真水訂閱費，叫他們送清水來。還真聰明呢，我指的是企業，才不是你們哩。

好笑的是，過濾水並不困難。你們知道還有什麼事不困難嗎？在清水裡放一堆狗屁髒東西。記住，傻蛋們——你們付錢買的不是更乾淨的水，是讓自己不中毒。

喔，抱歉，這讓你心情變差了嗎？對啦，我又不是來這裡逗你們開心的。不喜歡的話，你們可以去打手槍或看幻舞之類的。至於你們其他贊同的人——還在等什麼呢？按下**下載**鍵，持續收聽下次**FR34K_S33K**帶來的嗆辣觀點！

掰啦！

「看來你又得和我待在一起了。」蜜蘭娜將一個看起來很昂貴的大行李箱推到房間中央。「你就是艾伯特吧，和我想像的完全不一樣。」

她瞇眼看了他一陣子，陷入沉思。少年從面前那碗即食合成拉麵後抬起頭來，快速地掃視她一眼。

「妳怎麼改變心意了？」他以另一個問題回應她。

「我看你還有改造連線。」蜜蘭娜說，指向她脖子後方。她脫下優雅的大衣並扔到長沙發上，露出一套雅致的合身企業套裝。「這應該能幫你找出追殺我們的人。」

「有改造連線還不夠。」艾伯特有些憂傷地說。「我只有第一階科技和改裝過的幻舞機，還有些第二階零件，但是我沒辦法繼續升級腦機面板了。需要完整的第二階科技。」

剛醒來的艾雅走進房間。

「喔。」她訝異地盯著蜜蓮娜。「改變心意了嗎？」

「我沒得選，昨天有人想綁架我。」

「不是只有妳而已。」艾雅回答。「你們知道佐爾在哪裡嗎？他沒有回覆我的訊息。」

「羅恩呢？」蜜蘭娜四處張望。「有人想解決我們所有人。我有懷疑的對象，但還不確定。總之，我們已經鋪好了一條路，只能繼續走下去了。只不過，從現在開始，我們要做好妥善的規畫。」

她把行李箱翻到側面再打開，裡頭裝的不是衣服、化妝品或正常情況下在優雅女性行李箱中會找到的東西。

艾伯特瞪大了雙眼。他走到行李箱旁，彷彿敬拜般跪倒在地，邊拿出一條包裹了粗厚絕緣層的電線。

「這是什麼？」艾雅看著電線和摺疊起來的海綿狀布料。

「我從公司借來的。」蜜蘭娜回答。「我覺得應該不用歸還了。」

「第三階竄網設備。」艾伯特說，語氣和平常講話的模樣完全不同。「還有專用的冷卻裝置。」

你沒辦法備份人類。如果你死了，遊戲便就此結束。你會完全消失，永遠不會復活了。儘管如此，的確有可能保存某人的DNA，在對方死後用來創造完全相同的真實肉體。這種事價格昂貴，但辦得到。不過有什麼意義呢？這只能再造身體，卻無法恢復心智。那就像創造完全相同的硬碟，卻少了數據資料。如果有人知道如何備份人類心智，那種人肯定就在黑牆之後。不過那就不會是人類了。

如果哈默洛夫和彭羅斯[32]的量子意識理論是正確的，那人類心智就是一台生物量子電腦。意識、記憶和知識——讓我們之所以成為我們的一切，都只是一朵短暫的可能性雲霧，它的量子狀態存在於三維或四維空間，遠超出我們的感知範圍。如果這理論是真的（艾伯特也深信這點），那以現今技術來傳輸那些濃縮版的資料基本上是不可能的。不論企業超級電腦有多麼強大，都無法與人腦中的複雜演算過程匹敵。

意識移轉和模擬的歷史至少可以追溯到半世紀前。艾伯特仔細搜尋過所有與「弒魂者」（Soulkiller）有關的資料來源，那是為荒坂集團的聖物[33]科技奠定基礎的程式。艾伯特認為那只是和互動式全像影像差不多的魔術，只是模擬假裝成已逝的人類。再說，就連企圖執行不完美的模擬程式，都需要耗用過多運算能力，因此不會有人同意浪費這麼大量的資源。

至少在黑牆的這一邊沒人會這麼做。

ArS-03，55349日誌。

同步化過程已啟動。

未辨識裝置NI100101001110。狀態：未知。

偵測到子系統：117。

同步化過程進行中。

「你得休息幾天，讓奈米機器人完成它們的工作。」

「我需要更多奈米機器人。」

32 譯註：史都華・哈默洛夫（Stuart Hameroff）是美國麻醉學家，羅傑・潘洛斯（Sir Roger Penrose）則是英國物理學者。兩人曾提出以量子力學解釋人類意識的理論。

33 譯註：Relic，用於儲存數位化人類意識的生化晶片，由荒坂集團所製作。在遊戲《電馭叛客2077》中，強尼銀手的意識複製體便被存放在聖物中。

「絕對不行，那會增加多餘組織轉移的風險。相信我，你不會想突然在額頭上長出老二和卵蛋。」

電梯正向上移動，內部裝有由回收壓縮塑料製成的保護鑲版。

「不過，恢復的狀況出奇地順利。」神機醫承認道。「但植入物沒有問題，並不代表你脫離危險了。你得保存體力。身體組織還未完全穩定下來。」

「我的身體感覺起來是爛蛋白質做的。」佐爾說。

羅恩甩不掉某個令他心煩的念頭。

「你的植入物……它們幾乎立刻就完成設定。」他試問道。「我根本不必調整。」

「身體還有記憶。」

「不是身體。」神機醫搖了搖頭，但當電梯放慢速度而停下時，便打住不說了。

他們踏上一條未完工的水泥走廊。當他們身後的電梯門關上時，周遭就暗得伸手不見五指。

他走到右側第二扇門旁，把手放在生物識別鎖上。門滑了開來，一道光線灑進走廊。

「你也有我們的生物識別資料。」羅恩用這句話取代招呼語。「這是什麼地方？」

「安全的地方。」沃登回答。

「是啦，對你來說很安全……」羅恩咕噥道。

他們走了進去。從地板延伸到天花板的窗戶上覆著一層厚厚的灰塵，讓附近建築的輪廓顯得模糊。有些窗戶仍套著塑膠保護膜。這是第三十樓。某根水泥柱旁有堆運送電子設備用的軍用箱，箱子側面還有插孔。更遠處有個空浴缸，一束粗厚的電纜從中延伸出來，通往未完工的公寓深處。浴缸底部剩餘的一丁點水因泥濘而變得混濁。

羅恩警覺地觀察著周圍環境。沃登交叉著雙臂，靠在摺疊桌旁。他穿著平日常穿的合成皮衣。

「你們說需要合事佬。」他說。

「我們確實需要。但上次你說我們是外行人。」佐爾靠近他。他腳底下的水泥碎屑嘎吱作響。

「他有這樣說……？」羅恩問，一邊看著佐爾。

「因為那是事實。」這位幫派分子說。「所以我才雇你們去旱谷幹那一票。一群看起來很正常的普通人，在夜城警局資料庫裡沒有前科。這一點仍然沒變，還能再次派上用場。」他挺直身子。「我有差事要給你們。費用是五十萬，看你們想怎麼分。」

「五十萬？先付錢嗎？」

「再問我蠢問題，我就先往你額頭送一顆子彈。」

「是什麼差事？」佐爾問。

「闖進某個地方幫我偷東西。可能要帶點武器，以免事情出錯。我會提供你們需要的所有東西。」

「我們帶自己的裝備就好。」佐爾堅定地說。

沃登從口袋裡拿出一疊鈔票，把它分成兩半，數也不數就把錢遞給佐爾。

「今天結束前，去弄到你們需要的東西。要未註冊的，也不能有序號。這件事很急。」

「我們會找軍火販子。」羅恩向他保證。

「是嗎？好吧，每個賣車的隔壁都有這種人。」沃登無奈地抬頭看著天花板，並嘆了口氣。

「外行人辦事……」

「我們會自己想辦法。」

「你們才想不出什麼狗屁。」他眨了眼，虹膜閃起明亮的藍光。「來。」

佐爾的電話傳出了新訊息的通知聲。從口袋裡拿出手機。

「他媽的在開玩笑嗎……」一看到佐爾的手機，沃登就咕噥起來。「你難道還要騎馬過去嗎？」

佐爾猶豫了一下，接著就照習慣辦事。他把手機塞回口袋中並眨了下眼，虹膜也同樣泛出藍光。他掃視著飄浮在視網膜顯示器中的聯絡人細節。

「這個賣家不是最好的選擇。」沃登說。「店裡聞起來像該死的動物園，但他賣的東西都很乾淨，也追蹤不到。選一些適合近距離作戰和狹窄空間的武器。」

「萬一計畫不順利……」佐爾將那疊鈔票塞進自己口袋裡。「通常都不會順利。我們要搶的人是誰？」

「我。」沃登回答得彷彿這很正常一樣。「要偷走那個容器，和上次一樣。」

「妳……」一看到蜜蘭娜，幾乎快要跨進門內的羅恩便立刻停了下來。

「我回來是因為我不安全。」她半躺在沙發上，彷彿正準備要小睡一樣。「寧可不回家。」

他望向行李箱並露出了微笑。

「看起來妳確定要搬進來了。」

「喔，那個呀。並不是那樣。」她指著自己身後。

艾伯特躺在他的椅子上，穿著看起來像氯丁橡膠製潛水裝般的衣物，上頭有許多插孔，還伸出許多繁雜的管子和電纜。其中一條電纜通往陽台上的熱交換器，就在一扇破開的窗戶後面。其他纜線則連接到蜜蘭娜身旁一個小型金屬公事包中的終端，它的螢幕上顯示出生命跡象。

佐爾在羅恩之後進門。艾雅的笑容很快就被擔憂的神情給取代了。

「佐爾……你還好嗎？」她問。「你看起來……」

佐爾的眼皮泛紅，臉色則顯得蒼白。

「看起來就和我的感覺一樣。」他回答。「是因為麻醉藥。羅恩幫我調整過了，沒事。」

她走向他並輕捏他的肩膀，彷彿擔心他會崩潰一樣。

「明天我就會完全恢復了。」他說。

羅恩抬頭看了看天花板，嘆氣並輕輕地搖了搖頭。

「他們有聯絡了嗎？」艾雅最後問道。

「沒有。」佐爾回答。「但我們有工作了。酬勞不僅能負擔羅恩的新手臂，也可以把妳修好了。」

艾雅看起來根本不在乎。

「艾伯特會找出是誰綁走茱莉安娜。」她說。

與此同時，羅恩的目光未曾從蜜蘭娜身上移開。

「妳為什麼會說自己不安全？」他問她。

「喔，你懂的——也沒什麼大不了。只是有人跟蹤然後想綁架我而已。」

六十二秒——這是他破解自己的反入侵和存取洞穴所需的確切時間。可能只能用「五味雜陳」來形容他當下的心情。才剛啟動新設備後不久，他就在第一次嘗試時成功了。沃登作為旱谷任務的獎勵所給他的一系列程式，非常值得他冒險。

他應該感到開心才對，但他沉重地意識到，這幾年來自己其實毫無戒備，卻毫不知情。他決定開始設置他能想出最安全的加密過程。

接下來他注意到的，是他到目前為止的作品品質。基本而言太糟糕了。先前看似他腦機面板潛力巔峰的造物，現在看起來就像腳本小子[34]做的東西。之前他花了好幾週來編寫管理資料庫的巨集指令，而採用第三階科技後，他能在十五分鐘內完成同樣的工作量——效果還更好。他在網路空間中的那個角落，那個他無數次駐留的地方，看起來還是和以前一模一樣。感覺就像在舊物箱底下找到早已遺忘的童年玩具。他曾將不完善的功能視為必要的妥協，以便節省隨機存取記憶體和處理能力。現在一切顯得廉價又粗糙，從竄網使的角度看來，十分窮酸。

塔蘭看起來特別粗糙。它沒比艾伯特做來賺錢的遊戲複雜多少。它無法突破黑牆，就像錘子敲不穿核子碉堡。它唯一的作用，就是引來衛網監理和NETSEC的注意。

在簡短的五十五毫秒內，艾伯特考量著要不要抹除一切並重新開始。

不，顯然還有很多空間——也許他可以挽回一些東西。解析度銳利了好幾倍，處理速度也以數量級加快。他大量減低了自製演算法「柱」的大小，並讓它們更加遠離中心。他甚至不需要上下捲動，就可以瀏覽一切。他也看見自己更早之前移開的柱子。他將它們聚集分類，再建立一個新的樞紐，讓他能暫時放置他的虛擬化身。才花了幾秒，他就發現在這裡也不必綁手綁腳。他能同時操控好幾個化身，這代表他能處理並控制比之前多上數千倍的資料了。

像隻小狗般開心的他，就連用上沃登的裝備，都無法想像這種速度和準確性。他感覺自己更強大、更快速也更棒了。除此之外，這種科技的學習曲線很低，因為一切都以直覺作為基礎。他唯一搞不清楚的，就是第三階的能力極限。他能完整檢視塔蘭精心創造的編碼，包括所有的參考文件檔案和未完成版本等東西。他所看到的只有錯誤和愚行。

34 譯註：script-kiddie，利用他人製作的程式進行駭客行為的網路滋事者，通常不被視為真正的駭客。

他的舊腦機面板只需要開啟兩個通訊頻道就會變慢了，像是當他得在無人機攝影機、閉路電視攝影機、監視中心的數據資料之間切換時就會如此。他打開一百個頻道。什麼都沒發生——沒有超載，也沒有延誤。這已經大幅超出他的需求了。

但有了更多供應，就有更多需求。之後他得測試系統能負荷多少東西。

如果第三階遠比第一階強大這麼多……那更高階的科技呢？

此外，他發現過去幾天無法存取洞穴時，他賺了兩千零五十三塊歐元。那足以提前支付好幾個月的房租和食物訂閱費用了。

「你找到他們了嗎？」艾雅的語氣充滿希望。

「我還沒開始找。」艾伯特站了起來。「還有點準備工作要做，我需要重新配置一些東西。」

她走近他，差點壓抑不住想一把抓住並用力搖醒他的衝動。她深吸一口氣。

「找到綁走茱莉安娜的人。」她懇求他。「這很重要。」

「我知道。」艾伯特走到冰箱旁，拿出一個高葡萄糖餐盒。

「吃完，就繼續找。」

「我們之所以惹上麻煩，就是因為準備不足——沒有情報，什麼都沒有。這次我們要用不同的方法。」

「去他的！」艾雅氣得大吼，突然站起身並把臉埋入雙手中。「我只想找到茱莉安娜。還有……還有讓這一切結束……」

「在找到追殺我們的人之前，一切都不會結束。」艾伯特冷靜地解釋。「也要等到我們賺到足以自保的錢。」

「沃登要給我們五十萬。」佐爾說。

除了羅恩以外，所有人的目光都轉向他。

「那筆錢只夠你們在北橡區買一小塊草地。」蜜蘭娜的話把他們拉回現實。「並沒有你們想像的那麼多。」

「夜城不是唯一的天堂。」艾雅指出。

「當然不是。只是其他地方更糟。」

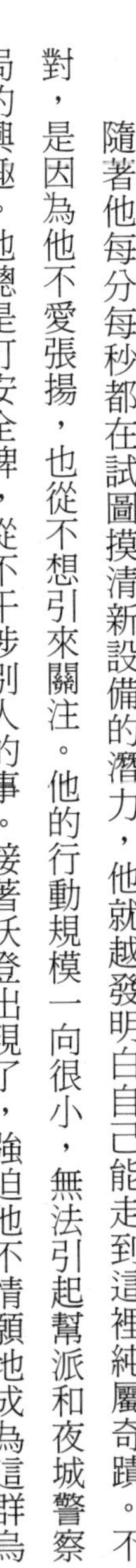

隨著他每分每秒都在試圖摸清新設備的潛力，他就越發明白自己能走到這裡純屬奇蹟。不對，是因為他不愛張揚，也從不想引來關注。他的行動規模一向很小，無法引起幫派和夜城警察局的興趣。他總是打安全牌，從不干涉別人的事。接著沃登出現了，強迫他不情願地成為這群烏合之眾的成員。從那時起，一切都變了。

人體只能自行修復微小的損傷。重傷不只會摧毀身體，也毀了深藏其中的人心精髓，這是無法逆轉的後果。

如果他當初沒和媽媽吵架——如果她沒弄壞他的腦機面板，他就永遠不會搬出去了。停屍間裡的屍體原本有可能是他，而不是她。他本來有可能會死。

如果他現在選擇退出，只會面臨更大的危險。而且蜜蘭娜可能會要求他歸還設備。以實際層面來看，他們還能繼續玩這場遊戲多久？無論怎麼看，他們勝出的機率都很小。無論是一週或一個月之後，他們最終都會失敗。

有些人深信，巴摩斯將自己的意識移轉到沒人找得到他的網路上。其他人則認為，他只移轉了一部分的自己——也就是某個執行他指令的人工智慧，是會自我執行的遺囑。但這點也不符合他過往聞名的野心。還有個哲學論點認為，移轉自我意識也許行得通，但那股意識的運作過程只不過是種模擬而已。

但巴摩斯不曾擁有艾伯特現在的技術程度。

要移轉他大腦中每顆原子的量子狀態，包括每顆中子和質子等，是不可能的事。在這種狀況下，你頂多將大腦模式移轉到另一側，啟動一個只會模擬原版的數位傀儡，它也只會假裝是本體。人類的中樞神經系統與人造電腦完全不相容。電腦的基礎是邏輯電路，一向按照清楚明確的要求與數據資料，提供清楚明確的結果。同時，大腦的運作方式最能反映出海森堡的不確定性原理；就定義上而言，它不允許創造出完全相同的複製體。換句話說，移轉人類心智之所以不可能，就是因為現實的本質。這需要不同的處理方法：僅僅閱讀某個媒介，再把內容寫在另一個媒介上，並沒有辦法造就這種深邃的轉變。這過程需要優秀的畫家，而不是攝影師。

艾伯特的第三階竄網機器會自我學習。它掃描使用者並學習他們的動作、偏好及記憶來進行優化。過程本身在背景中以低優先順序運作，以便釋出記憶體。艾伯特把優先順序調到接近最大值，也同時擴展到所有程式上。現在它們會吸收能夠存取的一切。他不知道這整個過程要花多少時間。

有些人相信少了身體，就沒有心靈，而將意識（定義為大腦和中樞神經系統量子狀態的總和）移轉到任何機器上，又會導致資訊上的大混亂。大量資料會瞬間失去所有意義，因為根本無法運算。這就像拆解極度複雜的機器，一直拆到最後一顆螺絲，再將一切扔成一堆，等它恢復運作一樣。

艾伯特並不相信心智和身體是密不可分的。心智只是個房客，受困的房客。一年前，在日本城某間圖書館進行資料收割時，他發現了一篇關於安托萬．拉瓦錫（Antoine Lavoisier）實驗的文章。近三百年前，他嘗試證明只要被砍下的頭能獲取氧氣來使思維正常運作，頭顱就能保有意識。這位法國化學家在自己身上進行這項實驗，不過也不算是自願。他在法國大革命時遭到斬首。當他被處決之前，他告訴助手，等到他的頭被砍下後，他會透過眨眼來盡可能維持意識。

他眨了二十秒。

艾伯特也發現一篇推翻該事件的文章，證明是虛構，但事實仍然不曾改變：在他即將要去的地方，他不需要氧氣，甚至也不需要軀體。他將以純粹的意識存活下去。

「南格蘭（South Glen）？這基本上是太平洋區。」

「和別的地方一樣危險。」

「你確定嗎？感覺我們已經離開市區了，免得意外遇到劫戮民。」

這一帶看起來確實很荒涼，不過這只是錯覺。當地人習慣避開街道和人行道這些開放的空間。午後的炎熱高溫是另一種原因。不過，小型超市還有營業，也有少數人躲在低矮建築的涼爽陰影中。

「別停。」佐爾說。

「對吧？」羅恩轉動方向盤並加速。「你也感覺到了。」

他們開著車四處晃，等待著信號。停在這裡難免會引來小賊，或至少招來遊民。或是那些徘徊在昏暗巷弄中的人。

「我們幹嘛要更多槍？」羅恩問。「上一件工作的槍還有剩。」

「那些都是垃圾。」佐爾回答。

「那你的狙擊槍呢？看起來不像垃圾呀。」

「不能在近距離使用。」

「真諷刺。」他輕笑道。「你知道，我老是想知道『羅恩』是不是從那個詞來的[35]。諷刺呀，如果我哪天見到我父母，就要問問他們。我想說的是，我們可以好好利用這一筆錢。我知道這是投資，但是……我們什麼時候可以看到獲利？」

「等有人想再殺我們的時候，那一天很快就會到了。」

艾雅坐在後座，眼睛在掃視訊息時閃動藍光。真有意思，預期狀況總會隨著局勢而有所改變。之前，她總希望永遠別再和夜城的不法族群有瓜葛了。但現在，她卻迫不及待地希望他們來聯繫她，把囚禁茱莉安娜的地點告訴她，也想知道他們要求的交換條件。

貧窮。這可能是形容此處景象最簡要的詞彙了。百貨公司的櫥窗延伸了數十碼，如今成了一些小型商店，不然就是被直接封鎖起來。他們經過一輛又一輛的廢棄車子，這是夜城中治安落後社區常見的景象。那些有主人的車子，看起來似乎比其他區域的車子更為破舊。這個時間的公寓窗口通常會以百葉窗或窗簾來遮蔽熱氣，任何敞開的窗戶往往代表這一戶應該荒廢了。

車內的冷氣大聲地嗡嗡作響。羅恩把它關掉再打開窗戶，又迅速地發現就連微弱的冷氣都比外頭的熱風好。

---

35 譯註：此處指「諷刺（ironic）」和「羅恩（Ron）」的英文拼法。

「不行，去它的。」羅恩往後靠回座椅上，並踩下油門。「我們要走了。」

在某條幾乎空無一人的街道上，有輛灰色廂型車停在建築陰影中，兩個壯漢斜靠在車上。

「停車。」佐爾說。

「你瘋了嗎？你看到那些傢伙了嗎！？」

「他們就是軍火販子。停車。這裡是格蘭（Glen），不是太平洋區。他們不會對我們怎麼樣的。」

羅恩還是停在幾碼之外，以保持距離。

「你真的要這樣做？」他緊張地問道。

「沃登推薦過他們。」

「你想去就去吧，但我不打算下車。」

「好。別讓引擎熄火。」佐爾打開門。

「我跟你一起去。」艾雅下了車。高溫實在令人難受。

「小心你傷口的縫線。」羅恩提醒了佐爾。「別隨便突然亂動。」

他們走向那些軍火販。其中一人長得像豬，另一個人則長得像老虎。他們是蠻獸派。

「看起來不太可靠。」艾雅說。

「妳認識什麼可靠的軍火販嗎？」

「你狀況還好嗎？」

「我沒事。」佐爾挺直了背部。他全身都疼痛難耐——他本能地因痛苦而彎腰，但他強忍了下來。「一切都很好。」

他們停在離廂型車幾步之遙的距離，艾雅站在佐爾身後。

蠻獸派身上散發出相當難聞的氣味。很難判斷那是他們的風格，還是他們從來不洗澡。也許是前者導致了後者。

他們盯著彼此好一陣子。蠻獸派顯然對艾雅很感興趣。

「我們需要四把手槍。」佐爾沒打招呼就直接開口說道。「兩把小口徑的，列星頓或類似的款式，還要兩把口徑較大的手槍。還需要四把衝鋒槍，像是沙拉托加號。還有十顆破片手榴彈。這些都有嗎？」

大貓把頭歪向一邊，而豬臉一語不發地打開廂型車的後門，將兩個箱子拖到邊緣並打開它們。佐爾走得更近一些。其中一個有發泡模具的盒子裡裝了十把時雨（Shigure），而另外兩個盒子裡有脈衝星（Pulsar）和一堆彈匣。這些肯定都是二手武器。

艾雅呆站在原地，不曉得是因為恐懼還是惡臭。

「好了，你要什麼？」大貓過了一會兒後問道。「我們要交易嗎？」

「嗯哼。」佐爾點頭。「不過我們需要四把全新的衝鋒槍，要全新的。」

豬臉往佐爾的鞋子旁吐了口痰。

「有這個。」豬臉哼了一聲。他跳進後車廂，又拖出另一個長方形的箱子。「強化軍用裝備，其他地方都找不到了。」

箱子裡擺了幾十把不同的手槍，這次全都是閃閃發光的新貨。佐爾拿起一把列星頓，上頭沒有序號或記號。

「要就拿，不要就反之亦然[36]。」

佐爾困惑地看了他一眼。

「那是法語的滾蛋。」豬臉解釋道。「你們到底要不要？」

「你們也可以先下訂單。」大貓補充道。「需要幾天時間，要先付錢。」

「不，現在就買。」佐爾說。「我們買四把時雨、兩把C.A.L.，以及兩把列星頓。還要軍規彈藥。」

「留下小妞，你就可以拿走全部的東西。」大貓一直沒有把目光從艾雅身上移開。他舔了舔嘴唇。

「她不在交易範圍內。」佐爾回答。「我付現金。」

艾雅咬緊了牙關。她藏於腰間的手槍只為她帶來些許勇氣。大貓走得更近了，他的惡臭也飄向她，讓艾雅縮了一下。

「看起來沒人擋得住我們。」他繼續盯著她看，但對著佐爾說話。「如果我決定自己挑報酬，你們打算怎樣？」

「我的同伴就在後面等著。」佐爾指向休旅車。這種威脅不太有用，但蠻獸派可能看不出來。「隨時準備好扣下扳機。」

他們似乎無動於衷。艾雅緊張地等待接下來的狀況。她心裡已經準備好要拔槍了。不行，那是最後的手段。存活的機率幾乎是零。

「沒那麼勇敢呢。很少捍衛自己吧？」大貓將手伸向她，她立刻後退了一步。蠻獸派只是哈哈大笑，討人厭地嗅了嗅她面前的空氣。

「該死，味道就和長相一樣讚。我們到底要不要做生意？」

佐爾站到艾雅和蠻獸派之間。

「現金。就這樣。」

「列星頓要五百、C.A.L. 六百，衝鋒槍就算八百吧。」佐爾從口袋掏出一疊現金，一數完後就遞交給大貓。

「不討價還價嗎？」大貓咧嘴一笑，露出他的獠牙。

「有必要嗎？」佐爾將剩下的鈔票塞進口袋裡，將武器裝進袋子中，並試著拿起袋子，卻因疼痛而皺起了眉頭。艾雅迅速走到他身旁，抓起袋子並拿到休旅車旁。

「彈藥。」她回來索討。

「小妞說話啦。」豬臉咕噥道。「妳可以用其他方式支付啊。」他發出咯咯笑聲。

---

36 譯註：原文為 vice versa，豬臉搞錯了這句話的意思。

「現金。」佐爾堅定地重複說道，一邊揉著自己的肩膀。

「老兄，這有什麼大不了的嗎？你可以再找新的妹子啊。」

「有彈藥吧，還是我們得去別的地方買？」

「還是……」大貓把箱子推進廂型車裡頭。「你讓我們用她一小時，彈藥就是你的了。」

「我已經和你們說過了……」佐爾相當緊繃，得用盡全力才能隱藏他的虛弱。

忽然間，兩個蠻獸派成員都僵在原地，豬臉迅速關上廂型車的車門。艾雅和佐爾交換了眼神。在他們還沒回過神前，兩輛急轉而發出尖銳聲響的夜城警察局巡邏車在他們身旁停下，四個警官隨即下車。艾雅伸手要拿腰帶間的手槍，但還沒碰到槍，佐爾就及時抓住了她的手臂。

「滾蛋呀，你們這些死豬！我們提前一個月付錢了。」大貓大聲喊道。

「不是來找你們的。」資深警官看向手腕上的顯示器，接著轉向佐爾和艾雅。「你們被逮捕了，你們有權保持緘默之類的。」

結果，從黑伍德第三公立圖書館得到的資料居然多得驚人。除了一些有趣的資訊之外，還包含了一篇關於黑牆功能的文章。這種資料通常會受到嚴格審查，或是根本不會公開供大眾參考。顯然，有人忘了這座遠離網路的圖書館荒島。這篇文章發表於三十年前，稱不上與時俱進，也不算可靠。但即便作者誇大了不少事，內容還是讓人大開眼界。

黑牆不是靜止不動的存在體，它的保全系統會持續變動。它並不像一堵堅硬的水泥牆，而是數百萬個有微型旋轉刀刃的聚合體，破壞切碎一切膽敢接近的東西。但那並不代表它密不透風，它還是有漏洞。圍牆兩側的功能各自獨立運作，分開監視潛在威脅並與彼此交換資料，不斷優化它們的防禦系統。艾伯特曾透過較新卻較不可靠的來源聽過這件事。整體而言，這個系統會自我學習和優化，但基礎沒有改變。

如果冒充成其中一側，就有可能突破黑牆。多年來的嘗試並未指出這做法毫無可能，只能確知目前的竄網設備仍不夠先進。透過遠端連線進行入侵，就一定會被衛網監理或NETSEC的人工智慧巡邏程式偵測到。除非艾伯特能以某種方式獲取專屬權限，並登入專用的服務中樞。但那種方法一點也不實際。

這並不是他必須克服的第一個或最後一個難題。

他想掐死設計這款休旅車的蠢蛋。打開後車廂時，不僅輪胎會自動鎖住，駕駛座上甚至沒有能關上後車廂的按鈕。羅恩坐在車裡等待奇蹟，由於那兩個蠻獸派在不到三十英尺外的距離好奇地盯著他的車看，害他也無法下車。或許他們會失去興趣，然後就開走了吧？

並沒有。他們確實要走向他了。他往座椅縮起身子，盡可能收起瘦長的雙腿。只能放手一搏了，他鎖上車門。但一點用都沒有。豬臉一拉門把，門就開了，鎖頭的金屬配件鏗鏘作響地落在柏油路上。

該死。

豬臉抓住羅恩的毛衣領子，將他高舉後又放下，彷彿他的體重不如一個小孩。

「哎呀，看看我們碰到誰了……」他咧嘴一笑。

「私人空間。」喘不過氣的羅恩說。「有聽過這種東西嗎？」

「那你聽過欠債還錢嗎？」大貓回應。

「你自己說兩天的。」

「我還以為你說過要賣那些贓物。」大貓指向後車廂。「那你買這麼多槍要幹嘛？」

羅恩嘆了口氣，並努力整理思緒。總不能殺死他，對吧？如果他們下手，就準備跟他們的錢道別了。

「好，那……上次我沒把這整件事說完。」他開始說。「有人，嗯……有人把它拿走了。如果我要拿回來剛說的贓物，就需要這些槍。」

「肛縮的髒物？那是什麼？」

「你在說什……？」羅恩抹掉額頭上的汗珠。「我說『剛說的贓物』……算了。總之呢，如果我要賣掉它，就得先把東西拿回來。」

大貓歪著頭。

「也許我應該直接當場幹掉你，就當作虧了錢吧。」

「那——那個容器值一大筆錢。」羅恩脫口而出。

「容器？」

「是我們從軍武科技那偷來的容器。你一定聽過……」

蠻獸派對看了一眼。

「那值多少錢？」

「不確定。」羅恩聳肩。「那不算是我的專業領域。」他挺直身體，再將襯衫拉平。「我猜是一大筆錢吧。」

「值很多錢的肛縮髒物啊。」豬臉大聲說出腦子裡的想法。「那樣是多少歐元？」

「一定比我的欠款多上好幾倍。」羅恩向他保證。

「嗯，那……」大貓努力要理解這是多大的一筆金額。「你要多久才能拿到？」

羅恩吞了口水。

「這個嘛，如果有彈藥的話，我覺得，呃……最多兩天吧。」

「我有更好的辦法。」大貓說。「我們乾脆自己去拿吧？它在哪裡？快說。」

羅恩嘆了口氣。他本來希望事情不要發展到這一步。

「我不知道。」

如果你死了，遊戲就結束了，沒有備份可用。這個顯而易見的嚇人真相，證明了人類毫不完美的本質。

大腦儲存並處理龐大的數據資料。儲存量可以從幾個到幾百PB[37]，每秒也有數萬億次浮點運算的處理能力。也許這種說法過度誇張了。不過，神經系統負責處理身體的核心功能。可以跳過這部分。如果在網路空間不需要胰島素，那麼你真的需要胰臟嗎？

如果你想的話，或許可以壓縮意識，或把模擬神經處理方式數據化成十六位元。辦得到嗎？艾伯特不曉得，因為不算聖物的話，他找不到過往三十年內曾進行任何實驗的相關資訊。他假設從那時以來就沒有太多改變——唯一大幅進步的技術就是軍用科技，但艾伯特也無法取得那些技術。

主要的限制不只在於電腦或神經網路的性能表現，而是整個過程中的執行緒數量是否等同神經元的數量——當然，這裡排除了控制生物功能的神經元。但這會怎麼影響意識模擬的準確度？很難說。也許有正面影響？如果身體對心智的壓力消失了，那麼惰性、疲勞和不耐煩也都會灰飛煙滅。如果身體除去心智的關聯性，肯定就只有好處。不過，缺乏環境壓力也會減弱動機和動力。這不過是艾伯特之後才需要處理的小小問題。

不過，即便你壓縮這一切，現存的電腦或處理中樞也無法模擬人類的心智。

至少在黑牆的這一側辦不到。

為了避免在突然死亡時失去重要回憶，和繼續當同樣的人，你有多常備份自己呢？如果你真的死了，要去哪找肉體來上傳你的備份？肯定不是用你自己毫無生命力的軀殼。任何地方都不會製造或販賣全新的「空」殼。總之，如果有夠強大的科技能處理中樞神經系統內所有突觸的整體量子狀態——然後呢？你要怎麼反轉這種過程？要怎麼將原始資料寫進一顆活生生的大腦裡？根本不可能成功。

所以，如果你死了，你的數位化複本能不能習慣網路空間呢？對艾伯特而言，將人類心智數位化視為單程車票，一點都不會讓他感到不安，其實恰好相反。為了完成傳輸過程，必須銷毀原本的身體。這就是「傳輸」的意義——複製並摧毀本體。艾伯特毫不在乎肉體在完成過程後會發生什麼事。

只有一件事是肯定的：有可能在死後維持生命。在黑牆的另一側就能辦得到。

真是經典。赤裸的水泥牆、冰冷的日光燈、一張金屬桌子、一把折疊椅，以及一台監視攝影機。偵訊室裡一定還藏有另外一台監視攝影機。還有毫無意義的等待——這就是關鍵，好消耗嫌

37 譯註：一個拍位元組（petabyte）等於一千GB。

犯的心力精神。本質上不算凌虐刑求，但意義相同。佐爾太熟悉這些場景了。不過他的經驗來自軍方，而不是警方。他曾花上好幾小時被迫解釋他為何逃離部隊，還違反停火協議。他說了實話，卻沒人對此感到滿意。如果那次他撐過了，這次也辦得到。

離十一點還有很多時間，幾乎還有二十小時。他們有二十四小時可以對佐爾和艾雅提出控告。他確保過警方無法成功，因為他擦遍了廂型車上的所有痕跡，也刪除了北部工業區的閉路電視片段。那他們握有什麼把柄？向蠻獸派買槍嗎？隨便啦——頂多算是輕罪，可能連輕罪都不算。誰知道呢，搞不好那些腥臭醜惡的禽獸手上還握有販賣執照。

他試著回想自己在軍隊裡學到的快速復原技術。他手上的手銬讓事情變得沒那麼簡單，但他仍找到了穩定的姿勢。

連恩盯著顯示偵訊室內部的螢幕。佐爾坐在那把不舒服的金屬椅上，他的頭往後仰靠，閉著雙眼。這個混帳在小睡。情況不該這樣發展。變得不耐煩的人不該是連恩，而是佐爾。但他居然在那裡睡他的美容覺。

「我覺得沒用。」菜鳥說。

警探微微點了點頭。他們坐在昏暗的控制室裡，眼前有一排顯示所有偵訊室畫面的螢幕，大多房問都有人占用了。

該死，舒適的扶手椅讓連恩也感到昏昏欲睡了。不行，沒時間浪費了。隨時都可能有人要用這間偵訊室。

「要咖啡嗎？」菜鳥打了呵欠並站起來。

連恩觀察螢幕上的那個男人，他身上顯然沒裝螳螂刀或皮下刀刃或拋射植入物。初步掃描發現他有軍規裝置，規格還很高檔，但系統無法辨識。幫派很少會使用那種改造裝置。佐爾看起來像是一個想遠離麻煩的人，但看來並不太成功。

機器裝了兩杯咖啡。菜鳥將連恩的杯子擺在小桌子上。連恩立刻取下塑膠蓋，把它扔進垃圾桶。

「來看看他如何應對新鮮烘焙的咖啡香味。」他吐出口香糖，從訝異的菜鳥手中接過杯子並起身，用腳把門推開。

「他全身都裝了軍規裝置。」菜鳥提醒他。「我們完全不曉得他的能耐。」

「所以我也為他準備了一杯咖啡。」

連恩沿著水泥走廊行走，停在一扇頂端有盞紅燈的鋼門前。門上的小ＬＥＤ螢幕顯示出房間內部的狀況。他的嫌犯正在裡頭輕鬆地打著盹。

警探把一杯咖啡疊在另一杯上，再把手按壓在生物識別面板上。沉重的門閂縮了起來，門板隨即滑開。頂端的杯子傾斜，把一點咖啡潑到連恩的袖子上。他及時接住杯子，在抹掉棕色液體時正好對上佐爾的目光。這種登場方式不太漂亮，但佐爾沒有對這種失態做出反應。

警探拉來一張椅子，把有蓋的咖啡推向囚犯面前，桌面留下一抹咖啡水漬。他們沉默地坐了一陣子，同時打量對方。

「你怎麼不在我們的資料庫裡？」連恩問。

「你告訴我呀，警方記錄又不是我負責的。」佐爾回答。「我被指控了嗎？」

連恩碰了一下咖啡水漬旁的桌面。有個記錄他案件註記的長方形全像影像立刻出現。連恩完全記得這些內容，而且多虧了他的植入物，他還能直接讓資訊顯示在視網膜上。但這樣的效果比較好，也讓他有時間思考。

「在過去幾天，有好幾個人遭到殺害。其中一個是茉莉・伯納德。」他直視佐爾。「有印象嗎？」

「你知道我沒殺她。」

「我知道有些事讓你心裡感到內疚，跟殺人的責任一樣重。不過目前我還不曉得原因。等我收集更多情報前，你得待在這裡。要花一陣子才能解開謎題，幸好我有時間和耐心。找到足夠的線索，整件事就會明朗了。」

「你要把我關在這裡多久？」

連恩聳聳肩。

「需要多久就多久。」他回答。「所有事情通常都有解釋。或許需要會花一段時間，但真相終究會水落石出。」

「那為什麼有這麼多未解開的懸案？」

「因為怠惰和無能，但我不會這樣。我們正在調查好幾樁凶殺案、竊案和武裝搶案。你剛好在一切的中心點。」

「我沒有殺任何人。」

「你當然會這樣講。如果你知道是誰幹的，那我洗耳恭聽。」

「如果你繼續把我關在這裡，就找不到凶手了。」

「你心中一定有自己的想法。」連恩啜飲著他的咖啡。「快喝吧，別讓咖啡變涼了。」

佐爾看著杯子，動也不動。

連恩試著以感應植入物掃描他，但當佐爾對他拋出責難般的眼神，彷彿在說「想得美」時，連恩便就此打住。佐爾感覺到了，或至少是他體內的改造裝置察覺到了。得更徹底地掃描他，但再等合適的時機就好。幸好，連恩找不到任何神機錯亂的跡象，他之前曾擔心這一點。

「你要把我關在這多久？」

「急著要去哪裡嗎？」

「你到現在還沒起訴我。」

「我覺得你根本不了解你現在處境的嚴重性。」警探說，語氣變得更嚴肅。「你是謀殺案的主嫌，這代表我想把你留在這裡多久都行，除非你給我讓我改變心意的答案。你說你沒殺人，那殺人的是誰?你一定知道一些風聲,不然就不會出現在犯罪現場了。這些不可能都是巧合。如果是艾雅幹的,就明說吧。先坦承的人會拿到比較好的條件,意思是少坐幾年的牢。」他又喝了一口。「誰知道,甚至可能完全不用坐牢。」

和佐爾不同的是,艾雅甚至沒假裝冷靜。她臉上寫滿了恐懼。咖啡無濟於事,其他表現同情的方法也沒用。

「妳殺了茉莉.伯納德。」連恩說。

艾雅用力地搖頭。

「監獄最近這陣子很擠。」連恩說。「空間有限,但我相信他們可以幫妳找個位子。也許在地板上,或是和蠻獸派共用一張床。」

「我沒有殺她。」艾雅垂下頭看向地面。「我不知道是誰殺的。」

她當然沒下手,連恩對此也毫不質疑。有誰會殺害自己的鄰居,將屍體留在自己的公寓裡,還回來家裡讓攝影機拍下?

「只要妳開始解釋,事情就容易多了。」

她沮喪地聳了聳肩。

「把妳知道的事告訴我。」他堅持道。「不必從頭開始講。」

「他們綁架了茱莉安娜。」她脫口而出。

「誰是茱莉安娜？」連恩試著讓自己的語氣聽起來很感興趣，雖然謎團中的新線索讓他興奮不起來。

「她八歲而已，我照顧她。茱莉有時候會幫忙。生前的時候。」

有道理。茱莉．伯納德碰巧在錯誤的時間出現在錯誤的地方。無論是誰綁架那孩子，都得解決所有目擊證人。這就能解釋迅速造成的刺傷，那和其他遭到玩弄的受害者不同。

「妳為什麼不報警？」

「你說『為什麼』！？」她眼中湧現了淚水。「這樣你們才不會把我拖來這裡！你們只會找尋最簡單的解決辦法。我的公寓裡出現一具屍體，就一定是我殺的，對吧？太簡單了。把我當成謀殺案的嫌疑犯來逮捕就好。你們拿走了我的電話，我甚至不知道他們有沒有聯絡我。只要你們把我關在這裡，我就沒辦法找她，什麼事都不能做！」

「我來解釋一下。」連恩向桌面傾身。「妳會被逮捕，是因為某人在妳的公寓裡遇害，妳卻沒報案，妳才因此變成了主嫌。或許早就有人在尋找茱莉安娜了，但妳也沒報警說明這件事。」

「你們真的會花時間找她嗎？」

「也許很值得去找找。」

「這也改變不了什麼。你們還是會把我抓來這裡。」她猶豫了一下。「我……還能報案說有人被綁架了嗎？」

「當然可以。」連恩點了點頭。「只要妳說出我需要知道的事就行。還有誰死了？謀殺名單上還有誰？下令殺人的人是誰？原因又是什麼？」

「我不知道！」她想攤開雙手，但手銬卻限制了她的動作。「在你們逮捕我們之前，我們也試著想搞清楚這件事，並找到抓走茱莉安娜的人。」

「如果妳想幫茱莉安娜，就要先告訴我真相。」

「你保證會去找她嗎？」

「我保證。」他撒謊道。「但我們得先弄清楚妳知道的事。如果佐爾強迫妳犯罪，現在就必須告訴我，除非妳想直接去坐牢。」

當他駕車要離開停車場時，就瞥見從分局前的豪華轎車中走出來的炭黑色西裝身影。和北部工業區的軍武科技倉庫出現的那個人一樣。肯定是他，毫無疑問。連恩對臉孔過目不忘，他能隨時隨地召喚出的夜城警局資料庫也幫了大忙。他應該要感到擔心，但他沒有這種感覺。他的心思已不在這件事情上。他覺得自己像是逼近獵物的掠食者。他很靠近了。謎底正逐漸如拼圖般組合在一起——他能看到它在眼前浮現，有些部分仍然模糊難辨。他的角度有可能上下顛倒或左右相反，但所有線索都已唾手可得。

車程很短，只有幾個街區的距離。他把車停在幾近相連的巨型高樓陰影之中。根據法規，他應該要在儀表板上顯示他的夜城警察局證件。他四處打量停在附近的車輛，稍作猶豫。老舊的車子加上坐在修車廠前方路肩上正偷偷地打量著他的可疑人士。管他的。他把身分證塞進雜物箱裡。

他看過狀況更糟的巨型高樓。這裡的中庭相對乾淨，對講機也能用。連恩沒有使用他的警方代碼。他把手移近鎖上的感應器，等待他的解碼器完成破解協定。

十部電梯中有四部壞了，而其中一部上頭貼滿了殘餘的警用膠帶。他和某個眼袋很深的女人一起踏進電梯。她轉身避開他的目光——可能知道他是條子。他沒理會她，僅僅在腦海中整理那樁奇怪闖空門案件的報告。沒東西被偷，也沒人受傷，但槍戰導致其中一部電梯損壞。

他走出電梯來到四十五樓，走向另一部被黑色塑膠布蓋住的電梯。他往塑膠布切開一塊小開口並往裡頭窺探。裡頭有十幾個彈孔，從範圍看起來是自動武器造成的。等彈道鑑識人員完成更重要的調查後，就會來進行確認。但也可能不會。唯一重要的事是公寓房客的名字：佐爾。值勤員警輸入了這項資訊，也提到保全畫面有兩小時的空白。就此結案。

公寓房門就在損壞的電梯對面。這次他的解碼器花了整整三十秒才打開門鎖。當門終於發出嗶嗶聲並滑開時，警探便踏進屋內。電視立刻啟動，播出了一連串廣告。連恩用力一揮便將電視關掉，接著轉身打量四周。當前面幾發子彈打穿門板時，槍手已經在公寓裡了。逃跑的人或人群已成功搭上電梯逃到一樓。真怪，電梯門要花兩秒或三秒才會關上。時間已經足夠把整個彈匣中的子彈打到某人身上了。

除非槍手根本不想殺死他們？

坐那部電梯的人很可能是因為知道它直接通向公寓門口才搭乘的。這代表他們以前來過或住在這裡，沒料到會有人在此伏擊。這還有待驗證。

警探環視公寓房間的四周，只有採極簡風格的基本家具。住在這裡的人是個單身漢，可能沒有社交生活，或只是來這裡睡覺。沒有零碎的廢物、印花馬克杯或是店家強行塞給客人的廣告垃圾。

連恩走向冰箱檢查裡面的東西，只有同種口味的基本餐盒。讓人吃不飽也餓不死。垃圾桶中沒有空啤酒罐，也沒有菸屁股，住在這裡的人彷彿是個機器人。考量到他和佐爾交談幾分鐘所留下的初步印象，這可能不算是最荒謬的比喻。

他檢查衣櫥內部，裡面什麼都沒有。或許他不該繼續待下去了，他沒有搜索票或正當理由——就法律層面而言，他已經非法闖入民宅了。

還要做最後一件事。他拉開大衣的下擺，坐在面對小書桌的椅子上，椅子並不舒適。偷看一下腦機面板的搜尋紀錄應該沒什麼關係。

為什麼要用它瀏覽網路？說這是麻煩，可能都太小看它了。可能是想避開廣告？還是要避免受到追蹤？

或是要避免留下蹤跡。

連恩花了不少時間仔細檢查腦機面板的配置，要破解密碼一點都不難。

過了一小時後，他稍作休息以整理思緒，並泡了杯咖啡，味道比分局的咖啡還難喝。

腦機面板的配置非常零散，只有幾個資料夾。和他猜的一樣，佐爾用腦機面板閱讀許多來源的新聞，官方和非官方的都有，沒有其他的了。他每天會花上幾小時點擊講述軍方、時尚業和工程界最新發展的文章——甚至還看育兒建議，也看針對同性戀、雙性戀和其他性傾向的廣告。這些廣告似乎以隨機方式進行選擇，毫無可辨識的模式。他的活動紀錄只能追溯到幾天前。也許他會固定刪除歷史紀錄？

腦機面板並不是為了追蹤使用者的分析數據而設計的，幸虧連恩自己的個人軟體辦得到這件事。這種沉悶的調查方式讓他異於局裡其他警探，他們一向只會自吹自擂，渴望直接行動的機會。

佐爾的個人資料平淡無奇。這很奇怪，因為每個人都有喜好。即使他們自己沒有察覺到，但有些人還是喜歡玻璃杯勝過普通杯子，偏愛扶手椅而不愛沙發，偏愛跑車而非休旅車，或是喜歡蘋果汁更勝柳橙汁。令人佩服的是，佐爾居然成了統計學上的一個問號。演算法無法做出明確的判斷。

連恩判斷不出任何既定模式。不過另一方面……他可以用警探軟體查一項參數。那項參數在腦機面板的作業系統中看不到，但如果你在系統檔案中鑽得夠深，就能在紀錄中找到。在腦機面板的製造商也許從未探究的層級中，謎題的另一塊拼圖就這麼出現了。如果你根據閱讀時間來過濾篩選所有文章，就會發現他花最多時間看的文章有一個共通點——一個關鍵字。某個高階企業人士的姓氏。

他回想起當年，那時捷德還是個苗條而結實的警官。當時，他還沒讓自己年復一年地怠惰。等到他終於成為局長時，他早已變得像隻緩慢又過重的鬥牛犬了。

「你找我嗎？」連恩在門關上時立刻開口說道。

「坐下。」局長示意他坐在其中一張椅子上。

這個辦公室彷彿是個時間膠囊。自從捷德前任的前任以來，這裡或許就沒有改變過了。當連恩剛加入警隊時，可能看過兩次。就算分局內部已重新整修兩次，局長辦公室仍完全沒變。捷德的外型彷彿已完全適應辦公室本身了。

連恩坐了下來。

「要威士忌嗎？」局長在桌面上騰出空間，並避開連恩的目光。

「我還在值班。」連恩開始擔心起來。他相當了解局長，也清楚對方這時的狀態和以往不同。「發生什麼事了嗎？」

捷德併攏雙手，深吸了一口氣。

「董事會已經批准你提早退休的申請了。」他說，彷彿得要趕緊擺脫而說出這句話。

連恩一動也不動。

「我沒有提出申請。」

「今天你走出這扇門之前，就會提出申請了。」捷德努力保持冷靜，但他的聲音隱藏不了他的情緒。

「這到底是搞什麼鬼？」連恩站了起來。「是我做了什麼事嗎？」

局長搖了搖頭。

「你的表現很好，遠遠超出平均水準，一向如此。」他回答。「我不否認，你是我們最棒的人手之一。」

「這算是個人私怨嗎？我什麼時候惹過你了？當你需要我時，我都會提前結束我的假期，處理最糟糕的案件時也沒有怨言呀。」

「這個嘛，事情就是這樣。退休後就不用再鏟屎了，你可以花更多時間陪伴家人。」

警探眉頭深鎖。

「這些事和我家人有什麼關係？」

「聽著……我們夜城警察局負責將罪犯關進牢裡，和維持秩序之類的。但我們不干涉政治，我們遠離政治，越遠越好。」

「這和我抓到的那兩個人有關嗎？」連恩用大拇指指向身後。「你和我說這叫政治問題嗎？」

「我只能說，這情況就是一坨冒著熱氣的政治大便。有陣棘手的風暴正在醞釀，但我讓事情安定下來了。」

「他們只是一群笨手笨腳的小毛賊。」連恩快速地說，彷彿想在捷德打斷他之前盡可能把話說完。「更像是想鬧事的新手。他們顯然沒有殺害茉莉．伯納德或其他人，但我因此更需要充足時間調查，才能找出真凶。他們在計畫一件大事，在更多無辜的人送命前，我必須率先弄清楚這件事。再說，我們在幫這兩個人大忙。他們在外面根本撐不了一個月。警局的小子們逮到他們向蠻獸派買非法槍枝，還在光天化日的街頭上。我需要知道原因是什麼。」

「這就是他媽的關鍵：不要在那裡撐到最後，只為了找出原因。」捷德從桌下拿出一個酒瓶和兩個玻璃杯，並倒了酒。「相信我，這是為你自己好。」

「這個案子誰要接手？」

「根本沒有案子。」

「你打算要吃案嗎？」

「對了，也順便和你說，我知道你在植入物和專業軟體上投資了很多……我想等你晉升到督察長之後，就能負擔那些東西了，也會拿到比較好的退休金。」

捷德走向連恩身邊，並遞出一個酒杯。

「我在值班。」連恩盯著半空中看。

「已經不用了。」捷德硬是將酒杯塞進他手裡。「恭喜你退休了。」

也許某處有一間祕密實驗室，擁有比聖物更好的機器，可以精準傳輸完整人類大腦複本，但他也無法證實此事。他手上只有較不精確、較老舊的自創版本可用。艾伯特不擔心後者，他可以輕易捨棄過去這幾天的記憶。他可以稍後透過遠端來傳送資料。他所擔心的，是當讀取過程完成後，他的複製體會變成他所有情緒狀態的一團雜亂綜合體。他希望那不會引發任何問題，但他也無法確定。

他腦中閃過一個點子。一個簡單的想法。如果他無法製作出細節完全相符的完美心智複本，那就得要簡化過程，而且是極度的簡化。那不會是完美的複製體，只是和原始本體會有相同行為的版本。與其編寫每個突觸的狀態，能儲存記憶、個性和習慣就夠了。結果不會變，或至少幾乎相同，但可大量降低需要的資料量和運算能力。

以這種方式讀取他的意識並非毫無風險。比如說，艾伯特必須得到毫無限制的完整連線，只有在連到網路時才會切換到加密模式。他最近幾次連線的目的，都是為了將第二階使用者適應過程上傳到洞穴。只有穩定又大量的資料串流，才能確保複製體的高保真度。

讀取他意識的實際過程在背景中進行，他不會感覺或注意到。艾伯特只會感到輕微的疲勞。

他之所以能讀取的唯一理由，是因為第二階原本的內建功能可以讓介面適應使用者。他決定給他的意識資料包全新的視覺形象：裝滿不同綠色畫素的方塊層層疊疊地堆在編碼柱後。它們位在他收割的紅色叢集對面，紅色代表還需要進一步處理的資料，黃色代表已審視的有用資料，灰色則象徵廢棄。他把綠色方塊擺在遠處以免擋路，但仍在可觸及範圍內。新方塊隨著明亮綠光接二連三地出現。

這裡只有一個小問題：他仍不知道該如何突破「黑牆」。為了達成這點，他需要更強大的處理能力，而無論技術級別，目前所有竄網裝置都辦不到這點。

「這個世界座落在微妙的平衡上，只有共同合作能維繫一切。並非所有人都明白這一點。有些人只想犧牲別人來取得利益，管平衡去死。」

「我將會保有我私生活的清白純淨，作為人們的榜樣。面對危險、輕蔑或嘲諷時，我將保持勇敢與冷靜。我會自我克制，並持續牢記留心他人的福祉。」

「但在表面下，戰火會持續醞釀，等待全力爆發的時機。相互保證毀滅將對人類生命帶來浩劫。每個人都是輸家。」

「在個人和公開生活中，我會持續履行思想和行為上的誠實。並成為遵守國家法治和部門法規的典範。」

「夜城比美國其他城市更清楚這點。我們的職責是永遠不讓它再度發生。」

「我永遠不會做出自以為是的行為，或讓私人情感、偏見、敵意或友誼影響我的決策。」

「有時候，考量到所有參與者的利益，得將官方說法和真相分為兩件事。」

「我絕不對犯罪妥協，也將毫不留情地制裁罪犯。我將謙恭有禮地執法，不受恐懼或偏好、惡意或邪念行事，永不使用非必要的武力或暴力，也永不收受賄賂。」

「妳似乎明白這世界的運作方式了。這有助於我們未來的合作。」

史丹利站了起來，扣起炭黑色的西裝，一語不發地離開了。在空無一人的自助餐廳裡，桌上有杯沒人碰過的咖啡。菜鳥內心矛盾地看著這杯咖啡。她裝出權衡利弊的姿態，彷彿自己還有選擇。她拿出平板電腦，輕敲著螢幕，在職業生涯中首度勾選這個空格：結案。

她站了起來，咬了上頭有萊托餐廳標誌的自助餐點最後一口，再整理拉平她的制服，戴上警帽並走到廣場上，有三百名眼神明亮的警校學員正在此宣誓就職。她還有更重要的事要處理。沒人注意到她遲到，也沒人察覺到從側門離開的那位企業人士。只有站在一旁的連恩發現了。

局長捷德繼續背誦誓言。

「我深知我的職位警徽象徵了公眾的信任，我願將其視為維繫大眾的信任，並效忠警職的道德準則。我會持續努力實現這些目標與理念，在上帝面前將自己奉獻給我選擇的職業：執法人員。」

第十一章

黑雨猛烈地打在擋風玻璃上時，他加速向上駛入天空中。左側的夜城逐漸縮小，陷入一片黑暗。遠方的地平線上出現一道火光。他試著將節流閥開到最大限度，但他知道已經太遲了。新美國空軍浮空載具（NUSA Air Force AV）從無人地的高空中劃過，這是數英里範圍中唯一的飛行器。他違反了停火協議，但他毫不在乎。他停在距離火焰高度數百碼的地方，大約四分之一英里的上空。無論底下有什麼，都已經消失了，住在那底下的人也已死了。他在這裡也感受得到高溫，沒有任何人事物得以倖存。他們的房子不見了。妮可（Nicole）和布雷德（Brad）……都死了。

他轉彎以避開寬度近一百碼的黑色濃煙龍捲風。這景象彷彿火山爆發，直接穿過濃煙肯定會送命——雖然計畫中是要這樣做，但現在還不行。等一分鐘……可能等一分半吧。

就算沒有夜視能力，也能清楚看見它們。那些炭黑色的船艦比科羅納多灣的水還黑，發射導彈的是哪艘船？得為這個人間煉獄負責的是那一艘？沒辦法確認了，他選了最近的那艘船。浮空載具機首下的六枚飛彈應該可以完成任務。他們的科技發展也許先進了二十年，但他們沒機會躲開，在這種距離下根本辦不到。十五秒、二十秒後就會擊中。他們的防禦系統還來不及快速反應。之後他也躲不掉了。他清楚對方會即時反擊，但他已準備好了。

他用拇指把開關罩往上撥，再仔細瞄準，鎖定目標並快速呼吸了三次……

「你有找到他們嗎？」艾雅望向艾伯特。

少年搖了搖頭。可以從他的外表看出他的感受：精疲力竭。

「不要那樣看我！不然我該怎麼辦？直接攻擊那些條子嗎？還是和蠻獸派拳打腳踢？如果我沒立刻溜走，我們就拿不到這些槍了。」羅恩頑皮地對佐爾咧嘴一笑。「而且還免費。出乎意料地搞了那些蠻獸派。呃……」他拉下臉來。「當然要戴上用五層防水膠帶纏住的保險套，還要泡消毒劑。但情況也好不到哪裡去，因為……」他瞥向艾雅並怯懦地聳肩。「他們被惹得火大了。但我也離題了。」

此時是午夜，五個人都待在廚房吧台前。艾雅從冰箱裡拿了一大罐維他命飲料。她看著自己的手，它似乎完全遵從她的意志，至少目前是這樣。

先工作，再保養。這讓她感到痛苦，但她別無選擇。「我們沒時間了。」她說，但比較像是自言自語。

「我弄到有很多蛋白質的東西了。」羅恩對佐爾說。

「看起來怎樣？」佐爾伸出手臂讓羅恩檢查。

神機醫握住手臂並仔細檢查皮膚表面。

「不錯嘛。」他停頓片刻後回答。「至少在我看來，你的額頭上還沒長出老二。但我需要在診所的手術椅上好好檢查你。」

「要開二十分鐘的車。」佐爾說。

「如果蠻獸派認出我，他們就會在那裡等。」

「他們怎麼會認出你？你坐在至少六十英尺外的車裡。」

「喝完你的高蛋白吧。」羅恩說，並避開話題。「他們怎麼會放你們走？」

「有個年輕的警探過來。」艾雅聳了聳肩說道。「說我們可以走了，就這樣。」

「你們倆還是和平常一樣狡猾。」羅恩走到冰箱旁。「誰想喝些東西？我指的是貨真價實的酒。」

「考量到我明天有職業生涯中最重要的一場會議。」蜜蘭娜往天花板吐出一團煙霧。「我加入。我要十二分鐘熟成的威士忌。」

「只有十二秒熟成的。」

「沃登聯絡了嗎？」佐爾問。

「還沒，但我有個點子。」羅恩把兩個塑膠杯擺在流理台上，這裡沒有玻璃杯。「這可能是點子史上最棒的點子，我沒開玩笑。」

「快點說。」佐爾打岔道。

「我們從沃登手上偷走容器，然後……留著它。」

每個人都訝異地盯著羅恩。現場安靜得能聽見針掉下去的聲音。

「為什麼？我們要它幹嘛？」艾雅問。「沃登已經付我們五十萬了。」

「因為它的價值遠遠超過那個數字。」

蜜蘭娜搖了搖頭，熄掉她的菸，伸手拿起裝有琥珀色液體的杯子。

「容器的價值不重要。」佐爾說。「重要的是，沃登付了我們五十萬。那就是合事佬該辦的事。」

「但你們好好想想。五十萬分給五個人，每個人只會拿到十萬。」羅恩堅持道。「最後也算不上一大筆錢。」

「沒人要分錢。」佐爾說。「你會買新手臂然後治好艾雅。剩下的錢我們會用來購買更好的武器和裝備，準備下一份工作。然後，我們才會分錢。」

「我們最好把所有錢都押下去。」羅恩爭論道。「誰知道我們還能不能找到下一份工作。」

「如果我們出賣沃登，就絕對找不到工作了。沒人會再和我們合作。」

「除非沃登先殺掉我們。」蜜蘭娜補充道。「至少他會是第一個排隊動手的人。」她把酒一飲而盡，並看了羅恩一眼。「大家去睡一會兒吧。明天是個大日子。」

艾雅目送著他們離開。先工作，再保養。

這是新狀況。這個不明裝置的名稱是 ArS-03。它在無線範圍內，這代表它就在附近了——要不是在這棟建築，就是隔壁。艾伯特啟動了他所有反入侵，並企圖建立連線。他遭到拒絕，對方的態度有禮卻堅定。他嘗試了比較不巧妙的手法，並使用不同的協定。得到的回應相同。他放棄想要駭進去的衝動。在不清楚裝置本質的狀況下，他不確定它對明確的侵略性行為會有什麼反應。

最讓艾伯特感興趣的是回應時間。他檢查了從自己傳輸查詢到對方婉拒之間的時間間隔。時間幅度小到幾乎無法測量。無論 ArS-03 是什麼，它的反應都快得誇張。

平靜的金屬喀嚓聲傳入了網路空間。他切換到客廳攝影機。佐爾正在維修武器，沒什麼好擔心的。艾伯特關掉畫面，阻隔了來自真實空間的所有聲音，並開始仔細檢查這個神祕的裝置。

他在客廳中央拆解了狙擊槍，並再次檢查每個零件。歌舞伎的糖果販子沒有撒謊，它的狀態確實近乎完美。他腦海中記得要如何使用這種狙擊槍——問題是他的身體是否也記得。追蹤目標

和雷射導引一定有用，但無法只靠這些功能完成任務。

艾雅站在他身後，把雙手放在他肩上。她的觸碰讓佐爾對自己正在做的事失去了興趣。感覺很舒服。他起身面對她，她幾乎比他矮了一顆頭。他吻了她的前額，立刻覺得自己像個蠢蛋。她抓住他的後頸，和他四唇相接。

她牽著他的手，走進他們的房間。她關上門，背部靠著門並掀起他的上衣。接著她把他推到床上，拉開他的褲子拉鍊並扯掉褲管，露出他赤裸的雙腿。

床墊涼爽得令人舒適。企業廣場微弱的霓虹燈光從窗戶灑落進來。夜城警察局無人機的號誌燈在夜空中規律地閃爍。已經過了凌晨兩點，身處這種高度時，市區的嗡鳴聲幾乎傳不到他們耳中。

他們倆都知道，睡意不會太快來襲。隔壁傳來蜜蘭娜此起彼落的喘息聲。在這時刻，根本無法抗拒這種氛圍。

艾雅脫掉自己的上衣，佐爾也隨之脫掉四角褲。他們倆的動作感覺起來一點都不自然或流暢。他覺得自己很笨拙，她則認為自己一點氣質都沒有，但這只讓慾望變得更濃烈。她集中注意力，用思想指令讓身體釋放她所謂的女性魅力，只不過她這次也準備讓自己深陷其中。效果很成功。佐爾和艾雅尷尬的不確定感似乎已經消失，也同時失去了控制。

他睡不著。總之，這都是在浪費時間。他飄浮在網路空間裡，無助地盯著從神祕裝置收集到的零星資料。他企圖迫使它配合，就算用上最巧妙的手段，最終仍得到同樣的婉拒。他目前得先放棄了，還有很多事得做。

他啟動公寓中所有攝影機的直播畫面，立刻就感到後悔了。如果不同時代的人類演化對他而言不完美，那創造下一代的行為就更讓他反感了。為了生下有最高機率能適應環境並存活的後代，人類做出兩性的區隔，還為了尋求伴侶而進行無意義的儀式。這種行為對他而言荒謬地難以理解。更別提生殖行為本身了。太噁心了，交換體液、觸摸、擠壓和摩擦各種部位。最後你會得到另一種原型產物，甚至還不是前一代的加強改進版本。遺傳變異只是無意下的隨機產物。無法預先設定這些變異，你也無法影響最終結果。這太荒謬了，不只浪費還沒效率。世界變遷得太快，沒必要將時間和精力浪費在亂槍打鳥上。

噁心死了。

她的手輕輕撫過他的短髮，發出沙沙的聲音。她想像著，吹過高草的風聲聽起來應該就是如此。天空正慢慢轉變為粉紅色，離日出只剩不到一小時。他們一起躺在凌亂的床單上。

「她媽在瑪里酒吧工作。」艾雅解釋道。「有天她惹到不該惹的人……隔天她就不見了。沒人找到她的遺體過。我本來只會照顧茱莉安娜一晚。她當時快七歲了，完全沒有意識到自己的情況。她沒有家人，也沒人可以照料她，所以她就留下來了。當我去上班時，我們的鄰居茱莉就會照顧她。」

她翻身側躺，手臂環抱佐爾，緊密地貼著他的背部。

她緊捏他的手。

「我……我沒辦法生小孩。」她悄聲說道。「茱莉安娜是我的一切。」她想說：還有你。

佐爾將她緊擁入懷。

「我們會找到她的。」他毫不猶豫地說。「我們會把她救回來，然後去舊金山。」

他們真的辦得到嗎？過了幾小時後，一切就會改變。明天——不，今天他就會實現他的人生目標，這意味著……

他望向窗外，看著他痛恨的這座城市，但他從來沒去過別的地方。就在昨晚，他才在計畫要如何瓜分沃登給的錢，但他打算在今天中午前所做的事，代表這一切之後都將無關緊要了。兩項計畫互相抵消……他感覺到心裡有兩股不同的力量發生了衝突。那是兩種對立的身分。

他想說些別的話，說點聰明又重要的話。他轉過頭去看向艾雅，她卻已經睡著了。

「妳太像妮可了。」他近乎無聲地說。

在北部工業區的上空，浮空貨輪航行燈發出的紅光閃爍著，照亮了曾是辦公室的昏暗內部，以及其他剩餘的空間，裡面擺了黑色扶手椅、一台關閉的主機和一排貯藏櫃和容器，裡頭裝的或多或少都是非法的物品。大房間中的床是最近才加裝的。

別再想了。卡拉把頭靠在傻傻的胸膛上。萊斯到哪裡都找得到我們。

她這兩個念頭都對。沒錯，他無法停止想這件事。沒錯，如果萊斯有理由（像是假如傻傻決定私吞容器的話），那隨時隨地都找得到他們。他分析了所有可能的結果，彷彿在下一盤困難的西洋棋局。他不喜歡意外的驚喜。現在，他離要做出行動還有很長一段路要走。

卡拉在半睡半醒的舒適狀態中偷聽他的思緒。她擔心自己無法分辨哪些是模擬程式的想法，哪些又是他的真實計畫。傻傻不想打斷她，反正她很快就會睡著了。

為什麼要偷一堆巡邏無人機電池？那不是最好賣的暢銷商品。就算找到對的聯絡人也很難脫手這麼大量的東西。這代表他們要自己拿來使用，這最有可能和容器裡面的東西有關。

狄希正在睡覺，他還抱卡拉的背部，彷彿怕她會拋下自己。她伸展身子，發出了咕噥聲。她喜歡在感覺到他撫摸她大腿時入睡。

傻傻猶豫著，不願進入恢復期。他要求一切都得要完善，這代表他在腦中已考量過每種可能情況了。

另外一個房間裡的茱莉安娜沒有任何動靜。那天晚上，狄希給她一台裝滿遊戲的平板電腦時，她選了款遊戲並立刻沉浸其中。她很快就變得拿手，彷彿之前已經玩過很多遍似的。她瞬間就搞懂了遊戲機制，一點都不像她探索真實世界的方式。當卡拉殺了那個老太婆時，她完全不覺得害怕。甚至沒有一絲訝異——她聽話地和他們離開，也不曾試圖逃跑，只溫順地待在他們安排的房間。門沒有上鎖，她從來沒想過要開門。也許她睡著了，或是還在玩遊戲。

最重要的問題是，她到底有沒有足夠的價值，能迫使那群烏合之眾屈服？

他應該要更緊張一點才對。他已等待這一天好幾年了，但他還是冷靜無比，彷彿像是走進商店裡買一包菸。有些人可能會好奇他肩上為何扛了個長袋子，但很難想像有人會因此而做些什麼。條子或是幫派分子可能會，要避開前者並不難，而後者不太會在這個時刻出沒。

佐爾沿著街區走，並繞進大樓昏暗的中庭。他從來不曾來過此處，但由於某種理由，他知道就是這裡了。通行面板已經斷線，但只要往內推開舊門，就能把它打開。只有一台電梯能用，但他走樓梯好避免碰上任何居民。三十樓，這一帶的建築物沒有更高的了。

「十一點半，外層電梯。」這是蜜蘭娜給他的唯一情報，其他狀況他就得靠自己摸索了。

他連一滴冷汗都沒流。他新安裝的晶片植入物之一自動調節了他的體溫，另一個植入物則管控他的血糖濃度。屋頂上的電梯室放置了引擎和其他設備，成了存放不同物品的庫房，這些物品的主人早已過世——最有可能是先前的大樓管理員。他怎麼會知道這一切呢？

門上的絞鍊生鏽了，根本沒人想要闖進這裡。他從裡頭往外望去，能看到企業廣場上的高樓頂端。這是完美的狙擊手埋伏處。除了步槍可使用的開放空間之外，四周都是水泥。

他到底怎麼曉得該來這裡呢？

十點十三分——離預定時間還有一小時，不過那只是粗估時間，實際可能會花上兩小時。他組裝好狙擊槍並大致檢查了一下，再將一張床墊拖到門口前。床墊可能已在此多年，但它完好如初。百分之百由合成材質製成。就算過了一千年，看起來可能也一樣。

他以冥想姿勢跪坐，花了五分鐘清除腦子裡無關任務的一切情緒和念頭。接著他在泡棉上擺好姿勢，將所有系統連結到狙擊槍的介面，再叫出一切與濕氣和氣壓相關的資訊，以及最重要的數據資料，即槍管和目標之間的風速和風向。這一切數據都直接傳輸到他的神經網路中。

床墊有點濕，但佐爾將注意力集中於一點二英里外沿著高樓外層移動的電梯上，從這裡能清楚看到它。他不可能在這種距離外辨認出目標，更何況還隔了兩層玻璃，甚至是三層。因此，每當電梯從最高處下降時，就會有一組雷射用不同的頻率掃描它內部，找尋正確的臉部形態。如果人臉辨識做出確認，他就會開槍。

七年前擊沉那艘船的行動，原本應該是他的復仇。但實際上差多了，還給了他更多的動力。不該責怪執行命令的人，該責怪下達命令的人。

他調整了自己的光學裝置，雖然這並非當務之急。他將一枚半自動導向子彈裝進膛室，接著與其彈道輔助處理器進行配對。隨著一微秒長的延遲後，一道雷射就在接下來幾秒內校正了他的狙擊鏡。在開火前，他得重複這項過程好幾次，希望高樓的保全系統不會偵測到這一切。

他肚子朝下趴著，將食指扣在扳機上方。這世上只剩下他、狙擊槍及那座高樓，其他事物都不復存在了。

浮空載具會比裝甲轎車更安全嗎？很難說。如果汽車引擎損壞了，車子就只能停下來。浮空載具就不同了。儘管身為保全主管，史丹利卻不太注重自己的人身安全。從軍多年的經驗，已經訓練他遠離所有潛在威脅，並以統計學為基礎來進行維安。畢竟，魔鬼就藏在那些數據中。不過，在城市裡行動時，他寧可使用汽車，也不想搭浮空載具四處飛，然後找不到方便的著陸點。

他在軍武科技總部前的車道下車，這條車道的設計旨在破壞任何潛在狙擊手的活動。防禦要素巧妙地偽裝成裝飾，像是華麗的噴水池，或是十幾英尺高的紀念牌，上頭刻有七年前在統合之戰[38]（Unification War）中喪命的工人名字。

他走進大廳，出示他的身分證，並穿過保全閘門，完全無視警衛的抗議。他們抓住他，差點要將他撲倒在地，再把他推回掃描器。大廳遠處的兩名警衛早已舉起了步槍。

這是老傳統了。他會試圖溜過那道保全閘門，而他們則會阻止並掃描他——毫無例外。他們完全清楚他的身分，因為他們每天都會見到他。他本人強制要求執行這些程序，也無情地開除任何不敢搜查他的人。

一切都是為了數據資料導向的安全性。

「我就直說了，勝男先生。我們無法在基於模棱兩可的假設上來達成協議。不管你提供百分之十或二十都一樣，如果你們不曉得給的到底是什麼東西，就完全沒有差別。如果我們不明白這項協議的基礎是什麼，就無法確定荒坂集團是否會履行承諾。這會讓我們陷入尷尬的處境。」

「軍武科技的處境不僅是看起來尷尬，是名符其實的尷尬。埃尼亞斯計畫百分之百仰賴荒坂集團的科技。」

「在二〇六二年的事件中失誤的那項科技。」

「在那之後，我們有足夠多的時間改善缺失並加強必要保障。」

「另一邊的對手也是。」蜜蘭娜冷靜地反駁對方。「假設它們的運算能力、人工智慧、執行解決方案的速度已超越我們，甚至是創造力。因此我們必須確知我們要對抗的是什麼。你認為另一邊會抱持著溫和的態度，勝男先生。但經驗指出完全相反的結果。」

38 譯註：在二〇六九年和二〇七〇年之間發生在新美國與北美自由州（Free States of North America）之間的戰爭。

「所以我們才需要採用額外的防禦措施：過濾器、多重斷路器，以及其他必要的手段。」勝男以相同的冷靜態度回答。「當然，也要完全隔離實驗地點。」

得短暫休息一下，因為他已經等了半個小時了。他站起身，做了幾下深蹲和其他基礎運動，再閉上雙眼。他略微察覺到體內的系統正在執行全身肌肉的放鬆程序，但他沒有理會這種狀況。任務才是最重要的事。他知道目標隨時會出現在殺戮區。這是計畫中的既有風險。

他在三十秒內就擺回原本的姿勢，再度拿起武器。他和武器合為一體。除了膛室中的三發半自動導向子彈外，他的彈匣裡還有尚未啟動的三發子彈，當作備用彈藥——即便他不需要它們。佐爾的視野只能看到高樓的一部分，這代表他有二十秒的空檔能看到下降中的電梯。子彈的飛行時間不到四秒。如果沒打中，就裝填下一發子彈，進行配對，再校正狙擊鏡，射出另一發要花四秒的子彈，過程總共會花上二十三秒。如果第一槍沒打中，一切就白費了。一點二英里——這種距離非常接近狙擊槍的最大有效射程了。只要出現些微的動盪干擾，子彈的拋物線就會大幅偏離目標。他很需要第二槍。

這個距離加上玻璃反光，以及超出人類能見光譜範圍外的波長，讓他的視線變得模糊。他明白自己不可能一槍直接命中。他將膛室中的精準彈換成了爆炸彈。不到一秒，它就會將電梯中的一切炸得血肉模糊，連屍體都找不到。

「萬一這還不夠呢？如果另一邊有敵意呢？假如是這樣，我們就該動員所有安全措施——我們必須團結禦敵。」

「我要怎麼看待這件事呢？妳到底要我們做什麼？」

蜜蘭娜猶豫了一下，不過接下來的台詞她已演練多次了。

「我們要讓我們的研究人員加入埃尼亞斯計畫。」

勝男凝視著她好幾秒。

「這恐怕不可能。」

她不認為會有其他答案。如果換成她，她也會說同樣的話，或是提早退出這場談判。

她很想抽菸，但這也是不可能的事。從勝男的行為中，她試著判斷他是否和她前天差點遭到綁架的事件有關。儘管她有天賦、經驗，以及無數的植入物，卻無法看穿如一張白紙般的他。

如果不是他，又會是誰呢？

是史丹利嗎？

他總是對酒保們很友好，卻從不和她們調情。他時常去一樓的酒吧，態度也十分有禮，小費也常給得不少。這裡的餐點算不上健康，所以他只允許自己吃早餐。他的理由是早餐得飽含卡路里。午餐和晚餐才需要健康飲食。

史丹利算不上早起的人，比較像是夜貓子。他熬夜工作，起床也起得晚。沒人對此有意見，因為軍武科技的任務橫跨好幾個時區，不幸的是，這也表示會在半夜時接到意料之外的電話。

但今天不是那樣的日子。今天的一切都會照計畫進行。他會把那堆淋上了真正的楓糖、美味無比又不健康的鬆餅全吃完，再搭乘電梯到他的辦公室。

他透過電梯室的門口，注視著高樓最頂端的三十層樓。他躲藏得相對隱密，因此遠離了夜城警察局巡邏無人機的視線。他可以走去外頭，把身體靠在窗台上，他就能看見上百層樓，也就有開第二槍的機會了。但這太冒險了，無人機不到一分鐘就會發現他。

風險……這件任務和送死差不了多少。他一旦扣下扳機，對方的軍事或企業防禦系統就會沿著子彈的拋物線追蹤他的位置。他有多少時間能逃離現場？

他還沒仔細考量這件事。他的存在意義會和目標的生命一同終止。他知道這無法讓妮可和布雷德復活。沒有任何人辦得到。但這個男人得為他的罪孽付出代價。就像帶走茱莉安娜的綁匪一樣。

他應該要專注於眼前的任務，不讓他的思緒四處游移。但是，儘管他瞄準高樓的頂端，準備要殺死那個男人，他卻感受不到那種不假思索的純粹恨意。他想結束對方的性命，也完全辦得到——但基於某種理由，這已經不再是最終極的目標了。不，不是因為那個王八蛋一瞬間就會送命，還不曉得自己死掉的原因。

茱莉安娜。即便他們沒見過面，他還是忍不住想起她。可以肯定一件事：如果他成功完成任務，那他的生還機會就近乎是零。那麼誰會來救她呢？羅恩嗎？艾雅嗎？誰弄得到修復艾雅植入物所需要的那筆錢？

他的腦中浮現了這群悲慘的烏合之眾的身影。一切都不合理。沃登原先的計畫之所以會成功，全是因為純粹的狗屎運。

別再想這件事了。

他到底該怎麼做才能忘掉這些事？他的手掌因冒汗而變得濕黏。他的體溫控制故障了嗎？沒有，是他下不了手，他太緊張了。很自然，一切都是自然的反應。這種症狀很快就會消失了。

「你清楚這項計畫曝光之後的後果嗎？」

這是莫大的錯誤。她是故意這樣說的。

「如果發生這種情況，我們的談判目的也會曝光。」勝男的表情沒有改變。「是真正的目的，而不是在非洲合作的那套官方說詞。我們之間的討論已長達一個月，這也代表軍武科技已經知道埃尼亞斯計畫一個月了。與其通知有關當局，你們卻只想分一杯羹。就算你們威脅要揭露我們的共同祕密，恐怕也不怎麼令人害怕了。」

他站了起來。蜜蘭娜也照做。勝男微微點了點頭，走向門外。

談判以失敗告終。

喝第二杯咖啡能幫他集中注意力。他偏好自然的方式。當然了，他有一堆可以透過思想指令即時釋出的口內物質，但除非絕對必要，不然他不會使用這種方法。咖啡就夠了。

史丹利一動也不動地坐著，雙手交叉擱放在桌面上，讀著某份只有他有權限查看的計畫進度報告。目前局勢正在逼近關鍵階段。不管他在這裡或位於一百層樓上的辦公室閱讀都一樣。其他事情都可以再等一下。

他又喝了口咖啡。

又過了二十分鐘。仍然沒有任何動靜。該再恢復一次體力了。但萬一目標在此刻出現呢?他的作戰能力和射擊精準度每分鐘都在下降。一定要休息了。

佐爾將狙擊槍擱在一旁,閉上雙眼並重覆基本運動。三十秒?他可以縮短成二十五秒。不,規避規範一向沒有好下場。必須是三十秒,不多也不少。但是,在時間壓力下這麼做會有效嗎?更何況,他腦子裡充斥著一堆思緒。

消滅目標。不必猶豫。

然而,復仇只有在故事裡才顯得高貴。在現實生活中的代價太高了。不只是對復仇者而言是如此,他們心愛的人也得付出高昂代價。

茱莉安娜不是他的愛人。醒醒吧。

那艾雅又算什麼呢?

他隨時可以從電梯室中出現,爭取開第二槍所需的額外時間。他雖然沒有床墊可以躺,但羅恩裝在他身上的改造裝置能讓他的身體變得僵硬,除了用來瞄準和開火的肌肉和關節以外。他擁有這項選擇,畢竟他沒打算要脫逃。

直到現在。

史丹利支付了咖啡的費用，留下和過往一樣的小費金額。實驗體變得越來越難以控制引導了，但這就是整件事的目標：自主性。不論是實驗室測試、模擬，全都沒有用。得要冒險才行。史丹利沒辦法控制它，因為他不想這麼做。所以根本沒必要擔心。

他不慌不忙地走向電梯。

她到底在擔心些什麼？是企圖綁架她（甚至想殺掉她）的男人即將死去？還是因為談判失敗？從一開始，成功機率就微乎其微了。還是因為對她來說，這可能就是盡頭了？軍武科技很有可能不打算繼續長期留著她。管它的，反正她不幹了。

她剩下的人生還有多長？三十年？四十年？還是只剩下幾分鐘？

欠缺目標和挑戰，也算是一種死亡。可惜她沒問佐爾，一個人在實現目標之後，該做些什麼。如果真有任何人知道答案的話，就一定是他。

她踏上走廊。她從沒搞清楚名字的那位年輕助理正耐心地在門後等待。他的態度和藹，不容許公開拒絕和無禮舉止，同時又要求對方順從。當他示意她走向電梯時，就同時在她經過自己身邊時擋住返回的原路。對她而言，這動作並不必要，卻是慣例行為。儘管他永遠不敢碰觸她，她還是覺得他在心理上無形地將她往前推，催促她走快一點。不過，她還是放慢了腳步。

勝男在電梯前等待著。

她訝異地停下腳步，步伐暫時失去了節奏。但已經太遲了，他已經察覺到這點。她為什麼要在乎呢？談判早就結束了。

「這是我們最後一次見面了。」他說。「作為道別，我想花點時間，和妳從兩千五百英尺的高度一起欣賞夜城的天際線。」

那位助理靠近他。勝男迅速用日語對他說了幾句話，助理用同樣的語氣回答，一場簡短的僵局隨即出現。年輕人走得更近，但勝男伸出一隻手阻止他。勝男的手掌和助理胸口之間的距離肯定不到一英寸。他們就這麼站著，兩者都不願意讓步，勝男的臉上首次浮現近似憤怒的神情。

最終，助理稍稍鞠躬便離開了。蜜蘭娜這才明白剛才的狀況。助理想要陪同勝男進入電梯，畢竟那是他的職責，但勝男拒絕了。後果可想而知——你很輕易就能看出誰有較大的權力，但基於某種原因，還是必須做出這種慣例行為。儘管蜜蘭娜只是旁觀者，她仍感受到他們的強烈情緒。這位助理很有可能要面對嚴重的後果。在軍武科技和其他西方企業中，人們能為了自身需求而扭曲和改變規範。在荒坂集團，規範顯得神聖又幾乎不透明，彷彿浸泡在數世紀以來的傳統中。

「他是擔心你的安全嗎？」她在助理離開後開口問道，他則低下頭。

「我相信軍武科技會樂於看到我的死亡。不過，我不認為他們會利用妳來執行這件事。我不會說謊：在我們進行談判之前，我們就對妳進行過詳細研究了。」

蜜蘭娜心想，所以沃登才會選我。平淡無奇，不會對任何人構成威脅。

電梯的門打開了。勝男示意她進去。她猶豫了一下才踏進門。她這輩子不曾那麼緊張過。夜城夢幻般的市景在她眼前展開，包括黑伍德——特別是那些高達三十層樓的公寓大樓區域。

她的人生還剩下多久時間？半分鐘？四分之一分鐘？

事後留下來毫無意義。目的是殲滅目標。誰說他也必須要死呢？他可以拋下一切並找地方低調藏身，可能和游牧民待在一起。至少躲上幾個月。或許永遠待在那裡。艾雅只能自己想辦法了。

目標符合。

他的手指懸在扳機上。他的心跳速率完全沒有改變。一切都在他的控制之中。他的心底深處已經開始倒數了。六秒。

電梯正在下降，這是他等待多年的時刻。只要再過三秒，這一刻就會再度消失。他難道不應該有什麼感覺嗎？是刺激？還是喜悅？

目標符合。三秒。

他終於能為妻兒報仇了，他記得他們的面孔，但感覺如濃霧籠罩般模糊不清。他得要拋下艾雅了。經歷多年來的躲躲藏藏、爛工作、臭蟲子和垃圾爛泥，這一切就是為了這一刻嗎？

目標符合。三秒。

艾雅只能自己想辦法了。

兩——

他扣下扳機。

「他下手了……」

「確認。」

「成……成功了！」

「他堅持加快過程，超出可接受的極限……他得到自己想要的結果了。」

「那又怎樣呢！？都成功了！」

讀數劇烈地變動著，危險地逼近臨界點，但仍沒有超過它。

「一切都運作正常。」ＯＰ３再度興奮地確認。「指數很高，但仍在正常範圍內。皮質酮抑制劑已準備就緒。」

「真的成功了……」ＯＰ２又說了一次。

儘管他們興奮不已，還是得控制住情況。他們檢查所有可能出錯的部分，緊張地盯著螢幕看，並同步透過神經連結器在視網膜顯示器上過濾大量資料。他們逐漸說服了自己。

計畫成功了。

「我們有二十秒的安全交談時間。」勝男說。

「你在說什……」

蜜蘭娜努力整理著思緒。她不曉得佐爾的計畫，只是猜想他會使用有導向彈藥的狙擊槍。

「十八秒了。」勝男說。「我邀請妳來我家吃晚餐。帶妳的丈夫或伴侶——任何人都可以，以免引起懷疑。時間是晚上七點。這是地址和通行碼。」

他把一張卡片放進她手中，吃驚的蜜蘭娜把卡片放進她的皮包裡。她無法專心，每秒她都認為玻璃上即將出現一個洞。她想知道自己離勝男這麼近，會不會有生命危險。可能會有些彈片濺射。

「謝謝你。」她避開他的目光。「不過，我能問一下原因嗎？」

幸運的是，她的緊張情緒並不明顯，但她有權利表現出她的訝異。

「妳可以提供我某種東西，讓軍武科技和荒坂集團共同合作。只有妳能做得到。」

她望向黑伍德的低矮建築，透過雙層玻璃也能看見所有房屋。天氣很完美。那些房子的窗戶、天線和曾一度象徵過往優雅的電鍍外層，在陽光中閃閃發光。

他的光學裝置即時放大子彈，讓他敏銳地觀察它的拋物線。電梯中的目標是像素化的模糊圖案，輪廓明確而方正。佐爾只需要將子彈和十字準星維持在視野範圍內。用一般的狙擊槍時，開槍後就沒事了，但用這把槍時，他就得一路引導子彈至最終目標。

霧面金色的紡錘狀子彈以慢動作飛向電梯。佐爾的反應強化器讓一切變得有十倍到二十倍慢，彷彿浸泡在油裡。他的狙擊槍雷射來回傳輸，根據風向和空中其他物體的實際與預測移動狀態，持續調整子彈的拋物線。

十五分鐘內，整個夜城警察局和荒坂集團的企業部門就會開始追捕他。他不僅沒有脫逃計畫，甚至連逃跑用的車子都沒有。不，單靠逃跑還不夠，差得遠了。即便他奇蹟般地成功逃生，甚至完全人間蒸發，他們還是會找到其他人，這並不難。沒人能倖存下來。

子彈逼近搖晃不止的瞄準線。半秒鐘，這等於強化器時間的幾秒鐘。還有一點時間可以遲疑。從不明方向飛來的子彈所引發的迅速死亡，不會留給人任何思考的時間。你不會曉得哪裡出了錯，或是你做了什麼才引來這種事。你甚至不會意識到自己死了。迅速又毫無知覺的死亡——不，那不是佐爾追求的結果。赴死的時候，他得要知道是誰奪走自己的性命，還有原因。這就需要面對面才行，但該怎麼做？

半秒鐘，還有足夠的時間可以思考。他不需要思考，他已經下定決心了。

他把瞄準線轉向高樓空隙之間的那片海洋。

黑雨猛烈地打在擋風玻璃上。那些炭黑色的船艦比科羅納多灣的水還黑，發射導彈的是哪艘？得為這個人間煉獄負責的是哪艘？沒辦法確認了。沒辦法知道是哪艘光滑的黑色驅逐艦裡的王八蛋按下了紅色按鈕、立刻導致遠方的死傷。沒辦法得知是誰選定目標，又是誰裝上飛彈。每個人都有罪，就連製造船的工程師、空中交通控制員，甚至餵飽每個船員的廚師都一樣。所有人都把妮可和布雷德從他身邊奪走了。

「立刻降落！」指揮官的嗓音從雜訊中傳來。

黑雨猛烈地打在擋風玻璃上。如火焰般的龍捲風籠罩著公寓大樓，或許有半英里或一英里高，空中懸著一大片烏雲，因為它遮蔽了所有星辰而顯而易見。烏雲中落下黑色的雨水，其中有濃縮的溼氣，因先前的火勢而化為蒸氣，還有地面的濕氣、人體的溼氣。烏黑油亮的細細水流劃過玻璃。

他選了最近的船艦。六枚飛彈應該可以把對方擊沉了。艦艇不會有時間做出反應。它們都是舊世代的船艦，但它們不可能射下所有飛彈。只要有兩枚飛彈擊中目標就夠了。

他厭惡地看著抓住操縱桿的手。他無法想像自己待在別的地方。這裡離他的公寓有九百英尺的距離，他的公寓和其他數百間公寓一起深陷火海。這是場龐大的火焰風暴。沒有其他更適合他的時間和地點了。當他壓下了按鈕，他的生命就只剩下不到一分鐘的時間。如果當砲火擊中目標時，他立即回頭並立刻扣下節流閥的話，可能還有一分半鐘。

然而，和親眼看見荒坂戰艦爆炸的景象相比，多出幾秒的生命又算什麼呢？

他用拇指掀開操縱桿的蓋子。他瞄準並確認目標，迅速呼吸三次，接著按下按鈕。上頭沒有發射鈕，只有一塊平滑的塑膠。

第十二章

他的母親露出了微笑，伸手穩住他，以免他失去平衡而跌倒。他正在學習如何走路，這可能是他踏出的第一步。要不是因為在背景中執行的記憶讀取過程，他永遠不會看見這麼早期的回憶。當他更加深入探索時，某種來自他童年的感覺（或許是種味道），從他的記憶深處浮現，而每當他陷入半睡半醒的狀態時，這種感覺就變得更加強烈。

他再也不讓自己獲取真正的睡眠。太浪費時間了，時間已經越來越少。他們這幫烏合之眾引來了更多不必要的關注。透過使用腦機面板時的經驗，艾伯特在潛意識中了解到，僅僅因為你沒看見某些東西，不代表那東西就不存在。如果城裡有一半的人都在尋找被一群外行小賊偷走的無價容器，那他們被抓住的機率就非常高了。大家不只想拿到容器裡的東西，也想在競爭對手還沒壯大之前先斬斷幼苗。

艾伯特並不在乎權力。他只想要有時間來完成塔蘭，這代表他需要更多錢和更完善的安全性。不用太久，一兩週就行了。然後他就什麼都不需要了，至少不需要來自真實空間的東西。

他想念他的母親。不，不要想這件事。想一些有用的、更有生產力的事。

三角定位是艾伯特在抽取資料時所學會的一項技術。這種概念本身讓他很感興趣。它提供在網路空間中鎖定任何位置的簡易方法。他甚至寫了簡單的指令碼，使用發射器網路來為任何發出特定頻率的裝置執行三角定位。由於傳輸器的限制，這方法並不算精準，卻足以讓艾伯特知道他最感興趣的裝置在何處：也就是ArS-03。如果能從這種距離外偵測到它，那它一定有很強勁的發射器。

等他找出它的底細，ArS-03就能幫他執行他的計畫，這讓他感到無比滿足。說到這點，他已很久沒感到這麼開心了。

黑伍德。咖啡比她預料的更糟糕，但她不是來這裡喝咖啡的。

「我今天差點就死了。」蜜蘭娜喝了一口，並皺起眉頭。這杯比她辦公室的那杯至少差了三個等級。「不過，大概也算是我自己的錯。我走進一台或許再也走不出來的電梯裡。」她想了一下。「感覺起來有點刺激，現在卻覺得太可悲了。什麼事都沒發生。我可能會被開除吧。」

「妳喜歡妳的工作嗎？」艾雅問。

「以前喜歡呀。但我出了一個大包。我沒贏，但是我還有機會把損失降到最低。可能是我一廂情願吧。妳在做什麼……？」

艾雅盯著她緊握咖啡杯的手，她無法放手。她用另一隻手抓住自己的手腕，但毫無幫助。

「我……我沒辦法……」

杯子裂了開來，把咖啡潑灑到整張桌面上。她的手恢復運作了。

「對不起。」艾雅低聲說。

「剛剛是搞什麼鬼呀？」蜜蘭娜抓起艾雅的手，檢查是否有割傷。「這就是佐爾說的事嗎？」

服務生沒等任何人示意，就走近清理桌面，並立刻送上另一杯咖啡。這位打扮光鮮亮麗的企業人士幾分鐘能賺的錢，可能比他一整天還多。他拿了另一杯咖啡給艾雅，這次用了免洗杯。

「說來話長。」艾雅搖頭。

「我一點也不急。」蜜蘭娜露出她的招牌微笑。「妳虧過錢嗎？我指的是很大一筆錢。」

「有呀。有一次我生病了，沒辦法上班……結果花光了我的存款。」

「多少錢？」

「大約兩百歐。」

「今天我虧了一百一十億。」

艾雅握住新杯子的手頓時僵住了。

「當然不是我的錢。」蜜蘭娜把香菸插進菸嘴，並點了菸。「那還只是最低的估計金額而已。

誰知道它可能有多高呢？」

「我從來沒問妳是做什麼工作的。」

「我負責談判。」

「我是鋼管舞者。或者說，至少以前是……」

「那已經是過去的事了，我生活中的那一部分已經結束了。妳可能以為我深陷難以應付的差事。妳知道，我們的工作其實沒有多大差別。只要有人願意付錢，我們就工作。」

「所以用身體賺錢的我就是傻子，是這樣嗎？」

「妳想怎麼賺錢都可以，我只是說現在該改變了。眼前已經出現新的機會，我們只需要繼續順著這條路走下去就好。」

「妳指的是烏合之眾？」艾雅搖頭。「我只想找到茱莉安娜。」

「烏合之眾是我們的跳板，也是我們最好的機會。就在昨天，我還反對這個點子。現在呢？我不知道，但妳有更好的計畫嗎？」

「我剛告訴妳了，我要找到茱莉安娜。」

「光靠妳自己嗎？」蜜蘭娜向上吐出一團煙霧，並緊張地笑了笑。「相信我，妳不會想要獨自行動的。這個計畫還是有可能出各種亂子。夜城裡會先死的都是孤狼，那些身旁沒有強大盟友支持的人。對某些人而言，那可能是企業，對其他人而言是幫派。重點不是妳是誰，而是妳選擇加入的陣營。妳以為警察為什麼要放你們走？因為他們無聊嗎？」

艾雅聳了聳肩。她用另一隻手把杯子舉到唇邊。

「他們沒有任何證據……」她回答。「至少感覺起來是這樣。」

「我覺得，是有人把你們弄出來的，因為他們需要你們。」

「沃登……」

「是位階更高的人，可能是他的上級。」

艾雅嘆了氣，喝了幾口咖啡。

「當我還小的時候，曾經有過很多朋友，那是十五年前的事了。我們每天都會在外頭的街區上玩。附近總會有什麼幫派戰爭發生，但是我們不在乎，因為那和我們一點關係也沒有。後來有個紅髮小孩被流彈打中，我不記得他的名字了，從那之後我們才開始小心一點。當我們聽見槍聲或看到有車輛慢慢開近時，就會四散開來。有一天，有兩輛車開近，槍戰持續了好幾分鐘。一切結束後，也沒人從房子裡走出來。我們又等了一下，但車子仍停在原處，最後我們忍不下去了。我們有四五個人吧，一起走了進去，只看見四處都是被子彈打成蜂窩的屍體。要不是因為裡頭到處都是軍用終端的話，我們早就逃出去了。那些設備仍然完好無損，我們開始把玩了起來，那是我們看過最酷的東西了。當時我才十歲，但我應該要聰明點才對。我在一個沒人有時間陪伴我的家庭長大。我爸先死於工廠意外，然後糖尿病奪走了我媽的生命。我得靠自己應對一切。直到那一刻，我才開始了解這個世界。我只記得一道閃光，然後在爆炸中失去了手腳。電流爆炸的高溫燒灼了我的傷口，否則我早就流血而死了。我的朋友們都逃跑了，拋下我一個人在那裡等死。我就這麼活了一年……一直到今天，我都不曉得我是怎麼吃喝和穿衣服的。當時我的改造裝置時常壞掉。那是一段黑暗時期，我將這段回憶藏在心底深處。但我記得所有幫過我的人，不是我那些街頭上的朋友，而是完全不求回報的陌生人。紐威爾太太（Mrs. Newell）和她的丈夫，是他們給了我這個。」她舉起手並動了動手指。它們現在運作得很順利。「我才得到過正常生活的第二次機會。」

「所以妳現在才會照顧茱莉安娜。」蜜蘭娜說。

艾雅思考了一下。

「也許吧。」她點頭。「我從來沒這樣想過。我只知道陌生人是出於善意幫助我。夜城裡感覺不可能發生這種事，但這是真的，我相信的就是那份善意。至於其他的部份，我確信妳自己也猜得出來。不過，這件事我們兩個知道就好。軍武科技的改造裝置，是我無法拒絕的提議。」她舉起看起來完全如同有機體的手臂。「這當然也不是免費的。我常常幫他們工作。」

「那個有終端的地方。」蜜蘭娜嚴肅地看了她一眼。「是巫毒仔的藏身處嗎？」

「對，我想是吧。一定是巫毒仔。我那時沒有仔細看清他們的樣子。我的記憶在幾週後才復原。當我在醫院中醒來時，只記得自己的名字。」蜜蘭娜將艾雅拉近，緊緊地抱住她。

「剛才我居然還想向妳吐苦水呢。」

「找到他們了！」艾伯特大叫一聲，並跳了起來。他後腦的改造連線連接器自動解開。

佐爾不再盯著天花板看，從沙發上望向他。

「也太久了。」

「我只用三十個執行緒中的其中一個來找。」

「你最好別讓艾雅知道。」

佐爾站了起來，走向艾伯特的椅子旁。「是誰？」

艾伯特指向大螢幕，用輔助鍵盤輸入了一個短指令。螢幕上出現了一個視窗，播放著閉路電視攝影機的畫面片段。艾伯特將某棟老舊磚砌建築旁的一堆垃圾放大。有個穿緊身皮衣的女子正跪著，擁抱某個交叉雙腿、坐在牆壁前的男人。他的身體每隔幾秒就會抖動一下。在他們身旁站著一個近乎光頭、身穿皮大衣的高大男子。

「他們就是這樣找到我的。」艾伯特解釋。「坐在地上的是他們的竄網使。」

有輛夜城警察局巡邏車經過並放慢速度，但沒有停下來。此時穿大衣的男人轉身，他的前額上有七個光學裝置。

「漩戰幫。」佐爾說。「我們搶了北部工業區那座倉庫後，就惹毛了他們。」

女人拂開男孩額頭上濕潤的白髮，並把他扶起來，三人回到一輛黑色維爾福上並駛離。畫面就此結束。

他們不知道我們是誰。這讓我們處於優勢。他們的竄網使是個用第一階科技的腳本小子。跟我們比起來，不過是隻小蟲。

傻傻聽到狄希透過思想語音說的話，隨後便回答：這我可不太確定。

卡拉也說：要說這是謹慎行事也有點太誇張了吧。

也許是吧，也許不是。當時，當電梯關上門之前，傻傻曾短暫掃描過佐爾。他沒發現任何戰鬥裝置，但他的腦袋裡有某些厲害的東西——是傻傻不曾看過的植入物，而且傻傻很懂那些改造裝置。

他站在骯髒的窗戶旁，拿著一杯蛋白質奶昔，從二十樓俯瞰著荒坂臨海區。有許多貨輪來回進出。船員們會在入夜時來到這座城市，造訪夜城所有知名的夜店。得有人提醒那些計程車司機，他們究竟是為誰工作的。相同的規範，也適用於自動計程車及處理它們演算法的人。如果客戶說：「帶我們去城裡最棒的夜店。」那最好就帶去漩戰幫開的店。

狄希走向終端旁，開始傳輸指令。樓下那些小子可以處理雜事。在樓上的他們有更多要事得應付。為了弄到容器，其他事得先委派給別人做，即便這會短暫降低他們的獲利。他們得聰明謹慎地處理這件事。雷納雖然不值得尊重，但在南夜城開戰，對任何人都沒好處。

卡拉練習著她最喜愛的自創武術：割體術。她的刀尖幾乎不曾刺穿全像模特兒，只在表面進行一系列迅速的切割，接著迅速跳出對手刀鋒的攻擊範圍。沒有任何一刀會致命，但無論對方多高大，只要切出夠多傷口，就足以讓對手因失血而倒地。

傻傻看著她。儘管她以裸體進行訓練，但他並未感到興奮。在可以擁有一切的世界中，很難享受任何事。

他用思想語音說：這種武術很適合全像模特兒。

卡拉用她改造臉龐所允許的程度展開笑容。遲早會有機會的，等著瞧。

傻傻將目光移向狄希。是時候該提出我們的要求了。動手吧。

德拉曼計程車穿梭在車潮中。蜜蘭娜快速瀏覽著平板電腦上的報告。她對內容早已相當熟悉，不過只限於和談判有關的部分。現在她深入鑽研，梳理之前看來不顯眼的細節。最後，她找到了自己一直在尋找的內容，不敢置信地屏住呼吸。

「我們已抵達目的地。」人工智慧以文雅的英國口音說道，打斷了她的思緒。「感謝您選擇德拉曼。祝您有愉快的一天。」

她下車踏入難受的午後高溫中，快步跑過了最後幾碼的距離，再衝下樓梯並打開門。

「幹你媽！」羅恩跳了起來。「該死的爛鎖……」

「你沒回我訊息。」蜜蘭娜說。

「看不出來我很忙嗎？」他指向躺在手術台上的女人，她失去意識，手臂和頭部連接著電線。原本該是臉孔的位置，現在則有個環繞金屬邊框的開口，上頭還嵌入了插口。「關門，把門鎖上。」

她照做並走向他。

「沃登到底是怎麼讓你加入的？」她問。「他抓到你什麼把柄？」

「喔，嗯，妳知道的……就是那些呀，我以前的難堪事。」羅恩想要揮揮手來打發這個問題，但他的雙手正與深埋在病人頭部的機械手臂連線。附近幾個半開的盒子裡裝有光學植入物和下顎。

「你不是說你不會再回來這裡了嗎？」蜜蘭娜提醒他。「不是說那些蠻獸派會認出你嗎？」

羅恩揚起眉毛。

「嗯，這個嘛，我還是得要吃飯賺錢吧？」他遲疑了一秒後說道。「妳來這裡幹嘛？我以為今天是妳這輩子最重要的日子之類的。」

「今天的事忙完了。我本來覺得我完蛋了，但是……算了。聽好了，在二〇六二年時有件事……」她閉上雙眼，心裡暗自咒罵。「這是機密……她聽得見我們說的話嗎？」

「她呀？聽不見。」他肯定地說。「但我聽得很清楚。我現在告訴妳，我不想知道任何以後會讓我身陷危險的事。」

「這不會讓你身陷危險。」她揮了揮手。「應該說，任何未來的危險，現在都沒有意義了。我就不講太多細節了，我在這場談判的論點，或該說談判的目的，和某件發生於二〇六二年的事件有關。當時的事件被掩蓋了真相，驚爆快訊和媒體把它歸咎於幫派戰爭。有個小孩因為奇蹟而在爆炸中生還，在醫院裡掙扎了好幾天。城裡的人把她變成當月頭條的主角，還重挫了某個幫派的名聲。」

「好……然後呢？」羅恩期待地問道。

「那個小孩就是艾雅。」蜜蘭娜嘆了一口氣。「原本該保護網路不受人工智慧入侵的電磁脈衝波，卻炸斷了她的手腳。電磁波本來會燒壞半徑數十碼內的所有電路，以便阻止資料傳輸，結果……她剛好碰上那場電磁爆炸。」她搖了搖頭。「還有和我談判的荒坂集團代表勝男，佐爾對他很執著。羅恩，到底他媽的發生了什麼事？」

羅恩吞了一下口水。

「我也……我幾乎確定自己認識佐爾——我們以前可能見過面。但我完全想不起來是在哪裡……」

「我們，我們這個小幫派並不是臨時湊合的，我們不可能全都偶然相遇吧！」蜜蘭娜大聲說道。「沃登抓到你什麼把柄了？」

羅恩猶豫了一下，接著停止手邊的手術。他解開後腦的電纜，走向她身旁，給了她一個普通且傳統的擁抱。

她閉上雙眼，深深吐了口氣。

這是最糟的部分。感覺自己無能為力又沒用。要是她能做點什麼就好了，哪怕是什麼毫無指望的事，什麼都好。

綁匪的訊息很直接，但金額卻不然。五十萬，遠比艾雅一輩子能賺到的還多。巧合的是，這和沃登要他們偷回容器所承諾提供的金額一樣。但什麼時候拿得到？其他人又會怎麼想？

艾伯特躺在他的椅子上，沉浸於網路空間中。

她看著自己的雙手，並動了動手指。一切都正常運作，但她知道這種狀況不會一直持續下去。故障狀態之間的間隔時間越來越短了。今天已經發生過兩次，還好是在安全的環境中。但過不了幾天，她的植入物遲早會完全拒絕合作。這不是推測，而是鐵錚錚的事實。

她很訝異。既訝異又生氣。他是如何越過一樓的保全人員？往上爬二十層樓嗎？又是怎麼打開這扇門的？

卡拉伸出她的螳螂刀，準備發動攻擊。傻傻命令她住手。*他只是想來談談而已。*

「我們都道歉了。」佐爾往前踏了一步，讓門在他身後自動關上。「也給你們分紅了。」

「事情不是這樣處理的。」傻傻迅速恢復了冷靜。「你們破壞了平衡，就得要付出代價。幹了什麼事，就會有相應的處罰。」

「真奇怪，我們偷了軍武科技的東西，但居然是你們來追殺我們。真要說的話，我們還幫了你們大忙。這證明你們根本控制不了自己的地盤。要怪就怪你們自己，別怪我們。」

傻傻沉默不語。他無話可說，因為佐爾說得沒錯。更惱人的是，他擺出自以為是主人的態度走了進來。得要有人為此負責。

「我他媽的才不屑你的道歉。」他如此反駁回去。「還有你們給的沒用廢物。」

「少在那扯什麼榮譽或原則了。」佐爾的態度毫不動搖。

「用五十萬交換女孩，這些事就算了。」

「五十萬能讓你當上二流企業的副總了。」

「這是自由市場。只要有人願意付錢，商品就有價值。」

狄希沒有離開他的終端。**我該找人幫忙嗎？**

傻傻用思想語音說：**我們只是在談話。**

「我們連十分之一的錢都沒有。」佐爾說。

「我知道。」傻傻交叉雙臂放在胸前。「你得要用其他方式來支付。」

卡拉站在一旁，露出她的螳螂刀尖。傻傻看了她一眼。**我都說我們只是在談話了，放輕鬆。**

「我要先看看她。」佐爾說。

傻傻動也不動，就用思想指令打開附近的一扇門。狹窄的房間裡坐著一個瘦弱的黑髮女孩，正全神貫注地盯著平板電腦。儘管她看起來一點也不像布雷德，佐爾仍感覺到一股無法解釋的情緒湧上心頭。布雷德的臉是什麼樣子？他只記得金色直髮、一個鞦韆……只剩這樣了。他控制住自己的情緒，現在不是回憶的時候。即便他之前不曾見過她，但某種不尋常的感覺讓他確定這就是她了。是茱莉安娜。

「連她一根汗毛都沒動。」傻傻的嘴角露出一抹扭曲的笑容。「至少目前是這樣。我知道你在想什麼——你可以像剛剛一樣偷偷溜進來。但我可以保證，你騙不了我第二次。」

「那你要用什麼東西交換？」

傻傻用思想指令關上了門。

「你們從旱谷的軍武科技那偷了某個灰色容器。你要把它交給我們。」

「我不知道它在哪裡。」

「那最好趕快去找吧。聽好，我們寧可保持雙手乾乾淨淨的，也不想引發另一場戰爭。所以啦，有誰比一群無名小卒更適合幫我們偷東西呢？而且你們已經幹過一次了，第二次應該也很簡單吧？辦完正事，你就能把女孩帶回去，大家就此分道揚鑣，我們也會忘掉你們那些小小的……過失。」

在過去一個小時裡，蜜蘭娜躺在沙發上，閱讀埃尼亞斯計畫的背景資料。之前就有這些資料了，但她只看過有助於談判的內容。她還沒時間看其他上千份文件，總是得先辦正事。她只需要知道，衛網監理在二〇四〇年代建造了黑牆，那是道堅不可破的圍牆，將懷有敵意、企圖製造混亂的叛逆人工智慧阻隔在外。率先引爆了這團混亂的，是傳奇竄網使和「死機」的引發者拉契．巴摩斯。這件事眾所周知，大眾也相信癱瘓或摧毀黑牆就會為他們所知道的這個世界帶來末日。末日會是什麼模樣，誰也說不準。幸好，有一大堆電影和幻智之舞能幫助人們想像。

要看完這些資料得要花上好幾天。因此，蜜蘭娜快速地瀏覽，並開始理解近四十年前發生的事，以及現在仍在發生的事。

二〇二二年。巴摩斯釋放了狂犬（RABIDs）（漫遊式自主巴摩斯介面無人機〔Roving Autonomous Bartmoss Interface Drones〕），導致名為「死機」的事件發生，讓網際網路崩潰瓦解。為了公眾安全著想，有大規模區域被棄置，只留下一個沒有連結的本地網路叢集，跟舊網路比起來，它們就像小型群島。當時某些竄網使仍深信，透過和人工智慧達成協議或是殲滅它們，就能找回失去的一切。為了達成這個目的，他們首先得要突破黑牆，但不曾有人成功。這產生了兩種結論：第一，黑牆要存在，它得要處於持續變動的狀態，不斷進行修改。第二，更重要的是，如果連最厲害的竄網使們都無法突破它，那他們也絕對無法抵擋人工智慧的攻擊。這代表，為了防止全面性的滅絕，黑牆是他們唯一的最終防線。

下一份報告和前一份有些許出入，它顯然描述了成功穿越黑牆的入侵事件。二〇六二年的事件只是其中之一，艾雅就是這件事中的受害者。

在沙發上的蜜蘭娜，看著艾雅和羅恩在桌邊玩某種遊戲。她不曉得遊戲名稱，但他們倆可能也對規則不太熟悉，因為兩人幾乎每分鐘都會發生爭執，但至少大家玩得還是很開心。

只有擁有高級許可的人才能看的內部文件，則充斥著令人訝異的坦誠用字——沒有常見的術語和狗屁文宣。只有冰冷的事實，卻也讓文章的用語變得沉悶難懂。報告中有七次「成功」滲透黑牆的記錄，每個記錄都以竄網使的死亡作為結束，包括無辜的旁人，也有兩個案例的結局更為嚴重。記錄中缺乏證據，但在每個案例中，似乎黑牆每次都拯救了人類。

另一份報告認為，多年來衛網監理都無法控制黑牆。黑牆會進行自我維護，並控制在其中流通的資訊——這代表它是獨立個體。然而衛網監理成立的原因，恰恰就是為了殲滅像它這種東西。

蜜蘭娜關掉她的平板電腦，她的雙眼感到疲倦。她以指尖旋轉著勝男的那張卡片。他的邀請相當不尋常，卻也代表這件事必然很重要。但另一方面來說，她一點都不想去，更何況她也沒有前去的確切理由，談判已經不重要了。

她看著沉迷在遊戲中的艾雅。桌上飄浮著附有彩色說明圖示的全像棋子。艾雅肯定不曉得發生在自己身上的事和蜜蘭娜的工作有關。如果她知道，就不會將那場意外的事告訴蜜蘭娜了。這個巧合大到令人難以忽視，一定有人知道某些內情，不是沃登，他只是受雇的幫派分子。那究竟會是誰呢？是誰要她們彼此相遇？

羅恩狡猾地輕笑著，並移動其中一個全像棋子。

「什麼！？你不能那樣做！」艾雅抗議道。「收回去！」

「喔，拜託，妳真無趣。」神機醫露出微笑，將棋子收了回去。

蜜蘭娜知道他在做什麼，也奏效了。他正在幫助艾雅轉移注意力。當他下錯另一步後，她開玩笑般地拍了拍自己的額頭，假裝感到絕望。若要搞清楚其中的笑點，蜜蘭娜至少得對遊戲規則有基本的了解。

她又再次看了一眼勝男的卡片。如果她想找出更多關於二〇六二年事件的情報，那麼與荒坂集團代表坐下來對話，遠離外人窺探的耳目，就是她能採取的最佳方案了。

「抓到妳了！」羅恩從桌邊跳了起來，用手指充當手槍指著她，砰、砰！他就像個孩子。「妳輸了！我贏了！」

「但不可以這樣啊……」艾雅開始大笑了起來。「那個棋子才不能那樣走。」

「太遲了。我先宣布獲勝了！」

她試著想像羅恩和她、勝男同桌用餐的情境。他可能會穿常見且無聊的單色西裝，說著粗鄙的笑話，也不懂餐桌禮儀，相較於勝男的優雅和禮貌，就會譜出一幅荒唐的畫面。甚至別提清酒了，但這件事永遠不可能發生。

她想像著自己和羅恩待在某個地方……她想像不出地點，只知道那個地方會盡量地遠離夜城，如此平靜。這只是個幻想而已。

她走到垃圾桶旁，動也不動地站了好一會兒，她精緻修整過的手還拿著勝男的卡片。她將卡片藏進皮包裡，或許某天派得上用場。

ArS-03，58219日誌。
同步化過程已啟動。
未辨識裝置NI1001010011110。狀態：未知。
偵測到子系統：118。
無安全防護裝置：1。
同步化過程進行中。

門滑了開來。一看見站在公寓中央的沃登，佐爾便停下了腳步。艾雅和艾伯特坐在沙發上，蜜蘭娜靠著吧台，手裡拿著香菸，而羅恩正在調酒。他朝艾伯特的方向撇了撇頭。

「這小子覺得我們不需要對合事佬隱瞞什麼。」他解釋道。「當然，他也沒想要問我們的意見就是了。」

「這是我的公寓。」艾伯特語氣平淡地說。

「現在這跟我們所有人都有關係。」沃登的語氣充滿威嚴。「媽的，我才不要重新解釋一次，看誰要跟他說吧。」他指的是佐爾。

「如果我們要合作，就必須信任彼此。我們需要知道你的計畫。」蜜蘭娜吸了口菸，再從羅恩手中接過酒。「你要全盤托出。」

神機醫無聲地嘆了口氣，並轉身面對冰箱去倒另一杯酒。沃登對蜜蘭娜投以冰冷的眼神。

「計畫很簡單。」他回答。「你們全都在三點過來。除了我和雷納以外，那裡不會有別人。他會以為你們是來談生意的，完全不會料到會發生什麼事。你們最好帶幾把槍，別露餡被看見就好。」

「計畫很簡單。他們會在三點過來，以為是要來和你談生意。唯一的條件是他們不能帶槍。」

車子在附近街區裡看似隨意地亂繞，但始終都在他們的地盤內。

「他們才不會照做咧。」雷納嘲諷道。

「我們會檢查他們，沒必要叫上整批軍隊。他們只是一群脆弱無能的小癟三，很容易就會被嚇到了，但這麼一來就會搞砸整件事。一切應該會進行得很順利。」

「順利，就像上次一樣，對吧？沃登，我這就給你最後一次機會。這件事再搞砸的話，你就等著看什麼是真正的懲罰。」

沃登費勁地擠出微笑。

「對我們的人來說輕而易舉。」他保證道。「我們會把他們全抓起來，再把他們和容器一起交給軍武科技，他們不會追問細節的。」

「最好他媽的是這樣。」雷納陰沉地說。「停車。」他對羅斯說。

車子緩緩地停在路肩。沃登身旁的車門打開了，代表他們的對話就此結束。沃登一語不發地下車，也控制住想要用力摔門的衝動。他讓車門自動關上，看著車子消失在街頭的遠處。他大衣內的空調系統自動啟動，發出低沉的嗡嗡聲。他正站在一條滿是垃圾的空蕩街道上，位在旱谷與維斯塔德瑞的邊界。那個王八蛋從來不放過讓他難堪的機會。

「閉嘴！」OP1大叫。

OP2訝異地看著她。

「我什麼都沒說。」

「你盯著螢幕一小時了，連眼睛都沒眨一下。我只是要你保持警惕。我們現在得要好好專注。」

「他們就是付錢要我們盯著螢幕看。」

「我不知道你有沒有發現，但這整個行動都快泡湯了。如果局勢繼續這樣發展下去，我們兩天內就要回到原點了。我們的薪水也一樣。」

「所以才更需要低頭好好做事。」

「我們還是可以說話啊。」OP3加入討論。「不然的話，他們就會把我們關在不同房間了。」

「我比較想要閉緊嘴巴。」OP2堅持道。

「當然啊，因為那就能解決我們所有問題了吧。」OP1諷刺地說。「你知道，如果狀況沒有改變的話，他們就會把我們踢到街上吧？也會把這整件事怪在我們頭上。」

「出了錯怎麼能怪我們呢？我們根本沒有足夠的時間。」

「你去和他們說啊。現在有個價值幾十億的科技工具在外頭遊蕩著，沒有任何人監督。」

「我們試過VR了，受試者總會發現自己待在虛擬環境裡。」

「你和他們說吧。」OP1又說了一次。「每次有人抹殺我們最寶貴的資產，或是駭進去時，都去說吧。」

「設計這場實驗的人不是我們。」

「那又怎樣呢？不管如何，都會是我們的錯。」OP3不情願地承認。「更別提我們那位神機

醫開始想起一些他不應該記得的事了。」

「我從一開始就說了——這種科技真是一堆狗屎。但也不用擔心那件事，那工作不歸我們負責。」

門旁的面板發出嗶聲，這代表剛有人使用了生物辨識鎖。

「噓，他來了……」

門打開來了，史丹利走了進來，看起來一點都沒有不耐煩的跡象，但他完全有理由發火。他一句話也沒說，檢查了螢幕上的所有數據，儘管他腦子裡早就有這些資料，隨時可即時投射在他的視網膜上。

「強化他的驅動器。」他說道並眨了眨眼，用思想指令把指示傳給他們，內容立刻顯示在螢幕上。

「你要調高他的驅動器模組？」ＯＰ1想要確認。「他已經達到上限範圍了。」

「範圍是我設的，現在我要設定新的範圍。」史丹利回答。

「我們不能這樣隨意更改設定。」ＯＰ1怯懦小聲地說。「他可能會神機錯亂。我們已經偵測到他的記憶庫有不受控制的外洩狀況了。現在還是小問題，但是……」

「那就逐步進行調整。」史丹利做出決定。「明天晚上七點前，我要你們達到目標值。」

她從來不會對前戲感到厭倦。她仰躺著，狄希用舌頭巧妙地愛撫她的乳房，讓一陣模糊而愉快的思緒沖刷過她全身。鮮血，很多鮮血。她用手指梳理狄希的頭髮，把他的頭按在自己身上。他開始在她體內有節奏地動著，幾乎像是機械一般——以一種穩定的節奏動作。沒多久，他的身體在一陣抽蓄後平靜了下來。她溫柔地以雙臂和長腿環抱住他。

狄希從她身上滑了下來，再用嘴含住傻傻。卡拉伸了個懶腰，等待接下來要發生的事。她閉上雙眼，想像自己浸泡在及腰的黏膩紅色血液中。接著，她感受到實質的重量壓在她身上，也從體內感受到她等待已久的東西。她沒有使用任何強化物，光是她自己的想像力就夠了。

狄希讓他們獨處。他拿起桌上一片先前準備的技晶，並走進另一間較小的房間，茱莉安娜在裡頭，半坐半躺在一堆擺了雜亂毛毯的床墊上。除了她的平板電腦外，她對其他事物缺乏興趣。她對什麼都沒有反應，也毫無怨言地接受自己的處境。他們甚至不用鎖門。她偶爾會走去走廊盡頭上廁所。她總會回來，從來沒打算要逃跑。

他在她身旁坐了一陣子，看著她玩平板。她在玩某種解謎遊戲，可能是為了刺激她的記憶。她對於他的存在毫無反應，就連他將技晶插進她耳後時也一樣。他等著程式安裝完成。

他用思想語音對她說：**我以前就和妳一樣。**

她繼續在平板電腦上滑動手指，接著她忽然僵住，睜大雙眼並慢慢轉向狄希，接著露出微笑。

傻傻又繼續用力衝刺了好幾下，但當顯示器上出現一條訊息時，便放慢了下來。該辦正事了。當他看著訊息時，卡拉便失望地發出呻吟。「無法獨自處理運送過程，需要幫忙。下午三點。」他強忍著把東西摔向牆面的衝動。那些該死的廢物什麼都做不好。

他重新趴回卡拉的身體上方。他們想找人幫忙，好呀。他更用力地插入。好。他知道如何為他們擺脫一切擔憂和問題。他用手指掐住她的脖子，更用力地把她往床墊裡壓。

我們還是得結束他們可悲的生命。卡拉輕聲地呻吟，並在空中伸出她的螳螂刀。在窗外浮空貨輪的微弱燈光下，他們汗水淋漓的身體看起來就像隻扭動的漆黑生物，身上長了鋼翼和一堆深紅色眼睛。**我們得殺了他們，真可惜得用這麼野蠻的手法。**

第十三章

當連恩不遵循警方的程序行事時，反而能更快得到結果。不幸的是，他平板電腦上顯示的資訊不足以當作證據。

羅恩．費古森（Ron Ferguson）因散播無照軟體、規避植入物保固期，以及安裝二手植入物而被逮捕並起訴。真有趣，他的東西都是來自意外事故，從來不向清盜夫這樣的非法管道購買。更有趣的是，他一毛錢也沒賺，成本完全由他自行承擔。如果沒有他的協助，他有些病人可能也無法活下來。

在晚上，他是上流階級的神機醫，白天則是受人敬重的外科醫生——就算職業生涯突然結束，他也仍是大人物。

首先，這件事被掩蓋了，表示有人買下了他的債務。後來，就連警方記錄也一併消失，但顯然沒有完全刪除乾淨。記錄被刪除，代表有比最高階政府官員更高層的人士對羅恩有興趣。

蜜蘭娜．羅素（Milena Russo），那個在照片中和羅恩在一起的女人，是軍武科技的企業人士。最奇怪的就是她涉入其中。理論上，蜜蘭娜受到夜城警察局的管轄，只要有警員膽敢為企業人士上銬就行，但現在這種事已越來越少見了。更不尋常的是，企業人士通常會利用合事佬和幫派處理這些骯髒事，以便製造錯綜複雜的線索，讓人幾乎無法追蹤到承包商。但這次的做法不同，這整起事件也不一樣，顯然和表面上看來的狀況截然不同。

夜城警察局的全像警徽閃爍了一下。過幾天，它就會徹底消失了。連恩放下他的空咖啡杯並離開了餐館，將另一塊口香糖扔進嘴裡。幾天的時間應該就夠了。

「完全沒辦法。」艾伯特從他的椅子上站了起來。已接近下午兩點了。「他們強化了保全系統。反入侵太厚實了，這已超出我的能力範圍。」

「第三階科技也沒用嗎？」艾雅提醒他，並低頭看著他。

「第三階科技也無法應付複雜的密碼。」他冷漠地回答，認定自己已把話說完了。

艾雅嘆了一口氣，試圖要讓自己的口氣保持冷靜。

「解釋給我聽。」

「竄網科技是用來破解網路的有用工具。」艾伯特回答時沒有絲毫的不耐煩。「但它就只是一種工具而已。為了突破更厚實的反入侵，我需要更多硬體火力。換句話說，就是更多電腦，最好讓電腦建立網路。」

「所以你辦得到嗎？」

「可以。」

「那為什麼還不動手？」

「因為沒意思。閉路電視系統幾天前就完全更新了保全措施。如果輸入錯誤的密碼，就要等幾秒才能再試一次。現在密碼一天會更動三次。要花上幾千年才能破解它。」

「那現在要怎麼辦？」艾雅稍微提高了音量。

「我派了一架無人機過去，他們在它靠近前就把它擊落了。」

「我們什麼都做不了嗎？」

「目前是這樣沒錯。」

佐爾聽完他們全部的對話。他走到艾伯特的電腦旁，在外置鍵盤上輸入一連串十六個字母。

他不曉得自己輸入了什麼——但他就是知道。

「以閉路電視系統來說，密碼太長了。」艾伯特指出。

「這不是閉路電視的密碼。」

MLTCH-DP-173

方位角：一二六。速度：每小時一百零七英里。高度：三百六十七英尺。風向修正角：東南方十三度。

運作模式：標準巡邏。

更動操作員命令：ArS-03。確認碼：同意。更動操作員申請通過。

往右旋轉，全速前進。

蓄著捲曲黑髮的男人本能地後退，睜大的雙眼裡盡是恐懼。在他身後的遠處，連恩看見一名女人和兩名孩童，看起來幾乎和父親一樣不修邊幅，蜷縮在一扇正對著鄰近建築的窗戶前。他們警戒地看著他，一動也不動。

「我不是來找你們的。」連恩解釋道。「我不需要知道你們的名字，我要找的是屋主。」

幸好，捷德還沒撤回他對夜城警察局資料庫的存取權，這代表警探可以得知這棟微型公寓房客的一切資訊——例如，它是非法的出租公寓。在黑伍德較為貧困破爛的地帶而言，這相當常見。他們以為自己很低調，卻忘了他們的送料機和幻舞播放器等設備會收集儲存他們一切的個人資訊。

警探眨了一下眼來讀取剛收到的新訊息：「放棄調查，不然就等著瞧。」發送者不明。

他又看了一次，接著將它刪除。

「不是你們想的那樣。」他所做的那些行為早就違法了。踏進屋內肯定會讓問題變得更嚴重，他還是選擇待在走廊上。「別擔心，我來自不同的部門。」

「我們……我們不想惹麻煩……」男人脫口而出。

「不會有麻煩的，你們只要告訴我屋主在哪裡就好。」

要找到屋主並不困難，只是要花一些時間。更何況，這還會引來他前老闆的注意。

男人再度望向他妻子，然後對他點了點頭。

通往漩戰幫藏身處的大門不再敞開。門外擺了兩個裝滿瓦礫的垃圾桶，防止有人想破門而入。有幾個漩戰幫成員在附近巡邏，肩上掛著步槍。沒有人對他們盤踞此地有任何意見，尤其是夜城警察局——他們從不踏足這一區。

軍武科技巡邏無人機拍到的影像相當清晰，因此它也不用靠得更近了。佐爾看著螢幕，確認自己早已懷疑的狀況。他不會再有第二次悄悄潛入的機會，要撤退就更不可能了。若發生槍戰的話，就難以脫逃，帶著茱莉安娜更不行。

「也許後面有路可以進去？」艾雅問。

「他們沒有那麼愚蠢。」佐爾回答。他沒提及自己和傻傻的會面，對方正是因此才加強防禦。即便沒有這些防禦，他成功的機會仍相當渺茫。

艾伯特把駭入的無人機上升至一個高度，得以全方位地觀察這棟建築。如果有人看到它，也不會多想，只會以為它是軍武科技的巡邏無人機。最底下三層樓的窗戶和門都被磚塊堵死，只有兩三個可能的入口，和兩扇看似很穩固的車庫門。

佐爾認出囚禁女孩的公寓房間，是最頂端第二十層樓的第二間房。算了吧。乾脆放棄這項計畫好了。

「刪除最後幾分鐘的錄影畫面，解除無人機的控制吧。」佐爾說。「也許他們會當成一般故障來處理。」

他的副程序占用太多記憶體了，也沒有輔助支援能使用。他得把一部分處理能力用於追蹤潛在的威脅。不過，他還是成功攔截了來自城市不同地區並分散於廣泛網路上的傳訊片段。他入侵了一個控制食物外送無人機的子網路，裡頭也涵蓋了它們的飛行日誌。當無人機快要沒電時，就會回到自動充電站，在那裡上傳數據資料。這代表這些影像畫面頂多來自十五至二十分鐘前。

串流這些影像畫面會耗費資源，他需要處理更要緊的事。儘管他讀取和編寫資料的速度比之前快了十五倍，但一切還是太……慢了。他沒有幾個月或幾週的時間，只有幾小時。與此同時，遙遠的回憶不斷從網路空間深處湧出，並慵懶地漂浮著。它們開始佔據比其他資料更多的空間了。

即便從理論上來看，移轉意識也是棘手的過程。人不只以數據資料組成，還有記憶、習慣、人格特質和技能。人就是一個程序，這代表需要系統來加以運行。在某次抽取資料時，艾伯特發現了一項理論研究，內容試圖解開如何將人類數據化的問題。到底能不能「執行」人類，並在死後重啟它？就算模擬程式完美無瑕，又該怎麼知道它真的具有意識呢？這種「後人類」（posthuman）是否仍算是人類，或只是數位傀儡呢？這又是另一個要解決的問題。

要讀完這些研究資料，需要多年不受干擾的閱讀時間。與此同時，關於這些可能具有顛覆性知識的零散資料，當局似乎不太在乎是否要進行監控。也許是因為有一大部分的夜城居民是文盲，而就算他們識字，那些充滿專業術語的研究資料也會以「徒然擾亂」這種字眼來勸退潛在的讀者。

接下來的幾小時，會證明一切是否完全是浪費時間。

他不是屋主，只是確保房客準時繳錢的中間人。他大猩猩般的體態和裝有改造裝置的顴骨可能就夠有說服力了。儘管年近六十，他仍散發出一定程度的氣場。

「你把一間房租給某個叫佐爾的人。」連恩給他看平板電腦上的一張靜態照片。

大房間的牆邊擺著一些箱子，上頭的標記被刮除了。裡頭肯定有特別吸引人的東西。床墊上坐著兩名女人和一名小孩，其中一名女人沉醉在幻智之舞中，另一名則以呆滯的神情盯著他，嘴巴微微張開。光線昏暗的套房瀰漫著陰沉的氛圍。連恩的掃描器偵測到非法物質，並向他的神經處理器傳送警告，他選擇忽視這些訊息。

「我不認得他。」收租人最終說道，臉上的表情似乎補充著：「要不是因為那個全像警徽，我也會確保沒人認得出你。」

連恩嘆了口氣。他用思想指令把收租人的臉孔上傳到夜城警察局資料庫，看看他眼前的人究竟是誰。結果幾乎瞬間出現：威廉．紐威爾（Willem Newell），沒有相關幫派背景，有多項輕罪的定罪記錄。沒什麼不尋常的東西，也沒有能利用的資訊。連恩又送出另一項查詢，這次是自從他加入警隊後便持續建構的個人資料庫。結果出現——這可有趣了。多年來，紐威爾一直是軍武科技的非正式合作者，負責執行合法與不太合法的任務，都是一些不能記錄於正式文件中、過於敏感，也不能交給合事佬或幫派處理的事。

這些線索開始化為合理的情境了。

「我只是想找這個人的資訊。」他若有所思地望向那些箱子。「我不在乎其他的事。」

「他都提前付錢。」收租人說。「付了一整個月的租金。」

「你自找的。」又出現一條未顯示發信者身分的訊息。等他弄到基地台的記錄，對方就別想繼續匿名了。

「只有一個月嗎？」連恩關掉那則訊息。

「實際待在這的時間更少。」

「然後離開時還弄壞了門和電梯？」

「那不關我的事。」收租人的身影似乎籠罩住他。

「一個月還沒結束，你就出租給別人了。」

「該死，老兄……如果漩戰幫找上你，你就別想再回來了。」

他們把拖車停在一堵裸露牆壁旁的陰涼處。一小時內，這裡就會變得非常酷熱。有誰在乎呢？他們也不曉得自己在一小時後是否還活著。

他們走到一座廣場上，它位於一棟看似廢棄工廠的建築物前方。如果不把兩輛車和隨風飄散的垃圾算進去的話，廣場上空無一物，而城裡這區域始終如此破敗。這一區的建築只有幾層樓高，大多都沒有窗戶。

「萬一他們對我們搜身呢？」羅恩低聲說。

他指的是他們藏在腰帶後方的手槍。他們希望這過程不必開槍，但佐爾不像其他人這麼樂觀。他沒有將這些想法告訴旁人。

「不會的。」他回答。「沃登有計畫了。我不知道他的計謀有多狡猾，但他需要我們。」蜜蘭娜站到佐爾的身旁。

「當你到達一定的地位後，就沒有意外或巧合這種事了。」她輕聲說道，聲音如低語般輕柔。「你也清楚這點。沃登握有你什麼把柄？他怎麼把你拖進這件事的？」

「現在也沒有什麼秘密了。」佐爾用氣音悄聲回答。「他發現我的過去，威脅要公開一切。就是這樣。妳呢？」

「他們在玩危險的遊戲。」她搖了搖頭。

「我猜，得等我們活著出來再談吧。」佐爾結束了談話。

「別讓自己看起來太有威脅感，好嗎？」羅恩對大家說。

「那應該不難。」蜜蘭娜挖苦地說。「我們看起來已經無害又笨拙了。」

他們離鋼製門板只有四十五英尺。蜜蘭娜真的很不想進去。她有股衝動，想抓住羅恩的手並往反方向離開，再也不回頭。

「好吧，我們到了。沒有其他選擇了。」她說。

他們慢慢走向入口，看起來不只無害又笨拙，還相當緊張，甚至有些害怕。

其中有道門打開，露出一片黑暗。佐爾加強了視線的對比銳利度，並調整白平衡。他甚至不曉得是哪個植入物負責處理這功能。兩名帶著步槍的男子輪廓逐漸變得清晰。他克制住自己想要伸手掏槍的本能反應。

有兩個人走出來並站在門口兩側，無動於衷地看著他們。一人把步槍的機匣往下斜靠於自己胸前，準備好在必要時開槍。另一人開始走向他們。

「放輕鬆，我來處理。」第三人從黑暗中走了出來，是沃登。

第二名男人退到門邊。佐爾舉起手臂，但沒有高到會暴露腰帶後方的東西。沃登對他進行搜身，忽略他下背部的兩個隆起處及口袋中的額外彈匣。接著，他拿自己的戰鬥植入物偵測器在佐爾身邊移動，他已事先將敏感度調到最低了。就算坦克就在他面前，機器也偵測不到。隨後他也對羅恩重複進行這項程序，最後是艾雅和蜜蘭娜。他對他們點了點頭，他們便走了進去。

裡頭並沒有原先看起來那麼昏暗，但冷氣讓空氣變得涼爽。他們顯然想讓此處看起來像地痞鬼混的地方。有幾張破舊的沙發、一堆充當桌子用途的箱子，以及幾個可能曾用於派對的酒桶。屋內現在十分空蕩，唯一的光源是接近天花板的窗戶。這裡感覺像座廢棄的教堂，只是走道上沒有長木椅，反而擺了些老舊機械的殘骸，可能是因為人們的懶散或機器毫無價值才留在這裡。

沃登一語不發地帶他們走向大廳的盡頭，並推開另一組門，看見通往樓下的樓梯。佐爾迅速估算了這裡到入口的距離。拖繩拉得過來嗎？可能不行。還有卡車，肯定開不過來。之前早該考慮這些事的，對方才不會把容器放在入口旁。他們要怎麼將它移到樓上？和漩戰幫一起肩並肩，一階一階地搬上來嗎？不了，多謝喔。

儘管天花板較低，地下室卻和樓上一樣寬敞，擺滿了形狀及顏色各異的金屬貨箱。這些貨箱看起來像是為了防禦工事而擺放的一堵圍牆，這並非普通的倉庫。

地下室的正中央有位穿著皮衣的壯漢，站在天花板垂下的其中一盞燈所灑落的光圈中。他就是雷納，而體型較矮小的羅斯站在他身旁。佐爾不知道自己為何知道他們的名字，他就是知道。他將光學裝置的光譜設定調整為紅外線視角。有人就在後面，在那些箱子後方。有個人或東西正在發熱，那是一個人類個體顯現的典型熱度特徵，甚至是兩個人。視線範圍內完全沒看見容器。

羅斯開始走向最靠近他們的蜜蘭娜。

「我們來這裡是要談談的，不是來互相毛手毛腳。」蜜蘭娜後退了一步。

「荷西（José）仔細搜過身了。」沃登說。「抱歉，羅斯。今天你運氣不太好。」

羅斯聽話地揚起手並轉身。他看著雷納，對方露出冷酷堅毅的表情。

「來談生意啊，是嗎？」雷納輕蔑地一笑。「看看你們吃了滿嘴子彈後還可以怎麼談。」

兩名幫派分子從貨箱後方跳了出來，用步槍對準他們的頭部。已來不及做其他反應了。雷納往佐爾和其他人的方向走近了兩步。不得不佩服他，沒有其他地點比這裡更適合進行埋伏了。雷納和其他人身後有掩護處，而他們站在完全沒有掩護的空曠處，如同甕中捉鱉。

「我就覺得不太對勁……」羅恩低聲說道。

沃登靜靜地退回陰影之中。

「我一直想搞清楚，」雷納說，「你們他媽的到底是誰啊？沃登是從哪個狗洞把你們拖出來的？」

沃登靜靜地嘆了口氣。

「我現在就應該把你們做掉。」雷納繼續說。「但是我實在很好奇。好了，快說。」他們動也不動地站著。現在該怎麼辦？對方顯然沒有要談生意了。現在，只要他們還能滿足老大的好奇心，就還能苟延殘喘一陣子。

「好問題。」羅恩終於開口回答。「我們原本過著開心平靜的生活，直到……」

天花板上方傳來低沉的槍聲。每個人都直覺地抬頭一看。除了佐爾之外，他抽出手槍，往雷納兩旁的幫派分子連續開了五槍。現在，其中有把手槍對準了雷納，另一把則瞄準了羅斯。槍聲的回音逐漸消散。

羅恩、艾雅和蜜蘭娜都拔出了槍。蜜蘭娜是唯一一個瞄準沃登的人，但他卻一點反應都沒有，連雙手也沒有舉起來。

「荷西對他們搜身了，有嗎？」雷納對沃登低吼著。只有羅斯將雙手高舉在空中。「吃裡扒外的王八烏龜，你對他們搜身了嗎？」

「要當受人尊重的領袖，」沃登回答，「就要尊重你自己的手下。你兩個都沒辦到。」

「你這種過河拆橋的人渣才不配尊重！」雷納對他吐了口口水。「所以，你們打算怎樣，嗯？他媽的到底是誰在樓上開槍？」

「容器在哪裡？」佐爾問。

雷納無視他。

「無論你有什麼計畫，現在都完蛋了！」雷納對沃登大喊著，鼻孔撐得老大。「你這給狗幹的叛徒！」

羅恩走到倒地的幫派分子身旁，檢查著他們的脈搏，他們全都死了。他拿起他們的步槍，一把給蜜蘭娜，自己則握著另一把。

「是誰在上面？」艾雅小聲說，並朝樓梯方向撇了撇頭。「他們和我們是一夥的嗎？」

「是增援人手。」佐爾回答。「計畫改變了。」

他扣下扳機。有塊皮革從雷納的肩上被炸飛了出去。

「幹！」佐爾現在得到雷納的關注了。「你看不出這是真皮的嗎？」他忿忿不平地撫摸著那個裂痕。「你以為你可以輕輕鬆鬆地走進來，想拿三小就拿嗎，是嗎？」

「我就是這樣想的。」佐爾回答。「容器在哪裡？」

「你這問題真有趣。我自己也一直在想怎麼處理那鬼東西。」

「那你應該會很開心，我們會幫你解決這個問題。」

雷納的笑聲響徹整個空間。

「就這麼簡單是嗎，嗯？我跟你說吧，你們拿不到容器，也不可能活著離開這裡。至於這個該死的叛徒……」

樓上門被踢開的聲響，魯莽地打斷了他的話。

「我說完了。」雷納咧嘴一笑。「接下來換我的手下處理了。」

「不可能的。」沃登冷靜地回答他。「他們被派去古斯塔沃（Gustavo）那裡取貨了，記得嗎？」

「你他媽在說三小？我才沒派他們去什麼地方。」

「他們現在都在南格蘭。」

沃登自己也不清楚來的人是誰。

他們聽見沉重靴子踩踏發出的腳步聲。蜜蘭娜看向樓梯，沃登立即拿了把手槍瞄準她，另一把則對準雷納。佐爾等著漩戰幫進門，如果他們知道容器在哪裡就太好了。

腳步聲幾乎要抵達樓下了，但在他們看見對方前，就聽見幾個物體掉落並撞擊台階的鏗鏘聲。

「手榴彈！」佐爾叫道。艾雅迅速衝向離她最近的那一排箱子，時機抓得剛好。她感覺快要抽筋了。

蜜蘭娜和羅恩在房間另一頭成功找到掩護，隨後三次爆炸接二連三地撼動了整個地下室。彈片在牆上四處彈射，地下室也瀰漫濃煙，他們耳邊傳來了震耳欲聾的嗡嗡聲。

「他們想殺了我們！」艾雅抬頭看著佐爾，他正掩護著她。「你說這是增援人手？」

「這是救回茱莉安娜的唯一辦法。」佐爾快速地從箱子上方看了一眼，但煙霧中什麼都看不見。「我猜交易取消了。」

「好啦，你們這些狗東西！」他們聽到樓上傳來低沉沙啞的聲音。「派對結束了。」

那聲音聽起來完全不像傻傻。

煙霧終於開始散開。佐爾看見羅恩和蜜蘭娜在地下室的另一頭，躲在另一排相似的箱子後頭。他們手持步槍，無助地打量四周。

外頭傳來更多槍響和子彈的反彈聲。

蜜蘭娜從掩護處探頭出來，再朝著天花板開槍，打壞了其中一盞燈。她迅速躲了起來，閃避了另一波槍火攻擊，那些箱子被打得千瘡百孔，子彈四處亂飛。在交火中，有股力量將艾雅抬至空中。

「丟掉你們的槍！」有個宏亮的嗓音喊道。

艾雅高聲尖叫並企圖掙脫。

豬臉一手抓起她的腰部，將她高舉到離地面幾英尺的高度，另一隻手握著DR5超新星（DR5 Nova）左輪手槍。他的腥臭口氣、刺鼻的體味淹沒了她的感官。她竭盡全力以驚人的速度轉動身體，運用全身的力量，對他鼠蹊部迅速一踢。

蠻獸派失去平衡，並跪倒在地。不幸的是，他將艾雅一把拉到地面上。在對方的沉重身軀下，她奮力地呼吸著，卻動彈不得。豬臉吃力地站起身，把艾雅像洋娃娃般抱起來。這次他拿了左輪手槍抵著她的頭。

「我說丟掉你們的槍。」大貓說。「不然她的腦漿就要噴出來了。」

羅恩和蜜蘭娜放下他們的步槍。

「我才他媽的不在乎她。」雷納用手槍對著豬臉。

佐爾瞄準雷納。

「把槍丟掉。」佐爾命令道。

「幹……」羅斯無法決定要對著佐爾或豬臉。「該死的狗屁鳥事……」

「你有更大的問題要處理了！」雷納大吼著回答。「他媽的給我等好。」

「我說把槍丟掉。」佐爾又靠近一步。「你也是。」他對羅斯說。

雷納拉下臉來並扔掉手槍，羅斯隨後也照做了。在電光石火間，佐爾評估自己現在對豬臉開火的後果。他辦得到——豬臉沒有時間反應，不行，風險太高了。他丟下兩把槍並高舉雙手。

豬臉鬆開了手，艾雅接著掉至地板上。

「它在哪裡？」大貓以裂縫般的瞳孔望著羅恩。「我們不是談好了嗎？」

蜜蘭娜對神機醫質疑地看了一眼。

「情況變得有點，嗯……複雜。」他回答，再指向雷納。「問他，他知道。」

「我他媽的什麼都不會說。」雷納嘶吼道。

「我今天還有別的事要辦。」大貓不情願地瞄準了他。「再多一具屍體也沒差。」

「殺了我，你們就永遠找不到它了。」

大貓轉向羅恩，嚇得他差點縮了起來。

「我們說好你得交出容器。我什麼容器都沒看到。」

「我——我們正在處理這件事。」羅恩緊張地驚呼。「直到，呃……你們出現。」

「那你們繼續處理吧，我們一旁看著。」

「這裡氣——氣氛不太適合……」

「神機醫，你腦袋裝屎嗎？」大貓對他吼道。

大貓把左輪手槍舉到右邊並開火。羅斯的頭應聲爆開，鮮血噴濺到牆壁和天花板上，灑得雷納半張臉都是。當那名幫派分子的屍體在雷納身旁倒下時，他沒有反應——反而向下看著自己沾滿鮮血的皮衣。

「幹……」

「我才不在乎誰知道和誰不知道！」大貓對整個房間大叫。「我會把你們一個一個宰掉，直到有人開始說實話。」

他輪流瞪視著每個人，也看了蜜蘭娜最久。她不讓自己顯露出一絲恐懼，但她的雙腿已開始打顫。

「大家都冷靜點，好嗎？」羅恩走到蜜蘭娜前面。「沒人得死。」

「你他媽跟我說什麼？」大貓慢慢將槍口對著羅恩。忽然間，兩把刀刃刺穿了他的腹部，血液開始滴落，他吃驚地往下看，接著踉蹌地轉身。卡拉早已經側手做了個空翻並跳回原處。大貓對她射光了半個彈匣，但只是將一些水泥碎屑打飛至半空中而已。

有個模糊的物體衝下樓梯。當傻傻在半空中旋轉時，他的大衣和身體似乎融為一體，一連串快速瞄準大貓方向的槍口閃光照亮了他。鮮血從大貓異常壯碩的肌肉中噴湧而出。大貓轉過身，露出獠牙，朝黑暗中開火還擊。傻傻調低光學裝置的亮度，避免暴露他的位置。

豬臉很快地意識到，他的生命保障（也就是大貓）快要完蛋了。他對他們的新敵人開了槍。但傻傻早就移動位置，在黑暗中僅僅幾碼之外的地方射擊。豬臉的肩膀中了兩槍，這沒有讓他感到痛苦，反而讓他更火大。

佐爾抓起他的手槍，拉著艾雅，並把她拖到最近的一堆箱子後方。

「妳還好嗎？」

她沒受傷，卻無法移動一隻手臂，另一隻手臂只能勉強地配合。

「我想還好……」

羅恩和蜜蘭娜迅速抓起他們的步槍，移動到佐爾和艾雅身旁。儘管沒人對他們開槍，流彈仍呼嘯飛過他們四周的上空，響亮的槍聲不曾止息。

「你和蠻獸派做了交易？」艾雅對羅恩用氣音說。

「對，這個嘛，他也和漩戰幫談條件了啊！」神機醫指向佐爾。

「我們就待在這等他們把對方幹掉嗎？」蜜蘭娜在槍聲中大喊著。

沃登早已不見蹤影。佐爾相當確定他一定有什麼計畫。那所以呢？他們雙方的計畫可能已經互相抵銷了。

「我們到底要瞄準誰？」羅恩看著他們倆，想尋求答案。

「贏的那一方。」蜜蘭娜回答。

「如果漩戰幫沒有拿到容器，就不會放茱莉安娜走。」佐爾說。

「如果蠻獸派沒拿到……」羅恩猶豫起來。「惡霸會宰了我。」

「誰他媽的是惡霸！？」蜜蘭娜問。

「討債人。都是陳年舊事了……但其實也沒那麼久遠啦。」

蜜蘭娜嘆了口氣，不敢置信地搖了搖頭。

為了爭奪同一個容器，出現了三種相互矛盾的計畫。大家束手無策，只能等著看誰最終勝出。

卡拉收起她的螳螂刀並改用槍械，她每開一槍就迅速移動到新位置上。傻傻也做了一樣的事，但他沒在節省彈藥。蠻獸派已經中了幾槍，他們身邊的地面滿是血泊。他們不習慣躲在掩體後方戰鬥，近距離格鬥才是他們的優勢。他們的動作越來越遲鈍，那些肌肉棒子很快就會耗盡體力了。

傻傻早已提前計畫了兩步——他已經分別對蠻獸派和佐爾、艾雅及其他人藏身其後的箱子開火，這些箱子已開始碎裂崩解。再中幾槍，就沒有地方能提供掩護了。

羅恩稍作猶豫，接著鼓起勇氣，出乎意料地跳出掩體，將彈匣裡的子彈全打在傻傻身上。該死，他竟然擊中了目標。傻傻遲疑了一下。他的脖子噴出鮮血。他轉向羅恩，對方正手忙腳亂地換上新彈匣。

「趴下！」佐爾把羅恩拉到地上。

但沒有必要了。因為傻傻接著又中了好幾槍，這次是大貓開的槍。他重重地摔倒在地。

卡拉發出嚎叫聲，尖銳得有如報喪女妖。

她正準備撲向蠻獸派，但當她看見對方手中的手槍滑落、身體也癱軟地倒在瀕死的豬臉身旁時，就作罷了。

卡拉炙熱的目光轉向羅恩。她亮出刀鋒，視線不曾從他身上移開，同時往那堆箱子一躍，那幾乎是不可能辦到的距離。

卡拉從最後一個箱子上躍過，在空中翻轉一圈，如猛禽般帶著刀鋒猛撲到神機醫的胸膛上。就算現在她想要停下來，也辦不到了。

「幹他媽……」羅恩平躺在地面上，彈匣從他手中滑落。

蜜蘭娜持槍開火，卻打偏了好幾英尺。艾雅也瞄準卡拉並扣下扳機，至少她試著這樣做。她僵硬的手不聽使喚。

佐爾眼看著這一幕以慢動作進行：卡拉緩緩地從空中墜下，彷彿穿過了一層濃稠的油層。他精確地瞄準了兩把刀鋒的固定處，接著開火。最後一波彈雨直接擊中電源供應器，頓時發出一陣閃光，以及在他聽來如同轟然雷聲的巨響。他用光所有彈藥了。

時間開始加速。火花和血液在他們頭頂形成一團雲霧。每個人都準備好迎接衝擊。

卡拉的身體重摔在地面上，濺起了鮮血和金屬碎片。

不切實際的武器。傻傻用思想語音說。但卡拉已經聽不見他的話了。

幹他媽⋯⋯羅恩想要這麼說，一邊注視著深埋在自己胸膛上的刀鋒。他抬頭看著佐爾，忽然回想起他們第一次見面的光景──那是早在旱谷事件之前的事。但現在，那些記憶對他都沒用了。太遲了。一切都為時已晚。他的目光尋覓著蜜蘭娜。

卡拉抬起頭，想用改造手臂僅剩的部分撐起自己，如今上頭已少了刀鋒及其他改造裝置了。她辦不到。

蜜蘭娜瞄準她的頭，咬緊牙關並開槍。當她看見女人的頭部向後倒回血泊中時，就打了冷顫。直到現在，她的紅色光學裝置才暗了下來。蜜蘭娜再次開槍，一次又一次直到滑套停止往後退，只剩下空槍的擊發聲響。她把槍丟下，跪倒在羅恩身旁，彎腰抬起他的頭部。

Zeta科技手術用機械手臂上的十二根改造手指無助地敲擊水泥地板。過了漫長的幾秒後，閒置的植入物才明白不會再收到進一步的指令了。

傻傻奮力起身，倚靠著一堆箱子來穩住自己。他的連線已被切斷，讓他的光學裝置只發出微光，他找尋著他的槍，但他早就無力撿起武器了。他開始爬向佐爾和其他人身後的樓梯。

蜜蘭娜閉上雙眼。這一切都是徒勞無功。再也沒有什麼東西有意義了。

佐爾用手臂搭在艾雅身上，以凝重的神情看著羅恩。他將視線移至卡拉身上──或確切地說，是她剩餘的部分。和漩戰幫的交易徹底告吹。這一切都沒有意義。

黑雨猛烈地打在擋風玻璃上。

空氣中彌漫著血腥味、火藥味，以及燒焦電路板的臭味。

「既然每個人的彈藥都用光了，我們就能繼續原先的事了。」這次雷納握著一把步槍。「這裡有一大堆垃圾要清理。」他脫掉了外套，露出胸膛中央第三個發光的十字架。

賓蘭娜輕撫著羅恩的臉頰。

「去死吧！」她臉色凶狠地站起身來，瞄準那個發光的十字架並扣下扳機。金屬的喀嚓聲只確認了她早已知道的事實。她走得更近並再次扣下扳機，喀嚓。雷納饒富興味地看著她。她不斷靠近，喀嚓、喀嚓、喀嚓。

「希望奇蹟發生嗎？」他近乎開心地問道。

一道槍聲響起。這名幫派分子臉上首度出現訝異的神情，他的胸口上也開始出現一塊黑色污漬，讓十字架散發出暗橘色的光芒。雷納的眼睛往後翻，整個人癱倒在地。

「他說得沒錯，清理起來太麻煩了。」當沃登走近時，他的步槍槍管飄出一陣輕煙，他則把槍從老大的屍體旁踢開。他腳邊那片血泊變得越來越大。他看著那群擠在一起的人，再指向身後水泥牆上的鋼製門板——門已經微微敞開了。

第十四章

又是我啦，蠢蛋們！

幾天前，有些混混說了聲再見就歸西了。總共有十二個人，好可憐喔。不過可能早就有二十個人取代他們的位置了，看來之前那一票傢伙也沒那麼厲害吧。你們最近去過墓園嗎？人們死得和蒼蠅一樣快，都沒空間挖墳給死者用了。難怪海灣裡那些魚他媽的有夠肥。如果有人要問的話，我什麼都不曉得——牠們可能只是在吃塑膠吧。晚上靠近水邊走路的話，小心一點。

我就不提名字了，但有個喜歡虛無主義的王八蛋告訴我，我們做的事根本都不重要，因為我們最後的下場都一樣：死在水溝底下。哎呀，荒坂集團肯定會有意見。你們可能已經聽說過聖物了。想變成愚蠢的全像畫面，永遠活下去嗎？請便。我呢？我寧可在最後大幹一場，也不想付一大筆錢，把自己永遠鎖在數位監獄裡。

說到另一則新聞，又有棟廢棄的空屋被燒成灰燼了。死者人數呢？不知道。主流媒體和平常一樣沉默。真讓人訝異喔，報導才上線一天，就悄悄地消失了。無論是誰死在那裡，當局都不想讓你們知道他們的身分。

我根本不相信有誰看到這裡會難過，你們這些沒靈魂的王八羔子。我可是有感到難過的，但等等就沒事了。下一篇發文很快就來！

掰啦！

門上的告示寫著「拜爾斯父子公司」。他確定要進去嗎？這是好奇心與理智之間的交戰，或者更像是……他的責任？不，他甚至無法使用他即將拿到的資訊。冒充警官是重罪，證據排除法則[39]也會駁回他交給法庭的任何佐證。但好奇心占了上風，每次勝出的都是它。

連恩的全像警徽還沒完全消失。警探走了進去。

裡頭有股陳舊的汗味和濕氣的氣味。連恩往嘴裡丟了塊口香糖並開始咀嚼，這稍微有點幫助。左邊有座車庫，裡頭停了許多廂型車，許多粗厚的電纜相連著車體和牆面。右邊則是辦公室。

連恩推開鋼製門板，裝有全新絞鏈的門板無聲地打開。這裡稱不上是一間辦公室，因為從來不會有客戶親自來訪。除此之外，這裡只勉強達到一間合法公司該有的標準。

與公司同名的拜爾斯坐在離入口幾英尺遠的小櫃檯後面，很難判斷他的年紀。

「我在找這個男人。知道他在哪裡嗎？」

拜爾斯平靜地嘆了口氣。

「你和所有人的奶奶都在找。」

「還有別人在找他嗎？」

「喔，相信我，你不會想見他們的。」拜爾斯繼續在終端前工作，也可能是假裝在工作。「快點問，我很忙。」

「你可以把那些人的名字告訴我嗎？」

拜爾斯聳了聳肩。

「他在這裡工作了一陣子。」連恩靠在櫃檯上。「我猜，你跟他很熟吧？」

「才一陣子耶？」拜爾斯輕蔑地說道。「那傢伙只在這裡待了幾天，就撞爛我其中一輛廂型車了。」

連恩正要問還有誰在找佐爾時，就收到妻子傳來的訊息：「你怎麼沒跟我說你去學校接孩子們了？」

他停止了咀嚼動作。

39 譯註：exclusionary rule，庭審時不予以採納透過非法搜查與扣押取得的證據。

「情況看起來不太妙。」OP2盯著螢幕。「我們根本是在自掘墳墓。」

「這部分並不在計畫中，但是……」OP1嘆了口氣，望向控制圖表。「看起來主要任務目標並沒有任何危險……」

「這應該是對自主性的測試，成績還他媽的超好。」OP3加入討論。「我們應該啟動自動毀滅程序嗎？」

「那是最後的方案。目前，ArS-03正在向目標前進。通知老闆吧。」

「有人搞砸了羅素的心理檔案。我從一開始就說她會帶來麻煩了，太不穩定了。」

「那不是我們的問題。現在就把ArS-03的事告訴老闆！」

「等他搞清楚發生什麼事，就已經太遲了。」

「已經太遲了！我們該怎麼做？派一個小隊去找他嗎？告訴老闆說我們失去對ArS-03的控制了。現在就去。」

儘管仍是同一片天空，感覺卻像是另一個世界了。空氣聞起來更清新乾淨。這個小分區的居民對當地的低汙染程度感到自豪。這裡還有植物，有青草、灌木，甚至是真正的有機樹木。大街上看不見任何垃圾，路邊也沒有燒焦或廢棄的車輛，更沒有躲藏在黑影中的遊民或可疑人物。街道上幾乎空無一人。

北橡區的GPS開始出現故障狀況，表面上是為了居民的安全。直到她將勝男的卡片插入庫德拉的終端後，GPS才開始恢復運作。

暮色正在逼近。佐爾迷失在思緒中，向外凝視著山丘上的橄欖樹林，這些樹木彷彿沾沾自喜地假裝這世界並未經歷生態瓦解。蜜蘭娜忽然緊握住佐爾的手，再閉上她的眼睛。他們沉默地坐了一會兒。

後頭傳來幾聲巨響——防空彈藥打穿了浮空載具的裝甲機身。駕駛艙中的燈光變成紅色，求救警報也開始大響。他失去對機身的控制了。

「我要先和他談談。」他聽見蜜蘭娜的聲音。

他眨了眨眼——意識回到了北橡區。他微微地點了點頭。

「我也是。」

「然後你就會殺了他？」她的語氣比較像陳述，而不是提問。「但如果你這麼做，就無法帶回茱莉安娜了。」

「我兩件事都會做到。勝男的情報沒有即時更新，所以我才能這麼接近他。」

鋼製大門緩緩地開啟。他們行駛在充滿盎然綠意的一條車道上，輪胎底下傳來礫石的摩擦聲，一路通往一座外型簡樸的別墅，有寬敞的窗戶、筆直的角度，一樓和二樓感覺像是來自更溫和年代的古物。

他們一停下車，蜜蘭娜便抹去眼角的一滴淚水，並嘆了口氣。當他們下車之後，車子就優雅地自行停在一輛豪華轎車旁。

他們向下走了幾個台階，到達入口處——蜜蘭娜身穿黑色晚禮服，佐爾則穿了她為這個場合所挑選的西裝外套和領帶。一位穿著稍微過大西裝的年長日裔男僕拉開傳統的推拉門，接著又再次關上，用往上攤的手掌示意他們穿過花園的路徑。

狹窄的黑色石板小徑蜿蜒繞過整棟別墅，穿過仔細修剪的草地便來到盡頭處。蜜蘭娜強忍著想踢掉高跟鞋、用腳趾感受草地的衝動。它幾乎像在懇求人們走到上頭。精心設計和修剪維護的植物看似永無止盡，卻只是巧妙營造的錯覺。當小徑引領他們跨越一座石橋時，他們就同時聽見了潺潺水聲。橋下咕嚕作響的溪水流進一座小池塘，池裡養了些悠閒的魚兒，可能是合成動物。前頭遠處有座典雅的竹林，旁邊有塊巨石，另一邊則有棵高大雄偉的杜鵑樹。樹後方矗立著一座傳統的木造日式茶亭，屋頂的邊緣以古典的手法往上彎曲。這些是真正的木頭、真正的樹林。這一切奢華景緻令人難以接受，即使對蜜蘭娜來說也是如此。

佐爾又深吸了口氣，等著今晚無可避免的流程。老僕人滑開覆有半透明紙張的格子門，讓裡頭的勝男現身，並對他們微微點頭示意。蜜蘭娜和佐爾踏進幾乎空無一物的大房間，牆壁有部分裝設了木製板條，老舊木製地板因使用年久而呈現深色，地板上則鋪了幾個軟墊。

勝男跪在房間中央的矮桌旁。他站起身來，調整了一下他的黑色西裝。

「謝謝妳改變心意，前來見我。」他深深地鞠了躬。「先生，也要謝謝你陪同你的女伴前來。」

佐爾緊咬牙關，感到前額浮現了一滴汗珠。如此近距離地看到勝男，使他得奮力控制自己的情緒。這並不容易。

為什麼不立刻下手呢？他在等什麼？等更理想的時機嗎？以後不會有了。他現在就可以徒手殺死勝男。

但他沒有動手。他反而用同樣的方式鞠躬。比起握男人的手，這更符合他的風格。

「佐爾……」他自我介紹，試著在咬緊牙根時把話說清楚。他忘了自己的姓氏。

「我們很榮幸成為你的賓客。」蜜蘭娜迅速打岔。

有個身穿絲質和服的女子從屋內走近他們。和服的褶邊拂過青草，讓她彷彿像是飄向他們一般。

「這位是我的妻子和子（Kazuko）。」勝男將她介紹給大家。

她鞠了躬。

和子一語不發地脫下鞋子。賓客們察覺到這項暗示，也同樣照做了。佐爾原以為會碰到他在電視上看過的接待場合：桌上擺滿裝盛食物的小碟子，侍者們倒了一杯杯的清酒。這裡卻什麼也沒有，也沒有其他的客人。

東道主示意他們坐到桌邊的軟墊上，桌上有個類似烤盤的裝置、幾個木製的物件，和一些暗色、粗糙且不平整的碗，也有些擺在碟子上的甜點。

「我猜，你們並不熟悉我們的風俗。」勝男彬彬有禮地說，蜜蘭娜在先前會面時所遭遇的官腔和無情面具，如今都已不見蹤影。「我們現在先喝茶聊天。之後，我們會去另一個更舒適的西式場所享用晚餐。」

僕人拿來幾個紙燈籠，把它們掛在天花板上。茶室變得更為明亮，進而突顯了木材的深琥珀色色澤。他們周圍的花園遁入陰影中。分隔花園與街道的那道圍籬後方，太陽開始西沉。

和子已經備好了茶水。賓客們覺得自己身處在一場舞台劇中，和子則像是在表演古老的儀式。首先，她拿紅布擦拭桌上所有物品。接著，她把水倒進碗中，再將碗中的水倒回茶壺，向碗裡灑了點綠色粉末，並再次朝碗中注水，然後再度攪拌。

佐爾心想，相較於按下全食送料器上的某個按鈕，這差異太大了。他努力不看向他們的東道主。這些年來，他想像過這場會面的方式，如今卻有很大的差距。他想將勝男逼向角落，告訴對方即將受死的原因，再迫使他求饒，但這根本不會發生——勝男的自尊心太強了。佐爾要讓他經歷一段思考的時間，讓他反省。對，勝男必須得死。他想到妮可和布雷德，勝男從未意識到他們的存在。有多到記不完的人遭到火舌吞噬。佐爾要讓他的妻兒復活，使他們在勝男的內心重生，接著再殺了他。重點不在於暴行——他要讓這個戰犯知道，自己為何會碰上這種命運。

和子拿起一碗飄散蒸氣的綠茶，旋轉它兩次，再擺到蜜蘭娜面前。

「茶代表重要時刻。」勝男說。「這是讓人與自然、與親友們維持和諧的時刻，向所有讓我們能享受這杯茶的一切獻上敬意，也向傳統和我們的貴客致敬。」他分別向蜜蘭娜和佐爾鞠躬。

「這是讓我們的靈魂放鬆的時刻。」

「我總覺得，這不是你說的那種夜晚。」蜜蘭娜喝了口茶。

「比起平靜的靈魂，有些事更加重要，像是埃尼亞斯計畫的成功。」

蜜蘭娜的目光從佐爾轉向勝男。

「埃尼亞斯現在解密了嗎？」

「沒有。我相信妳和妳的男伴都不會洩漏我們今晚討論的細節。」

「當然。」蜜蘭娜點了點頭。

「在這裡，沒人偷聽，我們可以打開天窗說亮話。」

「你是說，荒坂集團的會議室不安全嗎？」

「要說這件事的話，荒坂集團沒有任何地方是安全的。唯一的差異在於誰有資格能聽取內容。」

「但這裡就不會。」

「這是我家，規則是由我來訂。」

佐爾心中開始產生煩躁的情緒。不，那不是煩躁——是不耐煩。那種急切想做些什麼的衝動。他沒有看著勝男，他不希望讓表情顯露了自己的意圖。他反而看向和子將沸水倒入碗中的動作。真有趣，泡茶這麼簡單的行為，居然需要費這麼大的功夫。她淺淺微笑著，一句話也沒說。佐爾無法將目光從她的動作上移開。他觸碰自己的前額……她的微笑讓他想起了……

浮空載具側翻倒下，機首已埋在沙中。他費力地爬出駕駛艙，靠在已撕裂的逃生艙門旁坐下。浮空載具在沙地上留下長達一百五十英尺的痕跡。引擎冒出黑煙，滿布彈孔的機殼下冒出因電路損壞而發出的火花。不到兩英里外的位置，有股火焰熊熊燃燒著。他在此感覺不到熱氣，只看得見照亮夜空的紅光。

他的腿斷了。現在想逃已經太遲了。

他為什麼要逃跑？當他偷走浮空載具時，就知道自己不可能活著離開。所以有什麼差別呢？至少他還有幾分鐘可以仰望天空。

他們用標準彈藥將他擊落，而不是用飛彈。他們想讓他活下來。他們一定會問他很多問題，關於陰謀，以及他所屬恐怖組織中的指揮鏈。

但根本沒有恐怖組織——就只有他一人，一個因政治因素而家人遇害的父親。他是父親，也是逃兵，但絕不是叛徒。即便如此，他們仍會把他當成叛徒處置。

他擊沉了荒坂戰艦。他應該要感到心滿意足才對，但他完全感受不到這種感覺。他反而覺得這一切還不夠。

他試著移動自己的腿，但痛楚竄過他全身。骨折並不嚴重，他的脛骨沒有刺穿皮膚。他把腳固定在浮空載具的機身和破損的起落架艙蓋之間。接著他注入麻醉藥，再用力一拉。隨後傳來一聲喀啦聲和短暫的尖叫聲——苦楚沒辦法完全被麻醉。儘管天氣並不熱，汗水仍從他臉上流下。他將骨頭對準正確的位置了嗎？有什麼差別嗎？他沒有東西能拿來作為夾板。奈米機器人或許能在兩小時內完成修復，但這時間太長了。

他把腿打直時，不小心碰到了桌面。瓷製茶具喀噠作響，把茶水灑了出來。每個人都盯著他看，和子則立即上前清理。

「……我們雙方的公司都試著祕密地突破黑牆。」蜜蘭娜說。「我們的董事會還不清楚這件事，以官方角度而言是這樣。但無論贏家是誰，都會把對手遠遠拋在後頭。」

「妳的評估很正確。」勝男禮貌地承認。

「不過，軍武科技和荒坂集團都不需要這樣做。我的意思是指……」蜜蘭娜看著佐爾，思緒也暫時中止了。「我是指，這完全沒有必要。對誰來說，存取黑牆外的人工智慧都不符合利益。雙方的動機都是怕輸掉這場競賽，這是一種囚徒困境。」

「這種情況需要更宏大的觀點。」勝男回答。「雖然我們有最高的市占率，但我們有些較小的競爭者已經開始自行研究了，我們完全無法得知這些研究的內容。黑牆遭到突破不過是早晚的問題。問題不在於是否會成功，而是何時會成功。」

「那我們不該試著避免這件事發生嗎？」

「請原諒我以另一個問題來回應妳的問題，但這還在我們談判的範圍內嗎？」

佐爾的目光鎖定在他的茶碗上。他十分緊繃，彷彿心裡正有股壓力在醞釀。如果他多看勝男一眼，就會立刻殺了對方。

蜜蘭娜深吸了一口氣，爭取了一點思考時間。她現在很需要抽根菸。

「我想知道的是，」她又開口說，「埃尼亞斯計畫是否會企圖跨越不該跨過的界線。我見過一位二〇六二年事件的受害者。」

「那次實驗是巫毒仔做的，那是他們的錯。」勝男的耐心似乎正在消退。「妳該不會認為，隨便一個小孩的生命會比全人類的潛在利益更重要吧？」

佐爾的雙眼變得呆滯迷茫。

他們來了。他看見他們在遠處的身影，他們穿越炙熱沙漠時閃閃發光。他的浮空載具卡在沙中，往側面傾倒。他的追兵在安全距離外降落。當他們謹慎地悄悄靠近他時，他聽得見他們的腳步聲。

他閉上雙眼，只見火焰。這次不是在他家，而是來自船上的火焰。六枚火箭中有兩枚擊中了目標，那不過是幾分鐘前的事。艦橋上冒出火焰，船艦往一旁倒去並開始下沉。幾分鐘內，其他船艦就會開火還擊。全速往左轉。他被擊中了幾次，並墜毀在沙漠中。

他們包圍住他。遠方一道火牆的光芒投射出某個人的陰影。他們十分警惕，這沒有必要，他太虛弱了，無力反抗。當他們站在他身旁時，這才放下了武器。

一小時前，他出發去做此生要做的最後一件事。他現在明白這還不夠。

他得知道下達命令的人是誰。

「沒錯，和人工智慧合作的道德後果，為大眾提供了很棒的娛樂。」佐爾聽到這句話。「就像從科羅納多灣出現的變種人一樣有趣。情感不該左右我們的決策過程。我們必須透過邏輯引導自己，能仰賴的也只有邏輯。」

「我看出的唯一邏輯，就是利益的邏輯。」蜜蘭娜說。「如果它能賺錢，就合理了。對吧？」

「我覺得，妳刻意要偏離這次談判的方向。」

勝男沒有露出任何惱怒的跡象，不過，他已卸下了面具。當他邀請客人進入他的家中時，就自動卸下了偽裝的面具。偽裝下的臉龐如今流露出活躍的神情，和她在荒坂大樓（Arasaka Tower）時見到的勝男完全不同。

蜜蘭娜察覺有某種自己沒注意到的跡象。但究竟是什麼？

「這不是商業談判。」她堅定地說。「我想避免一場即將發生的災難。我們正在做的……是挖開一個洞，暴露某個被遺棄四十年的世界。那裡住著某種智慧體，現在它們和我們已經完全不同了。」

「從一開始，它們就和我們不一樣了。」勝男糾正她。「這正是我們創造它們的原因，它們的使命就是處理我們人類無法應付的任務。」

「四十年來，我們讓這些人工智慧全然地自行演化，完全不受到監督和控制。我想，現在它們的能力早已達到人類難以匹敵的程度了。」

「這樣的話，其中一個人工智慧肯定早就穿越黑牆了吧？」

「除非黑牆本身就是作為中介角色的人工智慧。」

「這就是會在網路上散布的陰謀論。在現實中，這些人工智慧只能使用我們近四十年前讓給它們的有限網路空間。它們沒有創造出新的空間。那裡也沒有後門，沒有實體連線，可以直接通往那無所不在的黑牆。如果那裡確實有進化現象，也會受到有限空間及資源的限制。妳害怕戰爭，但人工智慧之間已經開戰了。這是一場因資源短缺而引發的戰爭。再說，人工智慧的進化沒有妳想像中那麼顯著。它們只是過去遺留下來的殘餘物，是我們將挖掘出一切價值的過去。我們遺棄在那裡的知識，包括數據資料和演算法……我們需要它們來讓人類擺脫科技上的停滯。我們必須重返進步的大道。」

佐爾緊張地來回握緊又放開拳頭。他將茶杯舉到唇邊，試著控制自己。當他的手指抓緊不平整的瓷碗時，就隨之泛白。

冰冷的金屬。手臂碰撞著醫院擔架的欄杆。他們沿著一條長廊推著我。頭頂上閃耀的燈光以規律的節奏快速掠過。緩慢，單調。有東西在顫動著。

是我，是我在顫抖和移動。這裡不可能是醫院。右邊的那個人穿著實驗室的白袍。赤裸的水泥牆上畫了大大的數字和符號。我們偶爾會經過某些門，但那些不是醫院的門。比較像是倉庫裡的門。

那些文字是英文，不是日文。這裡不是荒坂集團的地盤了。這代表我還有機會能活著逃離這裡。我必須找到下達命令的人。

「進度目前陷入僵局。」勝男繼續說。「資源越來越少，我們也沒有解決的方案。數十年來，這世界已沒有出現任何科技上的突破了。」

當佐爾放下碗時，他的手便開始顫抖。和子淡淡一笑的接過瓷碗，往裡面倒滿了茶。

「也許是因為我們只想到短期利益。」蜜蘭娜指出。「而不是長期效益。」

「可能吧。但這就是世界的運作方式。」勝男點了點頭。「用你們的說法來講，人類深陷在短期利益的流沙之中。我們需要一股特別強大的力量，才能脫離險境。」

他們為什麼來這裡？他在玩什麼把戲？她深信，這個邀請除了對話以外，還有其他的目的存在，但她想不通是什麼。

「我不相信這種論點。」她只能繼續玩這場遊戲。「這聽起來像是公關宣傳，只是為了讓民眾能輕鬆買單。但目的還是一樣：獲益。我的意思是，這些企圖要突破黑牆的祕密行動，不論是荒坂集團和軍武科技……」

「妳的資訊錯誤了。」勝男打斷了她。「軍武科技的手法和荒坂集團不一樣。你們的團隊並沒有專心地尋找突破的方案。」他停頓了一下，盯著蜜蘭娜看，她則盡力地隱藏自己的訝異。「多年來，你們反而在開發自己的人工智慧。正因如此，我們才會在這裡討論。」

佐爾把和子遞給他的碗舉到嘴邊，一滴汗珠從他的太陽穴流下。

「你得說清楚一點才行。」蜜蘭娜冷靜地說。

「正如妳自己剛才所指出的，黑牆背後的事物早已達到人類難以匹敵的程度。假設情況確實是如此，在特定的範圍內，我們就需要中間人，一個能夠在我們和另一邊事物之間擔任橋梁的智慧體。軍武科技已經擁有我們能使用的東西了：一個混種體，有機及合成物的綜合體。軍武科技正試著創造出缺乏良知的理想士兵，能夠執行收到的命令，卻不完全失去人性特質，像是直覺和本能。人工智慧和人工靈魂持續與彼此抗衡和合作。一旦具有自我意識，純粹的人工智慧就會變得難以控制。但士兵必須同時擁有自我意識，卻還能接受控制。現在已經有太多不會思考的機器人和能力不足的竄網使了。只要能讓人工智慧被情緒宰制，就有可能加以控制。這就像是放風箏——沒有那條剝奪其自由的繩線，它就無法在空中駐留。一旦放開繩線，它就會掉落。我們確定，這種混種體，目的雖與最初相反，卻能給我們穿越黑牆的最佳機會。」

「這已無關於商業考量了。」蜜蘭娜搖了搖頭。「這和整座城市、甚至是全人類的安全有關。」

「考量全人類的角度來看，妳說得沒錯。埃尼亞斯計畫提供人類一個自我救贖的機會，這個機會已經延宕四十年了。我們該修正這個錯誤了。」

「我該提醒你，這種事一開始為何會發生嗎？」

「我想知道，妳是真的在乎人類的命運，還是這只是另一種談判策略？」

她瞇眼仔細看著他。不，他不是在開玩笑。對他而言，沒有任何進行道德辯論的空間。他們在此不是為了拯救世界，而是要為他們的陣營盡量爭取優勢。她轉向佐爾。

「我不想再談了。」

佐爾想站起來，但他的雙腿拒絕配合。

「你就是逃兵呀。」穿醫生袍的男人說。由於氧氣罩蓋著自己的臉，使佐爾無法看清楚他的模樣。「逃兵和叛徒，面對的只有一種懲罰。」

我不是叛徒！我背叛誰了？絕對不是我的家人，甚至不是該死的新美國。我想說話，卻辦不到。想法，只有許多想法，但嘴巴卻說不出話。

手術室一片漆黑，而這裡不是醫院。他還躺在……他不知道那是什麼了。他的四周全是來自上方機器的電纜和電線，身邊有一陣平穩的機械嗡嗡聲。他幾乎感覺不到自己的身體，只能移動幾根手指，也可能只是他的想像而已。每次眨眼，他似乎都在意識中來回浮沉著。每次可能都過了一小時，或是一個月。

「你受了重傷。」那位虛偽的醫生說。「嚴重腦部損傷。」

只是摔斷了一條腿。

「如果我現在不開刀，你就活不過接下來的幾小時了。」

但我只是摔斷了一條腿。

「你的腿中了兩顆子彈，打碎了骨頭。沒有什麼大礙，但是……如果他們要處決你的話，這又有什麼意義呢，對吧？只是浪費時間和資源。」

那就快殺掉我吧。你在等什麼？

「你違反的停火協議是歷經艱難談判的成果。你到底有什麼目的？突如其來的勝利嗎？」

他們殺了我的家人。我想為他們復仇。他們殺掉我家人，就是為了強制執行這個停火協議！

「別費力回答了，反正我也聽不見。」

我劫持浮空載具是因為想救他們。然後我看到火勢，才明白……這一切都太遲了。

「聽著，我要給你一項提議，是你無法拒絕的那種。你覺得怎樣？」

當我看見蔓延長達一英里的地獄烈火時，我才想要復仇。這是人類最基本的情緒，但我一點都不後悔。永遠都不後悔。

「我要動手術了，你也會好起來的，也不會被處決。你會活下去的。我知道我不該這麼做——技術上來說，我該得到你的同意。但我們碰到緊急狀況了，不是嗎？別誤會我的意思，但也沒人問我想不想做這件事。」

那時候我檢查了浮空載具的武裝，有六枚火箭。我有一個選擇：返航並關禁閉兩週，再停職一個月。這沒什麼大不了的。不過，我沒有能回去的地方了，也沒有要回去見的人了。那些火焰吞噬了我擁有的一切。

「你怎麼看呢？這條件很不錯，對吧？不過，凡事都有代價。我們幫你，你就要幫我們。不管怎樣，你拿到的交易條件都比較好。你可以活下去了。活著總比死了好，對吧？」

佐爾的手在碗上僵住了。幾秒前，他才打算把碗摔在地上，取得尖銳的碎片。他本來想拿來割斷勝男的喉嚨，但在失血過多之前，佐爾會向對方解釋他為何得死。然而，他現在只是直盯著前方，而燈籠後方的一片黑暗中冒出了四個荒坂集團士兵。

「我稍早提過，妳有我想要的東西。」勝男對蜜蘭娜說，並輕鬆地換回了他的企業假面具。

「這不是指字面上的所有權，但多虧有妳，我才能得到這個東西。」

「我已經不為軍武科技工作了。」蜜蘭娜回答。「我不為任何人工作。」

「或許妳該開始為自己工作。」

「搞了這些把戲之後，」蜜蘭娜挑釁他，「你還覺得我會把這個東西交給你嗎？」

「妳已經帶來了。」

勝男將目光轉向佐爾，佐爾開始感到暈頭轉向。

「由於損傷，你的部分大腦基本上已經死亡了。」醫生說。

不！在墜機時我只是摔斷了腿，你這狗娘養的！

「也許沒有死透。不過，等我把它挖出來後，過幾分鐘它就會死了。我想也沒差。如果我把它挖出來，它就和死了沒兩樣。你要一顆半死不活的大腦做什麼呢？這似乎像是會自行實現的預言，不是嗎？」

你為什麼不現在就殺了我？

「好久好久以前，我也為人們做過一些好事，總得付出代價。我這就告訴你我打算怎麼做：我會切除死去的那部分。我們不必受制於原因和後果的支配。那是啟蒙時代的觀念了。現在還有誰在乎啟蒙時代啊？是死、是活，只是語義的問題而已。」

我只是摔斷一條腿而已！

「我要幫你植入某種次世代科技。」醫生調整著複雜的機器裝置。「所以就別抱怨了。夜城有一半的人願意用整顆大腦來交換這種東西。你不但可以避開死刑，還可以免費獲得這項技術。我不曉得我幹嘛要跟你解釋，你可能也聽不見我在說什麼吧。我也是在拯救自己的小命。我猜這麼一來，我也沒什麼遺憾了。別對我感到不滿，畢竟你還能活下來，而你也會忘記這件事。我會還清我的債務。這個嘛，算是償還一半了，但多少也還了一些。一步一步慢慢來吧。」

六指Zeta科技改造手臂開始進行手術。

佐爾低下了頭。該放過誰，又該犧牲誰？他評估著那些士兵的位置與姿態。在最後的幾秒內，他快速地考量了至少六十種不同的情境。在所有情境中，都沒有三人全數生還的結局。在三種情境中，勝男遭到友軍誤傷而死。在三十個情境中，蜜蘭娜中了致命一擊。佐爾幾乎在所有情境裡都會送命。但他的生還並不重要，殺掉勝男才是關鍵。

但也許他起初的假設並不準確？如果那些荒坂集團士兵是為了他腦袋裡的東西而來，那麼他們肯定不會傷害他。他調整過的分析讓他得到百分之五十的生還率。

蜜蘭娜一動也不動。

佐爾朝她投以一個意義深遠的眼神。他感到身後有股重量——有根槍管對準了他的後腦勺。如果士兵的手指扣住扳機，當佐爾伸手往後抓住槍管時，就可能會意外走火。但他的手指沒扣住扳機。突然間，這個世界的動作彷彿變慢了。佐爾用力將步槍往前拉，在半空中抓住握把，同時蜜蘭娜平趴在墊子上以掩護自己。他向對面的士兵射出一連串的子彈。右側的士兵對著空中打出一陣彈雨。他們也全都裝了反應強化器，只是不比他的裝置先進。佐爾迅速低頭並滾向他，再一頭撞上對方，隨即往前跳了起來，從後頭抓住對方，將他暫時當作掩護自己的人肉盾牌。

佐爾把槍口塞到士兵的頭盔底下，並扣下扳機。他聽見士兵頭骨爆開而發出的低聲轟鳴，還有子彈卡在頭盔頂端時發出的重響。

另一名士兵已經起身，他的防彈背心抵擋住佐爾的子彈攻擊。第二次就沒這麼幸運了。兩發精準的子彈擊中他裝甲之間的空隙，一發擊中腹部，另一發擊中肩膀。士兵倒落在地，也抛下步槍。佐爾轉移注意力，看向被他奪走步槍的那個人。該死，還有另一個人。

他向一旁側身跳開。其中一發子彈擊中他的左肩。他的大腦收到了數據資料，卻不覺得疼痛。他們終於認真開火了，但仍試著不讓他受致命的重傷。

「趴下！」當他一看見蜜蘭娜以慢動作抬起頭時，他便立刻大喊。

更多子彈在他耳邊呼嘯而過。當和子逃向房屋時，出乎預料地提供了掩護，在那瞬間擋住了第三個士兵的視線。佐爾在沒有瞄準的狀況下，對第四名士兵開槍並爭取了一點時間，迫使對方躲開。當飄動的和服揭露後頭的第三名士兵時，他就以魔鬼般的精準度射穿和服。子彈穿過絲綢，當和子又向前跑了三英尺時，第三個士兵已經中彈並往後飛去，脖子上噴出一道血柱。

情急之下，第四名士兵滾到一旁，試圖夾擊佐爾。要不是蜜蘭娜抓住他的腿，他的計畫可能就會成功，結果他跌倒在地，立即瞄準這意料之外的襲擊者。在他做出任何事前，他的前臂就被炸出一片血霧。

喀嚓，佐爾的步槍用光子彈了。他把槍丟到一旁，拿走其中一名死去士兵手中的步槍。第四名士兵試圖從槍套中拔出手槍，但就在這時，他的裝甲側邊被一陣彈雨打穿，讓他無法這麼做。

佐爾抛下步槍，並跪倒在地。只需要幾秒鐘就能恢復體力。時間夠讓他重新調整狀態了，這沒有什麼大礙。

「給我看。」蜜蘭娜跪在他身旁，並撕開他的上衣。

「只是皮肉傷而已。」他毫無情緒地回答。

他不需要檢查他們死了沒，他就是知道。他知道原有一名士兵，還有另外三名——現在全死了。威脅殲滅完成。

佐爾抬頭看著勝男。

荒坂集團的談判代表並沒有試圖逃跑。可能是因為自尊，也可能是明白逃跑也沒有任何意義。勝男仍跪在桌子前。

佐爾拿起精緻的瓷碗，把它折成兩半，再用尖端抵在勝男的頸靜脈上。

她的左手又開始出問題了，小指正顫動著。其他手指隨時都會一起跟著顫抖起來，包括姆指，直到整隻手變成只感受得到痛苦的異物。現在症狀之間只間隔幾小時。這次會持續多久？

先工作，再保養。這句話現在像是一個悲哀的笑話了。

現在只能等到它的症狀結束。然後呢？或許又會有一陣痙攣來襲，或是收到一則訊息。

她在她的房間裡來回踱步，握著自己異樣的手，它正隨著不熟悉的節奏扭動。她不知道該拿自己怎麼辦。只能等了，佐爾要她等待。

但要等多久？

艾伯特在這裡，但也像是不在。躺在椅子上的他穿戴了完整的竄網使裝備，正和系統連線中。他的身體會不時不自主地扭動著。他完全放棄了自我，忽視個人衛生，只在絕對必要時才起身。通常是為了迅速喝掉好幾杯從送料器裝的復血雞尾酒（regen cocktails）。他還沒意識到，自己可以將點滴連到送料器上，這樣他就不必浪費時間像正常人一樣飲食了。

外頭的天色已經逐漸變暗。她的手機毫無動靜。她捏了一下艾伯特的肩膀，毫無反應。她抓起平板電腦並一屁股坐在沙發上，用另一隻還能用的手傳了一則訊息給他。

「使用者忙碌中。」出現了這種回應。

她看著艾伯特身旁那些雜亂且複雜的電纜。她得要拔掉多少，才能讓他「不忙碌」？

不，她不會這樣做。

她的左手持續顫動著，拒絕聽從她的指示。如果它只是個可以隨意更換的廉價植入物就好了，就像她很久以前使用的那些。但不能這樣處理它。它早已適應並成為她身體的一部分，和有機手一樣感知、對訊號有反應，但最近比較不靈敏了。前景看起來不太樂觀。

她走到窗前，把頭靠在溫暖的玻璃上，等待著……

不。她得要做點事，什麼事都好——即便毫無希望。她下定決心，披上外套並走出門外。

他輕輕地施壓，力道剛好足以劃破皮膚，讓對方的心跳速度上升。勝男的脖子上浮現了一滴血珠。

「如果我割得更深的話，就連搶救團隊都救不了你。」佐爾說。

「我們並不想殺你，只是想要進行實驗。」勝男的語氣似乎無比輕鬆地冷靜。「如果你願意的話，我們也能雇用你。你目前並不處於危險中。」

「二〇七〇年七月十五日。城市北部郊區遭到溫壓武器轟炸，害死了我的妻子和兒子。你就是下達命令的人。」

「從來沒發生過轟炸郊區的事件。」勝男用一種彷彿他們仍在喝茶聊天的口吻。「我也沒指揮過任何軍事行動。」

搶救團隊已經在路上了，正在迅速趕來。數字閃現於佐爾的腦海中，四十秒。

「我不在乎你是不是指揮的人。」佐爾脫口而出。「是你下令的。那是你下的指令。」

「從來沒有轟炸郊區的……」

「我親眼看見了！我看到一整棟大樓起火！都是因為你！」

「你說你知道是我。」勝男停了下來。「請問你怎麼知道？」

佐爾開口想要回答，卻講不出任何話。他不記得了。

「我就是知道！」他把瓷器碎片往皮膚中插得更深，有更多血液流出。「妮可和布雷德死了，而你得要付出代價。要不是你，我還會有妻兒。但是你不在乎——到了最後，一切都只是政治而已。」

鮮血沿著勝男的脖子流下，染濕了他乾淨白襯衫的衣領。搶救團隊二十秒後就會抵達。

「根本沒有發生過任何攻擊。」勝男重覆道。「北方也沒有任何郊區存在。只要你現在投降，大家都能安然無恙地離開這裡。」佐爾猛烈地搖了搖頭。

「你要為你對我家人所做的事而死。」他咬牙切齒地說。「我要你清楚這一點。」

「我什麼都沒做。你說的地方根本不存在，它是為你所創造的。你之所以要殺我，是為了展現你頭腦中某個科技產品的效果。但你還是會失去某種東西。」

「你錯了。我什麼都沒了。」佐爾堅定地將碎片壓在勝男的脖子上。「我家人都死了。」

「不，你還有很多會失去的事物。」勝男冷靜地反駁他。「他們已經確保這一點了。你現在就要做出選擇，這是實驗的一部分。」

佐爾望向蜜蘭娜，她半坐半躺地待在地上，保持著沉默。

在她身後，在房子的陽台上，有個女孩正用她的黑色大眼凝視著他們。佐爾只稍微瞥見她一眼，和子就衝了出來，一把將她抱進懷裡並躲回屋內。

佐爾望向房子敞開的門口，腦中湧現出一連串複雜的思緒。

「她的名字是卑彌乎（Himiko）。」勝男用疲憊的語氣說。「請不要傷害她。」

佐爾放開了瓷器碎片，跪倒在地並緊閉著雙眼。蜜蘭娜跪在他身旁，用手臂環抱著他。茶亭的陰影突然縮小往後退，一道明亮的白光照亮了房間。

「離開病人身旁！」有個放大音量的聲音喊道。「把手舉起來！」

他們在白色聚光燈下一動也不動，搶救團隊的浮空載具則降落於茶亭後方的草地上。如果一小道割傷和心跳加快就會觸發緊急救援警報的話，勝男一定有最高級的保險權限。

他們全都高舉雙手，連勝男也不例外。規則就是規則。現在得讓搶救團隊來確認每個人的身分了。

「後退！」

佐爾和蜜蘭娜向後退了兩步。

「這件事還沒結束。」佐爾對她悄聲說道。他在其中一名死亡的士兵旁止步。「什麼事都別做，先等等。」

不知為什麼，佐爾竟然知道當浮空載具離地面三英尺時最為脆弱，這時候不可能取消降落程序了。在那一刻，機門會打開並伸出走道，讓醫護人員向前衝出來，但這次辦不到了。

佐爾迅速俯身，從死去士兵的戰術背心上抓起一顆手榴彈。他透過思想指令設定倒數一秒。手榴彈的擊針發出嗡嗡聲，隨著一道完美的弧線，手榴彈飛越茶亭並消失在機門狹窄的縫隙之中。裡頭發出一道閃光和低沉的爆炸聲，幾塊碎片掉到草地上，煙霧則從浮空載具中飄了出來。佐爾跑到正要降落的浮空載具旁，深吸一口氣，躍過伸出一半的走道，並跳進機艙內。三名醫護人員倒在地板上，他們可能會活下去，也可能不會。但他們不再構成威脅了，這才是重點。隔離駕駛艙和貨艙的部分隔板保護駕駛員不受爆炸的傷害，卻無法完全避免爆炸造成的輕微影響。

佐爾瞄準他，並猶豫了一下。他將手槍放回槍套中，壓下駕駛員胸前的按鈕，解開他的安全帶。他抓住駕駛員的制服，將他拖到草地上。飛行員咕噥地說了些話。他在幾分鐘內就會回神醒來，但到時佐爾早已離開了。

「快點！」他對蜜蘭娜大喊。

她跑了過去，幫他將另一名士兵從浮空載具中拖出來。

勝男慢慢地站了起來。

「你活不下去的。」他對他們說。「如果你們留下來投降，我保證會保護你們。」

他們正忙著拖出其他人，根本沒在聽他說話。

「拿走他們的槍。」佐爾說。

他抓起手槍、彈匣及一切有用的裝備。

「傑？」那位駕駛員拿著手槍瞄準他們。他們停下了動作。駕駛員躺在草上，手還顫抖著——在這種距離下，他不可能打偏。但他沒有開槍，只是慢慢地掀起面罩。「傑，是你嗎……？」

他的目光穿透佐爾。眼神中沒有仇恨，也沒有殺意。那是純粹的驚訝表情。

結果，帶著塔蘭的原始碼是個好主意。只要經過一些加強和幾次微調，這個程式的能力似乎就能達到一定水準了。在黑伍德第三公立圖書館裡，他找到一些描述黑牆結構細節的文章，這對他很有幫助。塔蘭應該能橇開這堵黑牆，保持開啟的時間足以將一個資料包轉移到另一邊了——內容是由與第三階竄網科技相容的軟體讀取和製作的。也就是艾伯特的數位複製體。

不過，時間正在緊迫倒數中。他們這幫烏合之眾在雷納藏身處所引發的騷動，讓城裡幾乎每位幫派首腦都注意到了。蠻獸派、漩戰幫和瓦倫提諾會都在積極地找尋他們。更別說軍武科技了，他們還在找尋他們的容器，當然也少不了夜城警察局。

艾雅三不五時就會問他關於漩戰幫藏身處的事，又是一個讓人分心的問題。他老是給她同樣的答案：情況還沒有改變。就像其他事一樣。茱莉安娜就跟死了沒兩樣，擔心她不過是浪費時間。

邏輯。機器就靠著邏輯運作，這也是人工智慧的演化根基。它們的演化是有意識的行為，是無止盡的自我建構進程。是它們的自我，而不是下一代。由於無法進行生物性繁衍，它們能自由地自我修改，直到達到完美狀態為止。

艾伯特意識到，他不需要擔心自己在另一頭會如何重組——無論是架構、作業系統或什麼的都一樣。一點差別都沒有。人工智慧會張開雙臂歡迎他，因為他是數十年來首位穿越最深邃的反入侵屏障的人。它們會對他知道的一切感到好奇——創造出用來重新建構他的作業系統，對它們而言不過是彈指之間的小事，大概可以這麼說。

問題在於時間。當艾伯特意識到，接下來的十二小時內會有個安全空隙時，已經過了中午了。

不過，當佐爾在北橡區引發騷動後，時間就降到六小時了。他得迅速行動。如果他繼續待在這裡，遲早會有人追蹤到他。

佐爾挺直身子，看著那位駕駛員。他現在已無能為力了。他或蜜蘭娜都可能會中彈。對峙的僵局維持了幾秒。接著，手槍從駕駛員手中滑落，他的頭也癱倒在草地上。

「進去，快點！」佐爾率先跳了進去。蜜蘭娜才一踏進機艙裡，他就立刻壓下按鈕關門。

他爬進駕駛艙，坐在機長座位上並繫上安全帶。他望向眼前大量的開關與按鈕。爆炸讓自動駕駛系統的電路損壞了。佐爾關閉了顯示錯誤字串的兩台主要螢幕，並切換到手動模式。幸好，這架浮空載具有實體零件，能發揮和最重要的電子功能相同的效果——搶救團隊不太需要這種功能，但對軍方而言至關重要。

蜜蘭娜坐在副機長座上並扣上安全帶。佐爾按照順序切換了一系列開關。快速起飛程序花不到兩秒。引擎發出高頻的嗡嗡聲，浮空載具再度啟動了。

他透過思想指令將訊息傳進乙太網路中：**運送病人中。搶救團隊白金會員（Trauma Team Platinum）。申請最優先航線。**佐爾加入浮空載具的識別碼，那不符合這台浮空載具的獨特號碼，也不符合其他浮空載具。識別過程會失敗，但能在計畫敗露前為他們爭取幾分鐘的時間。現在他們需要做的，就是盡快往東飛向沙漠。在任何人來得及反應前，他們就會離開夜城領空了。

「他叫你傑。」蜜蘭娜說，雙眼打量著他。

豪華別墅和花園從他們下方消失。不，他們沒有往東飛行。

「誰是傑？」

「我不認識什麼傑。」佐爾慢慢地回答。有好一陣子，他沉默地駕駛著浮空載具。「告訴我七年前發生在北邊的事。二〇七〇年七月十五日。」

「勝男說的是實話。」蜜蘭娜猶豫一下後才繼續說。「荒坂集團不曾在夜城使用任何溫壓武器。他們也不曾攻擊任何北方郊區，北方也從來都沒有郊區。」

「你到底是誰？」蜜蘭娜終於問道。「我看過你移動和開火的樣子，你在旱谷時不會那樣。」

「很久以前，我丟掉了一切。我想要低調行事，做我該做的事，也不想引來注意。這兩件事都沒有成功。」他把浮空載具的方向舵抓得更緊了。「反正，這一切都不是真的。」

第十五章

全像警徽在巷弄中的昏暗光芒下微微閃爍著。黑色的埃雷拉跑車（Herrera）不慌不忙地開走，車尾燈的光芒逐漸遠去。舊款速普朗（Supron）歪斜地停在垃圾桶之間，引擎仍在運轉著，車門也開著。

連恩看著紅色車尾燈消失在街角處，他用手臂環抱住身旁的兩名小男孩。

「你生氣了嗎？」年紀較大的孩子不確定地抬頭看著爸爸。「我們和你的朋友們開車兜風，還假裝成幫派分子。超酷的耶。」

「他們也會來學校接我們回家嗎？」較年輕的孩子問道。

「不會。」連恩回答。「而且，我並沒有對你們生氣。」

他用手指輕撫著警徽邊緣，它已因為多年的使用而失去光澤。他幾乎毫不猶豫，就把它丟進了垃圾桶。

當計程車在街頭行駛時，霓虹燈的燈光便模糊地掠過。夜城中有些區域只有此刻才會甦醒過來。狄希之前從來沒有獨自開過車。一切很快就會改變了。他用思想指令叫出追蹤區域安全等級的即時地圖，他要前去的區域顯示出綠色。

這狀態不會持續太久了。

在擋風玻璃外的夜色中，看得見數以千計亮著燈的窗戶，還有霓虹燈、閃爍的無人機和浮空載具，隨時可能被其中的任何之一尾隨追蹤，事情就玩完了。這樣也好，這一切遲早都得有一個結局。回到企業生活的念頭已經變得模糊抽象，甚至不太可能成真了。在那一切發生後，她辦不到。少了羅恩，一切都毫無意義了。

佐爾冷靜地駕駛浮空載具。蜜蘭娜擔心他會有神機錯亂的狀態，但他完全未顯示出任何跡象——沒有半點他們剛才經歷嚴重壓力所留下的痕跡。他端坐在那裡，握好方向舵，完全控制了局面。

和所有印有搶救團隊標誌的浮空載具一樣，沒人敢碰他們。至少有段時間會是如此。現在沒人試著阻止他們，或問他們為何偏離建議路線。不過，很快就會有人懷疑事情不對勁，或是勝男會通知荒坂集團保全這些情況。

「我可以送妳去某個地方讓妳下機。」佐爾提議道。「妳也可以留下來。我不知道哪一種選擇的風險更大。」

「你自己一個人撐不下去的。」蜜蘭娜說。「沒有自動駕駛就不行。」

「成功的機會很小……」

「所以你才需要支援。」

北部工業區的改裝工廠看起來不怎麼樣，但和多數的舊工業建築一樣，它的結構十分穩固。周圍的其他建築都是崩壞的狀態。漩戰幫會選這塊區域作為行動基地並非偶然。這裡要徒步進入相當困難，但也無法防禦來自空中的攻擊。從二十樓的改裝辦公室窗口進去應該很輕鬆。

佐爾停下浮空載具，並讓它繼續在空中懸浮。蜜蘭娜打開駕駛艙中的加密發射器，並切換了頻道。

「艾伯特，你收到了嗎？」她說。「你可以傳送一個以手動方式操控浮空載具的程式給我嗎？」

「收到。不行。」對方傳來回答。

「沒時間玩遊戲了，艾伯特。」

「有，我收到了。不行，我沒辦法傳送。首先，需要花點時間尋找它。第二，透過這種連線傳送會花很多時間。第三，妳沒有能控制它的改造裝置。」

「好吧，那沒轍了。」蜜蘭娜說。「她幾歲？」

「八歲。」佐爾回答。

佐爾注視著公寓窗戶透出的微光，他看不到任何人。

沒有自動駕駛就會讓計畫出現漏洞。其實，少了蜜蘭娜的話，就根本辦不到這件事。

「據我了解，向她解釋情況沒有用。」她脫掉鞋子並折斷細跟。「我會直接抓了她就離開。反正傻傻和其他人不在那裡。」她套上已變成平底鞋的高跟鞋。

「妳只有不到一分鐘的時間。」佐爾點頭。「之後漩戰幫就會發現了。」浮空載具懸浮在大樓上空五百碼的位置。

「嗯，我會搞定這件事。」她撕下裙裝的下擺，讓裙子到她膝蓋下方的位置。

「我不曉得她會有什麼反應。」佐爾承認道。「也許要強制將她帶走。妳得做好準備。」

他們緩緩地接近那棟大樓。蜜蘭娜解開了安全帶，走進病患艙。她繫上一條有彈匣袋和槍套的腰帶，將它拉緊，再把步槍扛到肩上。裡頭空間狹小不利於行動。

「沒必要的話就別開槍。」佐爾從駕駛艙喊道。

「我就是這樣想的。」蜜蘭娜站在艙門前。「你可能沒注意到，用槍不是我的強項。」

她欠缺使用武器的經驗，但至少知道要怎麼切換保險栓。

佐爾打開左側的登陸走道，再懸浮到靠近公寓窗戶的位置。他知道底下的人很快就會發現狀況不對。他輕輕將方向舵向左轉，登陸走道的末端就擊碎了窗戶玻璃。

蜜蘭娜稍微拉高她撕裂的裙子，再跳過幾英寸的空隙，落在一塊柔軟的地毯上，並滑過玻璃碎片和其他垃圾。傻傻和同夥們顯然不太注重整潔，四周都是空蛋白質錫罐、盒子、一些衣服及武器零件。氣味也不太討喜。

客廳空無一人。窗外傳來的聲響讓她很難確定自己的方位。蜜蘭娜舉起步槍，半蹲著走向右邊的門。這是士兵們和鎮靜特勤組的警官們移動的方式，至少在電視和幻智之舞裡是這樣做的。撕破的晚禮服並未讓她的新角色增添太多說服力，她覺得自己比表面上看起來更沒把握。

隔壁的房間裡有個正在玩平板電腦的八歲女孩。門沒有關，也沒人看守她。這是她嗎？留著黑髮，身材纖瘦，蜜蘭娜甚至不曉得她的長相。

「茱莉安娜？」她問。

沒有反應。外頭傳來一陣模糊低沉的槍聲。

「他們發現我們了！」她幾乎沒辦法聽見佐爾的聲音。

「茱莉安娜，親愛的，妳現在跟我走，好嗎？」她說，試著讓自己的聲音保持冷靜。「我們要回去找艾雅，她會照顧妳。」

仍然毫無反應。她觸碰女孩的肩膀，女孩畏縮了一下，卻也不看她一眼，彷彿蜜蘭娜只是一個普通物品。

好吧，她得要採取蠻幹的方式了。她抓住女孩的手臂，用力將她拉起。女孩用力地抽回手臂，發出一聲尖叫。

「我知道，甜心，我很抱歉。」她道了歉。「但我們沒時間了。」她一把抓住女孩的腰部，把她抱了起來。

女孩比她想像中還輕，她將她抱回客廳。女孩扭動著，試著要掙脫束縛，卻仍緊抓著平板電腦。蜜蘭娜試著在不滑倒的前提下行走，但她的鞋子讓這過程相當困難。女孩不斷拉扯，直到平板電腦的一角擊中蜜蘭娜的頭部側邊。蜜蘭娜來不及躲開，被敲得一陣暈眩，視線也變得模糊。她鬆開手並緊閉了雙眼。當她睜開雙眼時，眼前就是一把槍的槍口，和漩戰幫成員閃亮的紅色光學裝置。現在已沒有必要逃跑了。

「你們就是和傻傻打交道的那群人吧？」他低吼道。

她一動也不動地站著。血從她的頭部側邊流下。這個幫派分子看起來較為年長，並不想殺她。如果他想殺人，她早就死了。不太一樣的是，他有兩顆近似長方形的眼睛，還穿著相當破爛的衣服。

「傻傻沒有回應。」他繼續說。「妳不會剛好知道發生了什麼事吧？」

她考慮是否要說些什麼，好爭取一些時間，但他並不想等她回應。

「我覺得，萊斯看到妳一定會很高興。」他歪扭的雙唇間發出刺耳的笑聲。「妳得好好解釋那裡發生了什麼鳥事。」

儘管浮空載具引擎發出很大的噪音，她還是聽見了走廊傳來幾雙靴子的腳步聲。好吧，這時刻到了——這就是結局了。

有一個纖瘦的女人衝進了房間，穿著類似斗篷的外套。她的四顆眼睛比其他人的更為深邃。

她舉槍，瞄準並開了一槍。謹慎為上，她又開了一槍。

不，並不是六小時，比較像是三小時。網路上的活動突然急劇增加。官方資訊並沒有什麼新消息，但獨立服務顯示出搶救團隊、夜城警察局和其他企業巡邏單位的活動激增。艾伯特不太在意這些事。他早預料到這種情況了，只是沒想到來得這麼快。時間更緊迫了。

他現在能存取該區域中的所有發射器和接受器網路。它們的品質算不上最好，安全度也不高，但它們和網路相連，他就能收集資料了，還能對連線與傳輸進行加密。主要的問題在於頻寬。如果他先前有這些能力，就不會陷進這種麻煩了，至少不會這麼快。

現在指責誰都沒有意義，不管是針對柏格、沃登或其他人都一樣。情況就是這樣。這才是重點。他無法阻止事情發生，只能避免後果。

艾伯特花了二十幾個小時理解第三階的限制。他得要將部分處理能力，從複製他記憶的過程移轉到別的地方。不幸的是，這代表他的數據複製體會比較不準確，但他也拿這件事沒轍。不過，他已經做好了準備。他的準備再一個小時就更加完善了，若是兩個小時會更理想；而種種跡象顯示，複製他記憶的程式永遠無法完成其預定的工作。任由它自行運作的話，它就會不斷地試著讓艾伯特的數位版本達到完美，這過程永無止境。不過，永無止境是令人難以接受的期限；同樣地，對他的數位複製體而言，要達成妥協或簡化也難以接受。它現在已經夠好了，已經準備完成了。

目前仍有個大問題：他到底要如何傳輸他自己的意識。他還缺少能穿越黑牆的處理能力。

這一切很快就會改變了。

蜜蘭娜驚恐地看著那位年長的漩戰幫成員倒地不起。穿著斗篷的女人握著手槍，壓下按鈕來關門。她彎曲的左臂掛在簡便吊腕帶中。她脫下看起來像歌舞伎攤販販售的那種面具。如果她能順利一路到達這裡，這偽裝就算成功了。她的左腿一跛一跛地行動。

「茱莉安娜！」艾雅把手槍收回槍套，再跪倒在坐在牆邊的女孩身邊。她迅速抱了女孩一下，但女孩沒有做出反應。

「妳怎麼來的？」蜜蘭娜吃驚地問道。

「這具身體還有點用處。」艾雅溫柔地牽起茱莉安娜的手並起身。沒時間解釋了。

女孩跟著艾雅來到破碎的窗戶旁，而她仍然緊抓著平板電腦。

「他們會把我們射下來！」佐爾在浮空載具中大喊。在這段期間，他一直以手動方式讓浮空載具維持在穩定的位置。

走道門口傳來一陣沉穩的悶響，這代表很快就有人要上門找他們了。

蜜蘭娜迅速跑上走道，跳進了浮空載具，再跌跌撞撞地落地。艾雅試著將茱莉安娜拉過窗口，但她抗拒著。沒時間說服她了，艾雅抓住她的前臂，要把她拉起來，但平板電腦從女孩的手中滑落，掉落到地毯的碎玻璃上。艾雅顫抖的手幾乎沒辦法抓緊，她知道自己快要撐不下去了。她忍受著痛苦走向浮空載具的門。

「快走！」她對佐爾大喊。

痙攣變得更加劇烈了。她的左腿無法動彈並彎曲起來，讓她失去平衡並摔倒在走道上。

佐爾不能突然移動浮空載具，不然她就會掉下去。打在浮空載具底部的彈雨越來越猛烈了。幸好，多數的輕量級武器無法對它造成損害。但毫無疑問地，他們隨時都可能會射傷或殺掉艾雅，底下的人也很可能正在準備更強大的火力。公寓門口終於被撞開了，有三四個紅眼漩戰幫分子衝了進來，鎖定浮空載具開火但沒打中目標，因為浮空載具正開始緩緩駛離窗邊。

忽然間，茱莉安娜往大樓方向衝去，跑過艾雅身邊。升高的走道和窗戶之間的空隙正在逐漸變大。

「茱莉安娜！不！」艾雅的手抓住走道的邊緣——如果她放手，就會摔下去。

茱莉安娜要不是沒看見走道和窗戶間的空隙，就是根本沒注意。再跨出兩步，她就會抵達邊緣。艾雅正準備要放手去抓她，卻在最後一刻打消念頭。茱莉安娜有可能跨越那個空隙，但如果阻止她，就可能對她們兩人造成可怕的後果。

有兩發子彈擊中她身後的浮空載具機身，隨後迸發火花。她沒有放手、沒有大叫，卻也沒有力氣能把自己拉進去了。

更多的子彈飛來飛來，而子彈的塑料外殼在浮空載具裡爆裂四散。漩戰幫成員已經進入公寓裡，能夠好好瞄準目標了。

「茱莉安娜……」艾雅低聲說道，接著對佐爾大喊：「回去！」

佐爾不能開回去，不然大家都得面對自己的悲劇結局。

「快進來！現在馬上！」蜜蘭娜大喊，她躲在機艙中，透過大樓的破損窗口對漩戰幫成員小心地開火。她的準確度並不高，因為她得要瞄準茱莉安娜頭頂上方。「妳會中彈的！」

「我不……我的手臂……」

蜜蘭娜拋下了步槍，趴到地面上，並把身體探出門外，抓住了艾雅的手臂，子彈同時在她們身邊呼嘯而過。

「我的力氣不夠大！」蜜蘭娜一邊大喊，一邊試著將艾雅拉起來。

佐爾繼續穩住浮空載具，試著讓它遠離彈雨。無人機開始出現在他們四周的天空中。

「抓好了！」他喊道。「我要找地方降落！」

佐爾一扭轉方向舵，浮空載具接著傾斜，讓蜜蘭娜在抓緊艾雅的同時滑向走道邊緣。在她們底下數十碼的街道上，那些行駛的車輛看起來像是微縮模型。漩戰幫持續開火，畢竟浮空載具是容易擊中的目標。它的裝甲無法阻擋每一顆子彈，有些打穿了外殼，擊碎了艙內鑲板，也在牆上留下彈孔。

「我快撐不下去了！」蜜蘭娜的手指開始滑開。她從未安裝增強力氣的植入物。「佐爾！」

佐爾無法將手從方向舵上移開。他只能把浮空載具降落在屋頂或地面上，但沒有時間了。他讓浮空載具往另一邊傾斜。

「我們得回去！」艾雅往身後大喊。

茱莉安娜跨過那些碎玻璃，直接走向不斷逼近的漩戰幫。艾雅不敢相信自己看到的景象，那女孩舉起一隻手，彷彿示意要幫派分子們停火。

即便茱莉安娜一句話也沒說，他們還是照做了，接著放下了武器。

艾雅感到自己腰間有東西拉扯著她。蜜蘭娜抓住她的腰帶，但力氣沒有大到能將她拉上來。

艾雅看著大樓中有個六眼女人將手放在茱莉安娜肩上。艾雅的目光和他們交會，他們沉默地看著浮空載具飛走。

艾雅將自己掛在外頭的腿拉回走道上。走道表面覆蓋了一層濃稠的漆黑液體。蜜蘭娜咳嗽著，以雙手抓住艾雅的腳，用盡全力將她拖上來，兩人一塊摔回貨艙內。

艾雅開始啜泣。

狄希走下計程車。他不太喜歡這一帶，不是因為路燈壞掉，為那些可能躲在附近的可疑人士提供了自然的黑暗掩護，而是因為他獨自來到這裡。他孤身一人。

四周的少數路人沒理會他。像夜城其他地方一樣，車子駛過他身旁，大多數商店都已經關門。

他朝著入口方向走去。攝影機可能壞了，但以防萬一，稍後他還是要檢查一下，刪除錄影畫面。他本來要扭開對講機的螺絲，但當他將手掌貼在門上時，輕輕一推門就開了。門閂壞了，也沒人想要修理。這讓事情變得簡單多了，留下越少蛛絲馬跡越好。

他走進昏暗的大廳，經過電梯並爬上樓梯，一次踏上一道臺階。他不趕時間。

登陸走道關了起來，一切都變得安靜了下來。機艙內一片混亂，到處都是彈孔和碎屑。只有天花板燈光還亮著，每幾秒就會閃爍一下。空氣中瀰漫著燒焦電路的臭味。

還有血腥味。

蜜蘭娜坐在牆邊，她裙子上的紅漬迅速擴散著。艾雅跪在她身旁，握著她的手，開始哭了起來。

「我們再三分鐘就到醫院了。」

蜜蘭娜搖了搖頭。

「整座城市的人都在找你們。往沙漠的方向去。你們還能……去舊金山。」

「我們要先送妳去醫院。」艾雅捏住她的手。「再去接茱莉安娜。」

「她做出自己的決定了。沙漠是……你們唯一的機會。」

「她不曉得自己在做什麼。我們不會拋下她的，也不會拋下妳。」

「我不知道他們是怎麼辦到的，但是他們找到……進入她腦袋的方法了。」蜜蘭娜掏出一根香菸和菸嘴，接著點燃了菸。「或許，也可以說是解放她的大腦。看來她找到自己在地球上的歸屬了。」她吸了口菸並咳了一下。「妳知道什麼事最諷刺嗎？我的保險原本涵蓋了搶救團隊服務。」她短促地吸了幾口紫色煙霧。「裝了這些植入物後，我在企業世界才可以占有優勢。」她開始咳嗽。「更別說專用記憶、心理分析和同理心模組了，這些都要花上一大筆錢。還有那些能讓我看起來更年輕的鬼東西，如撫平皺紋的奈米機器人……無數的醫美手術。我或許可以讓手術奈米機器人縫合我的身體。」她聳了聳肩。「也許這樣最好。」

「我們很快就會把妳治好，找來夜城最厲害的外科醫生。」

艾雅望向關上的門口，蜜蘭娜的血正緩緩滴到門下。她閉上了雙眼。事情的發展不應該是這樣的。

「妳一定可以活下來的。」她堅定地說。

「有什麼意義呢？少了他，少了那個騙子和酒鬼——少了我見過最貼心的那個男人……？」

蜜蘭娜的雙眼越來越難睜開了，她胸口上的傷口冒出了氣泡，爆開時便釋放出煙霧。「活著有什麼價值呢？」

「為了繼續活著。我們會帶那個容器去舊金山，一切重新開始。」

「我們甚至不知道裡面裝了什麼。也不知道它……是否有價值。」

「整座城市裡有一大半的人為了那個金屬盒子互相殘殺。它一定有價值。撐下去，我們會帶妳一起走。我們只要保持低調，等風波過去。之後再回去接茱莉安娜。」

「我忘了那句話是誰說的。」蜜蘭娜的呼吸變得很淺。「『沒有風險的生活，一點也不值得過。』如果妳不冒險，那……妳就只是活著的死人。」

艾雅閉上雙眼，淚水從她沾滿塵埃的臉頰滑落。

「我從來沒告訴妳，沃登手上有我什麼把柄。」蜜蘭娜低聲說道。「他讓我捲進這個困境的原因。」她閉上雙眼——在那一刻，她似乎無法把話說完，連一個字都說不出口了。讓她訝異的是，她還是成功地深吸了一口氣。

「如果妳不想說，就不用說了。」艾雅回答。「別睡著就好，我們快到了。」

「沒人逼我加入。」她試著把香菸舉到唇邊，但她的手舉到一半，就掉落在大腿上。「我只是想感受活著的滋味。」

要穿越黑牆，就得先找到它。光說不練太簡單了。它不是一堵實體的圍牆，因此不存在於任何特定地點。這是當然，如果沒人找得到你的定位，就無法透過網路對你造成傷害了。當漩戰幫找到艾伯特後，他付出了慘痛的代價才學到這一點。儘管他並不完全信任自己最新的手法，但自從那之後，都不曾有人找到他的位置。

他利用第三階竄網裝置在網路釋出了一堆程式。它們唯一的目的，就是在碰上任何安全系統時試著執行破解協定。確實有一些程式成功了，但那不是重點。更重要的是系統的反應。如果反應迅速又有效，它們就可能碰上某個企業資料要塞，或是另一個擁有良好保護的竄網使做出的活動。但有些防禦機制符合艾伯特對黑牆功能的了解。比方說，它的系統會試著追蹤攻擊者的來源，並安插偽裝成假存取點的欺敵程式。

當然了，常駐程式[40]不會將資料直接回傳給艾伯特本人，或送到任何特定的來源。它們反而會將原始資料丟進一個BBS摘要中。接著，他只需要使用未加密連線篩選資料。如果有人想追蹤主事者，就得從成千上百個普通使用者裡進行搜尋。

對於每個碰上這種反應的常駐程式，艾伯特就多為塔蘭找到一個新目標。現在已有上百個了。即便黑牆的結構缺乏一個集中的中心，他的網路存取點仍至關重要。最好是有高頻寬、遠離NETSEC活動的地方。有個位在太平洋區南邊的一組天線，專門提供高速連線給CHOOH2

40 譯註：daemon，具有有限人工智慧的黑色反入侵，出現在桌遊《電馭叛客：紅》（*Cyberpunk Red*）中。

與其他燃料公司，恰好符合這兩種要求。

原本的計畫，是在大樓頂端等待載具，來接他離開這座城市，但艾伯特哪裡也不想去，至少不是以實體的方式。

在此之前，他潛入洞穴中的新口袋空間，並從他的程式庫下載了一串螢光灰的編碼串——為了增添一些變化，它們的形狀像小型飛彈。這個程式只有兩個任務：傳送一則訊息，接著進行自我毀滅以抹去一切蹤跡。

艾伯特編寫好訊息，接著讓程式執行它的致命任務。他沒有花時間製作發射動畫，程式瞬間便消失無蹤，他則回去做先前的工作，整個過程花了十五分之一秒。

三秒鐘之後，夜城空中交通控制局（NC Air Traffic Control）收到了一則訊息通知，上頭寫著：「**搶救團隊浮空載具遭到劫持，對方正試圖逃離夜城。**」

如果你能指望人類一定會做哪件事的話，那就是停下手邊的行為，去看浮空載具降落在大街中央，而這次也不例外。人們從看似空蕩的建築中走了出來，有些人半夢半醒的，有些則喝醉了，也有嗑了藥的。幻智之舞和電視很刺激，但有些東西就是比不上真實空間。那些殭屍般的旁觀者們從虛擬幻夢中醒來，盯著在路上降落的浮空載具。

那輛拖車還停在他們先前停放的位置。防水布底下的貨物外型足以嚇跑任何小偷，沒必要招惹軍武科技或夜城幫派。艾雅拉開了防水布，佐爾則用兩條浮空載具纜繩勾住容器，並開始拖動，卻差點讓卡車翻覆，容器重重地砸在地面上。沒時間小心辦事了。不過，纜繩還是花了不到一分鐘就把容器拖過水泥地，接著拉進貨艙。他們得讓門開著——裡頭放不下容器，但也別無選擇了。這是他們前往未來的車票，在夜城之外的未來。

「我們得要找地方藏身。」艾雅說。「之後再回去接茱莉安娜。」

佐爾搖了搖頭。

「不能留在夜城。」

他打開駕駛艙中的面板，撕下了藏在裡頭的某個裝置，是應答機。

「但我們要想辦法……」

「她和漩戰幫待在一起更安全。」佐爾將雙手擺放在她肩上，注視著她的眼睛。「每個人都在找我們，但沒人會找她。」

「但是我不能拋下她……」

「聽著。我的整個人生都逆轉了。感覺就像是我第二次失去妻兒，但現在一切都沒了，連我的記憶也是——那些全是他們裝進我大腦裡的假記憶！」他把臉埋進雙手。

艾雅緊緊地抱住他。

「我已經不知道我自己是誰了。」他挺起身子。「但是，我知道我該做這件事。拯救真實的事物——拯救妳和我，我們兩個人都是。我不曉得我們要怎麼抵達舊金山。他們可能不會在非軍事區對我們開火，因為我們開的是醫療載具。過一陣子，等他們不再找我們之後，我們再回來找茱莉安娜。我保證。她在這裡會更加安全。」

他覺得茱莉安娜可能永遠不想離開漩戰幫了，但他沒有說出自己的疑慮——現在並非告訴艾雅這件事的好時機，也許她早就明白了，但他們有更重要的事要處理。

他用綁帶將容器固定。灰色的容器明顯地向門外突出三英尺。

他快速瀏覽浮空載具的程式，有一半都顯示故障了。他重新啟動，導航顯示器亮起紅燈，螢幕上出現文字，自動語音也將文字唸出：

「**夜城領空已經關閉。請將您的載具開到最近的降落區。**」

「什麼！？」艾雅不敢置信地俯身看向螢幕，她感覺到另一條腿逐漸麻木。

「艾伯特！」佐爾打開對講機。「放下你手邊的事，立刻到屋頂來，我們三十秒內在那裡和你會合！」

「**時間不夠。**」艾伯特回答。「**我需要幾分鐘。**」

「我們沒有幾分鐘了！」

「**我需要打包我的竄網裝備和其他的東西。**」

「如果你死了，就不需要這些東西了。他們關閉了夜城領空，每一輛浮空載具都得降落，他們在幾秒內就會追蹤到我們。」

一陣沉默。

「如果自動駕駛沒損壞，它現在早就讓我們著陸了……」佐爾自言自語地說，再轉向艾雅。

「妳感覺還好嗎？」

艾雅搖了搖頭。

「我感覺不到我的腿了。」她回答。

佐爾的下顎緊繃了起來。

「我們可以在一個半小時內抵達舊金山，到那裡找個神機醫，再用容器裡的東西來付錢。」

艾雅知道那不是實話，但什麼也沒說。

佐爾放慢速度，懸浮在艾伯特的公寓大樓上空，但他不在屋頂上。佐爾壓下發信鍵。

「艾伯特！現在就上屋頂來！」

有更多機用位置燈從天空中下降。

「這不會改變任何事。」艾伯特冷靜地回答。「封鎖代表在幾分鐘內，無人機就會對任何移動的目標開火。」

「至少要試試。如果我們留下來，就也逃不掉了。」

「可能有其他的方法。我可以從這裡引導你們。」

「怎麼做？你沒辦法繞過防空系統，那是軍規系統。」

「也許不行，但是我能干擾它一小段時間，我只需要你讓我存取ArS-03。」

「ArS什麼？你他媽在說什麼？」

「你的其中一個植入物，它有很強的處理能力。我可以用它來幫我們爭取一點時間。」

「我不……」佐爾搖了搖頭。「我不知道要怎麼做，我甚至無法存取我的改造裝置配置。」

「集中注意力。一定有緊急超載協定，一直都有。」

綠色方塊的高塔升得比他的編碼柱更高。那是他等著上傳的記憶，塔蘭位在頂端。少了它，其他記憶就無法跟上了。隨著底部出現更多方塊，方塊塔的像素逐漸增加。艾伯特感覺到一種近似悲傷的情緒。這個過程現在隨時都可能終止。不，他糾正自己，複製體已經準備好了——這只是表面裝飾而已。

萬一他讀過的一切、所有獲得的知識，都不是真的呢？萬一佐爾真的不能存取ArS-03呢？他顯然沒有控制它。它獨立運作，移除士兵心靈中不必要的思緒，還有質疑。但是，緊急狀況就需要有應急措施。

如果這不管用的話，一切就泡湯了。已經沒有備用計畫了。

到目前為止，相較於現今的感覺，艾伯特曾經歷的一切感受根本無法比擬。那是完全不一樣的情感層次，但全都混在一起。也許這種強烈的新感受，是他最後一次體會了。他完全受制於另一個人——這是隨機性最高的因子，也一向是他想要避開的事。

太平洋區。他們底下只有幾盞微弱燈光，那是來自垃圾桶裡燃燒的小火堆。這裡幾乎沒有廣告看板。其他浮空載具都在下降中，就連浮空貨輪也是，巡邏無人機取代它們在天空中的位置。浮空載具的推進系統傳來更響亮的警告聲。整個駕駛艙都閃著紅色的警告燈。

「再過九十分鐘，我們就會到舊金山了。」佐爾捏緊艾雅的手。

她點了點頭。她知道真實的情況，抵達舊金山需要兩到三小時。首先，他們得要穿越較少無人機出沒的太平洋區，再筆直地穿過沙漠、繞過城市，再往北直行。而且，在舊金山等著他們的又是什麼呢？他們倆之前都不曾去過那裡。他們對地勢不熟悉，也不認識住在那裡的人，更沒有錢。舊金山等同於在大陸的另一頭。就算那個容器裡的東西值一大筆錢，只要它越珍貴，就越難賣出去。

「停下來。」他們出乎意料地聽見艾伯特的聲音。

「我們前方沒有任何無人機。」佐爾回答。「我們可以離開這個城市了。」

「你們辦不到的。等你們一離開城市，它們就會把你們擊落。我需要創造出安全通道。」

佐爾一點都不想等。

「他們會殺了你們。」艾伯特堅定地重申。「留在原地，等我的信號。」

不同於網路上其他存在體，黑牆不會使用網路索引的路由協定，但通過網路的每個位元組都必須採取某種方式與其溝通。黑牆也需要定期維護，並與其控制中心和多重區段交換數量龐大的資料。它似乎也沒有光纖電纜這類實體的基礎設施。它使用的是標準網路中獨立的加密資料流，一般民眾無法使用這種功能，但仍有辦法接觸到它，像是ArS-03。一切都取決於ArS-03能在天線範圍內存在多久，塔蘭才會有足夠時間突破黑牆，並傳送它的資料負載。

天空中有道閃動的紅光，正於空中旋轉並順著弧線下降，直到它到達一百五十英尺的高度。它從海灣的方向直接飛向他們。

「艾伯特！」佐爾叫道。「你有什麼計畫？」

「處理中。」

佐爾揮拳用力打在儀表板上。「我們早就該離開了。現在不管怎樣，他們都一定會把我們擊落了。」

那架企業無人機停在浮空載具幾碼外的位置，並在原處懸浮著。

這陣攻勢如此猛烈且明顯，不可能沒人注意到。艾伯特沒有為了掩飾來源而將傳輸加密，因為那會減緩傳輸速度。所有處理能力都得集中在傳輸資料，維持連線暢通，直到所有資料包成功抵達另一側為止。之後ArS-03會被視為攻擊來源，但它不在這裡，也不在另一邊。

數千個塔蘭在網路中擴散。不僅如此，它們還滲透了看似互不相連的網路間那些不起眼的連線，它們撞擊散布在網路上的所有預先定義點。幾秒鐘過去了，什麼也沒發生。

他開始感到心煩。如果這種情況繼續拖延下去，黑牆的保全系統就會自我升級，接著改變型態，而塔蘭屆時也將毫無用處。

荒坂集團的無人機盤旋在他們前方的漆黑天空中。城市的燈火無法觸及此處。無人機閃動全像訊息，毫無疑問地表明了它的意圖。

「艾伯特……！？」

無人機停止顯示訊息，只是輕輕地飄浮在原處，槍口明顯可見，警用藍燈在閃爍著，紅色位置燈也同時閃個不停。

艾雅把還能運作的手伸向佐爾。他將手緊緊握著。無人機隨時可能開火。

「艾伯特……？」佐爾問。「我們現在真的很需要你的幫忙！」

沒有回應。

如果無人機已伸出槍管，就代表他們的麻煩大了。這是阻擋在他們和自由之間的唯一障礙。

「艾伯特……」艾雅懇求道。「拜託！趕快回應！」

和ArS-03主機溝通的程式提報了一個錯誤。艾伯特不情願地把一部分注意力轉來解決這個額外的小難題，然而這幾乎不需他費力。可以自我複製的塔蘭是一個自動化過程。不過，如果有其中一個突破黑牆了，他就必須重新導向他的處理能力和注意力。

他掃描當前的狀況。企業無人機的彈道防禦系統對準了裝載ArS-03主機的浮空載具，並發出降落指令。艾伯特不太懂企業無人機，無法評估它們的耐性。不知道它還要多久才會開火，是十秒鐘？還是半分鐘？除非……它沒有得到先開槍的許可。

「你們必須在最近的降落區降落。」他們從擴音器中聽到這句話。

「你瘋了嗎？」佐爾喊道。「這裡在幾分鐘內就會擠滿條子了！」

「你們降落就對了。我在處理了。現在不能講話。」

他們可以聽無人機的要求並降落。無人機會在他們上空盤旋著，小心地監視他們，直到夜城警察局的大批警力抵達。來的更有可能是鎮靜特勤組，那麼整個計畫就泡湯了。

「我不敢相信他會這麼說。」艾雅說，她的姿態變得越來越不正常了。

佐爾深吸一口氣，他們不能待在這裡。

「我們沒辦法在這裡撐到日出。」他考量道。

「我需要存取 ArS-03。」艾伯特堅持道。

佐爾閉上雙眼並試著專心，雖然他不曉得該從哪裡開始。他對植入物發出思想指令，但什麼事都沒發生。

他轉向無人機，這是他成功的唯一一次機會。這個目標就和其他目標一樣，沒什麼不同。佐爾彈開操縱桿的安全蓋，想把拇指放在按鈕上，他只感受到光滑堅硬的塑膠。上面沒有發射鈕。搶救團隊的浮空載具不具備火箭系統。

ArS-03，63094日誌。
緊急保全系統旁路啟動。
外部控制者存取：已授權。

佐爾的眼皮不停顫動著，頭則往前垂下。他感覺到一陣突如其來的疲憊。一切已經太遲了。黑雨猛烈地打在擋風玻璃上，他把油門往前推，加速度將他撞入座位中，高速衝回夜空裡。城市的光芒熄滅了。地平線上出現火光。

塔蘭成功突破了！綠色方塊滑向他網路空間底部的虛擬開口。艾伯特連結到ArS-03的介面，在裡頭創造出一個新的工作空間。他從來不曾以這種速度運作，也不曾感受過如此強烈的腎上腺素。

他發現頭頂出現一道強光。綠色記憶塔迅速伸向ArS-03的公開連線。成功了！他進去了！他父親會對他感到驕傲。艾伯特正在做從來沒有人辦到的事。

但上傳速度太慢了——他需要更多處理能力才能加速上傳，不然它撐不了幾分鐘。在那之前，他們就會被擊落了。

他們為什麼不降落呢？如此一來，一切都會簡單許多！但那現在不重要了——唯一重要的就是上傳速度。

不，他不能冒險。他得將一些處理能力轉移去對付無人機。如果它擊落了浮空載具，佐爾腦袋裡的ArS-03就可能會受損並中斷傳輸。

「妮可……」他醒了過來，看著艾雅。她蜷縮著身體，已經無法再維持正常坐姿了。

他把引擎的冷卻功能調到最高，冷氣已停止運作，但他需要集中所有電力。他把方向舵往後拉，拉高浮空載具的機首，同時聽見引擎的嗡嗡聲。這招奏效了。無人機開始上升，準備追上來。它無法預測未來，也不能預測浮空載具所有的潛在軌跡。佐爾把電力降到百分之五十三，再把方向舵往前傾斜四十二度。不多也不少。他準備好進行高速左轉了。

無人機短暫開火，擊中了浮空載具的機身。但它移動得不夠快，無法閃避一秒後的撞擊。它試圖向左側移動以躲開浮空載具，但在那一刻，佐爾將載具轉向它。浮空載具劇烈搖晃，容器則用力撞上牆面。體積上的巨大差異，令無人機碎成兩半，像隻死蚊子般墜落至地面。

上傳過程完全停止了。用來移轉的效能降低了四倍。艾伯特放棄了用來混淆無人機的準備工作。**ArS-03**已經解決一架無人機了。那台無人機的處理能力至少低了十億倍，它當然會輸。當下的威脅已經解除，但還有更多麻煩。

綠色方塊飛越明亮的隧道，前往新的生命。視覺動畫很簡單，卻清晰傳達了訊息。少了它的話，他就只會看到以純編碼構成的矩陣而已。

「嘿……」

上傳恢復為正常的速度了，但只有一下子，接著它又開始逐漸變慢。

佐爾他們逐漸飛遠了。他們正在離開天線的涵蓋範圍。

更多指示燈亮了起來。警報聲交疊成了一片喧囂的合唱。燃燒的冷卻劑發出的臭味變得更加

刺鼻。外頭傳來隆隆聲，當他們劃過空中時，火花就從他們身旁飛過。佐爾沿著市區東側劃出一道弧線，接著將他們的航向設定為北方，並採取低飛的方式來騙過企業和夜城警察局的雷達。少了應答機，對於空中交通控制局而言，他們就如同隱形一般。廢棄的油泵從他們底下掠過，隨後出現了岩石和沙礫。**已經太遲了。黑雨猛烈地打在擋風玻璃上。**

不，還不算太遲。沒有下雨。天空很晴朗，月亮也出現了。

「**降落！**」艾伯特從擴音器中喊道。「**它們會對你們開火的！**」

佐爾把方向舵握得更緊，沙漠正從他們下方掠過。他越來越難集中思緒了。對，他現在想起來了——他們正要逃離夜城。無論容器裡有什麼，都是讓他們得以重新開始的車票。

「得繼續前進……」艾雅的聲音穿透了那一切混亂噪音。

佐爾把唯一能用的螢幕切換到雷達模式。什麼都沒有。只是另一個錯誤。什麼都沒改變，他們沒有防禦自己的方法了。他們別無選擇，只能以全速飛向夜城領空的邊緣。

佐爾抹去額頭上的汗水。駕駛艙裡越來越熱了，冷氣也壞了。

引擎蓋中冒出火花。底下有什麼？電池嗎？

不，那不是火花，是火焰。

「**降落！**」

他身旁的位子空無一人。艾雅不見了。

火焰在半英里外熊熊燃燒，但他能感受到那一陣溫度。荒坂集團的縞瑪瑙色船艦就在前方，

比海灣最深處更加漆黑。

他用拇指彈開安全蓋，手指擺在按鈕上。

「降落！」他的小隊隊長坐在他身旁的位子上，指向擋風玻璃外的前方。火光倒映在他的黑色面罩上。

光滑又堅硬的塑膠，根本沒有任何發射鈕。

有三輛車起火了。環城道路上發生連環車禍。火舌就快延燒到其他車輛了，他得快點採取行動。

往上風處降落。避開一切障礙，確保降落區域淨空。降落到最後十幾英尺時，就沒辦法控制周圍狀況了。當浮空載具離地面不到三英尺時，佐爾就拉起了操縱桿。門打開了，走道往外伸展。

他們在幹嘛！？艾伯特無助地看著傳輸過程變得極度緩慢。他的垂直記憶列斷斷續續地前進。

「我說『嘿』……」

還有三分之一的資料要傳送。以這種速率，還需要三分鐘。如果ArS-03再不慢下來，他就會在九十秒內脫離天線的範圍。他們為什麼還不慢下來？他們為什麼不直接降落呢？

他希望自己能用手動方式把方塊推進隧道，但那只是一個動畫而已，他也沒有真的雙手。他只是個編碼矩陣而已。

「本來不應該是這樣的。」他對自己說。

「從來就不是。」

艾伯特忽然發現自己聽到了一個聲音，但不是他自己的。他檢查音訊頻道。唯一打開的是佐爾和艾雅的頻道。

「你關不掉我。我和你在一起。」

「在哪裡？」

「就在你旁邊。」

佐爾！佐爾！！

妮可？

引擎逐漸失去動力，隨後則是液壓系統故障。地平線出現在視野中，沙漠迅速逼近機首。浮空載具沒辦法滑行。

士兵們沿著登陸走道下來。兩人跪在走道前方以控制住降落點的安全，將他們的步槍對準逃離車輛的人們。東環城道路，幸好他們及時抵達這裡。後頭傳來喊叫聲，有人在柏油路上爬行，另一人則在呼叫救援。隊長和第四名士兵衝向目標。他們搶救團隊的標誌在火光中閃閃發亮。在一片慘狀中，難以分辨出小型市區車輛的品牌。一輛車中坐著一名約莫八歲的男孩，正在用拳頭敲打卡住的車門，幾乎聽不見他的尖叫聲。

將雙手放在方向舵上，別看！

他能透過擋風玻璃感受到溫度。

五十碼外，兩名武裝醫護人員正護送一名企業女子走出豪華轎車。女人一跛一跛地行走，他們扶她跨過一個爬向護欄的人。

已經太遲了，其他的一切都太遲了。救護車無法及時趕到這裡。多少人早已死去了？還有多少人會死去？

他看著那個男孩。火焰從車子後方慢慢延燒過來了。

太遲了。沙漠的沙粒越來越靠近了。

「你搞砸了，又搞砸了。除了你的神經連接埠以外，其他東西都很安全。」

艾伯特透過捲動的方式來回顧他的記憶。該死。自從他在後腦裝上改造連線後，就忘了他的神經連接埠了。

「連破解它都不用。根本沒有密碼。門都開著。」

艾伯特看著綠色方塊變得越來越慢。他在自己的藏身處中四處走動，焦慮地拼命檢查編碼，思考趕走入侵者的方法。他的實體安全比較不重要。他得不惜一切代價維持上傳作業——在那之後，艾伯特就會消失在黑牆的另一頭了。

「你是誰？」他問道。

「我想我知道你在幹嘛了。如果你現在斷線，一切就完蛋了，對吧？」

沒錯，但他不打算承認。

「我幫你省了麻煩。」那個聲音繼續說。「我已經關閉所有離線的可能了。」

艾伯特看了一眼他的虛擬緊急斷線鈕，它不見了，取而代之的是一段沒用的編碼碎片。他只能撐到最後了。

上傳速度終於穩定下來了，不過還是很慢。ArS-03 停滯不前。再過兩分鐘，一切就要結束了。

「你想要什麼？」艾伯特問。

他已經下定決心了。他不會袖手旁觀。他迅速離開他的座位，衝向高速公路上扭曲的起火金屬殘骸。

「來幫忙！」佐爾叫道。「一下子就好了！」

「給我回去！」通訊器中的聲音命令道。「你是飛行員，不是醫護員！」

那兩名控制區域的士兵不曉得該怎麼做，他們不曾受過這種狀況的訓練。

「他媽的，來幫我！」他想拉開車門，但他沒有強化力氣的改造裝置，畢竟他是飛行員。

「回浮空載具上！」

企業人士注意到他並停下了腳步，對眼前的情況產生了好奇心，而不是畏懼。她的黑色短髮在瀰漫煙霧的熱空氣中飄盪。士兵們盯著他看，等待下一步命令。

他沒辦法自行將男孩拉出來，火焰會把他活活吞噬。他透過面罩感受到了溫度。他退了開來。

「傑！」隊長抽出武器瞄準他。「你他媽的在搞什麼？」

傑沒有增強力氣的植入物。他是一位飛行員，但他知道如何開槍射擊。

他拔槍開火。

「我本來想搞死你們所有人，但算了。這樣也就夠了。」

「我有資源。」艾伯特試圖讓腦袋保持清晰。還有一分鐘，傳輸才會結束。「你可以拿去。」

「你知道說話的其實不是我吧？你在和我的程式對話。他可不太聽話。」

「你為什麼來這裡？」艾伯特看著方塊穿過隧道。還有三十秒。

「我沒有問題要問你，也沒興趣聽你的回答。」

入侵者保持隱形，但艾伯特也一樣。他從來沒理由創造一個虛擬替身，他一直都獨自一人待在這裡。

最後一顆方塊通過隧道了。艾伯特放心地嘆了一口氣。唯一的問題是，他現在還在自己的身體裡。

他一直幻想自己會在另一頭重生，成為脫離生理限制的數位幽靈。但他明白，身體會留下來，而意識會繼續被囚禁在裡頭。複製不等於傳輸。他明白這一點，卻不曾用這種觀點思考過未來，也不曾在意摧毀本體的技術細節。

這太愚蠢了。他的另一個自我已經前往快樂新生活的半路上，他怎麼還在這裡？這種情況是機率的問題嗎？是運氣嗎？不對，當然不是。艾伯特同時待在這裡，也待在另一邊。他感覺自己好像被切成兩半，但這兩部分已不再與彼此相連了。如今，要完成這個過程，他就得要摧毀本體……

他不想被摧毀。

「我們可以討論看看有什麼解決方法。」他說。

「我不喜歡討論。我比較喜歡思考和共享思想。不過，我已經沒有人能分享想法了。這一切都是你的錯。所以你得要去死。」

浮空載具在沙漠中的夜空急速飛行。已經太遲了。它有太多損壞的部分。沒辦法撐得太久。

「佐爾！佐爾！！」

妮可？艾雅？他睜開了眼睛。這裡就是一切開始的地點，也是結束的地方。

他只看見一片沙漠，沒有毀滅的跡象，或是街道等東西，什麼都沒有。只有一片從來沒有房子存在過的沙漠。

「佐爾！」

他抓緊方向舵，使力將機身拉高，奮力抬起機首，直到它來到水平線。先是一陣撞擊，接著傳來金屬撕裂的巨響。一片漆黑。

一陣痛楚。他服裝上的抑制器讓痛楚稍微麻痺了一些，卻未曾消失。

艾伯特的身體已毫無用處了，他什麼事都辦不到。他還連接在網路上，藏身在網路空間裡。

「這樣就夠了。」聲音說。「你的死亡就足夠了。」

他從屋頂上發動了一架無人機，讓它飛到幾英尺的高度，並切換為三百六十度視角。

他看見椅子上一具孱弱的軀體，他的第三階竄網使套裝已經嚴重損壞。年輕的漩戰幫成員站在他身旁，看起來幾乎像個孩子，留著一頭純白的頭髮。如長爪般的刀鋒又再次刺入椅子上的身體，也就是他的身體。鮮血滴至地面上，形成一池血泊。鮮血流向磁磚邊緣，稍微停下，然後又滴濺到光禿的水泥地上。

他產生了一股奇異的感受。他的擔憂似乎完全消失了，取而代之的是無動於衷的感覺，以及這一切本該如此結束的信念。當他觀察著自己過時又不完美的軀體慢慢失能時，他的自我意識也逐漸消失。

那孩子向後退了一步。他手中握著血跡斑斑的刀子——那是用膠帶包裹住的螳螂刀碎片。

那是艾伯特——也就是艾伯特本體在消失前所看見的最後一個東西。

ArS-03，63127日誌。
緊急模式。活動受限。
偵測到的子系統：118。
啟動中的子系統：84。
不安全裝置：0。
恢復進行中。重新開機。

醒來的感覺就像是用新的作業系統開機。狀態報告、緊急狀況、補給、可能性。他腿上的疼痛，或者該說是疼痛報告。但這一切都比不上……

「妳還活著嗎？」他觸碰艾雅的手臂。

她點了點頭，示意她不需要幫忙。

「對不起。」她低聲說道。

「我會把我們倆弄出去的。」

破碎的窗口冒出煙霧。

他站不起來，有一條腿可能斷了。他不確定，他的自我診斷裝置也壞了。他解開安全帶，奮力走向艾雅，並緊緊抓住她。

「我們會在舊金山重新開始生活。」

「對不起，這一切……」她什麼也做不了，她無法控制自己的身體。

佐爾拖著自己的身軀，走向擋住出口的容器。撞擊的力道撞壞了它的蓋子。控制面板顯示了故障狀況。

如果有什麼東西能幫上他們的話，那就是容器裡的東西了。他爬向容器，靠在它旁邊，拉開蓋子並往裡頭看。

狄希在艾伯特的空間裡又待了一陣子。他不曉得這些懸在虛空中的編碼柱和圖書庫有什麼功能，但他也不在乎。他可以花幾天的時間仔細鑽研，來弄懂這裡的架構。但他再也沒有絲毫的興趣來做任何事了。他走到遠處，望向明亮的隧道彼端。在另一端，飢渴的隱形物體正在撕扯資料包。他不曉得原因是什麼，也不知道那些東西是什麼。

在最後一顆綠色方塊被吞噬前，他就關上了隧道。

浮空載具往側邊翻覆，機首埋在沙地中。追逐它的浮空載具在遠處的安全距離外降落。沙地上傳來腳步聲。漆黑的身影舉起步槍。隨著黎明到來，地平線上透出了陽光。他們繞道走在殘骸的兩側，非常小心謹慎，不過也沒有必要了。男人半坐半躺地靠著船身殘骸。他受傷了，虛弱到無法抵抗，呼吸也淺得難以察覺。他們停在他面前，並放下他們的武器。

第一道涼爽的陽光從地平線的一端照亮了整座沙漠，讓沙丘間的凹陷處留在深邃的黑影之中。

身穿炭黑色西裝的男子走近，透過破碎的窗戶向內窺探。副駕駛座上坐著一名年輕女子，她的四肢痛苦地扭曲著。

「幹得不錯。恭喜。」史丹利眨了一下眼，眼中閃爍著一道藍色光芒。她的身體突然放鬆了下來，但安全帶仍將她固定在座位上。

他繼續向前方走去。幾乎遭到扯開的機身露出內部殘骸的慘況，已經很難看出那些被燒得面目全非的物體到底是什麼了。空氣中瀰漫著燒焦CHOOH2和鮮血的濃烈氣味。坐在機殼旁的男人呆滯地盯著前方。史丹利眨了下眼，用思想編寫出一則簡短的訊息：「ArS-03測試失敗。準備ArS-04。」

他往後退了一步。有個灰色容器從浮空載具的機身側邊突出，蓋子因撞擊而打開了。裡頭空無一物。

華沙／穆爾札斯齊／切法盧／克拉科夫
巴黎，熱拿亞，二〇二〇年至二〇二二年

Geek 1

電馭叛客2077
絕非巧合
Cyberpunk 2077 : no coincidence

作者　拉法爾・寇西克（Rafal Kosik）
譯者　李函

堡壘文化有限公司
總編輯　簡欣彥
副總編輯　簡伯儒
協力編輯　陳柚均
責任編輯　簡伯儒
行銷企劃　游佳霓、黃怡婷
封面設計　萬勝安
內頁構成　李秀菊

出版　堡壘文化有限公司
發行　遠足文化事業股份有限公司（讀書共和國出版集團）
地址　231新北市新店區民權路108-3號8樓
電話　02-22181417
傳真　02-22188057
Email　service@bookrep.com.tw
郵撥帳號　19504465 遠足文化事業股份有限公司
客服專線　0800-221-029
網址　http://www.bookrep.com.tw
法律顧問　華洋法律事務所　蘇文生律師
印製　韋懋實業有限公司
初版1刷　2024年9月
定價　新臺幣650元
ISBN　978-626-7506-20-2

國家圖書館出版品預行編目（CIP）資料

電馭叛客2077：絕非巧合／拉法爾・寇西克（Rafal Kosik）著；李函譯. -- 初版. -- 新北市：堡壘文化有限公司出版：遠足文化事業股份有限公司發行, 2024.09
面；　公分. -- (Geek ; 1)
譯自：Cyberpunk 2077 : no coincidence.
ISBN 978-626-7506-20-2（平裝）

874.57　　113012485